AF217772

FEDERHERZ
VERLAG

KACEY FIERCE

HEART *of* SCARS

ACE & JOYCE

HEART OF SCARS
Ace & Joyce
Neuauflage

Copyright: Kacey Fierce, 2023, Deutschland
Bildmaterial: Shutterstock, Freepik, Rawpixel
Korrektorat: Michelle Giffels

Bestellung und Vertrieb: Nova MD GmbH, Vachendorf

ISBN: 978-3-98595-720-0

Druckerei Smilkov Print Ltd
Pokrovnishko shose
2700, Blagoevgrad

Federherz Verlag
Bergmannsweg 7
31867 Lauenau
www.federherzshop.de
Instagram: @federherz.verlag

Für alle verschrammten Herzen da draußen

Triggerwarnung

Dieses Buch enthält explizit beschriebene Gewaltszenen.
Es werden Dinge wie Dissoziationen, Flashbacks traumatischer Erinnerungen, intensive körperliche und psychische Gewalt, selbstverletzendes Verhalten, Suizidgedanken, Tod, Blut und depressive Verstimmungen erwähnt und näher beschrieben.
Wenn dich diese Dinge triggern und du dich selbst nicht auffangen kannst, bitte ich dich, Abstand zu diesem Buch einzunehmen.
Pass auf dich auf.

Deine Kacey

KAPITEL
Eins

Joyce

Habt ihr euch schon mal gefragt, wie es ist, das hässliche Entlein zu sein mit dem Wissen, sich nie in einen Schwan zu verwandeln? Willkommen in meiner Welt. Ich werde auf ewig in meinem grauen Gefieder gefangen sein.

Mit zusammengepressten Lippen beobachte ich mein Spiegelbild in dem schwarzen Kaffee, den ich gerade eingeschenkt habe.

Zwar sind nur grobe Umrisse von mir zu erkennen, aber auch die Unschärfe verbirgt nicht die zehn Zentimeter lange Narbe quer über meinem Gesicht. Die Schande, die ich für immer mit mir herumtragen muss. Die ständige Erinnerung daran, wie schwach ich bin.

»Joyce, komm nach vorn. Es kann nicht sein, dass hier

Kunden warten, nur weil du zu langsam bist. Wenn das noch mal vorkommt, suche ich mir Ersatz für dich«, droht mir mein charmanter Chef, welcher eben zu mir gesagt hat, und ich zitiere, »Schwing deinen Arsch in die Küche, Mitchell, und hilf dem armen alten Stewart beim Kochen.«

Aber ich brauche diesen Job viel zu sehr, als dass ich den kleinsten Protest verlauten lassen würde.

Mit einer eingefrorenen Miene und ohne jedes Anzeichen eines Lächelns trete ich hinter den Tresen. Ich muss niemanden täuschen, denn es ist keiner da, den es interessieren könnte, dass es mir nicht gut geht. Warum soll ich mir die Mühe machen und eins von diesen Fake-Lachen aufsetzen, wenn kein Mensch da ist, der es bemerken würde?

Konzentriere dich erst mal auf die Kundschaft, rufe ich mich zur Ordnung.

Es befinden sich mir gegenüber drei Kerle; drei – objektiv betrachtet – wirklich gut aussehende Kerle. Doch da ich mit dem männlichen Exemplar zu Hause genug zu tun habe, halte ich mich möglichst weit von dem restlichen testosteronschwangeren Geschlecht fern.

»Wie kann ich euch behilflich sein?«, frage ich das Grüppchen, ohne jemanden genauer zu betrachten. Meine linke Gesichtshälfte stets von ihnen abgewendet, um sie nicht gleich zu verschrecken.

»Indem Sie nicht weiterhin Ihr wunderhübsches Gesicht von uns abwenden«, ertönt eine prompte Antwort.

Mit schwitzigen Händen und auf eine bekannte schockierte Reaktion gefasst, drehe ich mich der Gruppe zu.

Und – Überraschung – ich habe recht. Obwohl, nicht so ganz. Die meisten Menschen besitzen Anstand und versuchen wenigstens, die Narbe zu ignorieren und nicht zur Sprache zu bringen, doch die drei Kerle vor mir keuchen allesamt entsetzt auf.

Mein vernarbtes Herz verkrampft sich in der Brust. Ich bohre meine Fingernägel in die Handflächen, in der Hoffnung, mich so von dem weitaus schlimmeren Schmerz abzulenken.

Meine Gegenüber fixieren mich missmutig, beinahe wütend. Trotz des dicken Tresens, der mich vor ihnen schützt, weiche ich wachsam einen Schritt zurück. Meine Muskeln spannen sich für eine Flucht an und Adrenalin pumpt durch meine Venen. Wo ist nur das Erdloch, wenn man es dringend braucht?

Letztlich verstehe ich sie sogar ein bisschen. Wäre ich eine Außenstehende und nicht die Leidtragende, würde ich vermutlich ebenfalls tuscheln und starren. Besonders, wenn ich aussehen würde wie diese Musterbeispiele vor mir.

Allesamt miefen in ihren dunklen Anzügen nach Reichtum. Ich muss nicht auf meine von Kaffee befleckte Schürze und die löchrigen und ausgeblichenen Chucks schauen, um festzustellen, dass wir in zwei unterschiedlichen Ligen spielen, die sich nicht einmal mehr im gleichen Sonnensystem befinden. Alles an ihnen ist glamourös und makellos, während an mir alles verbeult und vernarbt ist.

Der Linke ist Schwarz und mit seinen circa ein Meter achtzig der kleinste der drei. Abwehrend verschränkt er seine muskulösen Arme, von denen ein Schlag bestimmt zehnmal so schmerzhaft wäre wie der von James. *Lauf*, flüstert mein Instinkt in mir, doch meine Füße scheinen im Boden Wurzeln geschlagen zu haben. Als habe er meine innere Stimme gehört, fährt er sich mit gerunzelter Stirn über seine kurz geschorenen Haare. Ein flaues Ge-

11

fühl legt sich in meinen Magen, ach was, er verknotet sich so sehr, dass er sich wohl nie wieder lösen wird.

Eilig betrachte ich den nächsten aus der Gruppe. Der Mann in der Mitte wäre definitiv mein Typ, wenn ich einen hätte. Ojemine, aber aus der Ferne zu sabbern, erlaube ich mir. Und dafür ist er in jedem Fall qualifiziert genug.

Wie magisch werde ich von diesen beängstigenden graugrünen Augen angezogen und kann dabei die Signale meines Körpers nicht mehr zuordnen. Was empfinde ich? Faszination? Beklemmung? Sympathie? Abneigung? Mein Blick wird erwidert. Seine Pupillen weiten sich ein wenig und seine Augen verengen sich leicht. Irgendwas an ihnen beunruhigt mich. Kenne ich ihn? Jede Zelle in mir gefriert zu Eis. Ein Schaudern der unguten Sorte überkommt mich, und die Angst entfacht das Chaos in mir.

Der Kerl öffnet den Mund, als wolle er etwas sagen, und ich sehe, dass ihm ein Stück seines linken Vorderzahns fehlt. Was seine Perfektion nicht im Geringsten mindert. Es macht ihn höchstens noch charmanter sowie gefährlicher und mich verwirrter. Mit seinen tiefschwarzen Haaren, diesen Augen und der eindringlichen Ausstrahlung erinnert er mich an einen schwarzen Panther. Wie ich diese Tiere fürchte. Meine Knie zittern, und ich kralle mich an die Theke, um nicht zu Boden zu sinken. Hastig schaue ich weg.

Der Mann, der rechts steht, ist der typische Surfer-Typ mit blondem Dutt und blauen Augen. Sein Kiefer ist nach unten geklappt.

Innerlich seufzend kappe ich meine Gefühlswelt und schalte auf Autopilot. Das tut nicht so weh. Ich bin keine normale Einundzwanzigjährige, und ich werde es auch nie sein.

Mein Räuspern hat ein Zusammenzucken des Letzteren zur Folge. »Was darf ich Ihnen bringen?«

»Es tut mir leid, ich wollte Sie nicht so anstarren, aber es ist eine Schande, wenn eine solche Narbe das Gesicht von jemandem wie Ihnen verunstaltet«, knallt mir Sunny-Boy vor den Latz.

Jemand wie ich? Was meint er damit? Jemand, dessen Lebensaufgabe es ist, Menschen wie ihm zu dienen? Jemand, der unter ihm steht? Der weniger wert ist als er?

Eine Weile sagt keiner etwas, bis der Typ in der Mitte sich fängt und das Wort ergreift. »Ich hätte gerne einen Kaffee. Schwarz. Und für euch, Männer?«

Zustimmendes Gemurmel erklingt.

»Setzen Sie sich schon mal an einen Tisch, ich bringe Ihnen gleich Ihre Getränke.«

Das scheint den beiden Äußeren zu genügen, um das Weite zu suchen.

Gerade als ich die Bestellungen fertig machen will, hält mich die dunkle, leicht raue Stimme des Panthers zurück. »Ich möchte mich für Chazz entschuldigen. Er trägt sein Herz auf der Zunge. Seiner Meinung nach ist Ehrlichkeit das Wichtigste auf der Welt. Leider hat er keinen Filter. Er wollte Sie nicht verletzen.«

Seine Worte jagen durch meinen ganzen Körper und hinterlassen überall ein Kribbeln. Fast alles an ihm sorgt dafür, dass ich einen Schritt auf ihn zustolpern will. Nur seine beunruhigenden Augen verhindern dies.

»Es gibt nichts zu verzeihen, Sir. Er hat mich nicht verletzt«, antworte ich in dem Versuch, mit der förmlichen Anrede Distanz zu schaffen. Vielleicht merkt er so, dass Leute wie er und ich nicht mal die gleiche Luft atmen sollten.

Zeig niemals, wie verletzlich du bist. Eine Sache, die ich dank James schnell gelernt habe.

»Dennoch haben Sie es nicht verdient, so behandelt zu werden. Habe ich mich überhaupt vorgestellt? Ich bin Ace Sanchez.« Er stellt sich mir vor, als würde er meine kaputten Klamotten und das billige Café, in dem wir uns befinden, nicht wahrnehmen. Als würde es keine Rolle spielen, wer er ist und wer ich bin.

»Mitchell!«, holt mich mein Chef aus meiner Starre zurück in die Realität. Denn es spielt eine Rolle. Ich bin nicht Cinderella, und das hier ist kein Märchen.

Ich nicke Ace zu und stelle mit zitternden Händen drei Tassen neben die Kaffeemaschine.

Worte führen dazu, dass man Kontakt knüpft. Was wiederum bedeutet, dass man eine Beziehung zu einem anderen Menschen herstellt. Diese führt dazu, dass ein anderer Mensch einem wichtig wird. Und das ist gefährlich für ihn und für mich. Denn in meiner Nähe scheinen alle, die mir etwas bedeuten, verletzt zu werden.

Ace' Gesicht verwandelt sich, als er einen Mundwinkel nach oben zieht. Es ist nicht einmal ein richtiges Grinsen, dennoch ... »Haben Sie auch einen Namen?«

Wieder bejahe ich stumm.

»Der da wäre?«

»Joyce«, murmele ich widerwillig und drücke mit mehr Kraft als nötig auf den Knopf der Kaffeemaschine. Diese erwacht ratternd zum Leben. Der Duft nach frischen Bohnen beruhigt mich normalerweise, doch jetzt wird mir schlecht.

»Schön, dich kennenzulernen, Joyce«, sagt er und hält mir seine Hand entgegen. Zwischen uns nichts als das Brummen des Kaffeevollautomaten. Ich starre seine Pranke schweigend an. So lange, bis es komisch wird und er sie seufzend zurückzieht. »Ist okay. Wir hätten vorhin nicht so reagieren sollen, und ich entschuldige mich auch für meine Reaktion.«

Ich fühle mich immer kleiner neben diesem Mann. Er ist wunderschön, wohlhabend und scheint ehrlich zu sein. Ergo, er muss schleunigst verschwinden. »Ich bringe Ihnen gleich alles an den Platz, Mr Sanchez«, versuche ich ihn loszuwerden.

Ace fixiert mich konzentriert, wie ein Panther seine Beute auf Raubzug. Dann dreht er sich um und geht. Gleitet durch die Gänge, als würden sie ihm gehören. Er hat eine so präsente und selbstbewusste Ausstrahlung, dass nicht nur mein Blick ihm folgt. Meine Schultern sacken herab, und der Druck auf der Brust verschwindet.

Gott sei Dank habe ich ihnen die Bestellung ohne weitere Zwischenfälle gebracht, was mit meinen noch immer zitternden Händen beinahe einem Wunder gleicht. Erst der Satz »Wir würden gerne bezahlen« lässt mich wieder steifen Schrittes zu ihrer Sitznische gehen. Ich schaue keinem ins Gesicht, während ich sie abrechne. Irgendjemand legt einen Fünfzigdollarschein auf den Tisch. Als ich nach dem Wechselgeld kramen will, sagt diese raue, tiefe Stimme: »Passt schon.«

Ich schäme mich dafür, dass ich auf dieses Geld angewiesen bin, und hoffe, dass niemand meine heißen Wangen bemerkt. »Danke«, murmele ich. Mit dem Geschirr beladen, trete ich eilig den Rückzug an.

Ich hasse es, nicht hinter dem Tresen zu arbeiten. Dort bin ich sicher. Habe zwar ebenfalls Angst, die hält sich jedoch in Grenzen. Hier mittendrin ist es gefährlich. Überall potenzielle Berührungen und Männer. Aus dem Augenwinkel sehe ich, wie sich Ace und seine Freunde erheben. Ich bilde mir ein, ihre Körperwärme zu spüren, und fröstle.

Eben ist mir nicht aufgefallen, wie groß sie im Vergleich zu mir wirklich sind, aber jetzt ... Ich schlucke.

Zeit, sich wieder in Sicherheit zu bringen.

Und dann geschieht es. Mein Albtraum erfüllt sich. Eine große und kräftige Hand schließt sich von hinten um meinen Oberarm und drückt, wenn auch nur leicht, auf den neuesten meiner blauen Flecke. Härchen stellen sich auf, und seine Finger hinterlassen eine Spur von Gänsehaut der schlechten Art. Tausende von Nervenenden feuern auf mein Gehirn ein. Berührung! Berührung! Gefahr! Gefahr!

Voller Panik versuche ich mich loszureißen und vergesse dabei, dass ich ein beladenes Tablett mit mir herumtrage. *Rumms.* Der Schaden ist angerichtet. Porzellanscherben schmücken den Boden.

Mir wird siedend heiß, und unter Dutzenden von Augenpaaren sinke ich sofort auf die Knie, damit ich den Dreck, den ich verursacht habe, beseitigen kann.

Eine fremde Hand nähert sich wieder meinem Arm, wie ich aus dem Augenwinkel mitbekomme. Panisch weiche ich zurück und lande unelegant auf meinem Hintern inmitten der Scherben. Aua.

»Nicht ... N-n-nicht anfassen«, stottere ich und krieche auf allen vieren davon.

»Hey, schon gut. Ich wollte dir nur mit dem Geschirr helfen. Schließlich hast du es meinetwegen fallen gelassen.« Ace – wie ich nun erkenne – geht ebenfalls in die Hocke und mustert mich prüfend. Er scannt meinen ganzen Körper nach ... Ja, nach was sucht er? Ich fühle mich unter seinen Pantheraugen wie eine in die Ecke gedrängte Antilope.

Erst als sich sein Blick an meiner Hand festsaugt, bemerke ich, dass ich mir einen circa drei Zentimeter langen Schnitt auf der Handinnenfläche zugezogen habe.

»Joyce! Räum sofort diese Schweinerei auf. Ich meinte das vorhin ernst mit der Kündigung«, erklingt die barsche Stimme meines Chefs. Mein Stichwort. Ich rapple mich auf und mache mich wieder daran, die Scherben zusammenzusammeln.

Diesmal packt mich Ace erneut am Arm und zieht mich zu sich. Eisern. Ich kann mich nicht befreien. Die Angst steigt und steigt in mir. Ace' Körper beginnt immer stärker zu zittern. O nein, gleich ist es so weit. Er wird zuschlagen.

Doch sein zorniger Blick liegt nicht auf mir, sondern auf meinem Chef. »Sie ist verletzt, und das ist Ihnen nicht entgangen. Ihre Angestellte sollte wenigstens die Zeit erhalten, ihre Wunde zu verarzten, wenn der Schnitt nicht sogar im Krankenhaus genäht werden muss.«

Durch das Rauschen in meinen Ohren dringen seine Worte nur gedämpft bis zu mir. Das anfängliche Kribbeln auf meiner Haut hat sich zu einem schmerzhaften Piksen entwickelt. Tausende von Ameisen laufen über meinen Arm. Und sie hinterlassen ein stetig stärker werdendes unerträgliches Brennen. Himmel, kann er mich nicht loslassen?

Doch wie immer bekomme ich meinen Mund nicht auf. Eine meiner von James antrainierten Eigenschaften.

Aber Moment mal, hat er sich für mein Wohlergehen eingesetzt?!

Das hat niemand mehr gemacht seit ... ja, seit ... nie?

Verunsichert starre ich sein Profil an. Jetzt wendet er sich mir zu. Die Zornesfalten glätten sich, und ich will ihm danken für ...

»Könnten Sie mich bitte loslassen, Sir?«, entweicht es mir.

Sein Gesicht verschließt sich, und er gibt endlich meinen Arm frei. Geistesabwesend streiche ich über die Stelle, an der er mich festgehalten hat.

»Tut mir leid, ich wollte dir nicht wehtun, sondern nur helfen.« Seine Augen tasten mich ab. Mir wird gleichzeitig heiß und kalt, als mir die Narbe wieder bewusst wird. Hastig wende ich meine linke Gesichtshälfte von ihm ab.

Mist, für einen Moment habe ich tatsächlich meine Narbe vergessen. Er hat sie mich vergessen lassen, wie dumm von mir. Wie bescheuert kann man sein? Ich habe mich vor diesem großen, starken Mann verletzlich gemacht. Da denkt man, ich lerne was aus meinen Lektionen, und dann ...

»Hey, zerfleische dich nicht. Es ist alles gut. Ich möchte nur helfen, versprochen.«

Lieber Gott, jetzt ahnt er vermutlich, dass mit mir etwas nicht stimmt. Das darf er nicht! Keiner darf wissen, was ich durchmache. Sie dürfen mir nicht den wichtigsten Menschen in meinem Leben – Isabella – wegnehmen.

»Entschuldigen Sie. Ich bin heute ein wenig von der Rolle. Keine Ahnung, woran das liegt.« Verkrampft lächle ich Ace an.

Seine Nasenflügel blähen sich leicht auf. »Ich glaube schon, dass du das weißt. Du musst nicht lügen.«

Lieber Gott im Himmel, ich will ihn doch nicht erneut wütend machen.

»Ja gut, aber ich verarzte sie nicht«, brummt mein Boss griesgrämig und reißt Ace und mich damit aus unserer eigenen kleinen Welt.

»Bin gleich zurück«, sagt er zu seinen Freunden und widmet sich wieder mir. »Darf ich?«, fragend blickt Ace mich an, während er mir seine Hand hinhält. Ein Friedensangebot, wie mir scheint.

Unglaublich, er lässt mir die Wahl, ob ich ihn berühren möchte oder nicht. Ich kenne ihn erst seit wenigen Minuten, und trotzdem scheint er mich mehr durchschaut zu haben als jeder andere.

»Ich mag keine Berührungen«, lasse ich ihn wissen, bevor ich, seine Hand ignorierend, auf eine Tür zusteuere, auf der in großen Buchstaben *Privat* steht. Nach einem kurzen Blick zurück stelle ich fest, dass Ace mir zielstrebig folgt.

Hintereinander betreten wir den Bereich für Angestellte. Ohne zu zögern, steuere ich auf das Waschbecken zu. *Ich wasche mir einfach die Wunde aus, klebe ein Pflaster drauf und fertig.* Schweigen breitet sich aus, während ich meine Wunde vor einer möglichen Infektion zu retten versuche.

Als ich mich wieder zu Ace umdrehe, um ihm zu sagen, dass er gehen kann, da ich alles im Griff habe, wartet er mit einem Erste-Hilfe-Kasten.

Fassungslos schaue ich ihn an. Blut sickert erneut aus dem mickrigen Kratzer, Schmerz verspüre ich so gut wie keinen. Ich habe gelernt, ihn auszublenden. Er ist ein lästiges Übel und ein Luxus, den ich mir nicht leisten kann.

»Kein Grund zur Aufregung, Sir. Ist nur eine kleine Schramme. Ich habe sie gesäubert und klebe ein Pflaster drauf. Dann ist meine Hand so gut wie neu.«

Jetzt ist er an der Reihe, mich entgeistert anzustarren.

»Willst du mich verarschen? Also erstens, hör verdammt noch mal damit auf, mich so förmlich anzusprechen. Ich bin Ace, nicht Sir oder Mr Sanchez. Einfach nur Ace, und zweitens, so gut wie neu? Ist das dein Ernst? Eigentlich müsste dieser Schnitt genäht werden, wenn du nicht eine weitere Narbe haben möchtest.«

Seine graugrünen Augen beginnen vor Wut zu glühen, und die absolute Dunkelheit, die in ihnen schlummert, reißt mich erbarmungslos zurück in die Hölle.

Blut fließt über mein Gesicht. Ich sehe nichts mehr. Nichts außer Rot. Blut. So viel Blut. Überall. Die Schmerzen sind bestialisch. So große Schmerzen. Ein Gackern sickert in mein Bewusstsein. Ein tiefes, dunkles, bösartiges Gackern. Es scheint näher zu kommen. James. Verdammt, ich muss hier weg. Aber wohin? Ich liege in unserem Hausflur in meiner eigenen Blutlache und habe das Gefühl zu sterben. Mein Gesicht fühlt sich an, als sei es entzweigerissen worden.

»Sieh dich nur an. Jetzt bist du äußerlich genauso hässlich wie innerlich. Keiner wird dich je wieder anschauen wollen, und wenn doch, dann nur aus Ekel oder Mitleid. Du gehörst mir.«

Mir wird übel. Der Teil meiner Seele, der noch nicht gestorben ist und meinen Körper verlassen hat, verabschiedet sich nun.

Betäubt bekomme ich mit, wie mir meine Klamotten heruntergerissen werden. Nägel kratzen über meine Haut. Mehr Schmerzen ...

Metall klimpert. Dann setzt er eins seiner Messer an meine Haut an. Schmerz. Ich werde zerschnitten. Im wörtlichen wie auch im emotionalen Sinne.

Ich ...

»Joyce! Rojita, komm zu dir!«

Ein Ruf holt mich in die Realität zurück. Ein teuer riechendes Aftershave steigt mir in die Nase. Verwirrt blicke ich in Aces Gesicht.

»Hey, da bist du ja wieder. Du schienst auf einmal weg zu sein, und offenbar war der Ort, an dem du zwischenzeitlich warst, nicht sehr angenehm.« Er ist mir zu nah, und damit meine ich nicht physisch. Überfordert mit seiner Anwesenheit, mustere ich ihn zum wiederholten Male stumm.

»Geht es dir gut?«

Ich lache erstickt auf.

»Ja, ich weiß, eine dumme Frage. Der Small Talk hat sie missbraucht und in die Ecke der bedeutungslosen Oberflächlichkeit verbannt. Aber wenn wir mal kurz den ganzen Small Talk beiseitelassen, würde ich gerne wissen, ob es dir gut geht? Ich meine, abgesehen von der Wunde ...« Er fährt sich durch seine Haare, und wenn ich mir so ansehe, wie verwuschelt diese sind, macht er das heute nicht zum ersten Mal.

Er fragt *mich*, ob es *mir* gut geht? Vielleicht sollte ich ihm sagen, dass man so nicht mit mir redet. Möglicherweise würde er seine uneingeschränkte Aufmerksamkeit dann einer anderen Frau widmen. Ich hasse es, ich zu sein. Hasse die endlosen Gedankenknoten, die sich in meinem Hirn verflechten. Hasse dieses ständige Um-sich-selbst-Drehen. Hasse die nicht in mich hineinpassenden übersprudelnden Gefühle. Als wäre meine Seele ein zu kleines Wasserglas, das kontinuierlich überläuft. Zu wenig Platz für zu vieles. Vieles traurig sein. Vieles verloren sein. Vieles wütend sein. Vieles einsam sein. Kann ich nicht ... normal sein?

»Ich würde gerne deine Wunde versorgen, danach lass ich dich zufrieden. Deal?« Die Luft zwischen uns ist aufgeladen vor Anspannung, sodass mir das Atmen schwerfällt.

Widerstrebend nicke ich, mit einem Fuß immer noch fest in der Vergangenheit stehend.

Ace kramt in dem Erste-Hilfe-Kasten, bis er gefunden hat, was er sucht. Wider Erwarten greift er nicht nach meiner Hand, sondern schaut mich erneut abwartend an. Ich strecke sie ihm entgegen. Was habe ich denn für eine

Wahl? Je schneller ich sie ihm gebe, desto eher lässt er mich wieder los.

Mit sanftem Griff umschließt er mit seiner großen Pranke meine kleine. Welch unglaublicher Kontrast. Er hat riesige Hände mit langen, schmalen und rauen Fingern. Hände, die mir leicht Schmerzen bereiten könnten. Wenn ich mir die Kraft vorstelle, die hinter ihnen ruht ...

Und doch geht er so behutsam mit mir um. Als hätte er Angst, dass ich zerbreche, sofern er mich richtig anfassen würde. Konzentriert macht er sich an die Arbeit. Schließlich holt er Wundnahtstreifen aus dem Kasten.

»Das wird jetzt wahrscheinlich wehtun«, murmelt er entschuldigend.

Gleichgültig zucke ich mit den Achseln.

Während er mit der Rechten die Wunde zusammendrückt, befestigt er mit der Linken die Wundnahtstreifen.

Jeder Mensch hat seinen eigenen Maßstab für Schmerz. Nimmt Verletzungen unterschiedlich stark wahr. Dem einen wird vor Schmerz übel, wenn er sich in den Finger schneidet, und jemand anderes legt einen ausgezeichneten Schwimmwettkampf mit einer ausgekugelten Schulter hin. Diesen Maßstab sollten wir nicht beeinflussen oder verändern können. Wir kommen mit ihm auf die Welt. Punkt. Und doch bin ich der Meinung, dass mein Maßstab für Schmerz nicht so hoch wäre, wenn es James nicht gäbe.

Aufmerksam beobachtet Ace mich.

»Könntest du bitte noch ein Pflaster drüber kleben und gut ist?«, entweicht es mir. Jede Förmlichkeit ist abgeklungen. Er hat mich schon zusammenbrechen sehen, da ist es für Distanz nun auch zu spät.

Verblüffung. Wortlos macht er weiter. Sogar einen Verband will er mir anlegen. Das reicht.

»Danke für deine Hilfe. Ich muss jetzt wieder an die Arbeit.«

Damit dränge ich mich an ihm vorbei, ohne ihn zu berühren.

Heute ist ein Scheißtag.

Aber es ist nur einer.

Einer von dreihundertfünfundsechzig.

Ace

Madre mía. Vollkommen irritiert blicke ich dieser seltsamen Frau hinterher. Noch nie habe ich jemanden wie sie getroffen. Sie ist wie ein kleiner Roboter, der sämtliche Gefühle abgeschaltet hat. Einzig Furcht und Faszination haben abwechselnd in ihren silbern schimmernden Augen miteinander gerungen.

Sie ist die schönste Frau, die ich je gesehen habe. Als sie sich uns vorhin zugedreht hat, ist mir der Atem gestockt. Für einen kurzen Moment sind ihre hübschen Züge vor mir verschwommen und ich habe nur ihre Narbe gesehen. Dieses dunkle Rot, das mir verriet, dass ihre Verletzung nicht lange zurückliegen kann. Diese ausgefransten Ränder, die davon zeugen, dass das Ganze kein chirurgischer Schnitt war.

Ohne es zu wollen, erinnert sie mich an jemanden.

An jemanden, dem ich erst helfen konnte, als es fast zu spät war.

Mierda! Ich kneife mir stöhnend in die Nase, streife die schweren Gedanken ab und betrete ebenfalls wieder den Gästeraum.

Automatisch scannt mein Blick die Umgebung auf der Suche nach dem kleinen geheimnisvollen Rotschopf oder – wie mir eben auf Spanisch herausgerutscht ist – meiner Rojita. Ich sollte sie in Ruhe lassen, aber ich glaube nicht, dass ich das kann. Sie ist die erste Frau, die mich wirklich interessiert.

Am liebsten würde ich ihr nachlaufen, doch dann könnte ich für nichts garantieren. Die Kleine hat mich jetzt schon am Haken.

Es ist deutlich zu sehen gewesen, dass sie meine Jungs und mich zwar in die Schranken weisen kann, jedoch nicht mit Wärme und Freundlichkeit zurechtkommt. Folglich muss ich bei meinen nächsten Schritten äußerst vorsichtig sein, um sie nicht zu erschrecken.

Ich entdecke sie am Rand, wo sie gerade mächtig von ihrem unsympathischen Chef zusammengestaucht wird.

Eine heiße Welle der Wut schwappt gefährlich in mir. Mühsam versuche ich mich an den Atemübungen, die ich in einem Aggressionsbewältigungsprogramm gelernt habe. Ich weiß, dass meine Wut viel zu stark für diese Situation ist, und der Grund dafür liegt in meiner Kindheit. An meinen Gefühlen kann ich nichts ändern, aber ich kann kontrollieren, wie ich handle. Also schreite ich betont ruhig auf die zwei zu, anstatt mir einfach ihren Boss zu schnappen und so lange auf ihn einzuprügeln, bis er nur noch ein Haufen Matsche ist. Kurz bevor ich bei ihnen ankomme, ist ihr Chef fertig und wendet sich ab. Joyce entdeckt mich, und ihre Augen weiten sich flehentlich, als bitte sie mich, es gut sein zu lassen. Dann dreht sie sich um und flieht in die Küche.

Wahrscheinlich versteckt sie sich vor mir. Dieser Gedanke bringt mich zum Grinsen, und als hätte die heiße Lava in mir nie existiert, verwandelt sie sich in eine ganz andere Form von Hitze.

Langsam kehre ich zu unserem Tisch zurück. In der Zwischenzeit haben meine Freunde sich wieder gesetzt und mustern mich fragend. In diesem Moment bin ich ihnen sehr dankbar, dass sie es hinbekommen haben, mich von meinem Schreibtisch wegzuzerren, damit ich mal eine Pause von der Arbeit mache.

Ich boxe Chazz gegen den Oberarm, als mir wieder einfällt, dass ich noch etwas angepisst bin.

Empört reibt er sich die betroffene Stelle. »Wofür war das denn, verdammte Scheiße?«

Ich bringe ihn mit einem kalten Blick zum Verstummen. »Wofür wohl? Wir waren alle überrascht, als wir die schlecht verheilte Narbe in ihrem Gesicht gesehen haben, aber du warst ein Vollarsch!«

»Ich wollte sie gar nicht so anstarren. Sie hat mich nur so an Amira erinnert. So viel Schmerz, nur auf eine andere Weise.«

Betretenes Schweigen breitet sich aus. Amira. Unsere Schwester und ein Tabuthema. Zwar sind wir nicht blutsverwandt, doch Familie ist weitaus mehr als geteilte Gene.

»Mich auch«, gebe ich zu.

»Kommt, lasst uns zurück ins *Galaxy* gehen.«

Fünf Jahre bin ich nun erfolgreich am Nachtleben New Yorks beteiligt. Zum Leidwesen meiner Ma führe ich zwei, bald drei Clubs. Mein erstes Projekt habe ich zusammen mit Chazz, den ich seit der Highschool kenne, gestartet.

Er ist Geschäftsführer im *Paradise*. Bereits als Kinder haben wir uns für die gleichen Sachen interessiert.

Als Chazz dann zufrieden und sesshaft geworden ist, wollte ich mehr. Also eröffnete ich das *Galaxy*, für das ich einen Manager suche. Denn momentan arbeite ich hart für meinen dritten Club – den *no limits*. Obwohl er noch nicht offiziell in Betrieb ist, finden längst MMA-Kämpfe im Keller statt. Schon seit Jahren bin ich in der Kampf-szene aktiv und wollte einen sicheren, wenn auch nicht ganz legalen Rahmen für mein gefährliches Hobby schaf-fen. Bisher bin ich in meinen eigenen vier Wänden unge-schlagen. Damit das so bleibt, muss ich mich noch um eine Kleinigkeit kümmern.

Ich drehe mich zu Devron, meinem verschlossenen Freund. Mittlerweile kennen wir uns ein Jahrzehnt, und ich weiß bis heute nicht genau, was er beruflich macht. Nur, dass er wohl am ehesten einem Privatdetektiv gleicht, mehr wollte er nicht erzählen. »Du musst mir einen Gefallen tun, Dev. Finde heraus, wie ich an sie her-ankommen kann. Ob sie ins Fitnessstudio geht, wo sie einkaufen geht. Finde irgendeinen Begegnungsraum, in dem wir uns theoretisch zufällig treffen könnten.«

Er nickt. »Eine Frage: Findest du die Kleine scharf oder spricht da dein Helfersyndrom aus dir?«

Tja, wenn ich das nur wüsste, aber ich würde ver-dammt sein, wenn ich es nicht herausfinde.

Gemeinsam verlassen wir das Café, und ich fahre gleich weiter zum *no limits*, um mich dort auf meinen Kampf vorzubereiten.

»Heute im Cage ... der Dark Panther persönlich! Stark wie kein anderer, gewitzt durch seine Klugheit und unbesiegbar durch seine unzähmbare Aggression!« Die Stimme von TJ, unserem Kommentator, schallt durch den vollen Keller. Die Menge brüllt, und der metallene Geruch des Bluts der vorherigen Kämpfe liegt in der Luft.

Ich stehe nur mit meiner Kampfhose bekleidet in einer Ecke des Käfigs, lasse meinen Kopf von rechts nach links federn und tripple auf der Stelle, um mich warm zu halten.

In mir ist alles unruhig. Meine Gedanken schwappen in mir hin und her wie Wellen auf offener See. Das Wasser kräuselt sich so sehr, dass ich nicht einmal mehr den Grund sehen kann. Es wird Zeit, dass ich meine Gedankenwellen zur Ruhe bringe. Ich schließe die Augen, richte die Wirbelsäule auf und blende die lauten Geräusche aus. Durch diese Momente finde ich meine innere Mitte, alles andere wäre vor einem Kampf zu gefährlich für meinen Gegner. Mit geschlossenen Lidern stelle ich mir das stürmische Meer vor. Überall entsteht Bewegung durch äußere Einflüsse. Ruhig atme ich tief ein und aus. Versuche, das Gewässer in mir zu glätten, sodass es sich klärt und ich bis auf den Boden schauen kann. Erst dann öffne ich die Augen, und alles, was ich sehe, ist mein heutiger Rivale. Ich werde gewinnen, etwas anderes kommt für mich nicht infrage.

»Es gibt nur zwei Regeln. Erstens, niemand spricht über die Kämpfe. Zweitens, keine Toten«, brüllt TJ und beginnt somit wie immer den Fight.

Mein Kontrahent stürmt direkt auf mich zu und holt zu einem technisch perfekten Lebertritt aus. Blitzschnell weiche ich aus, doch mein Gegenüber dreht sich mit einer gekonnten Bewegung um, ohne auch nur einen Wimpernschlag lang die Augen von mir abzuwenden. Das Publikum tobt, aber ich blende alles um mich herum aus. Da sind nur noch er, ich und unser gegenseitiges Umkreisen. Wachsam mustere ich ihn und versuche, ein Gefühl für seine Dynamik zu entwickeln. Als eine hohe Frauenstimme seinen Namen kreischt, schweift sein Blick nur für eine Millisekunde über die Menschen. Diesen Moment nutze ich, um ihn mit kurzen heftigen Fausthieben abzulenken. Er ist so konzentriert darauf, seine Deckung mit den Armen zu wahren, dass ich eine Schwachstelle in seiner Haltung entdecke und ihn mit einem gezielten Tritt gegen sein Standbein zu Boden befördere. Wir ringen auf der Matte, und ich schaffe es, ihn in den Schwitzkasten zu nehmen. Ziemlich schnell befreit er sich aus dem Griff, doch ehe er angreifen kann, erwische ich ihn an der Nase. Blut spritzt und die Menge jubelt. Mein Herausforderer ist so benebelt von dem Kopftreffer, dass ich meine Fäuste auf ihn niederhageln lassen kann und mir den Sieg sichere. Keuchend richte ich mich auf und genieße für wenige Sekunden den Applaus der Massen, bevor mich wie immer der Ekel und die Wut über die Menschheit überkommen.

Ich mag MMA, weil es wie das echte Leben ist. Selbst wenn man am Boden liegt, tritt noch jemand nach, und die ganze Welt schaut nur johlend zu.

KAPITEL

Zwei

Joyce

Tief durchatmend, laufe ich mit müden Muskeln nach der heutigen Schicht nach Hause. Ich genieße die letzten Sonnenstrahlen des Tages. Inzwischen ist der Frühling eingekehrt – meine Lieblingsjahreszeit. Ich finde es wundervoll zu beobachten, wie Lebloses und Tristes wieder zum Leben erwacht und anfängt zu blühen. Wenn das erste Grün so grün wie nie zuvor erscheint, herrlich ...

Irgendwie hoffe ich, dass in ferner Zukunft auch für mich Frühling wird und ich unbeschwert leben kann. Manchmal fühle ich mich wie der Samen einer Rose. In ihm steckt das Potenzial, zu einer wunderschönen Blume heranzuwachsen. Er braucht nur genug Zuwendung und Sonnenschein.

Seufzend schüttle ich meine verträumten Gedanken ab und biege in unsere Straße ein. In East Harlem herrscht reges Treiben, nur in den kleineren, nach Urin stinkenden Gassen ist es düster und verlassen. Obwohl viele Politiker behaupten, Harlem habe sich verändert, ist es kein Viertel, in dem ich meine Kinder großziehen wollen würde. Dafür ist es nachts zu gefährlich. Das können weder der stetige exotische Essensgeruch und die zahlreichen bunten Plakate noch die größtenteils hippe und freundliche Nachbarschaft überschmücken.

Ich vernehme ein leises Röcheln rechts von mir und bleibe stehen. Eine Frau kriecht auf allen vieren aus einer der dunklen Gassen. Ich weiß, wie es sich anfühlt, sich so fortbewegen zu müssen. Also eile ich zu ihr und helfe ihr, sich aufzurichten. Ich benötige meine ganze Kraft, um die Frau zu einer graubraunen Hauswand zu hieven und sie daran anzulehnen. Erschrocken stelle ich fest, dass sie etwa in meinem Alter ist. Ich wohne nun schon länger in East Harlem, und trotzdem entsetzt mich das Elend auf den Straßen stets aufs Neue.

Die Frau riecht nach Exkrementen und Schweiß. An ihren ausgetrockneten und bis zum Blut eingerissenen Lippen erkenne ich, dass sie völlig dehydriert ist. Schnell krame ich die Wasserflasche, die ich immer mit zur Arbeit nehme, aus meinem Rucksack. Vorsichtig führe ich sie an ihren Mund und flöße ihr in kleinen Schlucken die so dringend benötigte Flüssigkeit ein.

Dünne Finger schließen sich um mein Handgelenk. Ich versuche, nicht merklich zurückzuschrecken, nicht, dass sie denkt, ich würde so reagieren, weil *sie* mich anfasst. Woher soll sie denn wissen, dass ich vor jeglichem Körperkontakt zurückscheue?

»Danke«, krächzt sie.

»Bitte behalten Sie das restliche Wasser.« Ich wühle

erneut in meiner Tasche und drücke ihr etwas von meinem Trinkgeld in die Hand. »Hier. Wenn Sie das nächste Mal Durst haben.«

Müde lächelt sie mich an und murmelt abermals ein Dankeschön. Die Frau scheint sich wieder einigermaßen gefangen zu haben, und so lasse ich sie ruhigen Gewissens hinter mir.

Klar, ich brauche mein Trinkgeld. Jeden Penny spare ich für eine Zukunft ohne Schmerz, Beleidigungen und Demütigungen, aber es gibt immer Menschen, die das Geld noch dringender nötig haben als ich.

Endlich erreiche ich unseren Wohnblock. Viele graue und quadratische Sandsteinhäuser zieren die Straße – deprimierend. Auch wir wohnen in einem dieser überdimensional großen Klötze. Unsere Wohnung ist winzig, ein bisschen über fünfzig Quadratmeter, und doch ist genug Platz, dass jeder sein eigenes Zimmer hat.

Mehr oder weniger erleichtert husche ich durch die stets offen stehende Haustür und schließe dann unsere Wohnungstür im Erdgeschoss auf. Ein kleiner Engel kommt mir wortlos entgegengeflitzt. Ich nehme sie aufatmend in die Arme.

Wir beide bewältigen unsere Traumata anders. Ich schrecke vor sämtlichen Berührungen, außer hin und wieder einer von ihr, zurück, und sie ist seit einem Jahr verstummt. Nach diesem schrecklichen Tag, als ... Schnell verdränge ich die schmerzende Erinnerung.

Totaler Mutismus als Traumafolge, also das durch Angst hervorgerufene Unvermögen, zu sprechen. Das ist zumindest das, was Dr. Google mir diagnostizierte.

Ich glaube fest daran, dass sie eines Tages wie gehabt reden wird, wenn sie sich sicher genug fühlt.

Tröstend streiche ich ihr über den Kopf. Sie hebt ihn

und starrt mich aus traurigen grünen Augen an. Ich kann ihren Blick nicht ertragen und gehe vor ihr in die Hocke.

Zwar bin ich mit meinen ein Meter neunundfünfzig nicht riesig, aber immer noch größer als meine sechsjährige Schwester Bella.

Als Antwort legt sie mir eine ihrer zarten Hände auf die versehrte Wange. Das tut sie oft, ich weiß nur nicht, ob sie es zu meiner oder ihrer Beruhigung macht.

»Wir haben schon eine beachtliche Summe gespart. Bald sind wir hier weg, ich verspreche es«, flüstere ich ihr zu.

Unsere erste Flucht war kopflos und nicht geplant. Nur meiner Zwillingsschwester Madeline ist es gelungen, zu entkommen. Ich hoffe, dass es ihr da, wo sie nun ist, gut geht. Zügig verdränge ich jegliche Erinnerung an sie aus meinem Bewusstsein. »Kleines, hast du deine Hausaufgaben für die Vorschule fertig?«

Sie schüttelt zunächst den Kopf, dann nickt sie und lächelt mir leicht zu. Ich weiß, was sie mir sagen will. Sie ist ein schlaues Köpfchen, meine Hilfe braucht sie nicht. Nicht mehr lange und sie kommt in die richtige Schule. Es ist bei uns allerdings zur Tradition geworden, dass wir ihre Kunsthausaufgaben zusammen machen. Wir beide haben dabei einen Riesenspaß. Sie freut sich, wann immer wir miteinander Zeit verbringen, und ich bin glücklich, solange sie es ist.

Euphorisch zieht sie mich hinter sich her in ihr Zimmer. Doch James' pöbelnde Stimme dröhnt wie ein Donnerschlag aus dem Wohnzimmer und lässt sie am ganzen Leib zitternd erstarren.

Mich erinnert es daran, wie gefährlich es hier für Isabella ist. Bis jetzt bin ich zwar sein Boxsack, aber ich weiß nicht, ob er sein Augenmerk nicht in ferner Zukunft auf sie richten wird. Daher habe ich ihr eingebläut, sich einzuschließen, während ich weg bin. Eine abgeschlossene Tür würde ihn allerdings nicht endgültig nicht davon abhalten, sich zu nehmen, wovon er denkt, dass es ihm gehört. Unsere Körper ... unsere Haut ... unsere Seelen.

Schnell schiebe ich sie in ihr Kinderzimmer, sehe sie mahnend an und lege mir einen Zeigefinger an die Lippen.

Sie kennt die Regeln. Keinen Mucks. Und auch wenn es mir das Herz bricht, meine sowieso schon stumme Schwester dazu zu ermuntern, still zu bleiben, geht es nicht anders. *Besser stumm als tot.*

Innerlich wie betäubt betrete ich das Wohnzimmer. Meine Gefühle sind weggesperrt, meine Gedanken auf leise gedreht und meine Muskeln bis zum Zerreißen angespannt.

»Na, dummes Gör, endlich zu Hause?«

Genüsslich gleitet sein Blick über meinen Körper. Er sucht nach seinem Kunstwerk, das er Tag für Tag auf mir hinterlässt. Allerdings ist meine Haut trotz der Frühlingswärme in lange Kleidung gehüllt.

»Zuerst will ich mein Geld von heute, dann holst du mir ein Bier, und dann ...« Wieder tasten mich seine gierigen Augen ab. Er streckt seine Hand aus und schiebt einen meiner Ärmel ein Stück hoch, um über die vernarbte Haut zu streichen. In mir ist nur Kälte, als wäre ich innerlich tot. » ... dann können wir dich weiter in mein Kunstwerk verwandeln.«

Ich tue alles, was er von mir verlangt, in genau der geforderten Reihenfolge. Das ist ein Abend von vielen, an dem ich mich am Ende nicht mehr bewegen kann und blutend auf dem kühlen Küchenboden einschlafe. Dabei träume ich von Zeiten in meinem Leben, in denen ich nicht wusste, dass mein Dad solch ein Monster war. Er ist schon immer kühl gewesen, aber erst nachdem meine Mom gestorben ist, gab es diesen Kurzschluss in seinem Gehirn, vermutlich hat er vorher sie misshandelt. Manchmal frage ich mich, ob er auf ewig verloren ist oder ob es für ihn Heilung gibt. Warum ich mir keine Hilfe suche? Tja, wenn nicht mal ich bis vor ein paar Jahren wusste, zu was er fähig ist, wie sollten mir dann Nachbarn, die Polizei oder sonst wer glauben?

Als Bewusstsein in meinen Geist sickert, bemerke ich, dass ich nicht allein bin, und jede Faser meines Körpers spannt sich an, macht sich bereit für die nächste Schlacht, die ich wieder verlieren werde. Es schiebt sich eine kleine Hand auf meine linke Gesichtshälfte. Ich zucke kurz. Die Berührung kommt unerwartet und meine Wange ist empfindlich von den gestrigen Quälereien.

Vorsichtig und stöhnend versuche ich mich aufzurichten und schaue in die wundervollsten Augen auf der ganzen Welt. Grün. Wunderschönes Grün ... nicht so hell und grau wie die von einem gewissen ... Moment, wie hat *er* sich denn in meine Gedanken geschummelt? Habe ich gerade ernsthaft an Ace gedacht?! Das war wohl ein Schlag zu viel auf den Kopf.

Isabella beobachtet mich sorgenvoll und mit einem so tiefgründigen Verständnis, das eine Sechsjährige nicht besitzen sollte. Das ist meine Schuld. Ich hätte sie besser von all dem abschirmen sollen, ich hätte mehr kämpfen müssen gegen James, ich hätte ...

Meine Schwester wischt mir mit einer zerbrechlichen Hand eine einzelne Träne weg, von der ich nicht mal mitbekommen habe, dass sie mir über die Wange läuft. Ich hasse es, dass ich jeden Tag alles für sie gebe und es trotzdem nie genug ist.

Mein Blick fällt auf die Küchenuhr. Zehn Uhr morgens, am Samstag. Himmel, ich muss mich beeilen.

Am Wochenende arbeite ich zwar nicht im Café, aber ich gehe Auftragsarbeiten als Künstlerin nach. Zu gern würde ich Kunst studieren, die Welt bereisen, mich inspirieren lassen und ... Gewaltsam rufe ich mich zur Ordnung. Es spielt keine Rolle, was ich will. Ich sollte mich mit dem zufriedengeben, was ich habe. Eine eigene kleine Website, auf der ich ein paar meiner Werke vorstelle und meine Dienstleistungen anbiete. Meistens male ich auf Wänden, um Materialkosten zu sparen. Ich verdiene nicht viel und doch genug, sodass es sich lohnt. James weiß davon nichts. Er denkt, ich bin im Café. Sprich, er bekommt den Stundenlohn plus das erwartete Trinkgeld, und das restliche Geld landet in meiner »Für-eine-bessere-Zukunft-Spardose«.

Fäuste, die auf mich niederregnen, blitzen durch meinen Kopf. Lieber Gott, ich kann Isabella nicht im Haus lassen, wenn James so drauf ist wie gestern, denn irgendwas war anders an ihm. Er war ... hemmungsloser. Ich hoffe einfach, dass mein Auftraggeber nichts gegen Kinder hat. Es ist ein Riesenauftrag, der beinahe verdächtig kurzfristig reingekommen ist.

»Du kommst heute mit, mach dich fertig«, fordere ich meine Schwester liebevoll auf und tue es ihr dann mühsam gleich. In solchen Momenten danke ich Gott fast, dass sich James so wenig für Bella interessiert. So würde er sich nicht fragen, wo sie abgeblieben ist.

Meine Muskeln sind steif und schreien bei jeder Bewegung, was nach der Anspannung der letzten Nacht kein Wunder ist. Soweit ich es beurteilen kann, bin ich nicht ernsthaft verletzt.

Ich stelle mich unter unsere winzige Dusche und beiße die Zähne zusammen, als das Wasser über meinen geschundenen Körper läuft. Das durch mein Blut rot gefärbte Wasser verschwindet still und leise im Abfluss, wie alles, was ich kenne.

Über Suizid habe ich nie nachgedacht. Nicht, weil ich es nicht könnte, sondern weil es in meinem Fall nicht erlösend wäre. Würde ich mir den Luxus nehmen und einfach gehen, würde sich James vermutlich an Bella vergreifen, und diese Vorstellung *ist* meine Hölle.

Ich stehe so lange mit gesenktem Kopf unter der Dusche, bis das Wasser wieder klar ist. Danach studiere ich meinen Körper nach Schäden, um die ich mich etwas mehr kümmern sollte. Wie bereits vermutet, sind da keine ernsthaften Verletzungen, nur Hämatome, Prellungen und Schnittwunden.

Was mir Sorgen bereitet, ist der dunkelblaue Fleck an meiner Wange, der einem sofort ins Auge sticht. Gute Güte, das wird ein toller erster Eindruck bei meinem Auftraggeber. Der Bluterguss und eine Schwellung betonen meine vernarbte linke Gesichtshälfte.

Früher einmal bin ich gar nicht so hässlich gewesen. Ich besitze rötliches bis kupferfarbenes Haar, welches mir in leichten Wellen bis zur Taille reicht. Einst war meine Haut makellos, aber leider schneeweiß. Trotz meiner Haarfarbe habe ich keine einzige Sommersprosse. Eine gerade kleine Nase und breite Lippen zieren mein Gesicht, während meine Augen in einem so hellen Grau schimmern, dass manche sie als silbern bezeichnen würden.

Und nun ist da ... *das*. Die Narbe fängt an der linken Augenbraue an, verfehlt mein Auge, aber schneidet dafür meine Nase an. Sie ist nicht nur lang, nein, sie ist auch rot, da sie erst vor einem Jahr schlecht verheilt ist. Dennoch habe ich das Gefühl, schon seit meiner Geburt mit ihr gezeichnet zu sein, nur dass sie da noch nicht für alle sichtbar war. Vorher bin ich – dank meiner Größe – unsichtbar durch die Menschenmengen gehuscht, jetzt macht mir jeder Platz, mit einer Miene, als sei ich ansteckend. Dumm, oder?

Jedenfalls ist mein Mal das Erste, was die Menschen sehen, wenn sie mich anschauen, und auch das Einzige, was sie in Erinnerung behalten. Voller Selbstekel wende ich mich vom Spiegel ab und verlasse das Bad.

Im Wohnzimmer wartet Bella und federt unruhig mit ihren Füßen auf und ab. Ein Blick aus dem Fenster zeigt mir, dass es nieselt, und meine Mundwinkel sinken herab. »Isabella, zieh dir bitte deine Regensachen an, damit du nicht krank wirst.«

Sie folgt meinem Blick, und ihre Schultern ziehen sich hoch, als sei ihr allein vom Anblick des Wetters kalt geworden. Sie flitzt in ihr Zimmer und kommt mit ihren gelben Gummistiefeln sowie meiner ehemaligen und somit übergroßen blauen Regenjacke zurück. Mein Geld hat damals nur für Gummistiefel gereicht, weshalb ich ihr meine Jacke geschenkt habe. Ihr dürrer Körper versinkt in dem Stoff, und in Kombination mit ihren grünen Kulleraugen und ihren blonden Korkenzieherlocken sieht sie zerbrechlicher aus als ohnehin schon.

Nachdem ich meine Malutensilien eingepackt habe, laufen Bella und ich zu der Adresse meines Auftraggebers.

Der Wolkenbruch legt sich wie ein grauer Filter über unser Viertel und lässt die hässlichen Sandsteingebäude noch trister erscheinen. Ich kann die Hektik auf den Straßen nicht leiden, daher gehen wir einen Umweg durch den Central Park. Bella hat ihren Spaß dabei, von Pfütze zu Pfütze zu springen. Auch wenn sie sich und mich damit dreckig macht, nehme ich ihr die Freude nicht.

Nach zwanzig Minuten Fußweg biegen wir in den Reiche-Leute-Stadtteil ein. Wir kommen an der Evergreen Academy of Art vorbei, und mein Herz zieht schmerzhaft, als ich junge Menschen aus dem eindrucksvollen Gebäude strömen sehe. Sie lachen und reden, und für sie scheint es das Normalste der Welt zu sein, in einem Gemäuer, das einem Schloss gleicht, Kunst zu studieren. Ich schaffe es nicht, meine Augen von einer Gruppe kichernder Frauen abzuwenden, und mir wird klar, dass ich in einem anderen Universum eine von ihnen wäre. Vielleicht gibt es ja irgendwo eine Parallelwelt, in der ich eine liebevolle und finanziell gut situierte Familie habe, die mich bei meinem Traum unterstützt und stolz auf mich ist. Eine Welt, in der mein einziges Problem ein Kerl ist, der meine Zuneigung nicht erwidert.

Seufzend reiße ich mich aus meinen bittersüßen Fantasien. Fakt ist, dass meine Existenz von Gewalt und Schmerz geprägt ist. Das muss ich akzeptieren, alles Weitere bringt mir nur noch mehr Leid ein.

Letztlich bleiben Bella und ich vor einem Club stehen. *No limits* prangt in neonbeleuchteter Schrift über dem Eingang auf. Den Namen habe ich bereits gehört. Er ist in aller Munde und viele Kunden aus dem Café fiebern der Eröffnung entgegen.

Skeptisch mustere ich das dunkle und hauptsächlich mit spiegelndem Glas geschmückte Bauwerk. Und da soll ich ein Wandgemälde anfertigen? So gut bin ich nicht.

Isabella zappelt an meiner Hand herum, als würde meine Unruhe auf sie übergreifen. Langsamen Schrittes steuern wir auf die Tür zu. *Vielleicht gehe ich besser wieder ...*

Aber dann würde mir das Geld entgehen, und das brauche ich.

Reiß dich zusammen und sei nicht so kindisch, befehle ich mir. *Denk an deine Schwester!*

Die Schultern straffend, schreite ich schneller voran. Als ich an der Eingangstür ankomme, versperrt mir ein Schrank von Mann den Weg. Warum auch immer es einen gibt, wenn der Club a) um diese Uhrzeit nicht geöffnet hat und b) das *no limits* bisher gar nicht eröffnet wurde!

»Hey, du kannst hier nicht rein«, spricht der Hüne knallhart und mustert mich geringschätzig. Nach unserem Weg hierher fühle ich mich wie ein dreckiger und begossener Pudel.

Jetzt entdeckt er Isabella, die sich zuvor hinter meinem Rücken versteckt hat. »Das hier ist kein Kindergarten, Süße.«

Mitleidig stiert er auf meine Narbe, meine verschmutzte Hose und meine nun braunen und nicht mehr weißen Chucks.

Mit einem tiefen Atemzug versuche ich meinen ganzen Mut zu sammeln. »Ich habe einen Termin mit dem Clubbesitzer, sein Sekretär hat mich herbestellt.« Meine Stimme klingt erstaunlich fest.

Überrascht begutachtet er mich erneut. Dann zückt er sein Handy und ruft irgendjemanden an.

»Hey Boss ... ja ... ja. Hier steht eine Frau, die behauptet, einen Termin bei Ihnen zu haben.« Stille. »Ich verstehe.«

Nachdem er aufgelegt hat, starrt mich der Türsteher wieder an. »Der Boss kommt raus«, verkündet er unheilvoll. Isabella beginnt hinter mir zu zittern. Er macht ihr Angst. Mir auch, aber ich kann meine Gefühle – Gott sei Dank – besser verbergen als eine Sechsjährige.

Böse funkle ich mein Gegenüber an. Der zieht unbeeindruckt eine Augenbraue hoch. Ich ignoriere ihn und drehe mich zu meiner Schwester um. »Alles gut, Schätzchen. Der tut dir nichts. Ich beschütze dich, das weißt du doch.«

Ich höre, wie sich weitere Schritte nähern, und die winzigen Härchen in meinem Nacken stellen sich auf wie kleine Stacheln. Bevor ich mich umdrehen kann, umschlingt Bella meine Beine und schluchzt auf. Auwei, wann hat sie das letzte Mal laut geweint?

»Ich verspreche es dir. Du weißt, dass ich niemals zulasse, dass dir jemand was tut, oder?« Ich spüre, wie sie versucht, sich zusammenzureißen, und schließlich ihre dürren Arme von mir löst.

Dann passieren mehrere Dinge gleichzeitig.

Ich drehe mich um.

Ich erstarre.

Ich erkenne.

Graugrüne Augen treffen mich wie Pfeile.

Und ich ...

Ich verliere mich in Angst.

Ace

Da steht sie. Schön. Wunderschön. Mein Blick scannt ihre mit Matschspritzern verzierten Schuhe, ihre durchnässte Kleidung und ihre langen feuchten Haare.

Jedoch ist da etwas, das dieses atemberaubende Bild zerstört. Angst. Und nicht nur in ihren Zügen. Hinter ihr lugt das Gesicht eines kleinen Mädchens hervor, dessen Augen in Tränen zu ertrinken drohen.

Aus Reflex will ich auf sie zugehen und sie beruhigen. Doch sie zuckt bei meiner Bewegung heftig zusammen und ich erstarre. Mit zusammengepressten Lippen weiche ich zurück, um den beiden mehr Raum zu geben.

Sieht so aus, als wäre mein Plan schiefgelaufen. Nachdem ich Dev damit beauftragt habe, mehr über sie herauszufinden, ist er nach kurzer Zeit darauf aufmerksam geworden, dass sie eine Künstlerin ist. Eine verdammt gute sogar. Selbst wenn sie mich nicht so fasziniert hätte, würde ich sie buchen.

Nur irgendwie habe ich nicht gedacht, dass sie hier mit einem Kind auftaucht. Die zwei sehen sich nicht ähnlich. Zumindest nach dem ersten Eindruck. Joyce hat rote Haare, wohingegen das Mädchen hellblonde hat. Und wo Joyce mich aus silbernen Augen ansieht, schaut mich das Mädchen mit grünen an. Auf den zweiten Blick entdecke ich allerdings einige Parallelen. Ihre unsicheren

Ausstrahlungen sowie ihre gebückten und leicht zusammengesunkenen Körperhaltungen, als wollten sie sich kleiner machen als ohnehin schon, um ja nicht aufzufallen.

Ist die Kleine Joyce' Tochter?

KAPITEL
Drei

Joyce

Vor mir steht Ace. Ace aus dem Café. Ace, der mir nicht mehr aus dem Kopf gehen will. Ace mit den gruselig graugrünen Augen. Panther-Ace. Dieser Zwei-Meter-Kerl, neben dem selbst der Türsteher mickrig wirkt, zittert vor Wut, während er Bella und mich aus zusammengekniffenen Lidern anstarrt. Ich sollte auf mein Bauchgefühl hören, das gerade hysterisch schreit, auf dem Absatz kehrtzumachen und so schnell wie möglich davonzulaufen.

»Du?«, quetsche ich hervor. Was für ein absurder Zufall ist das denn? Das Schicksal muss sich ja mächtig ins Fäustchen lachen. Ich wünsche, ich hätte Zeit für den Nervenzusammenbruch, den ich mir meiner Meinung nach mehr als verdient habe.

Schweigend starrt er mich in Grund und Boden. Er scannt meinen angespannten Körper, bis sein Blick auf meiner linken Wange hängen bleibt. Auf meiner Narbe. Aus unerfindlichen Gründen steigt mir Hitze ins Gesicht. Wieso stört es mich bei ihm so, wenn er meine Narbe ansieht? Es fühlt sich an, als würden sich Raupen durch meine Eingeweide fressen.

Da Ace so wirkt, als wäre er kurz davor, jemanden umzulegen, schiebe ich Bella beiläufig hinter mich und baue mich wie eine schützende Mauer vor ihr auf.

Ihm entgeht meine Geste nicht, und sie stimmt ihn noch misslicher. Erneut pirscht er auf mich zu – dieses Mal scheine ich Wurzeln geschlagen zu haben –, und seine Ausstrahlung raubt mir glatt den Atem. Dicht vor mir stoppt er und schaut mir so bohrend in die Augen, dass ich sicher bin, er könne jedes meiner Geheimnisse entdecken. Isabella wimmert, und ihre Angst malträtiert mein vernarbtes Herz.

Ace hebt seine riesige Pranke, als wolle er mir damit über die linke Wange streichen, berührt mich jedoch nicht vollends. Seine Hand schwebt zwischen uns in der Luft, und ich bilde mir ein, die Wärme, die von ihr ausgeht, auf meiner Haut prickeln zu spüren. Die Raupen in meinem Magen werden aggressiver.

»Wer war das, Rojita? Sag mir, wer das war?!«

Nicht mal Fragen stellen kann er wie jeder normale Mensch, stattdessen befiehlt er es mir, bringt somit alles in mir zum Sträuben und ... Moment mal ...

»Rojita? Was soll das denn heißen?«

Er zuckt zusammen, als hätte ich ihn bei irgendwas ertappt. »Das ist Spanisch und bedeutet so viel wie kleiner Rotschopf. Aber was ist nun mit deinem Gesicht?«, will er ungeduldig wissen und gibt mir kaum Zeit, sein Gesagtes zu verarbeiten.

Verwirrt fasse ich mir an die Wange und weiß nach dem Schmerz, was er meint. Ich habe den blauen Fleck vergessen. *Deswegen* ist er wütend? Ein hysterisches Lachen blubbert in mir hoch.

Ich zucke betont lapidar mit den Achseln. »Du hast gesehen, dass ich zu Unfällen neige. Ich bin gestern auf dem Nachhauseweg gestolpert und konnte mich nicht mehr rechtzeitig abfangen.« Die Lüge kommt mir leicht über die Lippen. Ace runzelt die Stirn, lässt das Thema zu meiner Erleichterung aber ruhen.

»Wie geht es deiner Hand?« Seine Sorge fühlt sich befremdlich an und ich ziehe unwohl meine Schultern zu den Ohren. Diese warmen Gefühle, die er in mir auslöst, sind unheimlicher als die altbekannte Angst.

»Nur ein kleiner Schnitt. Ich habe abends schon das Pflaster abgemacht. Sie ist fast wie neu, danke.« Demonstrativ wackle ich mit meinen Fingern vor ihm herum.

»Auch ein kleiner Schnitt kann sich entzünden. Du musst besser aufpassen!«

Irritiert und eingeschüchtert von seiner offensichtlichen Dominanz, weiche ich schluckend wenige Zentimeter zurück. Ich werde von diesen unterschiedlichen Empfindungen noch ein Schleudertrauma bekommen.

Derweil irrt sein Blick zurück zu Isabella. Seine Miene wird sanft und er versucht sich an einem Lächeln. Langsam kniet er sich hin. »Und wer bist du, kleine Lady?«

Isabella bebt heftig und umklammert von hinten fest meine Beine.

»Mein Name ist Ace, möchtest du mir deinen Namen auch verraten?«

Wild schüttelt sie den Kopf. Ich seufze erleichtert. Sie zeigt eine Reaktion. Das ist mehr, als sie den meisten anderen Fremden schenkt.

Mein Seufzen lenkt Ace' Aufmerksamkeit wieder auf mich.

»Das ist Isabella, meine kleine Schwester. Sie redet nicht. Ich nehme sie normalerweise auch nicht mit zu meinen Aufträgen, aber ich konnte sie heute nicht zu Hause lassen. Ich hoffe, das ist kein Problem.«

»Isabella stört nicht. Der Auftrag, richtig ... Dann bist du JayMi?«

Irgendetwas Undefinierbares funkelt in seinen Iriden. Ich nicke nur.

»Du hast großes Talent, Joyce. Deine Bilder haben mich sehr berührt. Sie sind so emotional. Wieso arbeitest du mit deiner Begabung in einem Café?« Seine Worte bohren sich wie ein Finger in eine eiternde Wunde.

Ein fetter Kloß macht es sich in meiner Kehle gemütlich, und vor meinem geistigen Auge tauchen wieder die unbeschwerten Mädchen vor der Evergreen Academy of Art auf.

»Manchmal reicht Talent nicht aus. Solche kleinen Künstler wie ich werden schnell vom Markt verdrängt. Uns gibt es fast an jeder Straßenecke, sodass man schon gar nicht mehr von Talent sprechen kann.«

Energisch richtet sich Ace zu seiner vollen Größe auf und lässt mich wieder wachsam werden. »Wer hat dir das denn eingeredet? Du hast einen ganz besonderen Stil, den ich noch nirgendwo anders gesehen habe«, redet er sich in Rage.

Tatsache ist, dass James das zu mir gesagt hat, und ich bin ausnahmsweise seiner Meinung. Da ich keine große Lust habe, darüber weiter mit Ace zu reden, wechsle ich das Thema.

»Also dann. Zeigst du mir die Wand?«

Für Isabella hoffe ich, dass der Club anständig ist und sie nicht erneut etwas zu sehen bekommt, das nicht altersgerecht ist. Ace folgt meinem Blick zu meiner Schwester und lächelt beruhigend.

»Ja, kommt rein. Mein Club ist sehr elegant eingerichtet. Viel Schwarz und Weiß. Nichts Anrüchiges. Es sieht nicht großartig anders aus als in einem Restaurant.«

Endlich wird der Eingang freigegeben. Ich nehme Isabella an die Hand und folge ihm, dem Türsteher ein letztes Mal zunickend.

Ace behält Recht. Der Raum ist hell und wirkt nicht wie ein Nachtclub. Weißer, teuer aussehender Boden, schwarze Möbel, ein dunkler Tresen. Von der hohen Decke hängen Aberhunderte von Spiegelscherben, die im Dunkeln bestimmt wunderbar reflektieren. Staunend starre ich nach oben. Wow, der Club hat echt Klasse. »Es ist sehr schön hier.«

Stolz nickt er. »Ja, tagsüber ist es hier nett, aber nachts ist es einfach nur magisch. Nach der Eröffnung hoffe ich, dass Leute – egal aus welchem Viertel – kommen und für ein paar Stunden all ihre Sorgen vergessen.«

Klingt wundervoll, denke ich sehnsüchtig.

Wenn man von all den potenziellen Berührungen und den Männern absieht, du Trottel, flüstert meine innere Stimme.

Er führt uns weiter, bis wir vor einer großen weißen Wand stehen bleiben, die gegenüber von der Bar liegt. Ganz die Künstlerin, gehe ich sofort zu der Wand und prüfe Struktur und Farbe.

Als ich mich umdrehe, sehe ich, dass Ace mich mit einem feinen Lächeln im Gesicht beobachtet. Seine Aufmerksamkeit lässt ein beinahe schmerzhaftes Prickeln durch meinen gesamten Körper huschen. Den Raupen in Magennähe scheinen Flügel zu wachsen.

»Also, was meinst du?«, lenkt er mich von den starken Reaktionen meines Körpers ab. »Ich habe mir irgendwas

mit Mann und Frau vorgestellt. Prickelnd. Heiß. Sinn-
lich. Keine Aktbilder. Zumindest nicht ausschließlich.
Traust du dir das zu?«

Bei jedem seiner Worte werden die Flügelschläge der
Flatterwürmchen in mir hektischer und schneller. »Das
sind sehr wenige Vorgaben, aber wenn du mir wirklich
freie Hand lässt, habe ich eine Idee«, bemühe ich mich
darum, professionell zu bleiben. »Sollte es dir nicht gefallen, werde ich es höchstpersönlich mit weißer Farbe überstreichen. Okay?« Innerlich stelle ich mir vor, wie ich
jeden einzelnen Schmetterling in mir einfange und
aussetze.

»Ich glaube, dass du meine Erwartungen eher über-
triffst.«

Der Druck, der ohnehin schon auf mir lastet, wird
schwerer. Hoffentlich enttäusche ich ihn nicht. Leicht
verunsichert starre ich ihn an. »Wegen Isabella ... wäre es
okay ... ich meine, dürfte sie ...«

»Hey, alles gut. Natürlich darf sie hierbleiben.«

Ich seufze erleichtert auf. Glück gehabt. Sanft
streiche ich meinem Schatz über das goldene lockige
Haar.

»Wann könntest du denn anfangen?«

»Wie wäre es mit jetzt sofort? Ich habe alles dabei,
was ich brauche«, sage ich und klopfe bestätigend auf
meinen Rucksack.

»Okay. Dann will ich dich auch gar nicht weiter stören. Mein Büro ist die erste Tür rechts den Gang runter,
wenn was sein sollte.« Und zack, ist er verschwunden.
Das ist ... seltsam. Normalerweise habe ich strikte Vorgaben und werde während meiner Arbeitszeit mit Argus-
augen bewacht, damit die dumme Hobbykünstlerin ja
nichts falsch macht.

Das hier ist neu. So viel Vertrauen in meine Fähigkeiten, und das bei einem so großen Auftrag.

Ich reiße mich aus meinen Grübeleien und fange an, alles vorzubereiten.

»Isabella, Kleines, willst du dich vielleicht in die Ecke setzen und dir dein Buch anschauen?« Ich deute neben die Theke, denn so habe ich sie immer im Augenwinkel. Sie nickt. Sie liebt es, bereits Lesen zu üben, und ich bin sicher, dass sie ab dem Sommer auch großen Spaß in der richtigen Schule haben wird.

Beruhigt widme ich mich meiner Kunst. Ziehe mein Maleroutfit, das aus einem alten Männerhemd und einer kaputten Hose besteht, über und sortiere meine Pinsel und andere Werkzeuge nach Größe. Pappe, die ich zum Abdecken des Bodens benutze, liegt am Rand, danach schaue ich mich nach einer Leiter um. Mist! Eine Leiter!

Sieht so aus, als müsste ich Ace früher als gedacht stören. Seufz.

»Ich bin gleich wieder zurück, Isabella. Warte bitte hier.«

Ein Nicken.

Mit klopfendem Herzen mache ich mich auf den Weg zu Ace' Büro. Zaghaft klopfe ich an die Tür.

»Herein«, ertönt prompt seine dunkle Stimme.

Ich trete ein. Ace sitzt hinter einem gigantischen Eichentisch und scheint sich mit irgendwelchen Papieren beschäftigt zu haben. Nun gleiten seine Panther-Augen wohlwollend über mein Outfit.

Meine Wangen glühen. Normalerweise hasse ich es, wenn mich Männer mit diesem Blick bedenken, als wäre ich ein Stück Fleisch, aber bei ihm ... nein, stopp! Streicht das. Ich hasse es, wenn Männer mich so ansehen. Punkt. Völlig ausgestorben sind die Schmetterlinge in mir, und Unbehagen verknotet mir den Hals.

»Wow, du siehst absolut heiß aus.«

»Lass die Anzüglichkeiten bitte sein«, presse ich hervor.

Ace

Aha, da besitzt ja doch jemand Feuer. »Was kann ich für dich tun?« Zufrieden, dass sie sich wehrt, wenn ich ihr zu nahe trete, lehne ich mich in meinem Schreibtischstuhl zurück.

Endlich lodert Kampfgeist in ihren Augen auf. Dieser war weder da, als ihr Chef sie runtergeputzt hat, noch, als Chazz sie so blöd angemacht hat.

»Ich bräuchte eine Leiter«, meint sie beinahe angriffslustig.

Erst jetzt fallen mir die Anspannung in ihren Muskeln, die Wachsamkeit in ihrem Blick und die schützend verschränkten Arme auf. Nun muss ich vorsichtig sein. Auch wenn ich nicht gelogen habe, dass sie in ihren Malerklamotten sexy ist, wollte ich sie hauptsächlich provozieren. Allerdings wirkt es eher so, als wäre ich mit meinen Worten in ihrer Gunst wieder gesunken. Weit gesunken.

Ich bin immer jemand gewesen, der weiß, was er will. Und ich weiß, dass ich sie will. Irgendwas an ihr zieht mich unaufhörlich zu ihr. Keine Ahnung, ob es mein Helfersyndrom ist, wie Dev es nennt, oder ihr Körper und die

Energie zwischen uns, wie Chazz vermutet, oder aber etwas ganz anderes.

»Oh, die habe ich wohl vergessen. Ich bringe dir eine«, antworte ich verspätet auf ihre Bitte.

Ich bin schon im Begriff aufzustehen, da räuspert sie sich leise. Peinlich berührt wispert sie: »Ich kann sie selbst holen, sag mir einfach, wo ich sie finde.«

»Quatsch, ich hole sie dir.«

Ehrlich gesagt, sieht sie nicht so aus, als wäre sie physisch in der Verfassung, etwas hochzuheben. Sie ist sichtlich unterernährt. Ich stocke und mustere ihre zarte Gestalt besorgt. Noch ein Punkt auf meiner Liste, über den ich mir bei ihr Sorgen machen muss. Irgendwas sagt mir, dass sie in ernsthafter Gefahr ist und Hilfe braucht.

Ihre Wangen bekommen eine lebendige Farbe und mein Herz sticht schmerzhaft.

»Ich werde es ja wohl hinkriegen, eine Leiter zu tragen.«

»Dass du es schaffst, steht auch nicht zur Debatte. Aber wieso solltest du dich so abmühen, wenn ich hier bin? Lass mich dir einfach helfen. Schließlich bezahle ich dich fürs Malen und nicht, um Leitern hin und her zu schleppen«, sage ich ruppiger als gewollt. Sie zuckt zusammen und schweigt.

Zufrieden damit, die Diskussion gewonnen zu haben, will ich das Büro verlassen. Ich schreite an ihr vorbei ... und erstarre, denn sie weicht vor mir zurück, als hätte sie Angst. Ihr Körper ist total verkrampft, ihr Blick unterwürfig gesenkt.

Und dann wird mir eins klar. Ich habe die Diskussion nicht gewonnen, weil ich die besseren Argumente habe und sie überzeugt habe, sondern weil sie Angst vor mir hat.

»Joyce!« Auf einmal wird sie ganz starr.

Madre mía! Ich will sie doch nicht noch weiter verschrecken. Ich bin nur so sauer auf denjenigen, der sie zu dem gemacht haben muss. Zu einem Opfer. Ich hasse dieses Wort. Opfer. Angespannt kneife ich die Lider zusammen.

Der feste und ordentlich verpackte Kern in mir fängt an zu glühen. Jedes Mal, wenn ich als Kind wütend wurde, ist dieser Kern gewachsen. Er vibriert, wird größer und breitet sich in meinem Körper aus. Heiße Lava pulsiert durch meine Venen. Vor meinem inneren Auge taucht eine dunkle Gestalt auf. Derjenige, der Joyce verletzt hat, und ehe ich mich zurückhalten kann, dresche ich gedanklich unaufhörlich auf diesen Jemand ein. Immer und immer wieder.

Eine Hand legt sich auf meinen Unterarm. Die Berührung ist kühl und dringt somit ruhig durch die Hitze, die mich durchströmt. Die Kühle breitet sich sachte in mir aus. Beschwichtigt die Rage in mir sanft runter auf eine angemessene Wut. Der Nebel in meinem Kopf lüftet sich. Verblüfft reiße ich die Augen auf und suche nach der Besitzerin der Hand. Joyce. Ich kneife mir in die Nasenwurzel und zähle langsam von zehn abwärts, bis sich diese Vernichtungsenergie in mir zu einem harmlosen Feuer verwandelt. Ernst begegne ich dem Blick von Joyce.

»Rojita, sieh mich an. In mir haust eine Wut, die du dir gar nicht vorstellen magst. Ich habe schon vor langer Zeit gelernt, dass Wut nicht wehtun muss, weder körperlich noch emotional. Sie ist einfach nur eine Energie, die richtig umgeleitet werden muss. Das heißt, dass ich dir niemals ein Haar krümmen werde. Hast du das verstanden?«

Sie nickt zaghaft, schaut mich aus großen Augen an, die momentan in unendlich vielen ungeweinten Tränen schwimmen. Keine Ahnung, ob es Angst, Kummer oder was anderes ist, das sie so sehr bedrückt. Aber ich kann jetzt nicht von ihr ablassen, dafür ist das Thema zu wichtig.

»Ich habe gefragt, ob du es verstanden hast«, sage ich hart, auch wenn mich ihr Seelenschmerz tief trifft.

»Ja. Ja, ich habe dich verstanden.« Endlich sacken ihre hochgezogenen Schultern herab und ein wenig Schwere verschwindet aus ihrer Mimik.

Zart, und ohne sie wirklich zu berühren, streiche ich ihr über die linke Wange. Eine höllische Gewalttat und grenzenlose Schönheit vereint in einem Gesicht.

Okay, Sanchez. Sieht so aus, als bräuchtest du eine kalte Dusche. Ich war noch nie jemand, der sich vor Liebe gefürchtet hat, aber das war sogar für mich etwas zu viel des Guten.

Wortlos drehe ich mich um und hole die Leiter. Joyce folgt mir mit einem gewissen Sicherheitsabstand. Ich habe keine Ahnung, was ihr erstes Aufeinandertreffen mit meinem wütenden Ich in ihr ausgelöst hat. Doch ich vermute, dass ich ihr eine Riesenangst eingejagt habe. Mierda!

Wir betreten den Clubraum, und mein Blick fällt sofort auf Isabella, die sich an die Theke lehnt und ein Buch anschaut. Irgendwas stimmt mit diesem Kind nicht, abgesehen davon, dass sie nicht spricht. Da ist etwas in ihren Augen, das mir einen Schauer über den Rücken laufen lässt. Schmerz, den ein Kind nicht kennen sollte, strömt aus jeder Pore ihres Körpers. Und auch sie scheint Angst vor mir zu haben.

Mir ist bewusst, dass meine fast zwei Meter mit zwanzig Kilo reiner Muskelmasse nicht gerade eine beruhigende Wirkung auf Frauen und Kinder haben. Aber dass mich die Kleine so zurückweist und fürchtet, tut beinahe physisch weh. In Isabellas Leben gibt es anscheinend keine Person, die sie so beschützt, dass ihre Scheu nachlassen könnte.

Nachdem ich die Leiter vor Joyce' Wand abgestellt habe, gehe ich langsam auf das Mädchen zu.

»Hey, was hast du vor?!«, bremst mich Joyce. Korrigiere, Isabella hat Joyce, die sie beschützt.

Vorsichtig knie ich mich vor das Kind, damit sie sich durch meine Größe nicht weiter bedroht fühlt. Sie drückt sich bereits eng an die Bar.

»Du machst ihr Angst!«, erklingt Joyce' Stimme. »Wir mögen es nicht, wenn man uns zu nahe kommt.«

Mir fällt auf, dass sie »wir« sagt. Trotz ihrer Worte stellt sie sich zwischen mich und Isabella.

»Ich will ihr nichts tun. Hörst du, Isabella? Ich möchte dir nichts tun. Du erinnerst mich an meine süße Nichte. Vielleicht magst du ja mal mit ihr spielen?«

Ein zaghaftes Nicken.

»Magst du Gesellschaftsspiele? Weißt du, mir ist nämlich schrecklich langweilig, meinst du, du könntest etwas von deiner Zeit opfern und ein Spiel mit mir spielen?«

Gespannt warte ich auf Isabellas Reaktion.

Komm schon, Kleine, trau dich.

Obwohl ich noch haufenweise Arbeit auf meinem Schreibtisch liegen habe, zieht mich nichts in mein Büro zurück. Keine Ahnung, ob mir meine Arbeit schon mal so egal war.

»Ihr könnt ja hier an der Theke spielen. Dann hast du mich und ich dich immer im Blick, na, was sagst du?« Joyce' Worte sind oberflächlich an Isabella gerichtet, aber während sie redet, schaut sie mich warnend an. Der Zwerg spricht tatsächlich eine Warnung gegen mich aus, dass ich ihrer Schwester auch ja nichts tue. Wäre dies nicht so erschreckend traurig, hätte ich gelacht. Was hat man den beiden denn nur angetan?

Isabella scheint sich durch Joyce' Zuspruch sicherer zu fühlen und versteckt sich nicht mehr ganz hinter ihr, sondern lugt vorsichtig um sie herum.

Neugierde flammt in den Augen des Mädchens auf. Sie nickt. Verdammt, sie nickt!

»Danke. Willst du kurz mitkommen, damit du dir ein Spiel aus meinem Büro aussuchen kannst?«, frage ich.

Hektisch schüttelt die Kleine den Kopf und will abermals hinter Joyce verschwinden.

Hastig beschwichtige ich sie. »Sorry, das war eine blöde Idee. Wie wäre es, wenn ich ein paar Spiele hole, und du überlegst dir, welches du spielen magst, hm?«

Erneutes Nicken. Gott sei Dank, fast hätte ich es vermasselt. Ich weiß doch, dass sie sich nur in Joyce' Nähe wohl und sicher fühlt.

»Gut, ich bin gleich wieder da.« Schnell schnappe ich mir einige Spiele, die ich zur Beschäftigung meiner Nichte Tracy in meinem Büro lagere. Dabei fällt mein Blick auf den Stapel Bewerbungen für die Managerstelle im *Galaxy*, meinem zweiten Club. Der Drang, mich in meiner Arbeit zu vergraben, um diese ewige Leere des Nicht-genug-Seins in mir zu füllen, wird von der Anziehungskraft zu den Mitchell-Geschwistern übertrumpft.

Joyce, ja, Joyce ist atemberaubend, wunderschön, klug und absolut loyal gegenüber ihrer Schwester. Leider aber auch verängstigt, misstrauisch und traurig. Ich habe vor, die letzten drei Dinge zu ändern. Wo kommt denn jetzt der Gedanke her? Es ist, als sei ich ein komplett anderer Mensch in ihrer Nähe. Und Isabella erinnert mich an mich selbst als Kind. Ich will ihr helfen, weil mir damals keiner geholfen hat und ich weiß, wie es sich anfühlt, von der ganzen Welt im Stich gelassen zu werden.

Nachdem ich viel zu lange weg war, kehre ich in den Clubraum zurück. Isabella hat es sich mittlerweile auf Joyce' Schoß bequem gemacht. Sobald mich Letztere entdeckt, hebt sie ihre Schwester schnell vom Schoß und setzt sie auf den riesigen Barhocker.

»Tut mir leid, ich habe rumgetrödelt, ich fange nun wirklich an. Zieh mir einfach ein paar Stunden von der Rechnung ab, okay?« Eilig will sie sich abwenden.

»Warte. Alles gut. Ich war nur kurz weg. Ich zieh dir gar nichts von der Rechnung ab. Lass dir ruhig Zeit.«

Ja, ist mir noch zu helfen? Ich sagte zu ihr, sie solle sich Zeit lassen?! Ich weiß doch gar nicht, welche Arbeitsmoral sie hat und ob sie das nicht ausnutzen wird.

Meine Zweifel verblassen, als ich mit einem schwachen Lächeln von ihr belohnt werde.

Irgendwann hat sich Isabella für ein Spiel entschieden. Ich erkläre es ihr und sie hört konzentriert zu. Eigentlich ist es viel zu schwer für ein Kind ihres Alters. Sie versteht es allerdings sofort und zockt mich ab. Jetzt mal ernsthaft, wie hoch ist ihr IQ?

Während wir spielen, vergesse ich alles andere und achte auch nicht weiter auf Joyce, die still vor sich hinarbeitet.

»Du hast ja schon wieder gewonnen?!«

Fassungslos blicke ich zu Isabella, die nur souverän mit den Schultern zuckt.

»Du schummelst, oder?« Gespielt misstrauisch kneife ich die Augen zusammen.

Sie kichert leise – der erste Laut, den sie von sich gibt –, nur um sich dann die Hand vor den Mund zu schlagen. Schließlich schüttelt sie den Kopf. Ihr Kichern fährt direkt in mein Herz. So soll es eigentlich sein, so und nicht anders.

Die Kleine deutet auf das nächste Spiel und ich hebe

ergeben die Hände. »Vergiss es. Ich gebe auf. Du wirst mich ja doch nur wieder besiegen.«

Sie schaut mich flehend an. Unglaublich, dass wir uns so gut verstehen, obwohl sie nicht spricht. Wenn es still ist, muss man nur umso genauer lauschen. Ich sehe ihre großen traurigen Augen und ihre gebückte Haltung. Erkenne, wie sie jedes Mal zurückweicht, wenn ich ihr unbeabsichtigt näherkomme, und wie sie versucht, jedes Geräusch zu vermeiden.

Während ich mit ihr Karten spiele, legt sie diese ganz behutsam ab. Es ist, als versuche sie, so wenig wie möglich aufzufallen. Als wolle sie sich verstecken. Und je besser ich Isabella und auch Joyce kennenlerne, desto mehr vertieft sich eine schreckliche Ahnung in mir.

Als ich dann doch einen Blick auf die Uhr werfe, erschrecke ich. Dreiundzwanzig Uhr zwölf.

»Bella, bleib kurz sitzen, ja? Ich sag nur deiner Schwester Bescheid, dass sie Feierabend machen soll. Es ist sehr spät und du müsstest bestimmt schon zu Hause im Bett liegen ...«

Dieser Satz bringt mir einen leicht bettelnden Gesichtsausdruck ein.

»Du möchtest nicht nach Hause, oder?«

Kopfschütteln. Ich möchte dabei helfen, diesen verlorenen Blick in den Augen der beiden zu vertreiben, also überlege ich. »Ich rede mit Joyce, wenn ihr wollt, könnt ihr auch hier schlafen.«

Isabella scheint erleichtert zu sein, und ich strecke langsam die Hand aus und streichle ihr vorsichtig über den Arm. Zuerst wirkt sie verkrampft, dann schmiegt sie sich in meine Berührung, wie ein ausgehungertes Kätzchen. Ich weiß, wie es sich anfühlt, sich so nach Zärtlichkeit und Geborgenheit zu sehnen.

Eine letzte Liebkosung über ihre Wange, danach stehe ich auf. »Warte hier, bitte.«

Ich gehe zu Joyce rüber. Völlig vertieft in ihre Arbeit und mit Kopfhörern in den Ohren, aus denen harte Gitarrenriffs erklingen, bemerkt sie mich nicht. Was zur Hölle hört sie da? Zum ersten Mal sehe ich, was sie bisher geschaffen hat.

So etwas habe ich noch nie gesehen. Es ist der Wahnsinn. Sie hat Köpfe von Mann und Frau gemalt. Alles schwarzweiß und mit einer Detailgenauigkeit, die verblüffend ist. Besonders die vollen Lippen der Frau und die des Mannes, beide kurz davor, sich zu berühren, liegen im Fokus und verleihen dem ganzen einen sinnlichen Touch. Unglaublich, sie hat genau den Stil des Clubs getroffen. Joyce zuckt heftig zusammen und reißt sich die Kopfhörer aus den Ohren. Erst jetzt bemerke ich, dass sie wirklich Musik mit einem MP3-Player hört ... wie süß.

Die harte Musik ist nun deutlich zu vernehmen. Ohne zu fragen, schnappe ich mir einen Stöpsel und stecke ihn mir ins Ohr, nur um dann verblüfft die Augen aufzureißen.

»Madre mía, was ist das?«

Verlegen blickt sie zu Boden. »Eine mongolische Rockband aus Ulaanbaatar.«

Gesundheit. »Du hörst Heavy Metal?«

Sie nickt zaghaft. »Und Folk Metal. Es beruhigt mich beim Malen. Ich liebe es, die Musik so laut zu drehen, dass die restliche Welt verblasst und nur ich mit meinem Pinsel zurückbleibe.« Hastig beißt sie sich auf die Unterlippe, als hätte sie zu viel verraten. Mir zeigt es nur wieder, wie unglaublich facettenreich und interessant diese Frau ist. Aber um sie von ihrer Scham abzulenken, deute ich auf ihr Werk. »Es ist ...« Ich suche nach den passenden Worten.

»Es ist noch nicht fertig. Ich weiß, momentan sieht es nicht so gut aus, doch wenn ich noch ein bisschen dran arbeite ... Wenn es dir gar nicht gefällt, kann ich es jetzt schon überstreichen«, unterbricht sie mich.

Langsam zähle ich von zehn rückwärts, um mich abermals zu beruhigen. »Dieses Kunstwerk zu überstreichen, wäre ein Verbrechen, Rojita. Es gefällt mir nicht nur. Ich liebe es«, mache ich ihr klar.

Ihre Wangen röten sich stark. Hinreißend. »Na ja, es ist ja auch noch nicht ganz fertig, aber wenn es das ist ...«

»Es ist schön. Wunderschön. Punkt. Du musst lernen, Komplimente anzunehmen.« Ich blicke sie streng an.

Sie murmelt etwas vor sich hin.

»Wie bitte? Ich habe nicht verstanden, was du gesagt hast.«

»Ich habe gesagt, dass es lange her ist. Also, dass ich ein Kompliment bekommen habe. Das ist echt ungewohnt für mich.«

Ungläubig starre ich sie an. Ungewohnt? Wo hat sie denn in den letzten zehn Jahren gewohnt? Ich kenne sie erst seit einigen Stunden und habe bereits tausend Dinge an ihr kennengelernt, die ein Kompliment wert sind. Entschlossenheit macht sich in mir breit. »Dann ändert sich das ab sofort. Ich werde dich von nun an, so oft es geht, mit Komplimenten überschütten. Ich meine, sieh dich an. Gewöhn dich lieber dran.«

Skeptisch schüttelt sie den Kopf.

»Weswegen ich eigentlich komme ... Es ist nach elf ...« Gehetzt wirft sie einen Blick in Bellas Richtung.

»Oh, wenn ich male, vergesse ich oft alles andere um mich herum. Ich packe noch schnell zusammen, und danach gehen wir.« Strähnen, die sich aus ihrem Haarknoten gelöst haben, streicht sie sich hinter die Ohren.

»Ihr könnt auch hier schlafen.«

Mit großen Augen schaut sie mich an. Ruhig erwidere ich den Augenkontakt und hoffe, dass sie erkennt, dass sie mir vertrauen kann.

»Es gibt eine Wohnung über dem Club, falls ich mal so müde bin, dass ich es nicht bis nach Hause schaffe.«

»Das können wir nicht annehmen. Wir werden gleich nach Hause laufen.«

»Ihr wollt laufen?! Um diese Uhrzeit? Dann bleibt ihr erst recht hier, oder meinetwegen fahre ich euch nach Hause. Aber ihr werdet nicht im Dunkeln allein nach Hause laufen.« Meine Worte sind resolut, doch was ihre Sicherheit anbelangt, sehe ich keinen Diskussionsspielraum.

Ihr wird die Situation immer unangenehmer. »Du brauchst uns nicht zu fahren, wir können den Bus nehmen oder uns sogar ein Taxi rufen.«

»Ich fahre euch oder ihr schlaft hier. Basta.«

KAPITEL

Vier

Joyce

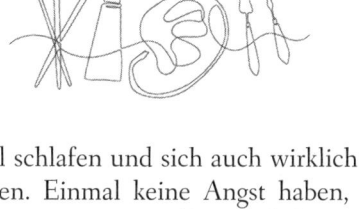

E inmal schlafen und sich auch wirklich ausruhen können. Einmal keine Angst haben, dass man nachts unerwarteten Besuch bekommt. Einmal Erholung finden. Das klingt fast zu gut, um wahr zu sein. Erwartet er was von mir, wenn ich hierbleibe? Vielleicht ist er auf eine sexuelle Gefälligkeit aus. Ich kenne diesen Typen nicht und habe gelernt, immer vom Schlimmsten auszugehen.

Kritisch beäuge ich den großen, starken und furcht-einflößenden Mann vor mir. Gut aussehend ist er ja, das muss ich ihm lassen. Schönheit ist jedoch eine Falle. Wiegt dein Gegenüber in Sicherheit. Sie ist eine Ablenkung, eine Illusion.

»Was willst du dafür? Für die Nacht in deiner Wohnung?«, hake ich glasklar nach.

»Nichts. Mir reicht das Wissen, dass euch nichts passiert.«

Misstrauen grummelt in mir.

»Na komm, Isabella wartet. Ich zeige euch die Wohnung.« Er dreht sich so selbstbewusst um, als hätte ich einen Vertrag unterschrieben, dass wir hierbleiben.

»Hey! Ich habe noch gar nicht zugestimmt!«

»Rojita, deine Mimik ist nicht so unleserlich, wie du vielleicht denkst.« Einer seiner Mundwinkel zuckt spöttisch.

In seiner Nähe vergesse ich mein Mal, wird mir plötzlich bewusst.

Mit hitzigen Wangen wende ich meine linke Seite von ihm ab und will mich zu Isabella aufmachen, um mit ihr von hier zu verschwinden.

Eine Hand schließt sich um meinen Oberarm. Alles, was ich wahrnehmen kann, ist der leichte Druck um meinen Arm, die Tatsache, dass ich nicht wegkann. Etwas in mir setzt aus. Ich wirble herum und will zuschlagen. In letzter Sekunde schaffe ich es, meine Faust zu bremsen, sonst hätte sie Bekanntschaft mit Ace' hübschem Gesicht gemacht. Dieser wirkt äußerst schockiert, weicht aber nicht einen Millimeter zurück.

»Fass mich nicht ohne Erlaubnis an, und vor allem nicht von hinten«, geht es mit mir durch, und im gleichen Moment zucke ich vor ihm zurück. Meine Muskeln spannen sich aus Angst vor einer Bestrafung an. Verdammt, seine Nähe ist noch gefährlicher, als ich dachte, denn sie lockert meine Zunge. So rede ich mit niemandem, niemals.

Sein Blick scannt scharf meinen Körper. »Tut mir leid. Du sahst nur so traurig aus, als ich dein Gesicht erwähnt habe.« Seine Pantheraugen blitzen reuevoll, und für einen kurzen Atemzug finde ich seine Augenfarbe fast schön und nicht beängstigend.

»Ich sehe sie nicht mehr, Joyce.«

Verblüfft reiße ich die Augen auf. »Willst du mich verschaukeln? Du bist ein Narr, wenn du denkst, dass ich dir *das* glaube.«

Ace nähert sich mir wieder einen Schritt. »Ich habe mittlerweile mitbekommen, dass die Narbe ein wunder Punkt für dich ist, das beweist deine heftige Reaktion. Und ich meinte nicht, dass ich sie nicht *sehe*. Ich meine, dass sie einfach ein Zeichen deiner Stärke ist.«

Nicht bereit, dieses Gespräch jetzt zu führen, mache ich Anstalten, mich abzuwenden. Dieses Mal stellt er sich mir in den Weg. Immerhin, er lernt dazu.

»Als ich dich das erste Mal gesehen habe, war ich bestürzt. Das gebe ich ganz ehrlich zu. Wenn ich dich nun anschaue, erkenne ich als Erstes deine unglaublichen Augen, in denen dieses Feuer brennt.« Seine Finger streichen in der Luft unter meinen Lidern entlang. Zwar berührt er mich nicht richtig, doch es kommt dem ziemlich nahe. Ich erschaudere vor Wohlwollen.

»Etwas Vergleichbares habe ich noch nie gesehen«, fährt er fort, »als Zweites fallen mir deine wunderschönen Haare auf, die genauso stark leuchten wie dein Beschützerinstinkt.« Er nimmt eine Haarsträhne zwischen Daumen und Zeigefinger und zwirbelt sie. Meine Atmung stockt aufgrund der Intimität dieses Moments.

»Ich mag diesen Kupferstich, und ich freue mich auf den Tag, an dem ich meine Hände in deiner Mähne vergraben darf, um diese unglaublich vollen Lippen zu küssen, über die immer wieder mutige Worte schlüpfen. Das ist es, was ich sehe, wenn ich dich anschaue. Bei mir brauchst du dich nicht zu verstecken.«

Hitze pulsiert in mir, und die Flatterwürmchen in Magennähe erwachen zu neuem Leben. Eine einzelne Träne läuft mir über die Wange und tropft letztlich von meinem Kinn. »Du bist gefährlich, Ace.«

Obwohl ich ihn nicht lange kenne, bin ich mir inzwischen sicher, dass er mir physisch nicht wehtun wird. Mein Verstand weiß das, aber mein Herz lebt noch immer in der Vergangenheit.

»Darf ich dich in den Arm nehmen?«, fragt er mit rauer und kehliger Stimme.

Bevor ich registriere, dass ich nicke, fahren seine Hände vorsichtig über meinen Rücken, und das unerträgliche Brennen, welches sonst mit Berührungen einhergeht, bleibt aus. Er schlingt seine Arme nur so eng um mich, dass ich mich im schlimmsten Fall schnell und von allein lösen könnte.

Stirnrunzelnd horche ich in mich hinein. Da ist keine Übelkeit und kein Herzrasen – zumindest nicht von der schlechten Art. Vielmehr spüre ich ein leichtes Flimmern um mein Herz. Ich genieße den Geruch nach Eukalyptus und die Wärme, die von seiner Gestalt ausgeht, sobald ich mich an ihn lehne. Menschliche Wärme. Ich habe ganz vergessen, dass sie so guttut und wie heilend sie sein kann. Meine Arme baumeln ohne Ziel an meinem Körper herunter, als hätten sie vergessen, wo ihr Platz ist. So weit, dass ich seine Umarmung erwidern kann, bin ich noch nicht.

Ich unterdrücke ein Gähnen, denn ich will nicht, dass dieser Moment in seinen Armen endet. In Freiheit und Sicherheit. Im Beschützt-Sein.

Ace bemerkt das Anzeichen meiner Müdigkeit jedoch und löst schmunzelnd die Umarmung. »Nun komm, du hast heute viel zu lange gearbeitet. Hast du auch einen freien Tag in der Woche?«

Träge schüttle ich den Kopf.

»Du musst mehr auf dich achtgeben. Es bringt keinem was, wenn du vor Erschöpfung zusammenbrichst. Isabella braucht dich«, mahnt er, und sein Tonfall lässt meine inneren Stacheln ausfahren.

»Ich weiß. Alles, was ich tue, mache ich für sie. Also maße dir nicht an, über mein Arbeitspensum zu urteilen.«

»Es ist traurig, dass du denkst, dich totzuarbeiten wäre das Beste für sie«, wirft er in den Raum und dreht sich um. Ja, so kann man eine Diskussion auch beenden. Dennoch folge ich ihm stumm. Vielleicht bin ich zu müde zum Widersprechen.

Ace steuert auf die Theke zu, an der Isabella und er gesessen haben. Wenn ich sie beobachtet habe, wurde mir jedes Mal warm um diesen schwarzen Klumpen in mir, den andere wohl Herz nennen. Meins wurde schon vor langer Zeit verstümmelt, innerlich sehe ich mindestens genauso schlimm aus wie äußerlich.

Bella hat derweil ihren Kopf auf ihren Händen gebettet und schläft. Sie fühlt sich hier sicher genug, um zu schlafen. Das muss etwas bedeuten, oder?

Bevor ich die Gelegenheit bekomme, sie zu wecken, hebt Ace sie auf seine Arme, als wiege sie nicht mehr als eine Puppe. Kaputt, wie meine kleine Schwester ist, wacht sie nicht einmal auf. Im Schlaf kuschelt sie sich an Ace. Mein Inneres weiß nicht ganz, was es von diesem Bild halten soll.

»Folge mir.«

Schweigend laufen wir zu einer Tür.

Mit Bella auf dem Arm schließt er sie auf. Unschlüssig im Flur stehend, überlege ich, ob es nicht doch besser wäre, nach Hause zu gehen. James wird durchdrehen, wenn er bemerkt, dass Isabella und ich fehlen.

Andererseits dreht er wahrscheinlich bereits durch, weil ich noch nicht zu Hause bin. Dieser Abend würde schmerzvoll enden, wenn ich gehen würde. Will ich mir das wirklich antun? Morgen ist auch noch genug Zeit, mich grün und blau schlagen zu lassen.

»Nun komm endlich, Joyce. Hör auf, immer alles zu zerdenken.«

Ich betrete seine Wohnung und habe gleich ein ungutes Gefühl. Keine Ahnung, ob ich schon mal von so vielen teuren Dingen umgeben war. Dunkle Fliesen und helle Designermöbel dominieren den Raum. Er wirkt kalt, düster und makellos, und ich bin ein Störfaktor; hässlich und kaputt.

»Meine kleine Schwester hat die Wohnung eingerichtet. Sie fand es wohl lustig, der Einrichtung eine Bad-and-rich-Clubbesitzer-Note zu geben.« Sein Tonfall klingt beinahe entschuldigend. Also sieht er sich nicht so?

»Du hast eine Schwester? Wie alt ist sie? Steht ihr euch nah?« Begierig stürze ich mich auf die erste persönliche Information von ihm.

Ace gluckst leise, woraufhin sich Isabella an seine Brust kuschelt. »Langsam. Da komm ich ja gar nicht mehr mit. Hm ... Ja, ich habe eine Schwester. Sie ist vier Jahre jünger als ich und somit dreiundzwanzig Jahre alt. Wir stehen uns sehr nahe. Neugierde gestillt?«, fragt er mit schräg gelegtem Kopf.

Nicht einmal annähernd. »Ja, tut mir leid, ich wollte nicht aufdringlich sein.«

»Alles gut. Schön zu sehen, dass du auch Interesse an mir hast«, meint er frech.

Verwirrt, wo uns das Gespräch hingeführt hat, schüttle ich hektisch den Kopf, was Ace das erste Mal richtig lachen lässt.

Ich höre ihn jetzt zum ersten Mal so herzlich und aus

vollem Bauch lachen. Es ist ein tiefes Rumpeln, bei dem er den Kopf leicht in den Nacken neigt. Isabella regt sich bei diesem Geräusch in seinen Armen. Plötzlich hellwach, legt sie eine ihrer kleinen Hände auf seine Wange und schaut vertrauensvoll zu ihm auf.

Ich schlucke und Ace verstummt. Auch ihm scheint der seelenvolle Blick meiner Schwester nahezugehen. »Du bist ja wach, Schätzchen. Entschuldige, ich wollte dich nicht aufwecken.«

»Noch mal«, ertönt ein unsagbar leises Flüstern. Und gleichzeitig ist es so laut und klar, dass ich vor Schreck beinahe umkippe. Hat sie etwa ... ich meine, hat sie ... hat sie? Hat sie das erste Mal seit einem Jahr gesprochen? Und das ausgerechnet mit diesem von außen furchteinflößenden Mann?

»Was noch mal, Schätzchen?«, fragt Ace, unwissend, welches Wunder sich gerade ereignet.

»Noch mal ... lachen«, erklingt wieder die zarte, aber engelsgleiche Stimme meiner Schwester und lässt mein Herz fast wie Butter zerfließen. Tränen schummeln sich in meine Augen.

Ace lächelt sie weich an.

»Lachen!«

Von ihrem Befehl belustigt, gluckst er erneut leise. Isabella klatscht in die Hände. Als Ace seinen amüsierten Blick mir zuwendet, bemerkt er meine Ergriffenheit. Jeglicher Schalk weicht aus seinen Zügen.

Mit zittrigen Beinen gehe ich auf die beiden zu. »Bella, was hast du gesagt?« Noch einmal wollte ich ihrer wundervollen Stimme lauschen.

Meine Schwester schaut verunsichert zu mir. Kein Ton kommt über ihre Lippen, nicht mal ein Mucks. Ihre Augen werden feucht und sie ballt ihre kleinen Hände zu Fäusten. Sie setzt sich mal wieder unter Druck. Wie ein

Häufchen Elend kauert sie nun in Ace' Armen, der sie daraufhin enger an sich drückt.

»Shh, es ist alles gut. Wenn du nicht reden willst, musst du auch nicht reden, okay? Niemand zwingt dich.«

Sie nickt erleichtert. Aus dem Augenwinkel bemerke ich Ace' fragenden Blick.

»Gleich«, forme ich lautlos in seine Richtung. Er versteht; nicht vor Isabella.

»Komm, ich zeige euch, wo ihr schlafen könnt.« Er führt uns in ein riesiges Schlafzimmer. In der Mitte steht das größte Bett, das ich je gesehen habe. In diesem Koloss könnten locker drei ausgewachsene Personen schlafen. Obwohl, wenn ich mir den gigantischen Körper von Ace so ansehe, vielleicht doch nur zwei.

Ace zeigt uns das Badezimmer und drückt mir frisch verpackte Zahnbürsten in die Hand. Neugierig spähe ich in den Schrank, den er gerade durchwühlt. Zum Vorschein kommen ein Pyjama in Isabellas Größe und ein T-Shirt, das dem Umfang nach ihm gehören muss. Meinte er nicht, dass das hier eine Wohnung für Notfälle ist? Wenn er nach der Arbeit zu müde ist, um heimzufahren? Für eine Gelegenheitswohnung ist sie mit seinem Zeug ganz schön ausgefüllt.

»Okay, also einen Schlafanzug für Isabella habe ich, der gehört meiner Nichte, den sie für Übernachtungszwecke hier gelagert hat. Dir kann ich leider nur ein T-Shirt von mir anbieten, Rojita. Du wirst wahrscheinlich darin versinken, aber was soll's.«

»Ist okay.« Meine Wangen leuchten vermutlich knallrot. Der Gedanke, dass Stoff, den er selbst an seinem Körper getragen hat, über meine Haut streift ...

Nachdem uns alles gezeigt wurde, mache ich Bella bettfertig, lege mich zusammen mit ihr hinein und warte, bis sich ihre Atemzüge vertiefen. Auf Zehenspitzen schleiche ich aus dem Raum, lasse die Tür jedoch angelehnt, damit ich sie hören kann, wenn was sein sollte.

Im Wohnzimmer finde ich Ace auf dem Sofa sitzend und mit zwei Weingläsern vor sich. »Setz dich zu mir«, spricht er mich an, ohne sich vorher zu mir umgedreht zu haben. Sein dunkles Hemd ist verschwunden, und er trägt T-Shirt, Jeans und … Ich muss mehrfach blinzeln, aber Tatsache: Kuschelsocken. Nur mühsam verkneife ich mir ein Grinsen. Scheinbar sehnt er sich mehr nach Geborgenheit und Heimeligkeit, als sein sonstig hartes Auftreten und seine kalte Wohnung vermuten lassen.

Zögerlich folge ich seiner Anweisung und sinke mit genügend Sicherheitsabstand zu ihm auf die teuer aussehenden Polster.

»Also?«, knüpft er nahtlos an mein stummes Versprechen an. Tief atme ich durch.

»Meine Schwester hat seit einem Jahr kein einziges Wort mehr gesprochen. Nicht nach diesem einen Tag.« Ich presse die Lippen zusammen, damit mir nicht noch mehr entschlüpft.

Irritiert blinzelt er. »Wie meinst du das?« Er stellt seine knappen Fragen mit einem solchen Selbstbewusstsein, dass mir gar nicht der Gedanke kommt, ihm die Antworten zu verweigern.

»Sie hat einige Sachen durchgemacht, die ein Mädchen in diesem Alter … nein, in *gar keinem* Alter durchmachen sollte. Seitdem bringt sie kein Wort mehr über die Lippen.« Mein Magen wird bleischwer, und mal wieder habe ich das Gefühl, versagt zu haben. Ich umschlinge meine Beine und mache mich ganz klein.

»Nicht nur sie hat scheinbar einiges durchgemacht, sondern auch du.« Seine graugrünen Augen brennen sich in mich, und erneut habe ich das unbestimmte Gefühl, sie zu kennen.

»Jedenfalls ...«, gehe ich einfach über seinen Einwurf hinweg, »... bin ich mehr als überrascht, dass sie gerade bei dir das erste Mal spricht.« Mein Blick saugt sich an seinen Füßen fest. Die Tatsache, dass er – Clubbesitzer und vermutlich Millionär – Kuschelsocken trägt, macht ihn irgendwie ... menschlich.

»Isabella scheint ein ganz besonderes Kind zu sein. Sie ist sehr schlau.«

Seine Worte wärmen mich mehr von innen, als es jedes Kompliment geschafft hätte. Ich lasse meine Beine los und setze mich in den Schneidersitz. Ace angelt sich unsere Gläser vom Tisch und reicht mir eins. Dankbar lächle ich ihn an.

»Wart ihr mit ihr bei einem Arzt?«, fragt er, nachdem er an seinem Weißwein genippt hat.

Seufzend kreise ich den Stiel des Glases zwischen Daumen und Zeigefinger, der süße Duft des Weins umschmeichelt meine Sinne und entspannt mich. »Ich würde mit ihr gehen, wenn ich könnte. Aber unser Vater glaubt nicht an diesen *Hokuspokus,* den Psychotherapeuten seiner Meinung nach verzapfen. Und dem Staat sei Dank braucht man bei Bürokratiekrams die Erlaubnis eines Erziehungsberechtigten.« Ob diese Menschen überhaupt das Recht haben, erziehungsberechtigt zu sein, interessiert niemanden. Ich nippe an meinem Wein und lasse mich für einen Moment von dem süßen und lieblichen Geschmack ablenken. Noch nie habe ich so guten Wein getrunken.

»Das ist Bullshit. Ich war sehr lange in psychologischer Behandlung, und ohne sie wäre ich nicht der Mann, der jetzt vor dir sitzt.« Er klingt wütend, und wieder einmal glühen seine Augen unheimlich. Doch dieses Mal erschrecken sie mich nicht, viel zu fasziniert bin ich von seinen Worten.

»Echt?« Ich wende mich ihm vollends zu.

»Echt. Meine Kindheit hat mich sehr geprägt. Hilfe anzunehmen ist eins der schwersten Dinge, die ich tun musste. Dafür muss man Mut und eine innere Stärke besitzen, die nicht jeder hat.«

Ich bin baff. Mir ist klar, dass sich ein Teil seiner Worte an mich richtet, aber dass dieser große, starke Mann in Therapie war, überrascht mich ungemein. Noch nie bin ich einem Y-Chromosom-Träger begegnet, der einsieht, dass die menschliche Psyche, unabhängig vom Geschlecht, ein zerbrechliches Konzept ist.

»Was ist denn mit eurer Mutter?« Ace nippt an seinem Glas.

»Bitte?«, frage ich völlig aus den Gedanken gerissen und gönne mir ebenfalls einen weiteren Schluck. Der fruchtige Geschmack hilft mir, wieder im Jetzt anzukommen.

»Du hast gesagt, dein Vater zeigt nicht die innere Bereitschaft für eine psychiatrische Behandlung deiner Schwester. Was ist mit deiner Mom?«

Nun erst wird mir bewusst, was ich eben gesagt habe, wie weit ich ihn in meine Angelegenheiten habe blicken lassen.

Gute Güte, Mitchell. Kannst du nicht mal den Mund halten?!

Doch nun ist es zu spät, jede Gesprächsverweigerung oder Ausrede würde nur noch mehr Aufmerksamkeit auf dieses Thema lenken, also halte ich es kurz und knapp.

»Sie ist tot.« Drei einfache Worte, die dennoch so viel aussagen. Hastig stürze ich meinen Wein herunter. »Ich bin ziemlich müde und sollte ebenfalls schlafen gehen«, sage ich, bevor er etwas entgegnen kann. Das ist nicht mal gelogen, eine bleierne Müdigkeit lastet in mir, die allerdings nicht durch Schlaf verschwinden würde, das weiß ich. Mit einem Klirren stelle ich das Glas auf den Couchtisch und stehe auf.

»Dann sehen wir uns morgen früh.«

»Äh, Moment. Schläfst du auch hier?« Ich umarme mich selbst.

»Ja, ist das ein Problem?« Ace mustert mich, noch immer sitzend, von unten.

»Ja ... ich meine, nein ... Ich meine, wo schläfst du denn?« Ich beiße mir auf die Lippe. Er lässt sie keine Sekunde aus den Augen, und Hitze prickelt durch meinen Körper.

»Auf der Couch.« Die Hitze verpufft und ich fühle mich sehr unwohl.

»Oh, das tut mir leid. Wir wollten dir ganz bestimmt nicht deinen Schlafplatz klauen. Wir können doch noch nach Hause gehen ... Ich rufe uns ein Taxi, und dann ...«

»Jetzt mach mal langsam. Es ist schon spät. Und mich stört das Sofa nicht. Es ist nicht die erste und nicht die letzte Nacht, die ich darauf verbringen werde.«

Erneut will ich widersprechen.

»Mund zu, es reicht! Es ist nur eine Nacht. Mach dir keinen Kopf«, sagt er mit funkelnden Augen und harter Stimme, welche mich die Lider niederschlagen lässt. Mit zusammengepressten Lippen wende ich mich ab und will ins Schlafzimmer zurückkehren.

»Joyce? Isabella wird es schaffen. Und du auch. Da bin ich mir sicher.«

»Schlaf gut«, ist meine schlichte Antwort auf seine liebevollen und, für die kurze Zeit, die wir uns erst kennen, sehr intimen Worte.

Sonnenstrahlen kitzeln auf meinem Gesicht, und wohlig seufzend recke ich mich ihnen entgegen. Hach, ist das schön. Der Geruch nach Waschpulver und etwas Herberem steigt mir in die Nase, als ich meinen Kopf noch mal in die Laken kuscheln will. Da wird mir bewusst, dass ich nicht in meinem eigenen Bett liege.

Ruckartig reiße ich die Augen auf, nur um sie kurz darauf stöhnend wieder zu schließen. Die Sonne blendet mich. Nach ein paar Sekunden gewöhne ich mich an das helle Licht und schaue mich bei Tageslicht im Schlafzimmer um.

Bella liegt nicht neben mir im Bett. Panisch scanne ich den Raum nach ihr ab. Sie ist nicht hier.

In der Hoffnung, sie irgendwo sonst in der Wohnung zu finden, schlüpfe ich geistesgegenwärtig in meine Klamotten und stürme aus dem Schlafzimmer. Ein Lachen aus Richtung Küche lässt mich erstarren. Es ist *ihr* Lachen.

Ich folge dem Klang und entdecke Ace am Herd und meine Schwester lachend am Esstisch sitzend. Wie lange habe ich ihr Gelächter nicht mehr gehört? Wehmut steigt in mir auf.

»Wetten, dass ich den Pfannkuchen beim Hochwerfen drehen und wieder in der Pfanne landen lassen kann?«, fragt Ace sie, und ich werde für einen Moment von den unter dem T-Shirt arbeitenden Muskeln abgelenkt.

»Ja.« Isabella klatscht dabei freudig unterstützend mit ihren Händen. Ihre Stimme geht mir direkt unter die Haut und lässt meine Haare auf den Armen aufrichten.

Wer ist dieses wunderschöne, unbeschwerte und fröhliche Kind? Tränen steigen mir in die Augen, als mir bewusst wird, dass ich ihr ein solches Leben nicht bieten kann. Unser Vater unterdrückt jegliche Lebensfreude, aber momentan habe ich einfach nicht genug Geld beisammen, sodass wir uns ein eigenes Leben leisten können. Vielleicht wäre es doch besser für Bella, wenn wir uns trennen würden und sie vorerst zum Jugendamt kommen würde.

Stopp. Nein!, reiße ich mich gewaltsam aus meinen Gedanken. Wenn ich in ihrer Nähe bin, kann ich sie immerhin beschützen. Wer weiß, wo sie landen würde. Manchmal ist der größte Schrecken weniger angsteinflößend als das Unbekannte.

Mit einem Räuspern mache ich die beiden auf mich aufmerksam. Bellas Gesicht wird, wenn möglich, noch strahlender.

»Jossie!«, jauchzt meine kleine Schwester meinen Spitznamen.

Sie springt von ihrem Stuhl auf und hopst mit einem Satz in meine Arme. Der schwarze Klumpen in mir wird leicht.

Ace dreht sich um und lächelt herzlich in meine Richtung. Er wischt sich die Hände an einem Geschirrhandtuch ab und tritt langsam auf mich zu. Um mich nicht zu erschrecken, führt er seine Hand fast schon in Zeitlupe an meine Wange. Ganz sachte. Wärme breitet sich blitzschnell in mir aus, und ich heiße dieses Prickeln und Kitzeln in mir willkommen.

Ich schmiege mich in die zärtliche Berührung, bevor ich merke, was ich überhaupt tue. »Vor dir wusste ich nicht, dass es so schön sein kann, von jemandem berührt zu werden. Von einem Mann ...«, entschlüpft es mir wispernd.

»Dann hast du eindeutig die falschen Leute kennengelernt, Rojita.«

Seine irritierenden graugrünen Augen glühen, aber dieses Mal machen sie mir keine Angst, vielmehr verliere ich mich in ihnen.

»Setz dich, ich mache euch beiden Pancakes. Was

sagst du?« Ein letztes Mal streicht er mir zart über die Wange. Er hat frische Eier hier? Vielleicht wohnt er ja doch ganz und nicht Teilzeit in der Wohnung.

»Ich habe noch nie in meinem Leben welche gegessen«, murmle ich gedankenverloren.

Gespielt schockiert greift er sich an die Brust, als hätte ich ihn tief getroffen. »Du auch nicht? Bella hat eben so etwas erwähnt. Bei mir in der Familie sind Pancakes am Sonntag Tradition.«

»Muss schön sein ...« Mild lächelnd setze ich mich an den Tisch.

»Was? Süßes Frühstück am Sonntag? Auf jeden Fall!« Er wendet sich wieder dem Herd zu.

»Nein, ich meinte die Familie. Gemeinsames Essen, so was gibt es bei uns schon lange nicht mehr«, offenbare ich. Der süße Duft in der Luft, Ace' Fürsorglichkeit und Bellas Lachen haben meine Mauern bröckeln lassen.

Ace dreht sich sprachlos zu mir, bis ein entschlossenes Lächeln seine Gesichtszüge abermals auflockert. »Dann lernt ihr es jetzt kennen.«

Es dauert einige Minuten, bis das Essen fertig ist. In der Zeit schäkern Ace und Bella miteinander herum. Ich staune nur und versuche, alles zu verarbeiten. Seine Herzlichkeit, seine Freundlichkeit, seine Geduld ... Er ist perfekt. Und das, obwohl er ein Mann ist. Das rüttelt an meinem gesamten Weltbild.

Schließlich setzt sich Ace mit einem voll beladenen Teller zu uns an den Tisch.

»Also ... Was habt ihr beiden Schönen denn noch vor?«

Bella strahlt ihn an, als er ihr einen Pancake auf den Teller legt.

»Ich dachte, ich kann das Bild zu Ende malen. Dann

bist du mich im Handumdrehen wieder los«, informiere ich ihn.

Ace hält inne und blickt mich mit verengten Augen an. Himmel! Was habe ich jetzt Falsches gesagt?!

»Vergiss es! Du hast die ganze Woche gearbeitet. Heute hast du einen freien Tag. Außerdem will ich dich nicht loswerden.«

Ich will dazu ansetzen, ihm zu widersprechen, aber er unterbricht jeglichen Ansatz.

»Als ich dich beauftragt habe, hätte ich niemals gedacht, dass du so schnell, so effizient arbeiten kannst. Mach dir also keinen Stress. Du kannst nächsten und übernächsten Samstag weiterarbeiten. Sonntags lass ich dich jedoch keinen einzigen Finger krümmen.«

Eingeschüchtert von seinem langen und mit hartem Ton formulierten Monolog, nicke ich sachte.

Bella wimmert. Unsere Blicke schießen zu ihr. Ängstlich schaut sie zwischen Ace und mir hin und her. »Tust ... Tu-tust du Jossie jetzt weh?«

Mit geweiteten Augen blickt Ace zu mir. Ich schließe innerlich laut aufseufzend die Lider. *Bitte, bitte, bitte sag nichts Falsches, Bella!*

»Natürlich tue ich deiner Schwester nicht weh, Schätzchen. Ich könnte ihr nie im Leben wehtun und dir auch nicht. Okay? Wie kommst du auf solche Ideen?«

Sekunden, die sich wie Ewigkeiten anfühlen, vergehen. *Sind wir noch mal davongekommen?* Ace darf es nicht wissen. Mein Verstand kreischt mir zu, dass wir ihm nicht trauen können. Weil er ein Mann ist. Und diese Augen hat. Mir Angst macht. Und uns körperlich mehr als überlegen ist.

Isabella öffnet den Mund und ich füge mich meinem Schicksal. Niemals würde ich ihr das Reden verbieten, wo sie endlich ihr Schweigen gebrochen hat. Lieber soll sie jedem alles erzählen!

»Weil ... weil der böse Mann Jossie immer wehtut, wenn er so guckt wie du.«

Ein dunkles Funkeln schleicht sich in seinen Blick. »Wer ist der böse Mann?«

»Unser Vater.«

»Euer Vater tut euch weh?« Auch wenn er mit Bella spricht, schaut er mich an, und mein Popo geht auf Grundeis.

»Nur Jossie.« Isabella verschränkt die Arme vor der Brust, und nun klinke ich mich doch in das Gespräch ein. Genug ist genug.

»Er tut ... mir nicht weh. Wir verstehen uns nicht so gut, und es kommt oft zu Streit, mehr nicht.« Scharf sehe ich meine Schwester an. Sie weiß, dass ich lüge, immerhin hat sie zu viele meiner Verletzungen gesehen. Völlig verunsichert sackt sie in sich zusammen. Es zerreißt mich innerlich, dabei zuzusehen, wie die Hoffnung in ihren Augen erlischt. Sie versteht, dass Ace nicht unsere Rettung ist. Ich hasse es, ihr das zu nehmen, aber ich habe keine Kraft, einen weiteren Versuch zu wagen, jemandem zu vertrauen, nur um am Ende enttäuscht zu werden. Ich klammere mich fest an meinen eigenen Plan.

Ace' Stirn ist immer noch zweifelnd gerunzelt.

»Wirklich. Es ist nicht einfach, mit ihm zusammenzuwohnen. Da fällt schon mal das ein oder andere verletzende Wort.«

Er nickt langsam. Es ist offensichtlich, dass er mir nicht glaubt.

Das restliche Essen erfolgt in Stille. Na toll, ich habe die Unbeschwertheit zerstört.

»Habt ihr vielleicht Lust, heute mit mir Filme zu schauen?«, bricht Ace irgendwann das Schweigen.

Nun ist Isabella wieder voll dabei und ruft eine begeisterte Zustimmung, dann schaut sie verunsichert zu mir.

Ich seufze. Ob wir jetzt oder erst in einigen Stunden nach Hause gehen, ist egal. Die Konsequenzen werden die gleichen sein. »Gerne.«

Wir sitzen den ganzen Tag vor dem Fernseher und schauen einen Disney-Film nach dem anderen. Bella hat sich wie ein kleines Kätzchen zwischen Ace und mir zusammengerollt.

Mit jedem Ticken der Uhr werde ich unruhiger, und um sechs wird mir schmerzhaft bewusst, dass ich das Unwetter nicht ewig aufschieben kann. »Wir müssen langsam mal nach Hause.«

Ace verzieht den Mund missbilligend, nickt zu meiner Überraschung aber stumm. »Ich fahre euch.«

»Nein«, sage ich etwas zu schnell, was mir einen irritierten Blick einbringt. »Ich meinte, nein danke, es ist ja noch hell, ein Spaziergang wird uns guttun.«

Widerstrebend gibt er nach.

Wir wecken Isabella und machen uns aufbruchsbereit. Ace begleitet uns die Treppe hinunter bis zur Tür des Clubs.

Und natürlich regnet es in Strömen. Kritisch lugen wir alle nach draußen. Diesem Regen würde die Regenkleidung meiner Schwester auch nicht standhalten. Bella fröstelt.

»Ich fahre euch. Bei diesem Wetter seid ihr sonst morgen krank.«

Ich weiß ja, dass er recht hat. Immerhin will ich nicht, dass Isabella krank wird. Das macht es nur nicht besser. Ace führt uns durch eine andere Tür in eine Art Tiefgarage, wo ein schwarzer Chevrolet Camaro steht. Kommentarlos steigen wir ein. Beinahe traue ich mich nicht, auf dem teuren Sitz Platz zu nehmen. Nicht dass ich irgendwas kaputt mache, was ich ein Leben lang nicht zurückzahlen kann.

Innerlich ganz taub dirigiere ich ihn durch die Straßen.

Ace sagt nichts. Ich sage nichts. Und Bella, wie soll es anders sein, sagt auch nichts, bis der Wagen vor der Bruchbude, in der wir essen, schlafen und atmen, stehen bleibt. Ich wage es, Ace einen Seitenblick zuzuwerfen. Sein Kiefer mahlt und seine Augen glühen bedrohlich. Die Energie, die in Wellen von ihm strömt, lässt ihn nicht nur zittern, sondern den Innenraum des Autos auch immer kleiner werden. Er scheint von der Armut unserer Familie entsetzt. Endlich hat er verstanden, dass er sich in einer ganz anderen Liga bewegt als ich. Ich bin nicht mal den Dreck unter seinen teuren Oxfordschuhen wert.

Ohne Verabschiedung will ich aussteigen, eine Hand hält mich jedoch am Arm fest und ich zucke wie unter einem Peitschenschlag zusammen. Sofort verschwindet der Druck, aber das Kribbeln bleibt.

»Warte, bis ich dir die Tür öffne, ich bringe euch bis zum Eingang«, sagt Ace scharf.

Ein hysterisches Lachen quetscht sich meine zugeschnürte Brust empor. Mit zitternden Fingern öffne ich die Tür selbst. »Ich bitte dich. Wir wohnen hier. Mir ist klar, dass du das hier nicht gewohnt bist, doch ich laufe hier ständig durch die Straßen und lebe noch, okay? Außerdem sollte man seinen Camaro hier nicht unbeaufsichtigt stehen lassen.«

Ace folgt uns. »Joyce, bitte. Ich mache mir Sorgen. Wollt ihr nicht lieber mit zu mir kommen?«

Jetzt lache ich ehrlich und aus vollem Bauch. Da

müsste schon die Welt untergehen, damit ich Hilfe von einem reichen Mann annehme. Ganz gleich, wie nett er ist.

»Ich meine es ernst. Ich kann euch helfen.« Ace Augen bohren sich in meine und ersticken mein Prusten. Die Ehrlichkeit in ihnen erweckt die Flatterwürmchen wieder zum Leben, zumindest kurz. Der Fakt, dass ich James zu dem gemacht habe, was er ist, und es nicht verdient habe, ein Leben in Sicherheit zu führen, erdrosselt sie schneller als gedacht. Würde es mich nicht geben, wäre James vermutlich ein liebender Vater. Also halte ich alles aus, was er mit mir anstellt. Solange er Bella in Ruhe lässt, kann ich mit seinem Jähzorn und Wahnsinn umgehen. Ich muss.

»Das kannst du nicht, aber danke für alles.« Ich drehe mich ruckartig um, denn wenn ich jetzt nicht gehe, würde ich trotz allem so was Dummes tun, wie ihn anzuflehen, uns mitzunehmen. Wenngleich ich schuld an James' Geisteszustand bin, zerstört er mich. Eine hauchzarte Berührung an meiner Hand stoppt mich. Es ist nur ein zartes Streifen seiner Fingerspitzen, das allerdings ein Feuerwerk an Empfindungen in mir auslöst.

Widerwillig schaue ich ihn über meine Schulter an. Ace reicht mir ein dunkles Kärtchen.

»Bitte ruf mich an. Egal wann. Wenn dir langweilig ist. Oder ...«, sein Adamsapfel hüpft, »wenn ihr Hilfe braucht. Ich bin da.«

Ist er das? Da? Jede Faser meines Seins schreit, dass ich ihm nicht trauen kann. Nicht nur, weil er ein Mensch ist, sondern vor allem, weil er ein stinkreiches Individuum mit Penis ist. Weiß er überhaupt, was es bedeutet, jemandem wie mir zu helfen? Nein, ich kann es nicht wagen, mich bei ihm fallen zu lassen, ich werde mich an meinen eigenen Plan halten und gut ist. Ich darf nicht schwach werden und mich in die Arme eines reichen Prinzen sinken lassen, damit er meine Probleme aus der Welt schafft.

Um keine weitere Diskussion anzufangen, nehme ich ihm die Visitenkarte ab und steure das Höllenloch an, das sich unser Zuhause schimpft.

Keine Ahnung wann, aber vor einiger Zeit bin ich diese Klippe hinuntergefallen. Zum Glück bekam ich im Fall eine herausragende Wurzel zu fassen und konnte mich festhalten. Meine Füße baumeln in der Luft. Unter mir nur endlose Tiefe. Meine schwitzigen Hände rutschen immer wieder ab, meine Arme brennen wie Feuer vor Anstrengung und mir geht langsam die Kraft aus. Nicht mehr lange, und dann falle ich in diesen Abgrund ...

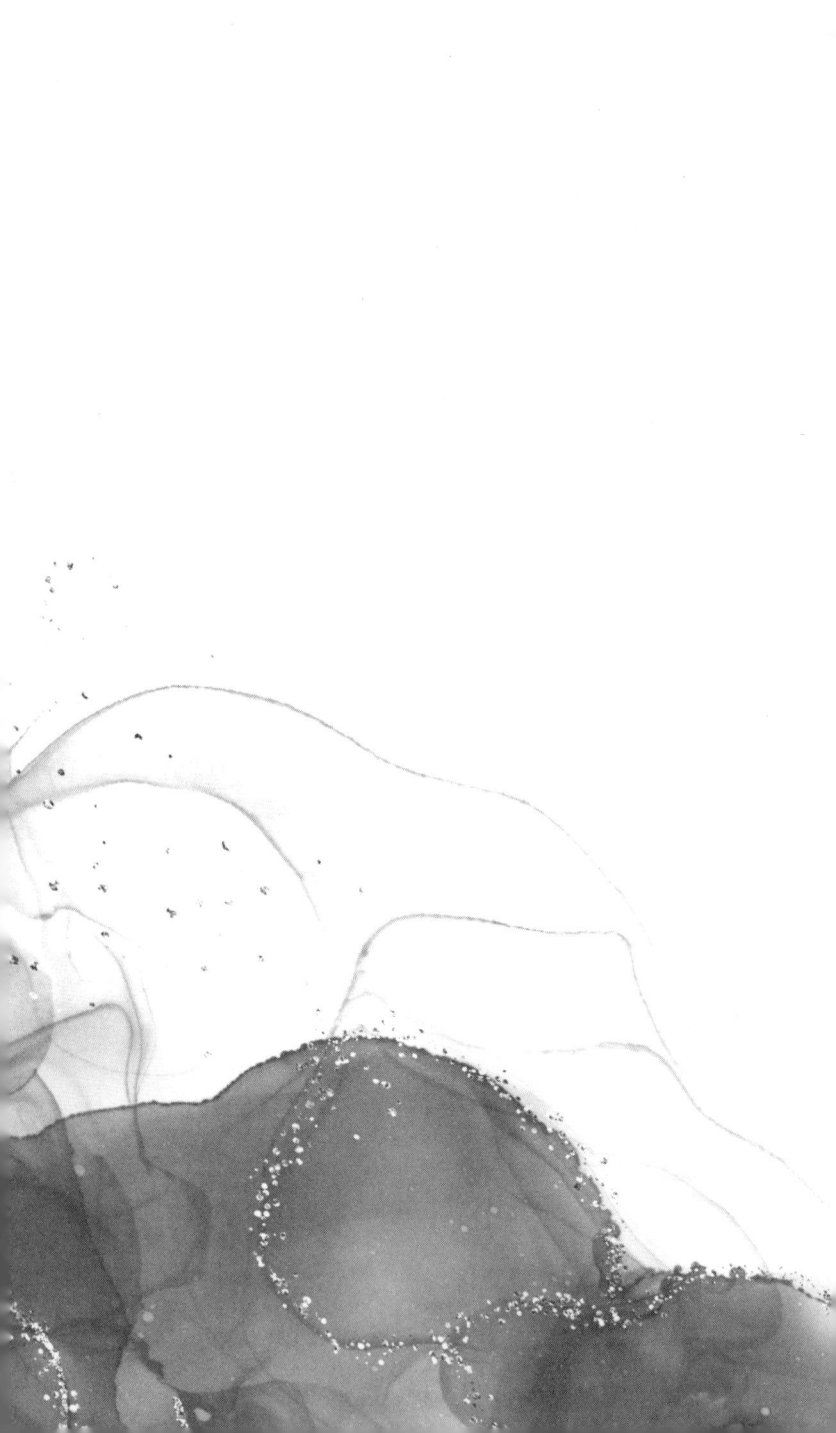

KAPITEL
Fünf

Ace

Nachdem ich Joyce und Bella weggebracht habe, weiß ich nichts mit mir anzufangen. Eine gänzlich neue Erfahrung. Wenn ich nicht arbeite, trainiere ich, und wenn ich nicht trainiere, arbeite ich, und nun habe ich auf nichts von beidem Lust.

Dennoch fädle ich mich in den Verkehr ein und fahre Richtung *Galaxy*. Mein Handy klingelt, und für einen kurzen Moment hoffe ich, dass es Joyce ist, die mir sagt, dass ich umdrehen solle. Ob ich mich erbärmlich fühle? Ein wenig. Ich weiß selbst nicht, wie ich diese wahnsinnige Besessenheit einordnen soll. Ist sie krankhaft? Vielleicht. Werde ich sie deswegen in Ruhe lassen? Nein. Denn irgendwas ganz tief in mir schreit, dass Joyce Hilfe braucht und dass da etwas ganz Besonderes zwischen uns entstehen könnte. Erneutes Klingeln reißt mich aus meinen Gedanken. Meine Mutter ruft mich an. Seufzend nehme ich den Anruf entgegen.

»Hey Mom.«

»Oh, du sitzt im Auto? Wie schön, dass ich dich an einem Sonntag mal nicht hinter deinem Schreibtisch erwische«, erklingt ihre Stimme durch die Freisprechanlage.

Die Arbeitsdiskussion – nicht schon wieder. Allerdings führe ich lieber diese Art von Gespräch, als ihr von Joyce zu erzählen. »Na ja, ich bin auf dem Weg ins *Galaxy*.«

Ein frustrierter Seufzer. »Ace, du musst wirklich etwas anderes im Leben entdecken neben deiner Arbeit.«

»Ich kämpfe doch.«

»Ach ja? Wann warst du das letzte Mal im Studio deines Onkels?«

Mist, ich kann ihr schlecht antworten, dass ich illegale Kämpfe im Keller meines noch nicht eröffneten Clubs stattfinden lasse.

»Ich suche ja bereits nach einem Manager fürs *Galaxy*, damit ich mich voll und ganz auf das *no limits* konzentrieren kann. Und danach ist Schluss. Nur noch dieser Club, dann habe ich alles erreicht, was ich immer wollte«, lenke ich sie wieder von dem Kampf-Thema ab. Mierda, mein Leben gleicht gerade einem Minenfeld.

»Das hast du auch schon nach der Eröffnung des *Galaxy* gesagt. Du weißt, wie stolz wir auf dich sind, oder?«, fragt sie feinfühlig und trifft damit genau einen schmerzenden Kern in mir. Denn es ist nicht genug, niemals genug. Ich weiß, dass mich meine Eltern lieben, dennoch habe ich das Gefühl, mir ihre Liebe irgendwie verdienen zu müssen. Dass ich mich kontinuierlich anstrengen, besser werden und noch mehr leisten muss, damit ich sie nicht verliere. Ich reibe mir über meine schmerzende Brust.

»Hör zu, Mom, ich kriege gerade einen wichtigen Anruf rein und muss auflegen«, wimmle ich sie ab.

»Alles klar, ich liebe dich, Ace«, verabschiedet sie sich mit trauriger Stimme, und mein schlechtes Gewissen lässt meinen Magen rumoren.

Nur noch meinen dritten Club, danach habe ich mir ihre Liebe verdient, verspreche ich mir selbst. *Danach kann ich auch endlich auf mich selbst stolz sein.*

Als ich hinter dem *Galaxy* parke, wird mir klar, dass ich heute nicht mehr arbeiten kann.

Ablenkung muss her! Schließlich rufe ich meine Männer an. Ich brauche unbedingt einen Männerabend. Ich habe schon einen Plan erstellt – erst reden, dann trinken, anschließend eine Frau aufreißen und noch mehr trinken. Bisher ist diese Methode fantastisch gewesen, um zu vergessen.

Joyce

So leise, wie ich kann, schließe ich die Haustür auf. So leise, als würde ich gar nicht existieren. Leise, leise, leise ... Sogleich ertönt ein Poltern, und alles in mir erstarrt. Nicht leise genug.

»Wenn er mit mir beschäftigt ist, läufst du los und schließt dich in deinem Zimmer ein, hast du verstanden, Bella? Egal, was du hörst, öffne die Tür nicht vor morgen früh«, zische ich meiner Schwester zu, die mich mit großen Kulleraugen anstarrt. Die Verzweiflung in ihnen erstickt mich schier. Doch nur die Lebenden benötigen Luft zum Atmen, und ich bin schon vor langer Zeit gestorben.

Hastig drücke ich ihr Ace' Visitenkarte in die kleine Faust und schubse sie energisch von mir.

James kommt wie ein wutschnaubender Stier um die Ecke.

Klatsch. Schmerz.

»Wo wart ihr?« Die Lautstärke seiner in Alkohol getränkten Stimme lässt meine Trommelfelle fast platzen.

Klatsch. Schmerz.

»Denkste, du kannst einfach so verschwinden?«

Dachte ich, ja. Immerhin verschwinde ich gerade immer mehr aus meinem Körper, und er bemerkt es nicht. Mein Herz pocht weiter ruhig in meiner Brust, doch meine Seele zieht sich stetig zurück. Versteckt sich und hofft so, ihre kläglichen Überreste schützen zu können.

Klatsch. Schmerz.

»Für wie dumm hältste mich eigentlich?! Hääh? Denkste, ich bin komplett bescheuert?«

»Ich war arbeiten. So wie jedes Wochenende.« Die Worte verlassen meine Lippen tonlos. Meine Muskeln bewegen sich, ohne dass ich meinem Gehirn einen bewussten Befehl zukommen lasse.

Klatsch. Schmerz.

Meine Gesichtshaut sticht, als hätte jemand Tausende von Nadeln brutal in sie gerammt. Doch der Schmerz lenkt mich von allem anderen ab, und ich heiße ihn willkommen wie einen alten Freund.

»Lüg mich nicht an. Denkste, ich hab den protzigen Wagen von deinem Macker nicht gesehen, hääh?!«

Wenn James von Ace weiß, kann ich nur beten, dass ich diese Nacht überleben werde.

»Wie lange machst du schon für Geld deine Beine breit?! Wurdest du im Café rausgeschmissen, weil sie erkannt haben, dass du zu dumm für diesen Job bist?«

Schmerz.

Seine Worte stechen wie Messer auf mein entstelltes Herz ein.

»Hast du endlich deine Berufung gefunden? Ich sage dir schon seit Jahren, dass du für Anderes zu dumm bist.«

Schmerz.

Hat er recht? Er ist mein Vater. Hat mich erschaffen, in mehr als einer Hinsicht. Er sollte es wissen. Oder nicht?

»Ich glaube, ich muss dich bestrafen. Du scheinst vergessen zu haben, wem du gehörst.«

Ein sadistisches Lächeln bringt sein Gesicht zum Strahlen.

Klatsch.

Ich umfange die Dunkelheit mit offenen Armen. In ihr bin ich zu Hause.

Bevor ich die Augen öffne, spüre ich bereits die einschneidenden Fesseln um meine Hand- und Fußgelenke. Ich kann mich keinen Millimeter bewegen. Wie ein Kreuz bin ich rücklings auf sein Bett gespannt. Nackt. Ausgeliefert. Jegliche Hoffnung, jeglicher Ausweg … verschwunden.

Vielleicht hätte ich mir doch Hilfe suchen sollen. Vielleicht bei Mrs Browns, unserer Nachbarin und Bellas Babysitterin, vielleicht auch bei der Polizei oder dem Jugendamt. Irgendwer hätte mir bestimmt geglaubt. Aber die Furcht, was passieren würde, wenn ich James' Misshandlungen offenbart hätte, hat mich immer erstarren lassen.

James betritt den Raum und mein Autopilot schaltet sich ein, ohne ihn würde das bisschen Rest von mir, das noch nicht abgestorben ist, nicht mehr existieren. So distanziere ich Körper und Seele, und es fühlt sich an, als würde nicht *mir* wehgetan werden, sondern einer anderen Frau. *Ich* schaue nur zu.

Die körperliche Gewalt stört *sie* nicht. An so etwas gewöhnt man sich recht schnell, wie *sie* am eigenen Leib erfahren hat. *Sie* lässt ihn stumm auf sich einprügeln, nur hier und da gibt es ein Zucken *ihrerseits*. Schmerzen? Fehlanzeige.

Er holt seine geliebte Messersammlung heraus. Fein säuberlich sortiert er die fünf Klingen der Größe nach auf seinem Nachtschrank. Wie immer hält er sich nicht lange mit den kleinen Messern auf und greift gleich zu dem größten.

Mit funkelnden Augen setzt er es *ihr* an die vernarbte Haut *ihres* Armes. Er übt Druck aus, und die ersten Tropfen Blut quellen aus dem Schnitt. Bei jedem Schnitt wird er mutiger und schneidet tiefer. Hin und wieder zerreißt ein Zischen von *ihr* die tödliche Stille.

Ich stehe neben dem Bett und beobachte *sie. Sie* ist ganz starr, wie tot. Würde nicht kontinuierlich roter Lebenssaft aus *ihr* herausfließen, könnte man *sie* für eine Puppe halten. *Ihr* Anblick zerrt unerträglich an jedem meiner Nervenenden. So stark, dass alles schmerzt, weil *ich* es nicht hinbekomme, mich zu bewegen. Das alles fühlt sich so unwirklich an. Wie ein Film. Ein Traum. Ist das hier real? Existiere ich überhaupt noch?

Er jauchzt freudig und beginnt, *ihr* Blut auf *ihrer* Gestalt zu verschmieren, als würde er mit Fingerfarbe malen.

Er lacht und quetscht *ihr* mit einer Hand den Hals. Würgt *sie.* Der Sauerstoffmangel zwingt *mich* zurück in *ihren* Körper, vereint unsere Qualen; Leib und Seele. Panisch versuchen *wir,* einen Atemzug zu erhaschen. Die Ohnmacht kommt näher, und *wir* sind fast erleichtert, dass *unser* Bewusstsein vor weiterem Schrecken geschützt sein wird. Doch dann lässt er *uns* gerade so viel Luft holen, dass die Schwärze verschwindet und die Tortur von vorne beginnt. Und von vorne. Und vorne. Eine nicht enden wollende Schleife aus Höllenqualen.

Sobald er endlich fertig ist, lässt er von *uns* ab und löst die Fesseln, bevor er ins Bad geht. *Wir* bleiben liegen. Voller Blut, Schweiß und einer so tief sitzenden Scham, die wie Teer an *uns* haftet und die *wir* wohl nie wieder loswerden.

Das, was *wir* eben vor uns hatten, war kein Mensch mehr. Das war ein Monster. Besagtes Monster kommt ins

Zimmer. »Zieh dich an und hau ab. Ich muss zur Arbeit, hab ne Nachtschicht.«

Mühsam rappeln *wir* uns auf. Bis *wir* stehen, ist James schon dreimal weg. *Unsere* Beine wagen es nicht, *uns* zu tragen. Also kriechen *wir* auf allen vieren ins Bad. *Wir* halten uns am Waschbecken fest und ziehen *uns* daran hoch. Alles schmerzt, jede Zelle, jedes Quäntchen Seele.

Aus dem Spiegel blickt *uns* eine Frau entgegen, die *wir* nicht wiedererkennen, nicht wiedererkennen wollen. Jedes Mal nach so einem Überfall schwören *wir uns*, dass es nie wieder so weit kommen wird. Dass *wir uns* in Zukunft wehren werden. Und doch stehen *wir* immer wieder vor dem Spiegel und erinnern *uns* an jede vorherige Tat.

Zurück zu der Frau, die *uns* mit leeren Augen entgegenblickt. *Ihre* Lippe ist aufgeplatzt, und es fließt noch immer Blut aus dem kleinen Cut. Das tiefe Rot sieht makaber auf der fast durchscheinenden Haut aus. Ein blaues Auge, eine Platzwunde am Kopf, ein mit Hämatomen übersäter Oberkörper. Eine Stelle an den Rippen ist besonders blau. Wahrscheinlich ein paar gebrochene Rippen. Nichts, was das Mädchen nicht schon einmal gehabt hätte.

Aus zahlreichen Schnitten an Armen und Beinen fließt noch immer Blut. Man sollte meinen, James wüsste in seinem Rausch nicht, was er dem Mädchen antut, doch die präzise platzierten und zueinander parallelen Schnitte, immer einen Zentimeter voneinander entfernt, sprechen eine andere Sprache. Neben den vernarbten Linien zieren kleine runde Verbrennungen ihren Körper. Verbrennungen von Zigaretten, die auf ihr ausgedrückt wurden.

Das bin *ich*, wird *ihr, uns … mir* klar.

Dieses Mädchen im Spiegel ... das bin verdammt noch mal *ich*. Ich kann mich noch so sehr von mir selbst abspalten, meine Gefühle tief in mir in eine Kiste sperren, das hier ist und bleibt die Realität.

Diese Erkenntnis bringt mich zum Zusammenbrechen. Heulend, wimmernd, schreiend falle ich auf die Knie. Blut und Tränen bahnen sich ihren Weg über meinen Körper. Benetzen meine Lippen. Auf meiner Zunge bringt mich der metallische Geschmack kombiniert mit der salzigen Note fast zum Würgen.

Ich verliere jegliches Zeitgefühl.

Keine Ahnung, wie lange ich dort auf dem Boden sitze und meiner Seele beim Splittern zusehe. Jegliche Achtung, die ich noch vor mir selbst besaß, wird von jeder einzelnen Träne hinfortgespült. Ich ekle mich vor mir selbst, vor meiner Schwäche. Weiß nicht weiter, nicht, wohin mit mir, habe keinen Plan, wie ich diese Hölle verlassen kann und ob es nicht eh schon zu spät ist.

Isabella, schießt es mir durch den Kopf, und dieser Gedanke bringt meine müden Muskeln zum Zucken.

Ich kann Isabella nicht hier ihrem Schicksal überlassen. Denn noch bin ich der lebendige Puffer, der sie vor körperlichen Schäden schützt.

Mechanisch streife ich das Selbstmitleid von mir, stehe auf und steige unter die Dusche.

Sorgfältig wasche ich mir all den Dreck, die Scham, das Blut, den Ekel und den Schmerz ab. Zumindest so gut, wie ich es kann.

Dann folge ich meinem Muster, das sich mittlerweile schon zur Gewohnheit entwickelt hat. Abtrocknen. Erste-Hilfe-Kasten holen. Schnitte desinfizieren. Verbinden. Rippen abtasten. Schmerz? – Check. Aber es scheint doch nichts gebrochen zu sein. Gott sei Dank. Von gebrochenen Rippen hat man immer ein paar Wochen etwas.

Hämatome eincremen. Sichtbare blaue Flecken irgendwie mit Kleidung überdecken.

Steif wanke ich zu Bellas Zimmer und klopfe. »Bella? Schließt du bitte auf? Ich bin's.«

Mir öffnet meine verstörte kleine Schwester, und meine Welt bricht zusammen. Ein viel zu großer Handabdruck zeichnet sich leicht auf dem süßen Gesicht meines Lebensinhalts ab. »Nein. Das hat er nicht. Hat er ...«

James hat sie geohrfeigt. Obwohl er sich eben noch an mir ausgetobt hat. Mein einziger Lebenssinn bestand darin, Bella zu schützen, und ich habe versagt.

Ein Energieschub rast durch meinen Körper, mobilisiert jede Zelle und setzt mein Gehirn auf Standby. »Pack ein paar Sachen, wir gehen.«

Meine Entscheidung ist so endgültig wie meine Worte. Er hat es getan. Sie geohrfeigt. So fing es bei mir auch an.

Ich wollte vor einem Jahr schon einmal flüchten, das Überbleibsel dieser Aktion werde ich mein Leben lang in meinem Gesicht mit mir herumtragen. Und meine Maddie, meine geliebte Zwillingsschwester, verschwand aus meinem Leben. Jeden Tag hoffe ich auf ein Zeichen, dass es ihr besser geht dort, wo sie ist. Diese Unwissenheit treibt mich in den Wahnsinn, auch wenn es mich freut, dass zumindest eine von uns dreien dieser Hölle entkommen ist.

Doch egal, wie fatal unser letzter Fluchtversuch war, wir müssen jetzt hier weg. Ob es besser wird, weiß ich nicht, aber wir müssen es zumindest versuchen. Ich bin am Ende, habe keine Kraft mehr. Schaffe es nicht mal, Bella zu beschützen.

Wir packen unsere Sachen, darunter auch mein heimlich Erspartes. Zwanzig Minuten später schließe ich mit einem leisen Klick unsere labile und schäbige Wohnungstür. Das Geräusch ist kaum wahrnehmbar, aber ich habe das Gefühl, dass es laut von den dreckigen Wänden des Hausflurs widerhallt. Es ist der Klang eines Endes. Eines Neuanfangs. Denn ich werde dieses Türklicken nie wieder hören, weil ich nie wieder hierher zurückkehren werde. Und das fühlt sich Himmel noch mal großartig an. Ich hätte das schon viel eher tun sollen.

Du hast es aus einem guten Grund nicht früher gemacht.

Ich weiß, dass meine innere Stimme recht hat. James ist Polizist, und wenn er merkt, dass ich mit Isabella abgehauen bin, wird er nach mir fahnden. Und zwar als Verbrecherin. Genau das hat er mir am laufenden Band prophezeit. Mir ist immer klar gewesen, dass ich diesen Schritt, weg von zu Hause, nicht gehen kann, weil ich es allein nicht schaffe. Das hat mir bereits mein erster Fluchtversuch gezeigt. Komischerweise habe ich immer geglaubt, dass um Hilfe zu bitten bedeutet, schwach zu sein, weil ich dadurch jemand anderem die Kontrolle über mein Leben gebe. Fakt ist jedoch, dass ich mich in all den Jahren, die ich allein kämpfte, in eine passive Rolle begab und mich von James beherrschen ließ. Obwohl ich niemals eine Marionette sein wollte, wurde ich zu genau dieser, indem ich anderen die Fäden meines freien Willens überließ. Ace hat recht: Um Hilfe zu bitten, ist der erste Schritt Richtung Kampf, denn so werde ich wieder aktiv. Bestimme, wie mein Leben weitergehen soll, und wenn ich für die ersten paar Meter Stützräder brauche, dann ist das so, solange *ich* es entscheide, bin ich stark und autonom.

Energisch nicke ich mir selbst zu. Jetzt gibt es nur eine Sache, die ich tun kann.

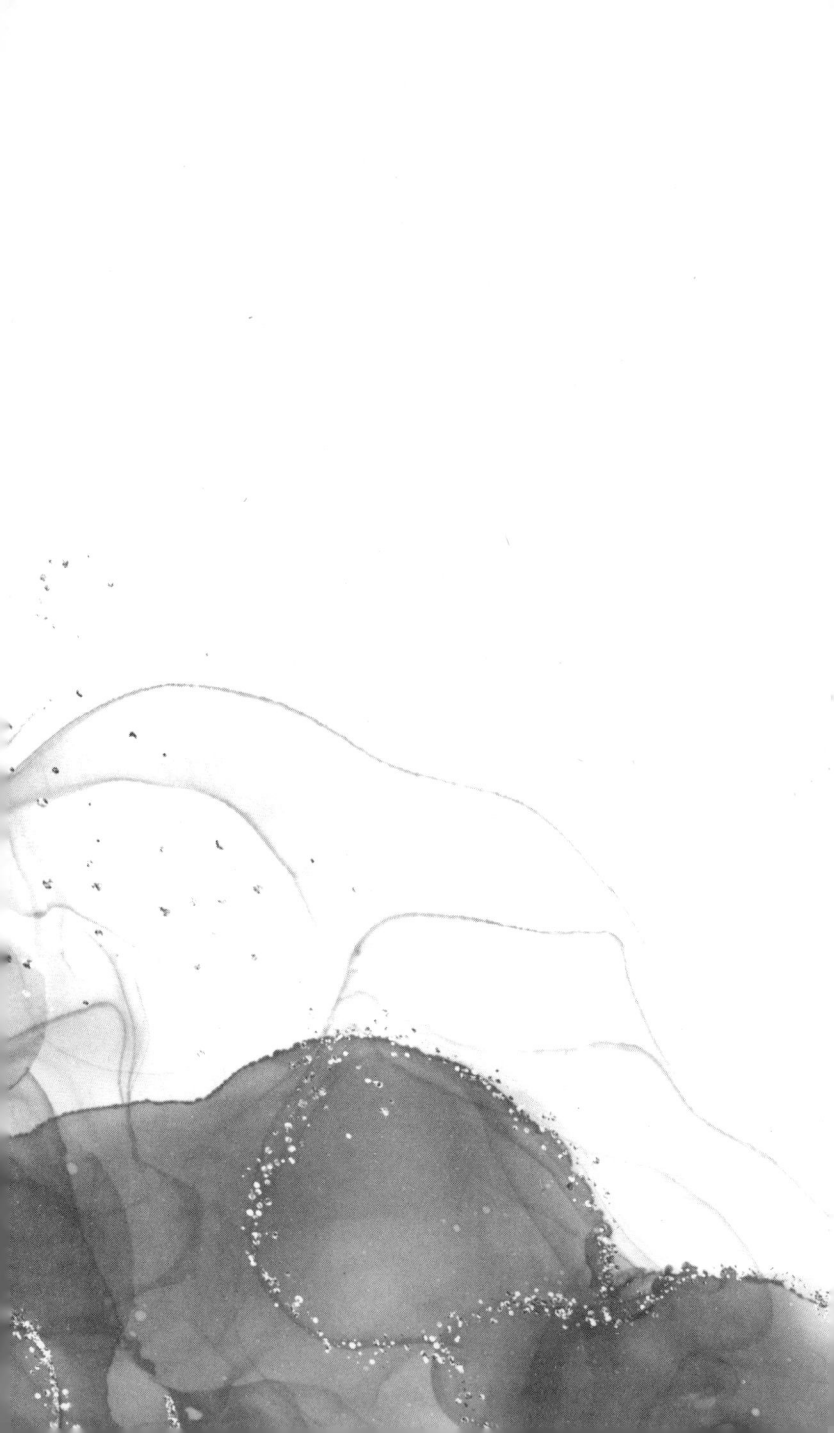

KAPITEL
Sechs

Ace

Devron, Chazz und ich schlendern über den Times Square, Ziel ist eine unserer Lieblingsbars. Die gewohnt grellen Leuchtreklamen lenken mich von meinem wirren Gedankenkarussell ab. Trotz der Kälte und feuchten Luft herrscht hier das bekannte Chaos.

»Was steht bis zur Eröffnung des *no limits* noch an?«, will Chazz wissen und zerrt mich damit zurück in eine Welt, in der ich die Regeln und Gesetze kenne und verstehe. In meiner Arbeit bin ich gut, einer der Besten. Dort geht es um Zahlen, Fakten und Logik, nicht um Gefühle.

Mein Handy vibriert in meiner Hosentasche und ich fische es heraus. Eine unbekannte Nummer blinkt mir entgegen. »Ace Sanchez, was kann ich für Sie tun?«, melde ich mich, voll im Arbeitsmodus.

»Hier ist ... Joyce. Du ... ich ... äh ... Hast du gerade Zeit?«, stottert sie mit zittriger Stimme, und mein Puls beschleunigt sich auf das Doppelte. Sie klingt nicht gut, und ehrlich gesagt habe ich nicht damit gerechnet, dass sie sich so schnell bei mir meldet. Braucht sie Hilfe? Ist sie in Gefahr? Hat mein Bauchgefühl recht damit, dass sie bei sich zu Hause nicht in Sicherheit ist? Ich kneife mir in die Nasenwurzel und versuche, mich zu konzentrieren.

»Ja klar. Ist alles in Ordnung?« Ich bemühe mich, meinen Tonfall ruhig und sanft zu halten, obwohl alles in mir danach schreit, herauszufinden, was los ist, und die Kontrolle über die Situation an mich zu reißen. Nur der Gedanke, dass meine Dominanz sie erschrecken könnte, bremst mich.

»Ich weiß nicht ... wo ich hinsoll. Und ...« Ihre Stimme ist ganz erstickt.

»Schick mir deinen Standort. Ich komme, so schnell ich kann.«

Sie legt ohne ein weiteres Wort auf. Da kurz danach jedoch eine Nachricht mit ihren Koordinaten eintrudelt, hadere ich nicht lange, sondern hebe einen Arm hoch, um einen Taxifahrer auf mich aufmerksam zu machen. Eine schwere Hand landet auf meiner Schulter und hält mich davon ab, ins Taxi zu steigen. Dev steht mit gerunzelter Stirn hinter mir. »Was ist los?«

Auch Chazz wirkt besorgt.

»Keine Ahnung, aber Joyce scheint es nicht gut zu gehen.« Mein Magen rebelliert ununterbrochen.

»Wird das heute noch was?«, schnauzt der Fahrer.

»Wir kommen mit«, beschließt Dev und schiebt mich ins Innere des Autos. Hastig nenne ich dem Taxifahrer das Ziel, und jede Minute Fahrt erscheint mir wie eine zu viel. Lichter und Farbkleckse ziehen an mir vorbei und die Stille im Auto drückt schwer auf mein angespanntes Gemüt. Endlich kommt der Wagen zum Stehen, und ich springe heraus, ohne mir Gedanken ums Bezahlen zu machen. Wofür hat man Freunde?

Ich bin irgendwo am Rande des Central Parks. Eine Baumallee rahmt den bereits leicht matschigen Weg ein. Mein Blick kämpft sich durch die nieselnde Nacht und ich mache zwei kleine Gestalten auf einer Bank aus.

Es ist zu dunkel, um mehr zu erkennen, aber irgendwas tief in mir brüllt, dass das Joyce und Bella sind, also presche ich los. »Joyce? Isabella?«

Erstere sitzt gekrümmt auf der Bank, und eine Straßenlaterne beleuchtet ihr kalkweißes Gesicht. Ihr kupfernes Haar und ihre rote Narbe bilden einen makabren Kontrast zu ihrem Teint. Ihr Blick ist glasig, und es ist mehr als offensichtlich, dass sie nicht ganz da ist. Ich wage es kaum, näher an sie heranzutreten. Es wirkt so, als seien die beiden in einer Blase aus Schmerz gefangen. Eine Blase, die sich wie eine Mauer zwischen ihnen und mir auftürmt.

Ich spüre, dass Chazz und Dev hinter mir auftauchen. Bella beginnt zu wimmern. Sie hat Angst vor den imposanten Erscheinungen meiner Freunde.

Der Wind frischt auf und fegt rauschend durch die Bäume. Joyce zuckt heftig zusammen, ihre Augen verdrehen sich nach hinten und sie rutscht keuchend von der Bank. Ich reagiere zu spät, um sie aufzufangen, also knie ich mich neben sie und taste nach ihrem Puls, denn ihre Lider sind geschlossen. Sie ist ohnmächtig geworden. Mierda, was geht hier ab?! »Bella, Schätzchen, weißt du, was deine Schwester hat?«

Stumm schüttelt sie immer noch ängstlich den Kopf.

»Komm her. Die beiden Großen da tun dir nichts, versprochen.«

Sobald ich den Satz beendet habe, schießt die Kleine in meine Arme. Ich drücke das zitternde Bündel eng an mich, und mein Blick fällt auf drei Reisetaschen, die auf der Bank stehen. Mein Herzschlag hämmert in meinen Ohren. Was ist hier nur los? Sind die zwei auf der Flucht?

»Das ist jetzt sehr wichtig, Bella. Weißt du, warum es deiner Schwester so schlecht geht?«, raune ich betont ruhig in ihr Haar.

»U-u-unser Dad war ... w-w-war böse zu ihr.«

Ich habe mir so etwas schon gedacht. Es jedoch bestätigt zu bekommen, ist noch mal was ganz anders. Ich schlucke. Mierda, hätte ich doch nur auf mein Bauchgefühl gehört.

»Ace! Wir müssen einen Krankenwagen rufen«, meint Chazz.

»Nein!«, sage ich bestimmt, und der rationale Teil in mir schüttelt über mich selbst den Kopf. Fakt ist allerdings, dass hier irgendwas läuft, was nicht unbedingt sofort an die Behörden dringen sollte. Nicht, bevor ich nicht mit Joyce geredet habe. Sie hat mich angerufen und nicht den Krankenwagen, und ich werde ihr Vertrauen nicht missbrauchen.

»Hey, ich weiß, dass du Krankenhäuser hasst. Aber jetzt ist nicht der richtige Zeitpunkt, um sich von so etwas beeinflussen zu lassen. Mann, sie braucht Hilfe.« Chazz klingt aufgebracht und ich verstehe ihn. Doch er ist in einer heilen Familie aufgewachsen und sieht nicht das ganze Bild.

»Ich sagte Nein, ich werde sie bestimmt nicht in ein Krankenhaus bringen lassen. Denn weißt du, wer dann als Erstes informiert wird? Ihr Vater. Und solange ich nicht weiß, was hier los ist, bringe ich sie nicht in Gefahr.

Ich nehme sie mit zu mir nach Hause und rufe Cat an. Sie soll Joyce untersuchen, und wenn sie meint, dass sie ins Krankenhaus muss, dann fahre ich sie höchstpersönlich hin.«

Chazz erkennt wohl, dass er jetzt nicht mit mir zu diskutieren braucht. Ein Pärchen läuft an uns vorbei und wirft uns seltsame Blicke zu, spaziert aber zum Glück einfach weiter.

»Okay, doch das geht auf deine Kappe, falls etwas schiefgeht.«

Ich nicke. »Schätzchen? Meinst du, Chazz kann dich nehmen? Er ist mein bester Freund und tut dir nichts, das kann ich dir versprechen.«

Chazz kniet sich neben mich und lächelt charmant. »Hi, Bella. Ich bin Chazz, und es wäre mir eine Ehre, dich auf den Arm zu nehmen.« Er macht eine galante Verbeugung und schafft es so tatsächlich, Bella ein Lächeln zu entlocken. Zögerlich lässt sie mich los und streckt ihre kurzen Ärmchen Chazz entgegen. Der nimmt sie sichtlich erfreut hoch.

Ich hebe Joyce behutsam in meine Arme, Devron schnappt sich die Reisetaschen, und so machen wir uns auf den Weg zu meinem Penthouse nicht unweit vom Central Park. Verrückt, dass wir stets so nah beieinander gewohnt haben, gefangen in den gesellschaftlichen Grenzen unserer Stadtteile. Die Upper East Side ist eine ruhige Gegend, ein perfekter Ausgleich zu dem Trubel in meinem Arbeitsumfeld.

Wir verlassen den matschigen Park und erreichen schnell mein Wohngebäude. Jetzt, wo ich weiß, wie die Mitchell-Geschwister leben, fühle ich mich noch schlechter und spießiger, als ich es ohnehin schon tue. Wir betreten mein gläsernes Schloss und hinterlassen dreckige Spuren auf dem Marmorboden.

Peeta, der Portier, erfasst mit einem scharfen Blick die Lage. »Brauchen Sie etwas, Sir?«, fragte er wie immer ohne viel Herumgerede.

»Danke, Peeta. Lassen Sie einfach nachher Catlyn durch, wenn sie kommt.«

Er nickt mir ernst zu und wir steigen in den Aufzug, dort scanne ich meinen Daumenabdruck, um nach oben in meine Wohnung zu gelangen. Mit einem Pling öffnen sich die Türen und ich atme erleichtert auf. Schnell ziehe ich meine Schuhe aus, Chazz und Dev tun es mir gleich.

Die Jungs gehen mit Isabella ins Wohnzimmer, während ich Joyce in mein Schlafzimmer bringe und sie sanft auf meine Matratze bette.

Ich fische mein Handy aus der Hosentasche und rufe Cat an, die verspricht, sofort zu kommen. Durch meine häufigen Verletzungen vom Kämpfen war ich eine Zeit lang sozusagen Stammgast im Krankenhaus. Dort habe ich Catlyn Elenore White während ihrer Ausbildung zur Krankenschwester kennengelernt. Ich erinnere mich immer wieder gerne an unsere erste Begegnung. Letztlich bewahrte sie mich vor einer Falschdiagnose eines studierten Arztes. Ohne sie würde ich wahrscheinlich heute noch mit einer schiefen Nase rumlaufen. Nach diesem Vorfall ließ ich jegliche Flirterei bleiben, und siehe da, nun zähle ich sie zu meinen engsten Vertrauten.

Hier sind wir also, Joyce ist die erste Frau, die mein Schlafzimmer je betreten hat, und das nicht mal freiwillig, sondern weil sie ohnmächtig ist und es sich nicht richtig angefühlt hätte, sie in eins der Gästezimmer zu bringen.

»Rojita, was ist nur passiert?« Sanft streiche ich ihr eine rote Strähne aus dem Gesicht, darum bemüht, ihre Haut nicht zu berühren. Es käme mir falsch vor. Denn ich weiß, dass sie vor meiner Berührung zurückschrecken würde, wenn sie bei Bewusstsein wäre.

Hätte ich gewusst, dass von ihrem Zuhause eine solche Gefahr ausgeht, hätte ich sie niemals heimgefahren und vor allem nicht allein gelassen. Joyce hat das Ganze mit ihrem Vater heruntergespielt und ich habe ihr geglaubt. Aufgewühlt fahre ich mir durch die Haare.

Gedämpfte Stimmen dringen aus dem Flur zu mir, und kurz darauf klopft es an meiner Schlafzimmertür. Frau Nummer zwei, die heute mein Schlafzimmer betritt.

»Hallo, Cat. Danke, dass du so spät noch gekommen bist.« Ihre elfenhafte Gestalt huscht an mir vorbei.

»Immer doch, mein Lieber. Wo ist denn das Problem?« Fragend schaut sie mich aus ihren bernsteinfarbenen Augen an.

Ich seufze. »Das weiß ich leider selbst nicht so genau. Bis zum frühen Abend waren Joyce und ihre kleine Schwester bei mir, danach habe ich beide nach Hause gebracht, und vorhin hat Joyce mich angerufen und um Hilfe gebeten. Als ich bei ihr ankam, wurde sie ohnmächtig.«

»Wieso hast du dann nicht den Krankenwagen gerufen, du Idiot?«, will sie aufgebracht wissen und stemmt ihre Hände in die Hüften.

Ich erkläre ihr die Situation mit ihrem Vater und sie scheint zu verstehen. Auch Cat hatte keine einfache Kindheit.

Sie atmet tief durch. »Okay, alles klar. Ich weiß nicht, ob ich ebenso gehandelt hätte, doch ich verstehe dich. Ich werde sie untersuchen, aber sobald ich feststelle, dass ihr Zustand labil ist, bringen wir sie ins Krankenhaus, ganz egal, was für Konsequenzen das hat.«

Knapp nicke ich ihr zu. Ich fühle mich selbst nicht

wohl mit meiner Entscheidung und hoffe, dass mein Bauchgefühl mich nicht verarscht.

Zuerst überprüft Cat den Puls und Blutdruck. Dann stockt sie, als sie Joyce' Gesicht genauer betrachtet. Vorsichtig streicht sie ihr über die Wange. »Was zur Hölle ...«

»Was? Stimmt was nicht?« Ich trete näher an sie heran.

»Das werden wir gleich herausfinden, holst du mir mal einen feuchten Waschlappen?«

Ich tue, wie mir geheißen.

So sanft wie möglich wäscht Cat Joyce' Gesicht. Und was da zum Vorschein kommt, verschlägt mir den Atem. Jetzt im hellen Licht und ohne Make-up erkenne ich erstmals die vielen Hämatome und Abschürfungen. Da hat jemand ganze Arbeit geleistet, Joyce grün und blau zu schlagen.

»Das sieht zwar heftig aus, nur davon wird sie nicht ohnmächtig geworden sein. Ich würde sie gerne ausziehen und komplett untersuchen, Ace. Verlässt du bitte das Zimmer?«

Alles in mir wehrt sich gegen diese Aufforderung. »Aber ...«

»Nichts aber.« Sie wirft mir einen strengen Blick zu. »Ich sehe, dass du dir Sorgen machst. Ich werde Joyce nur nicht die Entscheidung abnehmen, inwieweit du in die Geschichte integriert wirst.«

Ich resigniere und lasse mich aus meinem eigenen Schlafzimmer rauswerfen. Rastlos tigere ich im Flur hin und her, bis ich beschließe, vor dem Verrücktwerden nach Isabella zu schauen, und laufe Richtung Wohnzimmer.

Devron hat es sich auf einem Sessel bequem gemacht und Bella und Chazz sitzen auf dem Sofa. Erstere stürmt in meine Arme, als sie mich bemerkt. Sofort nehme ich sie hoch, drücke sie eng an mich und plumpse auf den frei gewordenen Platz neben Chazz. Die Kleine rollt sich wie ein Kätzchen auf meinem Schoß zusammen.

»Jossie?«, fragt sie furchtsam und zitternd. Keine Ahnung, ob ihr kalt ist oder sie solche Angst um ihre Schwester hat. Vorsichtshalber schnappe ich mir eine Decke und wickle sie darin ein.

»Momentan wird sie noch von einer Krankenschwester untersucht, die guckt, wo sie überall Aua hat«, erkläre ich ihr und streiche ihr übers Haar.

»Ich habe sie gehört«, flüstert sie. Es wird mucksmäuschenstill, jeder von uns scheint zu ahnen, in welche Richtung das gehen wird.

»Wen hast du gehört?«, hake ich dennoch nach.

»Jossie. Sie hat gesagt, ich soll mich im Zimmer einschließen. Aber ich habe sie trotzdem gehört.«

Bestürzt lauschen wir ihren Worten. Wut breitet sich in mir aus und ist kurz davor, mir den Verstand zu vernebeln. Einzig das winzige Wesen auf meinem Schoß hält mich davon ab. Nur wegen ihr schaffe ich es, das Gefühl zu bändigen und in den Tiefen meines Unterbewusstseins zu vergraben.

»Ach Schätzchen ...«

»Stirbt Jossie jetzt?«, schluchzt sie mittlerweile. Wie kommt sie denn auf so einen Gedanken? Hat man in einem solchen Alter schon Angst vor dem Tod? Verlustängste?

»Schätzchen, niemand stirbt hier, okay? Ich passe auf euch auf.« Auch wenn ich nicht weiß, was los ist, werde ich alles in meiner Macht Stehende tun, um dieses Versprechen halten zu können.

Die Worte scheinen sie zu beruhigen und sie kuschelt sich wieder enger an mich. In der Zeit, in der wir schweigen, schläft Isabella ein. Die Kleine muss völlig fertig sein.

»Das ist heftig, Mann. Wirklich heftig«, sagt Devron leise, um Bella nicht zu wecken.

»Er hat recht. Du steckst bereits ganz schön tief drin. Doch bist du dir sicher, dass das nicht eine Nummer zu groß für dich ist?«

Ich werfe Chazz einen aufgebrachten Blick zu. »Eine Nummer zu groß?! Was habe ich denn bisher gemacht? Ich habe Joyce bewusstlos werden sehen und eine Krankenschwester gerufen, die sich um sie kümmert.« Es ist ja nicht so, als hätte ich sonst was für sie geopfert.

»Ja, noch hast du nicht viel getan. Aber wir wissen alle, dass das hier keine Sache von einer Nacht ist. Nein, die beiden werden jemanden brauchen, der sie beschützt, der sie unterstützt, der ihnen nicht nur ein Dach über dem Kopf, sondern ein Zuhause gibt. Verstehst du, was ich sagen will? Die zwei sind ein Fall für die Ewigkeit«, redet Chazz sich in Rage.

»Ich muss Chazz ausnahmsweise zustimmen, Ace. Du musst dich entscheiden. Bist du für sie da und gibst dein Privatleben auf oder übergibst du sie den Beamten?«, mischt sich Dev ein, der zumeist nur spricht, wenn es auch wirklich nötig ist.

Ich reibe mir übers Gesicht. »Ich habe mich schon längst entschieden. Sie bleiben vorerst hier, wenn sie das wollen.« Meine Entscheidung schlägt wie ein Blitzschlag ein, obwohl wir alle das Gewitter haben kommen sehen.

»Ace?«, ertönt Cats Stimme. Mit ernster Miene betritt sie das Zimmer, ihr Blick wird jedoch kurz weich, als sie Isabella auf meinem Schoß erkennt. Sie blickt nicht zu Chazz oder Devron, sondern fixiert ausschließlich mich.

»Joyce hat eine Platzwunde am Kopf, die ich desinfiziert habe, sowie einige Prellungen und Hämatome am ganzen Körper. Der Rest ist nur Vermutung, ich kann erst eine Diagnose machen, die meine Qualifikationen übersteigt, wenn sie wach ist und mir sagen kann, was wehtut. Eben ist sie immerhin kurz zu sich gekommen und war ansprechbar. Jetzt schläft sie und lässt sich auch nicht aufwecken. Vermutlich braucht sie den Schlaf. Aber wenn sie in ein paar Stunden nicht aufwacht oder du sie nicht wecken kannst, musst du sie in ein Krankenhaus bringen, alles andere wäre zu riskant.« Sie presst die Lippen zusammen. Da ist noch mehr. Das sehe ich ihr an. »Ich will gar nicht so genau wissen, was dieses Mädchen bereits alles durchgemacht haben muss. Es steht fest, dass sie auf unterschiedlichste Art und Weise misshandelt wurde. Sie wird psychologische Hilfe benötigen.«

Diesen Gedanken hatte ich auch schon, und dieses Thema gehört zu einem von vielen, welche ich mit Joyce besprechen muss. »Ich werde mich um sie kümmern. Danke, Cat.« Würde Bella nicht auf mir schlafen, hätte ich sie nun umarmt.

»Es wäre mir lieber, wenn ich sie mir morgen noch mal angucken kann.« Cats Stirn ist tief gefurcht und verrät mir ihr Unbehagen. Umso dankbarer bin ich, dass sie mir vertraut, das Richtige zu tun. »In Ordnung. Komm doch ...« Ich blicke auf die Uhr. Es ist drei Uhr in der Früh, an einem Montag, »gegen Nachmittag, nach der Arbeit, vorbei. Dann dürfte sie sich genug ausgeschlafen haben.«

Sie nickt, verabschiedet sich und geht.

»Ich werde Isabella jetzt auch ins Bett bringen. Am besten geht ihr jetzt. Wir reden nachher oder morgen.«

Devron und Chazz nicken besorgt. Letzterer streicht dem kleinen Mädchen auf meinem Schoß einmal sachte übers Haar. Es scheint, als würde Bella nicht nur mich weich machen.

Dann sind sie weg und ich bin allein mit diesen beiden wundervollen und zutiefst verletzten Geschöpfen.

Ich trage Isabella ins Gästezimmer, direkt gegenüber von meinem Schlafzimmer. Einem Geistesblitz folgend öffne ich den Kleiderschrank, in dem sich ein Kuscheltier von meiner Nichte befindet. Vorsichtig lege ich beide aufs Bett. Bella dreht sich im Schlaf und umarmt sogleich den Stoffhasen und drückt ihn eng an ihre Brust. Lächelnd decke ich sie zu und verlasse das Zimmer, ohne jedoch die Tür zu schließen. So würde ich sie hören, wenn etwas sein sollte, denn ich werde heute Nacht kein Auge zumachen und stattdessen über die beiden wachen.

Zurück in meinem Schlafzimmer werfe ich zunächst einen Blick auf die unruhig schlafende Joyce und betrete dann meinen begehbaren Kleiderschrank, um mir etwas Bequemeres anzuziehen. Ich tausche meine Anzugshose und mein Hemd gegen ein altes T-Shirt und eine Jogginghose, die ich nie zuvor getragen habe. Normalerweise bin ich den ganzen Tag im Büro, wo ich meine Anzüge trage, und wenn ich schlafe, dann nackt. Hierher kam ich höchstens zum Schlafen, Umziehen und Essen. Schnell ziehe ich mir noch ein frisches Paar Kuschelsocken an. Meiner Affinität zu weichem Stoff an den Füßen gehe ich hingegen immer nach, wenn ich daheim bin.

Mit meinem ungewohnten Aufzug setze ich mich auf einen Sessel mit Blick auf Joyce.

Die Zeit vergeht, und ich beobachte, wie die Sonne die Stadt zu meinen Füßen in ein goldenes Licht taucht. Mein Wecker verrät mir, dass es fünf Uhr ist. Joyce wälzt sich ruhelos von rechts nach links. Die Bewegung beschert ihr offensichtlich Schmerzen, zumindest ist ihr Gesicht seltsam verzogen. Sie träumt, wird mir klar. Im Begriff, sie zu wecken, stehe ich auf. Ihr angsterfüllter

Schrei lässt mich erstarren. Mit geöffneten Augen starrt sie mich an, als wäre ich die Ausgeburt der Hölle. Ihre Iriden leuchten förmlich.

»James, stopp. Hör auf!«

Erst jetzt verstehe ich, dass sie immer noch in ihrem Traum gefangen ist. Es ist gar nicht so einfach, jemanden zu beruhigen, wenn er schläft und man ihn nicht berühren darf. »Joyce! Rojita, du musst aufwachen. Du träumst nur.«

Ihr Blick wird fokussierter, doch das Grauen zeichnet fortwährend ihre Züge.

»Ich bin's, Ace. Erinnerst du dich? Du hast mich angerufen, weil du Hilfe brauchst. Ich habe dich zu mir nach Hause gebracht und dich von einer befreundeten Krankenschwester untersuchen lassen.«

»Ace?« Ihre Stimme ist rau und brüchig.

Mein Herz krampft sich zusammen. »Geht es wieder?«

Sie nickt und wendet beschämt ihr Gesicht von mir ab.

»Hey, alles gut. Dir muss nichts peinlich sein«, beruhige ich sie, weil es sich nicht richtig anfühlt, dass sie sich auch noch für ihre Gefühle und die ganze Situation schämt.

»Was ist passiert?«, fragt sie leise, die Augen weiterhin abgewandt.

»Als ich im Park ankam, wurdest du ohnmächtig. Also habe ich dich und Isabella mit zu mir genommen, eine gute Freundin angerufen, die Krankenschwester ist, und dich hier untersuchen lassen. Ich war mir nicht sicher, ob es die richtige Entscheidung war, dich nicht ins Krankenhaus zu bringen.«

»Es war die richtige Entscheidung, ich danke dir. Eine Behandlung im Krankenhaus hätte das alles hier noch komplizierter gemacht.« Sie macht eine weitschweifende Geste mit den Armen.

»Was genau? Woher hast du diese Verletzungen, Rojita?«, hake ich nach und hoffe, dass sie so offen bleibt.

Sie wringt ihre Hände im Schoß und atmet zittrig ein. »Im Grunde weißt du es schon, oder?«

»Ich habe eine Vermutung, ja.«

Abwartend blickt sie mich an.

»Dein Vater? Er schlägt dich.« Ich versuche, diese Worte möglichst sachlich klingen zu lassen, was mit einem bis zum Zerreißen angespannten Kiefer nicht so einfach ist.

Irgendwas Undeutbares huscht über ihr Gesicht. Sie scheint beinahe ... erleichtert? »Meine Verletzungen habe ich von ihm. Doch das war nur ein Ausrutscher. Es ist nicht so schlimm, wie du denkst, normalerweise nimmt er den Mund voll, es passiert aber nichts«, sagt sie fast beschwichtigend.

Beruhig dich, Ace. Tief durch die Nase einatmen ... und ausatmen. Ich mache gute Miene zum bösen Spiel, obwohl mein Blut mittlerweile kocht. »Ich glaube, deine Definition von *nicht schlimm* und meine liegen meilenweit auseinander.«

»Gestern ist es ein wenig eskaliert. Er hat getrunken und ich habe ihn provoziert. Keine gute Mischung. Das war meine Schuld. Also lebe ich damit.«

»Dann bist du also auf der Flucht, weil dein Vater gestern das erste Mal körperliche Gewalt ausgeübt hat?«

Sie nickt mit zuckendem Kiefer und den Blick zur Decke gerichtet. Vermutlich war ein so intimes Gespräch etwas zu viel für sie.

»Wie gesagt, es war meine Schuld.«

Da platzt mir der Kragen. »Solche Wörter wie *meine Schuld* will ich nie wieder aus deinem Mund hören, hast du mich verstanden?! Nichts von alldem ist deine Schuld.« Zu spät bemerke ich meinen Fehler. Immer noch stehe ich mit meinen ein Meter neunzig und fast hundert Kilo Gewicht aus ihrer Sicht wahrscheinlich bedrohlich vor dem Bett. Denn ich zittere am ganzen Körper, wenn ich daran denke, wie ihr Vater ihr diese verdrehte Logik eingeimpft haben muss.

Joyce drückt sich an das Kopfende meines Bettes und betrachtet mich mit einem Misstrauen, das tief sticht.

»Ich tue dir und Isabella nichts, das weißt du, oder? Ich bin nicht wie dein Vater.«

»Das war er auch nicht immer, aber aus Menschen können Monster werden.« Während sie spricht, werden ihre Augen feucht.

Ich setze mich auf den Rand meiner Matratze und greife nach ihrer Hand. Sie zuckt zurück und ich seufze ergeben auf. »Das bestreite ich gar nicht. Ich bin jedoch nicht er. Nie könnte ich etwas tun, das deine makellose weiße Haut schädigt. Nie könnte ich etwas tun oder sagen, das deine wundervoll silbernen Augen in Tränen schwimmen lässt. Nie könnte ich etwas tun, was das da drin verletzen könnte.« Bei den letzten Worten deute ich auf ihr Herz.

Ihre gefurchte Stirn lässt mich an etwas denken, das mein Dad mir einst sagte. *Mit Fäusten kann jedes noch so verweichlichte Weichei kämpfen. Echte Männer kämpfen ihren schwersten Kampf nicht im Ring, sondern im realen Leben um eine Frau. Und der Kampf lohnt sich, mein Junge. Er lohnt sich.*

»Wo ist Isabella? Wir müssen aus der Stadt verschwinden«, lenkt sie ab, und ich lasse sie. Ich denke, einen Samen habe ich mit meinen Worten bereits gesät, nun muss ich ihn regelmäßig mit meinen Taten gießen, damit er wachsen kann.

»Ich werde dir helfen, Joyce. Bei allem, was du möchtest. Aber du bist derzeit zu verletzt, um das Haus großartig zu verlassen. Bleibt hier, bis es dir wieder gut geht«, schlage ich ihr vorsichtig vor.

Skepsis gräbt sich tiefer in ihr hübsches Gesicht. »Was willst du dafür?«

Ich lächle sie sanft an. »Nichts. Ich sorge mich nur um euch. Wenn ihr gehen wollt, steht es euch frei.« Innerlich bete ich, dass sie vernünftig ist. »Überleg es dir bitte. Du bist angeschlagen. Gib deinem Körper die Zeit zu heilen. Isabella und du habt hier beide ein eigenes Bett und genug zu Essen.«

»Okay, wir bleiben, aber ich bin keine Schmarotzerin, Ace. Ich zahle für meinen Schlafplatz und die Lebensmittel.«

Ich reiße die Augen auf. Das wird ja immer besser. »Ich nehme kein Geld von dir.«

Sie setzt an, zu protestieren. Das störrisch vorgeschobene Kinn spricht für sich.

»Nein!«, sage ich etwas zu hart. Sie zuckt zurück und senkt unterwürfig den Kopf.

»Es tut mir leid, ich kann sehr dominant sein. Mir ist lieber, du bist sauer auf mich, als dass du verletzt wirst.«

Sie nickt verkrampft, dann blitzt es in ihren Augen. Ah, da sind ja ihr Kampfgeist und Lebenswille. »Du bist gar nicht wie der Leopard aus Tarzan, sondern wie Baghira aus dem Dschungelbuch, oder? Du beschützt die, die du liebst.« Sie wirkt erschrocken über ihre eigenen Worte, ich schmunzle.

»Ich meine ... also nicht, dass du mich liebst oder so ...«

Noch nicht, aber irgendwas tief in mir sagt, dass ich mich auf dem besten Weg dorthin befinde. Viele kämpfen gegen solche Gefühle an, ich jedoch nicht. Ich glaube, die Schlacht gegen Joyce' Angst ist schon Krieg genug. »Nur weil etwas an sich gefährlich ist, ist es das nicht für jeden. Eine Waffe beispielsweise ist nur ein Instrument, welches erst in den Händen des falschen Menschen Unheil anrichtet. Wenn ein Polizist eine Waffe hält, ist das etwas anderes, als wenn es ein Amokläufer tut.« Ja, ich bin gefährlich, aber niemals für sie.

Konzentriert kaut sie auf ihrer Unterlippe herum.

»Ich werde dich gleich berühren«, ist die einzige Warnung, die ich ihr gebe. Sie reißt ihren Kopf hoch und ich lege ihr sanft meine Hand an die versehrte Wange. Ich sehe keine Angst in ihren Augen, sondern Neugier. Vorsichtig befreie ich mit dem Daumen ihre Lippe von ihren Zähnen, und sie erschaudert.

Obwohl ihr Körper eine ganz andere Sprache spricht, ist ihr Herz nicht bereit für mich.

»Du bist wunderschön.«

Überrascht über das Kompliment, nehmen ihre Wangen ein zartes Rot an.

»Ich sage es noch einmal. Du musst lernen, Komplimente anzunehmen. Ich rede in der Regel nicht, damit jemand sich wohler fühlt. Wenn ich also sage, dass du wunderschön bist, dann bist du es auch.«

»Danke«, gibt sie leise von sich.

»Geht doch.« Lächelnd halte ich ihr meine Hand hin. Zögerlich ergreift sie sie.

»Wollen wir mal kurz bei Bella reinschauen? Danach setzt du dich aufs Sofa und ich mache uns Frühstück.«

Als sie den Mund öffnet, schüttle ich den Kopf. »Vergiss es. Das ist nicht verhandelbar. Du bist verletzt. Ich lasse dich sowieso nur aufstehen, weil ich Angst habe, dich mit deinen Gedanken allein zu lassen.«

Nachdem wir im Gästezimmer eine schlafende Isabella vorgefunden haben, gehen wir zur Treppe.

»Soll ich dich runtertragen?«

Sie schaut mich an, als hätte ich sie beleidigt. »Ich bitte dich, mir geht es gut. Glaub mir, ich war schon schlimmer zugerichtet.«

Verdutzt starre ich sie an. Wie bitte? Als sie merkt, dass sie sich verplappert hat, wendet sie sich ertappt der Treppe zu.

Die ersten drei Stufen beißt sie noch merklich die Zähne zusammen. Bei der vierten entweicht ihr ein leises Stöhnen, und das ist ihr Fehler. Genug ist genug. Ich trete auf sie zu – sie weicht zurück.

»Ich werde dich jetzt hochheben und runtertragen.« Ohne weitere Diskussionen nehme ich sie so vorsichtig wie möglich auf meine Arme und hoffe, ihren Körper so zu entlasten. »Verdammt, du wiegst ja fast nichts.«

Das lässt sie unkommentiert. Nicht schlimm, ich werde sie in den nächsten Tagen persönlich verpflegen.

Während ich in der Küche rumhantiere, hat sie es sich nicht nehmen lassen, sich an den Esstisch zu setzen und neugierig umzuschauen. Ich versuche, meine Wohnung durch ihre Augen zu betrachten. Zwar bestehe ich nicht auf Funkel und Protz, aber einen gewissen Luxus erlaube ich mir. Meine Möbel sind modern und meine Küche ist mit den neuesten Küchengeräten ausgestattet.

»Wie lange wohnst du schon hier?«, fragt sie mit hochgezogenen Schultern. Sie scheint sich nicht wirklich wohlzufühlen.

Ich schütte Mehl für Pancakes in eine Schüssel und überlege. »So an die vier Jahre bestimmt, wieso?«

Sie reibt sich über die Arme. »Wo ist das Leben? Die Deko? Ein Zeichen, dass *du* und niemand anderes hier lebt?«

Nachdenklich rühre ich den Teig. »Ehrlich gesagt bin ich nicht so oft hier.«

»Wo bist du dann?« Neugierig stützt sie sich auf ihre Unterarme und beugt sich mit leicht verkrampftem Gesicht vor.

»Meistens in der Wohnung über dem *no limits*, die eigentlich nur für Notfälle gedacht war. Aber es ist einfach praktischer, weil ich mir so den Weg spare«, erkläre ich ihr achselzuckend.

Ihre Augen schimmern mitfühlend. »Das heißt, du hast dir nie dein Reich erschaffen, in dem du *Du* sein und entspannen kannst?«

So direkt hat mich das bislang niemand gefragt. Komischerweise hat sie genau die tief versteckte Sehnsucht des Ankommens getroffen. Ankommen und einfach Sein, fernab von Leistung und Erfolg. Manchmal frage ich mich jedoch, wie viel ohne die Arbeit noch von mir übrig bleiben würde. Wie viel Ich gibt es, wenn mein Geld und meine Karriere keine Rolle spielen würden?

»Vielleicht magst du mir ja dabei helfen, diese Wohnung in ein Zuhause zu verwandeln«, schlage ich leise vor und werde mit einem weichen Lächeln ihrerseits belohnt.

Beim Essen unterhalten wir uns über Gott und die Welt. Die meiste Zeit spricht Joyce, während ich ihr interessiert zuhöre. Irgendwann fällt ihr auf, wie viel sie redet, denn sie bricht abrupt ab und schaut mich entschuldigend an. »Tut mir leid. Ich wollte dich nicht volltexten. Eigentlich rede ich sonst nie so viel.«

»Ach was, ich höre dir gerne zu. Ich werde dir immer zuhören, versprochen. Und wenn du mir nur erzählen möchtest, was du gestern zu Mittag gegessen hast. Wo wir gerade beim Essen sind ... Du bist zu dünn.« Ich mustere sie besorgt. Ihre Schlüsselbeine sind so spitz, dass sie damit jemanden erstechen könnte. Aus einem Impuls heraus lade ich ihr noch drei weitere Pancakes auf ihren leeren Teller.

Sie schmunzelt. »Was wird das jetzt? Willst du mich mästen?«

Ich schaue sie sprachlos an, denn alles, was ich sagen würde, könnte sie verletzen. Doch sie scheint zu merken, dass mich ihr Gewicht beunruhigt.

Sie schlägt die Augen nieder. »Obwohl ich mein eigenes Geld mit nach Hause ...«, bei dem letzten Wort stockt sie kurz, » ... gebracht habe, gab es für Bella und mich nur rationierte Portionen. Aber sie ist noch so klein, Ace. Sie muss wachsen. Daher habe ich ihr oft meine Portion dazugegeben. James war das gleich. Er hatte seinen Spaß daran, meinen Bauch knurren zu hören.«

Meine Fassungslosigkeit ist so groß, dass nicht einmal meine Wut eine Chance hat, durchzukommen. Dieser James ist ein Sadist der schlimmsten Art. Je mehr sie mir von ihrem Leben erzählt, desto weniger will ich wissen. Dieses Mädchen ist unfassbar. Ihr Magen knurrt, sie wird ausgelacht und gedemütigt, und trotzdem hat sie ihr Essen freiwillig Isabella gegeben? Ihre Selbstlosigkeit beschämt mich. »Solange du hier bist, muss weder deine Schwester noch du Hunger leiden. Wir werden zusammen Frühstück, Mittag und Abendbrot essen, und ich möchte, dass du dich zwischen den Mahlzeiten selbstständig am Kühlschrank bedienst.«

Die Schwere zwischen uns wird leichter und Joyce' Mundwinkel beginnt sogar zu zucken. »Das sagst du nur so lange, bis ich wirklich durch die Gegend rolle.«

»Rojita, ich nehme dich, wie du bist, sofern du dich wohlfühlst.«

Unsere Konversation endet, weil ein kleines verstrubbeltes Mädchen den Raum betritt. Große Tränen kullern über ihre Wangen und sie stürzt sich auf Joyce. Diese ist geistesgegenwärtig genug, vorher aufzustehen und die Kleine aufzufangen. Bei dem Aufprall verzieht sie das Gesicht. Mierda, ihre Verletzungen!

Vorsichtig gehe ich auf die zwei zu, damit ich den süßen Klammeraffen von Joyce befreien kann. Doch Bella wimmert wie ein waidwundes Reh, sobald ich mich ihr nähere.

»Alles gut. Es geht gleich wieder. Es war nur ein Traum. Jetzt brauchst du keine Angst mehr zu haben«, beruhigt Joyce ihre Schwester. Sie versteht Bella echt ohne Worte. Ich beobachte die beiden eine Zeit lang. Wie ruhig Joyce mit Isabella umgeht. Irgendetwas an Joyce' Verhalten gegenüber Bella ist seltsam. Und dann wird es mir klar, Isabella ist für sie keine Schwester, sondern eher eine Tochter.

»Guck mal, Ace hat Pancakes für uns gemacht. Magst du mit uns frühstücken?«

Als Bella mich erblickt, wird sie ganz bleich, will sich hinter Joyce verstecken und bricht mir damit das Herz.

»Ach nicht doch, Schätzchen. Versteck dich nicht. Ich habe extra viele Pfannkuchen für uns gebacken, weil die dir letztes Mal so gut geschmeckt haben, stimmt's?«

Ich sehe, wie das kleine tapfere Mädchen mit sich kämpft. Es sieht so aus, als wolle sie was sagen, aber kein Wort verlässt ihren Mund. Ich warte, als ich dann jedoch sehe, dass ihr Frustränen in die Augen steigen, erlöse ich sie. »Du musst nicht reden. Keiner erwartet hier etwas von dir. Wir beide möchten nur, dass du dich wohlfühlst und keine Angst hast.«

Erleichtert strahlt mich die Kleine an und ich wuschle ihr vorsichtig durch die Haare.

Gemeinsam setzen wir uns an den Tisch. Joyce schnappt sich Bellas Teller und will diesen befüllen. Ich nehme ihr ihn vor der Nase weg und kassiere dafür einen irritierten Blick.

»Du isst jetzt, Rojita! Sonst füttere ich dich gleich. Hier bist nicht mehr du allein für Bella verantwortlich, okay? Gib einen Teil deiner Last ab und denke ausnahmsweise mal an dich selbst.«

Sie nickt zögerlich. Wow, keine Diskussion. Wir machen Fortschritte.

Gegen Mittag krame ich eins der Puzzles von Tracy hervor, und wir versammeln uns alle um den Couchtisch und puzzeln. Als es klingelt, zucken Isabella und Joyce heftig zusammen. Ängstlich huscht Joyce' Blick durch mein Wohnzimmer. Sie checkt die Fluchtwege ab, wird mir klar.

»Das ist Cat. Eine Freundin von mir. Sie schaut sich deine Verletzungen an, Joyce.«

Feurige Augen schießen zu mir. »Eine Ärztin?«, zischt sie.

»Nicht ganz. Eine Krankenschwester, die jedoch weit mehr Kompetenz besitzt als jeder Arzt!«

»Und was soll ich ihr erzählen, wenn sie nach der Ursache meiner Blessuren fragt?« Ihr Atem wird hektischer, offensichtlich versetzt sie der Gedanke in ernsthafte Panik.

»Beruhig dich, Cat hat sich heute Nacht schon deine Wunden angeschaut und sie, so gut es ging, verarztet.«

»Du hast mich untersuchen lassen?!« Scheinbar hat ihr Hirn nach dem ganzen Stress nicht abgespeichert, dass ich ihr das bereits erzählt habe.

»Du bist direkt vor mir ohnmächtig geworden! Was wäre die Alternative gewesen? Einen Krankenwagen zu rufen, so wie es Chazz vorgeschlagen hat?!«

»Warst du dabei?«, fragt sie tonlos. Bella ist sichtlich verunsichert von unserer Diskussion und kuschelt sich eng an ihre Schwester.

»Wo war ich dabei?«, hake ich verwirrt nach, nicht sicher, wie die entspannte Stimmung so schnell verpuffen konnte.

»Bei meiner Untersuchung ... Hast du sie gesehen?«, faucht sie mich an.

Diese Energie habe ich ihr überhaupt nicht zugetraut. »Cat hat mich meines Schlafzimmers verwiesen. Was hätte ich denn sehen können?«

Nun hüllt sich Joyce wie gewohnt in Schweigen. Ein erneutes Klingeln lässt mich kapitulieren und die Tür für Cat öffnen, die sich wortlos an mir vorbeischiebt. »Kein Problem, Cat. Komm doch rein«, grummle ich.

Sie steuert geradewegs auf das Wohnzimmer zu, sieht, wie die beiden Schwestern dicht nebeneinander auf der Couch kauern und auf alles gefasst scheinen. Bella umklammert Joyce' Arm, als würde sie diesen nie wieder loslassen wollen.

Stets Profi, kniet sich Cat vor Isabella und flüstert ihr so ins Ohr, dass wir es alle hören können. »Hey, kleine Lady. Ich wollte deine Schwester untersuchen, aber nun sieht es so aus, als hätte sie Angst. Würdest du ihr erklären, dass ich nur gucken will, ob sie noch Schmerzen hat?«

Tapfer nickt Isabella. Dann dreht sie sich zu ihrer Schwester, die alles mit gefurchter Stirn verfolgt. Erst zeigt die Kleine auf Cat, danach hält sie einen Daumen nach oben. Joyce nickt ernst, aber in ihren Augen kann ich ein unterdrücktes Schmunzeln erkennen.

Mir ist jetzt schon mehrfach aufgefallen, dass Isabella vor allem in Stresssituationen erneut ihre Stimme zu verlieren scheint. Ich werde mit Joyce reden, ob sie eine

Sprachtherapie für ihre Schwester unterstützt. »Ich würde dir gerne was zeigen, Isabella. Kommst du mit?«, lenke ich sie ab.

Eifrig hüpft sie vom Sofa, nur um kurz darauf verunsichert zu Joyce zurückzublicken.

»Geh nur, ich komme nach.«

Dann verlassen wir den Raum.

KAPITEL
Sieben

Joyce

Ich habe Ace gegenüber eben völlig irrational reagiert, das weiß ich. Menschen mit Traumata sind wie Brandverletzte. Ihnen wurde die schützende Haut einfach weggebrannt, sodass jede Bewegung und Berührung wehtut.

Meine Narben zu verstecken, ist schon so lange ein Teil von mir, dass die Tatsache, jemand könnte sie sehen, mich an den Rand einer Panikattacke treibt. Ich habe es ja nicht mal geschafft, Ace die Wahrheit über die fast täglichen Prügelattacken zu erzählen.

Nun bin ich allein mit Cat. Nicht unbedingt meine erste Wahl, wenn ich mir ihren ernsten Gesichtsausdruck so anschaue. Sie ist eine zierliche hübsche Frau mit kurz rasierten silbernen Haaren und bernsteinfarbenen Augen. An ihren Ohren trägt sie etliche Piercings. Sie sieht beinahe aus wie eine Fee.

»Ich sehe mir zuerst deine Rippen an, okay? Gestern habe ich das bereits getan, aber nur flüchtig. Dass einige davon geprellt sind, ist klar. Wir müssen jetzt nur sicherstellen, dass sie nicht gebrochen sind und irgendein Organ verletzen. Das kann ich zwar ohne Röntgenaufnahme nicht zu hundert Prozent garantieren, aber ...«

Ich nicke stumm. Die traurige Wahrheit ist, dass mir mein eigenes Leben nicht wichtig genug ist, um trotz der Risiken ein Krankenhaus aufzusuchen.

Cat setzt sich neben mich auf das Sofa und hebt mein Shirt so weit an, dass die Rippenbögen freiliegen. Dann horcht und klopft sie meine Lunge ab.

Mir ist es unangenehm, so viel Haut zu zeigen. Außerdem macht mir der Gedanke, von fremden Händen abgetastet zu werden, Angst.

»Verletzungen der Lunge werden eigentlich mit einem Röntgenbild gesichert. Aber weil du nicht ins Krankenhaus möchtest, werde ich dir ein paar Fragen stellen, die uns Hinweise geben könnten, ob wir nicht vielleicht doch zu einem Arzt sollten. Hast du das Gefühl, deine Atmung ist schnell und flach?«

Mir ist bewusst, dass das hier eine ernste Angelegenheit ist. Deswegen horche ich aufmerksam in mich rein und verneine letztlich.

»Okay, das ist gut. Ich weiß, dass deine Rippen wehtun. Aber verspürst du auch einen eher stechenden Schmerz in der Lunge?«

»Nein.«

Sie wirkt noch einen Moment lang konzentriert. Danach blickt sie mich an. »Soweit ich das ohne Röntgen und Medizin-Studium beurteilen kann, bist du okay. Hoffen wir einfach, dass ich recht habe. Wenn du

Schmerzen hast, nimmst du ein bis höchstens zwei Schmerztabletten pro Tag. Doch wenn du das Gefühl hast, da ist mehr, gehe bitte sofort ins Krankenhaus.«

Ich nicke und habe schon die Hoffnung, dass es das gewesen ist.

Cat dreht sich jedoch so, dass sie mich ganz im Fokus hat. Ihre Augen bohren sich wie Pfeile in mich, und ich rutsche unruhig auf dem Polster hin und her.

»Ich bin nicht nur wegen deiner Verletzungen hier.«

Mist, zu früh gefreut.

»Als ich dich gestern untersucht habe, ist mir aufgefallen, wie viele Narben du hast. Das sind nicht nur Spuren von Misshandlungen, das sind Spuren absoluter Grausamkeit. Wer tut *so was*? Wer tut dir weh, Joyce? Ist es Ace? Du kannst mit mir reden«, beteuert sie und beugt sich dabei ein Stück zu mir. Tränen laufen ihr über die Wangen, und ihr Mitgefühl rührt etwas tief in mir.

»Ace? Wie kommst du denn auf ihn?« Völlig perplex, geradezu entsetzt von dem Gedanken starre ich sie an.

»Er verhielt sich so seltsam ... so besitzergreifend ... Außerdem weiß ich von seinen Wutproblemen.« Beinahe trotzig schiebt Cat ihr schmales Kinn vor.

»Ich dachte, du und Ace seid befreundet. Gab es etwa mal einen Vorfall?« Mein Magen rumort und Adrenalin aktiviert meine müden Muskeln. Habe ich ihm doch zu früh vertraut?

»Was?« Cat weicht erschrocken zurück und ich entspanne mich etwas. »Nein! Aber man kann Menschen nie hundertprozentig trauen ...« Was ist mit ihr passiert? Wer hat sie verletzt? Aus ihr spricht ganz deutlich durch schlechte Erfahrungen gezeugtes Misstrauen.

»Wer auch immer es ist ... misshandelt dich schon länger auf grausame Weise, habe ich recht? Du solltest nicht bei Ace bleiben. Er ist nicht der Richtige für so was«, meint Cat.

Ein scharfes Luftholen lässt mich aufspringen und herumfahren. Ace steht in der Tür und mir rutscht das Herz in die Hose. Wie viel hat er gehört? »Ist es wahr, Joyce? Wie lange geht das bereits so? Vorhin hast du gesagt, es wäre ein Ausrutscher, eine einmalige Sache ...« Ace kommt näher und bleibt circa einen Meter vor mir stehen, und ich habe das Gefühl, seine Körperwärme zu spüren.

»Es war nicht schlimm ...«, versuche ich das Ganze zu retten. Meine Atmung wird hektischer und der Sauerstoff im Raum weniger.

»Lüg mich nicht an. Wie lange?«

Eine unsichtbare Hand schlingt sich um meine Kehle und ich kneife die Lider zusammen.

»Wie lange, Joyce?« Wieder lerne ich Ace' unerbittliche Seite kennen, und die lässt Übelkeit in mir aufsteigen. Und auch wenn ich ihn nicht ansehe, kann ich seine Wut, die in Wellen von ihm ausstrahlt, wahrnehmen. Mir entgleitet immer mehr die Kontrolle über den ordentlich zusammengepackten Koffer voller Vergangenheit. Jede Sekunde jeden Tages muss ich auf ihm sitzen, damit er nicht aufplatzt, und gerade habe ich das Gefühl, er ist kurz davor, zu explodieren.

»Lass gut sein. Du siehst doch, dass sie noch nicht so weit ist, darüber zu reden«, mischt sich Cat ein.

»Joyce!«

»Ace!«

Ich verliere den Überblick über die Stimmen und verschwinde in dem Sumpf meiner Erinnerungen, die normalerweise in den Koffer gequetscht sind.

Es ist dunkel, feucht und kalt, als ich die Augen öffne. Ich scheine mich in einer Art Keller zu befinden. Keine Ahnung, warum ich hier bin, aber vermutlich wird es etwas mit endlosen Schmerzen zu tun haben.

Ein grausames Lachen ertönt. Ein zweites stimmt mit ein. Zwei? Also ist James nicht allein hier? Eine Gänsehaut überzieht meinen ganzen Körper.

»Na sieh mal einer an, wer endlich aufgewacht ist. Darf ich vorstellen, mein Freund? Meine Tochter Joyce, die mein komplettes Leben zerstört hat.«

Ein Klicken ertönt, und flackernd geht gleißend helles Licht an. Ich blinzle und ...

»Jossie«, schluchzt eine süße kleine Stimme, und Arme umschlingen meine Beine. Das reißt mich aus meinen Erinnerungen, die mich weiterhin wie Schlingpflanzen zum Abgrund zerren wollen.

Ich blicke herab auf meine kleine Schwester, rutsche von der Couch und lasse mich zu ihren Füßen nieder. Fest ziehe ich sie an mich. Mein ganzer Körper bebt. Gequälte Schluchzer steigen in meiner Kehle auf und ich beiße mir hastig in die Faust. Ich will einfach nicht, dass Bella das hören muss.

So sitzen wir auf dem Boden, verschlungen zu einem Knoten aus Tränen und Verzweiflung. Ich versuche, meinen Atem zu vertiefen, mich zu beruhigen, um für meine kleine Schwester da zu sein.

Nach einer Ewigkeit löse ich mich von ihr und wische ihr die dicken Tränen von den Wangen. »Es tut mir leid. Ich wollte dich nicht erschrecken.« Zitternd lächle ich sie an.

Isabella öffnet den Mund, doch es verlässt kein Ton ihre Lippen, und das bricht mir das Herz. Wegen mir hat sie nun einen Rückfall, schafft es vor lauter Stress wieder nicht, zu sprechen.

Mit Schrecken wird mir bewusst, dass wir nicht allein sind, weshalb ich aufschaue, direkt in seine graugrünen Augen. Sie bohren sich in meine. Hart. Unnachgiebig. Wieder überkommt mich das Gefühl, diese Augen bereits zu kennen. Ein Schauder rinnt mir über den Rücken. Ich kann seinem Blick nicht standhalten, fühle mich klein und beschmutzt.

»Wieso hast du es mir nicht gesagt?«, fragt er leise.

Das ist keine Frage, auf die ich antworten will. Weiß er es? Weiß er, wie verstümmelt mein Körper ist? Wie viel hat er von unserem Gespräch mitbekommen?

Scham ist ein starkes Gefühl. Es kann einen vollkommen lähmen. Erstarren lassen. Schweigen lassen … Scham ist schuld daran, dass ich mich nicht eher jemandem anvertraut habe, dass ich so lange leiden musste, dass ich die Achtung vor mir selbst verlor. Scham ist schuld. Und dann entdeckt Ace sie. Die Scham in meinen Augen.

»Du weißt, dass du dich nicht schämen musst, oder? Du weißt, dass du hier das Opfer bist, oder? Das weißt du?!«, beschwört er mich geradezu.

Das ist es ja. Ich weiß, dass ich das Opfer bin. Ein Mädchen, das auf widerlichste Art und Weise zum Opfer gemacht wurde.

»Ich hätte mich mehr wehren können. Ihn weniger provozieren sollen. Ihm mehr aus dem Weg gehen und einfach meinen blöden Mund halten sollen.«

Ace kommt einen Schritt näher und Bella erzittert. »Nein! Nichts davon ist deine Schuld. Such nicht bei dir den Fehler.«

Tränen – diese dreckigen Verräter – laufen über mein

Gesicht. Sofort wird sein Gesicht weich, und seine Augen haben wieder diesen warmen Schimmer.

»Ich kann und will jetzt nicht mit dir darüber reden.« Selbst wenn Bella und Cat nicht im gleichen Raum wären, hätte ich die Zähne nicht auseinanderbekommen.

»Wir haben keinen Zeitdruck. Mir reicht ein Irgendwann.«

Gedanklich halte ich weiter an meinen Zweifeln fest. Reden kann jeder.

»Darf ich euch in den Arm nehmen?«

Allein die Tatsache, dass er so was fragen muss, lässt mich aufschluchzen. Ich nicke. Und schon schlingen sich seine starken Arme um uns. Er hält uns zusammen, so fest, dass ich in seinen Armen zusammenbrechen kann, ohne vollständig auseinanderzufallen.

Ace

Sanft ziehe ich sie in eine Umarmung, und auch Bella drücke ich an mich. Dabei trifft mein Blick auf Cats. Sie scheint ebenso betroffen von der herzzerreißenden Szene wie ich.

Tröstend streichle ich den beiden über den Rücken. Irgendwann löst sich Joyce von mir und blickt auf Bella hinab. Letztere ist völlig am Ende und schafft es gar nicht mehr, sich zu beruhigen.

Bestürzung breitet sich in Joyce' Gesicht aus. »Bella, es ist alles okay. Mir geht es gut, ich war nur kurz traurig.«

Untertreibung des Jahrhunderts, aber ich verstehe, dass sie Isabella besänftigen will.

Ein grausamer Gedanke macht sich in mir breit. Grausam, weil er den Schwestern wehtun wird, aber leider sehe ich gerade keinen anderen Ausweg.

Ich überlasse die beiden für einen Moment sich selbst und gehe zu Cat.

»Ich glaube, es wäre das Beste für sie, wenn sie für ein paar Tage Abstand voneinander bekommen«, spricht Cat das aus, was ich zwar gedacht habe, aber mir Übelkeit bereitet.

Ich nicke ihr zu. »Sie puschen sich immer wieder gegenseitig hoch, und jeder ist so beschäftigt damit, auf den anderen achtzugeben, dass niemand bei sich ankommt.«

»Das wird nicht leicht, den beiden diese Wahrheit näherzubringen«, meint Cat.

Seufzend fahre ich mir durchs Haar. »Ich weiß. Danke dir für deine Hilfe, den Rest muss ich wohl allein schaffen.«

Cat lächelt mir zu. »Du kriegst das hin. Wenn was ist, ruf einfach an.«

Den Nachmittag verbringen wir auf der Couch. Bella puzzelt wieder, und nachdem ich mich vergewissert habe, dass sie beschäftigt ist, wende ich mich Joyce zu, die gedankenverloren ins Nichts starrt. Tief durchatmend beginne ich zu sprechen. »Dir geht es nicht gut, und du hast jedes recht, dir die Zeit für eine richtige Genesung zu nehmen. Ich denke nur, dass es schwierig sein könnte, wenn Bella in dieser besonders dunklen Phase bei dir bleibt. Sowohl für sie als auch für dich.«

»Ich kriege es nicht hin, oder?«, flüstert sie gebrochen.

»Was?«, frage ich irritiert und mit schmerzender Brust.

»Ordentlich für sie da zu sein. Ihr zumindest ein wenig Mutter zu sein.«

»Rojita! Du bist eine großartige Schwester und Ersatz-Mom. Du hast bereits einmal gemerkt, dass es nicht immer ohne Hilfe geht, und dass Hilfe anzunehmen wahnsinnig stark ist. Du lässt Isabella nicht im Stich, sondern holst aus einer beschissenen Situation das Beste heraus. Ihr zwei seid wie Spiegel füreinander, und das ist nicht gerade förderlich für eure sonstigen Belastungen.«

»Was soll ich tun? Verschwinden?«

Innerlich ringe ich um Geduld. »Nein, was hältst du von der Idee, wenn Bella ein paar Tage bei meiner Schwester bleibt?«

»Ich kenne deine Schwester gar nicht!« Ihr Feuer kämpft sich durch.

»Sie ist eine tolle Mom. Nicht jeder schafft es, in einem Alter von siebzehn ein Kind zu kriegen und sich auch darum zu kümmern.«

»Aber ich kann Bella doch nicht einfach abschieben.« Obwohl ihre Stimme aufgebracht ist, spricht sie leise, damit die Kleine nichts von unserer Diskussion mitbekommt.

»Du schiebst sie nicht ab. Du gibst ihr und dir nur die Zeit, runterzukommen.«

Joyce sackt in sich zusammen. »Und du glaubst wirklich, dass es das Beste für sie ist?«

Und für dich. »Ja, das glaube ich.«

Verlorene silberne Augen schauen mich an. »Ich will sie wenigstens vorher kennenlernen.«

Ich nicke.

Chazz und Devron haben beide recht gehabt. Die

zwei sind ein Fall für die Ewigkeit. Jahrelang habe ich vor mich hingelebt, habe versucht, die Leere in mir mit Arbeit, Geld und Erfolg zu füllen, ohne zu begreifen, dass diese Dinge mich nur weiter aushöhlen. Ja, das erste Mal in meinem Leben nehme ich mir vor, die nächsten Tage die Arbeit zu vernachlässigen. Sie ist nicht wichtig, und das, obwohl ich durch Leistung immer meinen Wert definiert habe. Aber zu sehen, wie sehr die Mitchells Hilfe brauchen, hat etwas in mir losgelöst. Wenn Joyce mich lässt, würde ich ihr gerne dabei helfen, sich selbst zu retten.

KAPITEL
Acht

Joyce

A ls sich die Aufzugtüren öffnen, weiß ich nicht, was ich fühlen soll. Neugierde, weil sie Ace' Schwester ist? Dankbarkeit, weil sie sich bereit erklärt hat, mir zu helfen, obwohl sie mich nicht kennt? Ablehnung, weil sie mir Bella wegnehmen wollen?

Bei meinem letzten Gedanken weise ich mich selbst zurecht. Wir tun das hier, weil es das Beste für Isabella ist.

»Alles okay?«, frage ich sie, und sie antwortet mit einem Nicken. Kein Laut ist zu hören.

Ich sitze mit ihr im Wohnzimmer auf der Couch. Die Hände sittsam im Schoß gefaltet. Keine Ahnung, wen ich hier täuschen will, ich bebe quasi und sitze kerzengerade auf dem Sofarand, jederzeit zur Flucht bereit.

Eine hübsche Frau betritt mit einem kleinen Mädchen das Wohnzimmer. Erstere hat die Hälfte ihrer Dreadlocks hochgesteckt, die andere Hälfte rahmt ihr schmales Gesicht ein und umspielt ihre Taille. Silberne Perlen sind mit schwarzen Bändern in ihre Haare geflochten. Ihre Augen wirken fast schwarz. Tattoos ragen aus ihrem Ausschnitt ihre Kehle hinauf, und auch ihre Fingerknöchel sind voll davon. Sie ist ein einziges Kunstwerk in Schwarz! Das Kind hingegen ist in den buntesten Farben gekleidet, und aus seinen Augen spricht der Schalk. Bevor irgendwer von uns was sagen kann, stürzt das Mädchen zu Bella. »Hallo, ich bin Tracy und schon so alt.« Selbstbewusst streckt sie fünf Finger in die Höhe.

Die Mundwinkel meiner Schwester zucken nach oben und – ich halte die Luft an – sie öffnet ihre Lippen. »Ich bin Bella«, antwortete sie schüchtern. Zwar hat sie die Schultern hochgezogen, aber immerhin spricht sie.

Mein Kiefer klappt gen Boden. Ich hatte bereits befürchtet, dass sie wieder länger der Stille verfällt. Wahrscheinlich sollte ich nicht immer von mir auf Bella schließen. Nur weil wir aus der gleichen Familie kommen, heißt das nicht, dass sie Dinge genauso verarbeitet wie ich. Jeder heilt in seinem eigenen Tempo, und wenn sie schneller ist als ich, kann ich mich nur für sie freuen.

»Hey, schön, dass du da bist, Mira«, begrüßt Ace seine Schwester und umarmt sie kurz. Für einen Bruchteil wird ihre Miene ganz weich und leserlich, dann verschließt sie diese erneut.

Sie nimmt auf dem gegenüberliegenden Sessel Platz. Bella und Tracy haben die Köpfe zusammengesteckt und tuscheln.

Amira starrt mich an, ohne zu blinzeln. Unbehaglich ziehe ich die Schultern hoch, und von Sekunde zu Sekunde verfestigt sich die Überzeugung, dass es keine gute Idee ist, Bella mit ihr gehen zu lassen.

Ace räuspert sich und Amira zuckt zusammen. »Tut ... tut mir leid, dass ich dich so ansehe, aber wir sind uns schon mal begegnet.«

Überrascht reiße ich die Augen auf. »Ach ja?«

»Du bist in mein Tattoo-Studio gekommen und hast dich von mir beraten lassen. Wir haben einen Termin ausgemacht, aber du bist nie erschienen.«

Alle Anspannung fällt von mir und mein Magen meldet sich dafür grummelnd zu Wort. »Ich ... äh ... ja ... das war dann wohl meine Zwillingsschwester. Wir zwei haben uns noch nicht getroffen.«

Amira nickt verstehend. »Geht es ihr denn gut? Sie hat sich nie wieder bei mir gemeldet.«

Spannung schießt durch meine Adern. »Ja, ich meine, ich weiß es nicht. Wir haben keinen Kontakt mehr.« Meine Stimme ist so hart und resolut, dass klar sein sollte, dass das Thema für mich abgehakt ist.

Amiras dunkle Augen flackern, sie blinzelt und schaut mich nun offen an. »Wie kann ich dir helfen?« Irgendwie habe ich das Gefühl, dass zwischen uns beiden Dutzende von unausgesprochenen Worten stehen, doch da ich sie nicht greifen kann, spreche ich sie auch nicht aus.

Ich schaue zu Ace, der stumm zurückblickt, und ich seufze. »Ich bin gerade in einer sehr schwierigen Situation. Weil es für uns nicht mehr sicher bei meinem Vater ist, sind wir geflohen und haben Ace um Hilfe gebeten. Aufgrund der belastenden Verhältnisse zu Hause hat Bella Probleme mit dem Sprechen. Und es scheint ...« Mühsam schlucke ich gegen den Kloß in meinem Hals an. »Es scheint, als sei mein seelischer Zustand ein Trigger für Bella.«

Wir alle blicken zu den beiden Kleinen, die sich in den Armen liegen. Bella hatte noch nie eine Freundin und ich freue mich für sie. Die kindliche Psyche ist höchst komplex und manchmal doch so einfach.

»Ich bin keine Psychologin«, wendet Amira ernst ein, und ich schenke ihr wieder meine Aufmerksamkeit.

»Das wissen wir, Mira. Wir wissen auch, dass die beiden psychologische Hilfe brauchen.«

Ääh, wissen wir das? Ich höre das gerade zum ersten Mal und ... »Lehn den Gedanken nicht gleich ab, Rojita. Lass ihn erst mal da«, sagt Ace nun zu mir, und sein weicher Tonfall beschwichtigt meine innerlich aufgestellten Stacheln. Blöde Hormone.

»Uns geht es nur um Zeit. Die brauchen wir, um uns zu sammeln und alles klären zu können, ohne dass Bella ständig getriggert wird.«

Mein Herz schmerzt so sehr wie schon lange nicht mehr. Am liebsten würde ich meine Schwester packen und so weit und schnell mit ihr weglaufen, wie ich kann. Das Problem ist nur ... dass *ich* derzeit das Problem bin. Wenn es ihr ohne mich besser geht, will ich ihr das nicht verwehren. Meine Augen beginnen zu brennen und Ace' Hand landet auf meiner und drückt sie sanft.

»Das ist unglaublich selbstlos von dir«, meint Amira zu mir, als hätte sie meine Gedanken gelesen.

Ein trockenes Schluchzen bricht aus mir heraus, und sofort reißt Bella den Kopf hoch und huscht an meine Seite. »Wieso fühlt es sich dann so an, als wäre ich der egoistischste Mensch auf Erden?«

»Das Richtige zu tun, heißt nicht, dass es sich im ersten Moment richtig anfühlt. Würde ich auf meine Depression hören, wäre ich schon längst nicht mehr hier, ist es deswegen richtig?«

Amiras Worte dringen tief in mich ein und erreichen

mich auf eine Weise, wie es Ace' Worte zu dem Thema bisher nicht konnten. Dankbar lächle ich sie an. Ich mag diese Frau nicht kennen, aber Ace vertraut ihr und ich vertraue Ace. Außerdem scheint sie einfühlsam und eine gute Mom zu sein, sonst wäre Tracy nicht so ein Sonnenschein.

Ace lehnt sich vor. »Ich will ehrlich sein, Mira. Derzeit werden die zwei zwar nicht von der Polizei gesucht, doch wenn irgendwie herauskommen sollte, dass Bella bei dir wohnt ...« Er schüttelt den Kopf, wie um sich selbst zur Besinnung zu rufen. »Tut mir leid, ich habe das nicht ganz zu Ende durchdacht. Ich kann nicht von dir verlangen, dass du dich strafbar machst.«

Amira sieht uns ernst an. »Ich mache es, Ace. Wie du bereits gesagt hast, noch sucht die Polizei nicht nach ihr. Und wir müssen einfach vorsichtig sein.«

Ich kann kaum glauben, dass Ace' Schwester das alles für eine Person, die sie nicht mal kennt, auf sich nehmen will.

»Und du packst das? Psychisch?«, hakte Ace nach.

Nicken. »Ich bin derzeit stabil, und du weißt, dass ich meine Frühwarnzeichen inzwischen gut genug kenne, um rechtzeitig die Reißleine zu ziehen.«

Die Sanchez-Geschwister tauschen einige Blicke. Scheint, als würde da eine Geschichte hinterstecken.

Nun gilt es nur noch eins zu klären. Ich drehe mich meiner Schwester zu. »Schätzchen, wie du siehst, geht es mir nicht so gut. Und ich will nicht, dass es dir schlecht geht, nur weil ich traurig bin. Was hältst du davon, wenn du für ein paar Tage zu deiner neuen Freundin und Amira ziehst? Nur wenn du willst, ansonsten darfst du auch hierbleiben.«

Meine Kleine schaut mich mit viel zu schlauen Augen an. Sie blickt zweifelnd zu Tracys Mom und dann wieder zu mir. »Okay, aber was, wenn ich dich vermisse?«

Innerlich liege ich am Boden und kann gar nicht mehr aufhören zu schluchzen, doch nach außen hin reiße ich mich zusammen. »Du kannst mich immer anrufen und besuchen. Und wenn du mich zu doll vermisst, kommst du wieder. Was sagst du?«

Bella blickt nachdenklich zu Tracy, die es sich auf dem Schoß ihrer Mutter gemütlich gemacht hat. Als sie Isabellas Blick bemerkt, winkt sie freudig. »Ja, komm mit! Wir werden die besten Freunde!«

Das entlockt Bella ein Lächeln. »Okay!« Zwar schaut sie verunsichert zu Amira, aber Tracys Enthusiasmus kann sie wohl nicht widerstehen.

Fest knuddle ich sie ein letztes Mal für die nächsten Tage.

Wir besprechen noch ein paar Kleinigkeiten, und sowohl Amira als auch Ace beruhigen mich.

Die Aufzugtüren schließen sich, dann sind Amira, Tracy und Bella verschwunden.

Ace kehrt zu mir zurück. Als er mein Gesicht sieht, seufzt er tief. »Ach Rojita, wir haben hier keinen Vertrag unterschrieben. Ich weiß auch nicht, ob es das Richtige war, aber wenn es das nicht war, kommt sie einfach zurück, okay?«

Ich nicke zaghaft, woraufhin Ace sich zu mir auf die Couch setzt und mich zu sich heranzieht. Gerade jetzt brauche ich diese Nähe unglaublich und kuschle mich noch näher an ihn.

Er holt immer wieder tief Luft, und ich merke, dass er etwas sagen möchte.

Ich löse mich von ihm, um ihn fragend anzusehen.

»Was hältst du davon, wenn wir einen Privatdetektiv auf James ansetzen? Damit wir wissen, wenn er sich uns nähert. Mein Freund Dev kann das übernehmen. Ihm vertraue ich.«

Verblüfft starre ich ihn an. Das kommt nun sehr aus dem Nichts. Und Devron ist Detektiv?

»Ich will, dass du dich wieder sicher fühlen kannst. Und dafür würde ich alles tun. Du warst viel zu lange gefangen, als dass ich möchte, dass du nun ein neues Gefängnis in meinem Zuhause findest.«

Stirnrunzelnd mustere ich ihn. »Ich sehe in deiner Wohnung kein Gefängnis, vielmehr fühlt sie sich wie eine geschützte Festung an«, beruhige ich ihn.

»Devs Hilfe wäre nicht einmal die Endlösung. Auch wenn er uns ein wenig Sicherheit schenkt, kann er uns nicht bei den bürokratischen Dingen helfen. Wenn du für Bella ein normales Leben mit Schule und allem Weiteren haben möchtest, müssen wir das Sorgerecht für sie bekommen«, spricht er aus, was ich schon längst weiß. Aber allein der Gedanke an die Polizei dreht mir den Magen um.

»Ich weiß. Aber wer wird mir schon glauben?«, frage ich leise. Die Last auf meiner Brust drückt mir beinahe die Luft aus den Lungen.

Ace fährt sich aufgebracht durch die Haare. »Wer tut es nicht?«, widerspricht er.

Und auch wenn ich weiß, dass er das rhetorisch meint, entfährt mir: »Du verstehst nicht ...«

»Was verstehe ich nicht?«

»*Er* ist die Polizei.«

Seine Augen weiten sich. »James ist Polizist?«

Ich seufze tief. »Ja. Weißt du, mein Misstrauen in die New Yorker Polizei ist nicht unbegründet. James' Partner wusste die ganze Zeit, was bei uns zu Hause abgeht.

Manchmal hat er sogar geholfen, die Wahrheit zu vertuschen.«

Fassungslos schüttelt er den Kopf. »Wie kann so was nur sein?«

Nonchalant zucke ich mit den Schultern. »Manchmal ist es wohl einfacher, die Augen vor der Wahrheit zu verschließen, als die Wahrheit als solche zu akzeptieren.«

»Ich könnte niemals wegschauen. Egal wie ungemütlich die Realität für mich ist«, sagt er mit harter Stimme, und noch nie hat er so anziehend auf mich gewirkt. Ich glaube Ace, dass er den Mut hat, das Richtige zu tun.

Ace schlägt vor, einen gemütlichen Fernsehabend zu machen, und ich stimme zu. Froh darüber, dass er das Thema von eben fallen lässt. Obwohl ich weiß, dass ich nur wegrenne, habe ich noch nicht die Stärke, stehen zu bleiben und zu kämpfen.

Ace

Wir bleiben auf der Couch sitzen und schauen irgendeine hohle Trash-TV-Serie. Ich habe sie nur angemacht, damit Joyce ein wenig Ablenkung hat. Seit Bella weg ist, geht es ihr wirklich nicht gut. Hätte ich mich doch um sie kümmern sollen? Wieder meldet sich mein schlechtes Gewissen. Ich schüttle den Kopf, um meine zweifelnden Gedanken zu vertreiben. Wir haben das getan, was für alle am besten ist. Unbeschwertheit für Bella und Heilungszeit für Joyce. Die Geschwister sind nicht nur durch Blut, sondern ebenfalls durch gemeinsames Leid miteinander verbunden. Gerne möchte ich ihnen die Chance geben, mal alleine zu sein. Damit beide auf sich selbst konzentriert sind, sich kennen und vielleicht auch mögen lernen. Und wie ich Joyce gesagt habe, wenn es nicht klappt, kommt Bella zurück.

Mein Blick fällt auf die schlafende Gestalt neben mir. Lächelnd nehme ich mir die Zeit, diese wunderschöne Frau zu mustern. Ihre langen Wimpern zittern leicht und ihre Augen bewegen sich hinter ihren Lidern hin und her. Scheint so, als wäre ihr nicht einmal ein ruhiger Schlaf vergönnt.

Ich könnte sie wenigstens in ein richtiges Bett bringen. Vorsichtig hebe ich sie auf meine Arme und trage sie erneut in mein Schlafzimmer, statt in das Gästezimmer, das nun frei ist. Sanft lege ich sie auf die Matratze und streiche ihr zart über ihre versehrte Wange.

Plötzlich reißt sie die Augen auf und fängt wie wild an, um sich zu schlagen und zu treten. Mein Herz springt mir fast aus der Brust, so erschrocken bin ich.

KAPITEL
Neun

Ace

J oyce schaut mich mit einem Gesichtsausdruck an, als hätte ich sie verraten.

Verspätet hebe ich beschwichtigend die Hände. »Es tut mir leid, ich habe dich ins Bett gebracht, damit du es gemütlicher hast. Mehr nicht, versprochen.«

»Das kann jeder behaupten. Vertrauen muss man sich verdienen.« Sie liegt still auf der Matratze, und wie ich so über ihr aufrage, komme ich mir selbst bedrohlich vor.

Ihr Misstrauen macht mich automatisch zu einem Täter, und dieses Gefühl ist die Hölle. Frust frisst sich durch meine Eingeweide. »Das funktioniert nur, wenn du mir auch eine Chance gibst, dir zu beweisen, dass ich vertrauenswürdig bin.«

Ihre Augen schimmern gefährlich. »Misstrauen hat mich bisher am Leben gehalten.«

Und damit setzt sie mich schachmatt. Langsam lasse ich mich auf die Bettkante sinken. »Ich weiß, Rojita. Aber hier bist du sicher. *Bei mir* bist du sicher. Du kannst nicht vierundzwanzig Stunden, sieben Tage die Woche vorsichtig und skeptisch sein. Das hält kein Mensch aus. Erlaube dir, dich fallen zu lassen. Erlaube dir, unvorsichtig zu sein. Hier kann dir nichts passieren, Joyce.« Aufmunternd lächle ich sie an.

Sie streckt ihre Hand nach mir aus und streicht hauchzart über meinen Unterarm. Meine Haut prickelt und schreit nach mehr, aber ich nehme nur das, was sie mir zu geben bereit ist.

»Es ist schön, wenn du mich so nennst.« Es ist offensichtlich, dass sie das Thema wechselt, und ich lasse es ihr durchgehen, vorerst.

»Wie? Rojita?«, hake ich nach und spiele mit einer ihrer langen kupfernen Strähnen.

»Nein, also doch, das auch. Ich meinte eigentlich meinen Namen.«

Das reißt mich aus dem Konzept. »Deinen Namen? Hörst du den denn sonst so selten?«, witzle ich.

»Bei mir zu Hause war *Balg* oder *Gör* etwas geläufiger als *Joyce*«, antwortet sie trocken, und dass sie gerade bei einem so sensiblen Thema ihren Humor findet, verunsichert mich. Ich versuche mein Gesicht emotionslos zu halten, aber dass es mir gelingt, bezweifle ich. Innerlich brodle ich und würde nur zu gerne jemandem einen Besuch abstatten.

»Sorry, ich rede schon wieder zu viel. Das willst du wahrscheinlich gar nicht hören.«

Für einen kurzen Moment denke ich, sie zieht sich einfach die Decke über den Kopf. Meine Finger zucken, so gerne würde ich sie beruhigend streicheln, aber ich will sie nicht noch mehr aufregen. »Du hast recht, ich will es nicht hören, weil ich mir wünsche, dass es nicht wahr ist. Da es jedoch zu deiner Realität gehört ...«

Plötzlich schreckt sie hoch, und ich weiche eilig zurück, damit sie mir keine Kopfnuss verpasst. »Wie geht's Bella? Hat sie bereits angerufen?«

Sie schlägt die Bettdecke zurück und macht Anstalten aufzustehen. Auch ich erhebe mich und stabilisiere Joyce, als sie nach dem Aufstehen kurz schwankt. »Amira hat vorhin kurz angerufen, um Bescheid zu geben, dass es deiner Schwester gut geht und sie mit Tracy in ihrem Bett eingeschlafen ist.« Ich lächle bei der Vorstellung, ebenso wie beim Telefonat.

»Und du hast mich nicht geweckt?«

»Du hast geschlafen, genauso wie Bella. Ich hielt es für sinnvoll ...«

»Du hältst es für sinnvoll?! Himmelherrgott, kümmere dich um dein eigenes Leben, Mr Workaholic. Isabella gehört zu *meiner* Familie und ist somit *meine* Angelegenheit. Es ist *meine* Aufgabe, sie zu beschützen.« Bei jedem *meine* klopft sie sich brutal auf die Brust, und am liebsten würde ich ihre kleinen geballten Fäuste in meine Hände nehmen, um zu verhindern, dass sie sich wehtut.

»Und wer beschützt dich?«, frage ich sanft, aber nicht weniger bestimmend. Wenn es mir nicht möglich ist, sie auf physischer Ebene zu berühren, muss ich das emotional schaffen.

Das macht sie sprachlos.

»Bella hängt sehr an dir. Du bist viel mehr eine Mutter als eine Schwester für sie. Es hat sie fertigge-macht, dich so zu sehen, und dich hat es dann fertigge-macht, sie so zu sehen. Sie ist wie ein Spiegel, der all deine Gefühle reflektiert. Ihr braucht beide die Zeit, um euch zu erholen. Bei meiner Schwester ist sie in guten Händen, wie sie dir heute Nachmittag versprochen hat«, versuche ich sie zu beschwichtigen.

»Ich kenne deine Schwester dennoch nicht wirklich. Sie war so … verschlossen, zurückhaltend und reserviert. Meinst du, sie kommt mit Bellas speziellen Bedürfnissen zurecht?« Joyce' Anspannung, die sie wie ein schützendes Schild benutzt hat, flaut ab, und ich erkenne tiefe Verun-sicherung in ihrem Gesicht.

»Amira weiß sehr genau, was Schmerz und Verlust bedeutet. Sie hat ihren Verlobten bei einem Autounfall verloren, während sie von ihm schwanger war. Und ihre Depressionen hat sie selbst erwähnt.« Ich offenbare ihr einen Teil von Miras Geschichte, weil ich hoffe, dass sie versteht, dass meine Schwester ebenfalls ein Produkt ihrer Vergangenheit ist und weiß, was Verantwortung bedeutet.

Nun weicht die restliche Verkrampfung aus ihren Muskeln und sie seufzt. »Ich bin wirklich eine Glucke, oder?«

Ich schmunzle. »Ach was, deine fürsorgliche und auf-opferungsvolle Art ist nur eines der Dinge, die ich so an dir mag.«

Ihre Wangen werden rot. »Ich glaube, jetzt kann ich nicht mehr schlafen, unser Gespräch hat mich wach gemacht.«

»Dann lass uns noch mal runter ins Wohnzimmer ge-hen«, biete ich ihr an. Unten angekommen, verharrt sie mit ihren Augen vor meinem Panoramafenster und öffnet die Tür, um raus auf meine Terrasse zu gehen.

Ich folge ihr nach draußen in die Nacht. Sie sieht

wunderschön aus, wie sie mit dem Rücken zu mir steht und nur von den Lichtern der Stadt beleuchtet wird. Ich trete hinter sie und räuspere mich früh genug, damit sie weiß, dass ich da bin. Ich bin nahe genug, um zu sehen, dass sich ihre Nackenhaare aufrichten. »Ist das okay?«, frage ich sie leise.

»Ja«, haucht sie zurück. Mutig trete ich noch einen Schritt näher, platziere meine Hände rechts und links von ihr auf dem gläsernen Geländer, sodass sie gefangen in meinen Armen ist, ohne dass ich sie berühre. »Und das?«, frage ich erneut. Sie atmet tief ein, ihre Haare kitzeln meine nackten Unterarme, und ich bin kurz davor, wieder zurückzutreten, als sie mich mit folgenden Worten erlöst: »Ich fühle mich sicher.«

Ganz zart nur, kaum wahrnehmbar, lehnt sie sich mit ihrem Rücken an meine Brust. Mierda! Ein Feuerwerk explodiert in mir, doch ich gebe mir Mühe, stillzustehen, um sie nicht doch noch zu erschrecken.

Leicht bette ich meine rechte Hand auf die ihre. Es ist eine seelische Liebkosung. Ich liebe das Gefühl ihrer Haut. Die Weichheit. So samtig und umschmeichelnd. Ja, meine Besessenheit, sie anzufassen, macht mir beinahe Angst, besonders da ich weiß, dass sie ein Problem mit Körperkontakt hat. Auch wenn bisher keine großen körperlichen Kontaktversuche ihrerseits passiert sind, bin ich jedes Mal bis in den Grund meiner Seele getroffen, wenn sie eine Berührung zulässt. Nie ist mir klar gewesen, dass der Berührende ebenfalls berührt wird. Es ist ein gegenseitiges Wechselspiel.

»Es ist wunderschön hier«, wispert sie und entspannt sich noch mehr in meinen Armen.

In diesem Moment kann ich mir sehr gut vorstellen, wie sich die Avengers gefühlt haben, nachdem sie die Welt retteten.

»Ja, meine Terrasse ist was Besonderes, aber ich muss dir unbedingt bei Tag meinen Garten auf dem Dach zeigen.«

»Du hast einen Dachgarten?«, fragt Joyce aufgeregt, und ich glucke amüsiert. »So ist es. Wenn ich dich schon nicht mit meiner Inneneinrichtung begeistern kann, dann vielleicht mit meinem Garten«, witzle ich.

Sie seufzt tief, und das Geräusch hallt in meiner Brust wider. »Ich wollte dein Zuhause nicht schlechtreden. Mir tut es einfach nur weh, zu sehen, dass du dir keinen Ort zum Wohlfühlen geschaffen hast. Weißt du, ich wollte nicht immer bei James bleiben. Ich habe mit meinen Malaufträgen heimlich für eine bessere Zukunft gespart. Eine Zukunft, in der ich mir mit Bella ein Zuhause schaffen kann, wie ich es mir immer gewünscht habe. Sicher, warm, geborgen, sauber, hell und frei. Dass dein Penthouse atemberaubend ist mit der Aussicht und der Architektur, muss ich dir bestimmt nicht sagen, aber deine Wohnung hat keine Seele.«

Ihre Worte treffen einen Punkt in mir, den ich jeden Tag mühsam mit Arbeit zuschaufle. Mein Schweigen dauert wohl einen Moment zu lange. »Tut mir leid. Vielleicht ist diese Sehnsucht nach einem richtigen Zuhause nur nachvollziehbar für jemanden, der weiß, wie es ist, kein Zuhause zu haben«, fügt Joyce hinzu.

Mit diesen Worten klatscht mir eine Erkenntnis ins Gesicht, die mich beinahe zurücktaumeln lässt. Joyce wird erst anfangen, mir zu vertrauen, wenn auch ich ihr vertraue und alles von mir zeige. Nicht nur Ace Sanchez, Millionär und dreifacher Clubbesitzer. Nicht nur den Dark Panther, den ungeschlagenen MMA-Meister im *no limits*. Ich muss ihr den kleinen Ace zeigen. Den verängstigten zehnjährigen Jungen, der noch in mir steckt und von dem ich jeden Tag meines Lebens hoffe, dass er endlich verreckt.

Ein letzter tiefer Atemzug, und dann beginne ich mit geschlossenen Lidern zu erzählen. »Ich war zehn, da habe ich es in meinem Elternhaus nicht mehr ausgehalten. Jedes Mal, wenn meine Mom zugedröhnt war, hat sie meine Existenz vergessen, und das kam sehr häufig vor. Meinen Vater habe ich nicht oft gesehen. Ich glaube, er war ihr Dealer.«

»Hat sie dir wehgetan?«

»Nicht wirklich. Nur ein Mal, aber das war wohl eher ein Versehen. Ich habe meinen neuen Schneidezahn bekommen und wollte ihn ihr stolz zeigen. Sie stand in der Küche mit dem Rücken zu mir. Sie wirbelte schnell herum und der Teller in ihrer Hand brach mir ein Stück meines Zahns ab. Da sie irgendwas von Dämonen rief, vermute ich, dass sie mich für eine Halluzination hielt.« Mit der Zunge fahre ich meinen abgebrochenen Vorderzahn nach. Das einzige sichtbare Überbleibsel aus meiner Kindheit. Zwar hätte ein Zahnarzt das nun beheben können, doch ich mag die stetige Erinnerung an meine Herkunft.

»Es tut mir so leid, dass du das durchmachen musstest«, haucht Joyce.

Ich nicke steif und will meine Geschichte einfach nur zu Ende erzählen. »Kurz nach diesem Vorfall habe ich versucht, auf der Straße durchzukommen. Ich habe es ganze drei Tage geschafft, dann dachte ich, vor Hunger zu sterben.«

Sie dreht sich in meinen Armen, und als ich die Augen öffne, werde ich von bodenlosen silbernen Tiefen aufgefangen. In ihnen schimmert ein Mitgefühl, das mich zum ersten Mal in meinem Leben stärkt, statt mich zurückweichen zu lassen. »Also bist du gar nicht mit einem goldenen Löffel im Popo geboren?«, fragt sie so aus dem Nichts, dass ich für wenige Sekunden nur stumm blinzeln kann, dann bricht es aus mir heraus; schallendes Gelächter. »Du bist wirklich der Hammer. Goldener Löffel im Popo?«

»So gefällst du mir besser«, meint sie lächelnd.

»Wie denn?«

»Glücklich und nicht so schwermütig. Wie ging es weiter?«

Ihr den Rest zu erzählen, ist leicht. Dank ihr verschwindet der massive Druck auf meiner Brust, die Scham verpufft. »Zu meinem Glück fand mich ein Mann. Er hatte eine Tochter, die einige Jahre jünger war als ich, Amira. Er nahm mich mit zu sich nach Hause und kümmerte sich um mich. Er kannte mich nicht, und doch sorgte er sich mehr um mich als meine Blutsverwandten ... Seit ich bei meinen Zieheltern ausgezogen bin, versuche ich irgendwie meinen Platz in der Welt zu finden. Weißt du, welcher Gedanke sich mehr und mehr in mir festigt, seit wir uns kennen? Dass ich endlich ankommen möchte. Du erdest mich.« Mein Blick wandert zum Boden, und erst da werde ich mir Joyce' nackter Füße bewusst. »Ist dir nicht kalt?«, frage ich sie.

»Es geht.«

»Setz dich bitte hin.« Ich führe sie zu der Sessellandschaft und platziere sie so, dass sie weiter die Aussicht genießen kann. »Ich bin gleich wieder da.« Damit husche ich in die Wohnung und suche eine Decke und ein Paar Kuschelsocken von mir.

Zurück auf der Terrasse lege ich ihr die Decke um die Schultern und schnappe mir auf Nachfrage einen ihrer zierlichen Füße, um ihr die Socke anzuziehen. Joyce kichert leise, ein hoher, süßer, aber ungeübter Laut, der mir direkt unter die Haut geht. Ordentlich angezogen zieht sie ihre Beine zu sich heran und umarmt sie. Beruhigt setze ich mich auf meinen Sessel und lasse den Blick über die Skyline schweifen.

»Scheint ein toller Mann zu sein ... dein Ersatz-Dad«, greift Joyce unser Gespräch von eben wieder auf.

»Ja, das ist er. Er würde dich mögen.«

Tiefes Seufzen. »Niemand mag mich wirklich, Ace.«

Ich reiße den Kopf zu ihr herum und schaue sie forschend an.

Nonchalant zuckt sie mit den Schultern. »Das ist so. Das liegt nicht daran, dass ich zu wenig von mir selbst halte oder unbedingt weitere Komplimente von dir hören will, sondern daran, dass ich einfach zu wenig Zeit habe, um Freundschaften zu pflegen.«

»Was ist mit Leuten aus der Schule? Von der Arbeit?«

Sie zögert kurz, ihr Blick ist undefinierbar. »Ich hatte immer nur meine eineiige Zwillingsschwester Madeline. Doch sie ... Wir haben seit einem Jahr keinen Kontakt mehr.« Sie presst die Lippen zu einer schmalen Linie zusammen. »Joyce ...«, beginne ich, ohne zu wissen, was ich sagen möchte.

»Ich will nicht weiter darüber reden. Maddie ist ein Tabu-Thema.«

Joyce

Mein Herz klopft mir bis zum Hals. Keine Ahnung, wie ich so blöd sein konnte, Maddie zur Sprache zu bringen. Es war klar, dass er nachhaken würde. Doch Ace wäre nicht Ace, wenn er mir nicht einen seiner glühenden Blicke zuwerfen, nicken und meine Grenze stillschweigend akzeptieren würde. Noch nie habe ich mich so wertgeschätzt gefühlt.

Stille legt sich über uns, und ich verliere mich in der angenehmen Kühle der Nacht, der entfernten Geräuschkulisse und den blinkenden Lichtern der niemals schlafenden Stadt.

Ich werfe Ace einen Blick zu, der sich mit der Hand durch die Haare fährt und meine Aufmerksamkeit auf seine Tattoos lenkt. »Darf ich dich was fragen?«, werde ich mutig.

»Immer.«

»Was bedeuten deine Tattoos?« Gespannt stütze ich mein Kinn auf meine angezogenen Knie.

Er blickt auf seine tätowierten Arme. »Welches genau meinst du?«

»Alle.«

Ohne Vorwarnung zieht er sich sein T-Shirt über den Kopf und dreht mir den Rücken zu. Mühsam versuche ich, meinen hungrigen Blick unter Kontrolle zu bekommen und mich nicht auf seine Muskeln, sondern auf die Tintenkunst zu konzentrieren.

Auf seiner Rückseite erstreckt sich ein riesiger Baum. Er ist durch detaillierte Schnörkel und Ranken zu einem geschlossenen Kreislauf verbunden, einfach wunderschön.

»Der Baum wurde von den Kelten auch Lebensbaum genannt. Sein Wurzelwerk steht für die Unterwelt, der Stamm für das irdische Leben und die Baumkrone für die göttliche Welt. Insgesamt symbolisiert er die Unsterblichkeit der Seele und die Wiedererneuerung des Lebens. Wie du nun weißt, bin ich auch nicht gerade rosig aufgewachsen. Dieses Tattoo soll mich daran erinnern, dass Sünder in die Hölle und die Guten in den Himmel gelangen. Das ist es, was mich davon abhält, auf die falsche Seite des Lebens zu gelangen. Denn die Seele lebt ewig und ich muss für immer mit meinen Sünden leben.«

Er dreht sich wieder um und ich entdecke erstmals das Tattoo auf seinem Oberarm. Erschrocken keuche ich auf. Mir blickt ein superrealistisch gestochener Pantherkopf entgegen. Sein Blick ist genau von der scharfen Intensität, die mich an Ace' Augen stets ängstigt. Ein Schauer rinnt mir über den Rücken. Die Katze grinst angriffslustig.

»Ja, den Panther hast du wohl schon entdeckt. Seine Art zu jagen, inspiriert mich. Genau so möchte ich mit meinen Feinden und Problemen umgehen.«

Das blanke Grauen lähmt mich an Ort und Stelle. Wieso muss es von allen Tieren auf der Welt unbedingt der schwarze Panther sein? Immer und immer wieder erinnert Ace mich an …

»Die Tattoos auf meinen Unterarmen wurden einfach nur so variiert, dass sie zusammenpassen, und sind auf das gotische Knotenmuster zurückzuführen. Es steht für den Lebensweg des Menschen, der lang und verworren ist. Erschien mir passend, und da meine kleine

Schwester sich für eine Karriere als Tätowiererin entschieden hat und sie ein Versuchskaninchen brauchte ...«, unterbricht er meine Gedanken, ohne etwas von meinem innerlichen Amoklauf mitzubekommen.

»Ich finde es so cool, was sie macht.«

»Ja. Eigentlich seid ihr euch ziemlich ähnlich. Ihr interessiert euch beide für Kunst und seid so talentiert, dass ihr damit euer Geld verdienen könnt.« Er lächelt mich liebevoll an.

»Du hast recht. Deine Schwester ist echt ziemlich talentiert. Du musst sehr stolz auf sie sein«, versuche ich das Kompliment zu umgehen.

»Das bin ich. Genauso wie ich stolz auf das Kunstwerk an der Wand in meinem Club bin.« Natürlich hat er mein Ausweichmanöver bemerkt und lässt es mir nicht durchgehen.

»Danke schön.«

Gen Mitternacht fallen mir immer wieder die Augen zu.

»Na komm, ich zeige dir, wo meine Ersatzzahnbürsten sind, dann kannst du dich fertig machen«, meint Ace schmunzelnd.

Er führt mich durch sein geradezu klinisch ordentliches Schlafzimmer in das angrenzende Bad. Als er eine Schublade öffnet, wundert es mich nicht, von akkurat aneinandergereihten verpackten Zahnbürsten begrüßt zu werden.

Unbehaglich ziehe ich meine Schultern hoch. Ich fühle mich wie ein Eindringling in seiner Privatsphäre, ein Störfaktor in seiner Ordentlichkeit.

Ermutigend lächelt er mir zu. »Bedien dich an meinen Sachen. Bis gleich.« Damit verlässt er den Raum und schließt die Tür hinter sich.

Das dunkel gefliese Bad sieht so edel und teuer aus, dass ich Angst bekomme, ich könne allein vom Hinsehen etwas kaputt machen. Zaghaft schnappe ich mir die Zahnpasta.

Bis eben gerade habe ich mir keine Gedanken darüber gemacht, wo Ace schläft. Letzte Nacht bin ich in seinem Schlafzimmer aufgewacht. Wo würde ich heute schlafen? Wo würde Ace schlafen? Bei mir? O Gott, bitte nicht bei mir. Mein verknoteter Magen rebelliert und ich spucke eilig die Zahnpasta aus. Diese Nähe zwischen uns ... diese emotionale Nähe und auch die körperliche ... Nichts ängstigt mich mehr auf der ganzen Welt.

Seufzend reiße ich mich von meinem eingeschüchterten Spiegelbild los und öffne die Tür.

Ace sitzt auf dem großen Bett mit den schwarzen Laken. Als er das Quietschen der Tür hört, steht er hastig auf. »Hey«, seine Stimme ist rau und leise, »ich wollte nur schnell gute Nacht sagen.«

Schweigend mustere ich diesen muskulösen und Kuschelsocken tragenden Mann, was er als Anlass versteht, zu verschwinden. In mir ringen Furcht und Neugierde. Schuld und Erleichterung kämpfen miteinander. Scham und Verlangen bekriegen sich. Und ich? Ich stehe irgendwo inmitten dieser ambivalenten Empfindungen, weiß nicht, ob vor oder zurück, nach rechts oder links, es zieht mich überall gleichzeitig hin, sodass ich befürchte, zu zerreißen.

»Warte«, rufe ich geradezu panisch und laufe ihm ein Stück nach. Aha, die Furcht siegt.

»Wo wirst du sein?«, spricht die Neugierde. Wer gewinnt den Krieg der Emotionen?

»Gleich einen Raum weiter ist ein Gästezimmer.« Schief lächelt er mich an. Der Kloß in meinem Hals wird größer. Ist das nicht ein Wink mit dem Zaunpfahl? Und wieso bewohnt er das Gästezimmer und nicht ich?

»Willst du hier schlafen?« Den Würmchen, die bis eben noch meine Eingeweide zerfressen haben, wachsen abermals Flügel und sie flattern beschwipst in meinem Magen umher.

»Bei dir?«, fragt er verblüfft.

Ich bin so verwirrt von mir selbst. Wie soll er mich da verstehen? »Nein ... ich meine, in deinem Bett. Ich kann auf dem Boden schlafen.« Mit brennenden Wangen fixiere ich einen Punkt über seiner Schulter.

»Du hast ein Bett. Ich habe ein Bett ... Wo liegt das Problem?« Mit unerträglich sanfter Miene tritt er auf mich zu. Kommt mir näher, wobei doch die Nähe zwischen uns das Problem ist. Oder nicht? Die Tierchen in meinem Magen schreien Nein, aber mein restlicher Körper Ja.

»Ich bin das Problem. Ich liege in deinem Bett. Stört dich das nicht?« Meine Stimme bricht, und zu meiner Schande werden meine Augen feucht. Ich blinzle heftig, damit ich nicht anfange zu weinen. Für heute habe ich genug geweint.

»Rojita, ich habe dich selbst in mein Bett hineingelegt, als du verletzt warst. Warum sollte es mich jetzt stören?« Elegant zieht er eine Augenbraue hoch, mustert mich eindringlich und erinnert mich mit diesem Scharfsinn mal wieder an einen Panther. Ich schlucke gegen den Kloß in meinem Hals an und weiche zurück, bis ich in den Kniekehlen die Bettkante spüre.

»Dann ist jetzt alles geklärt? Wenn es so ein großes Ding für dich ist, tauschen wir die Schlafplätze. Aber ich mag den Gedanken, dass du dich in mein Bett kuschelst.« Er zwinkert mir zu. Meine Knie werden weich, und endlich traue ich mich, auf seiner Matratze Platz zu nehmen.

Ein seltsamer Ausdruck breitet sich auf Ace' Gesicht aus. »Schlaf gut. Wir sehen uns dann morgen früh.« Mit diesen Worten dreht er sich um und verschwindet, ehe ich weiß, wie mir geschieht. Ich bleibe zurück in seinem modernen und kalt eingerichteten Schlafzimmer. Langsam lege ich mich hin und fühle mich ganz verloren in diesem gigantischen Bett. Also rolle ich mich zu einer kleinen Kugel zusammen und versuche, mir die Sicherheit zu geben, die ich mir so sehr wünsche.

Ich träume. Und obwohl ich das weiß, schaffe ich es nicht, mich aus dem Gefängnis meiner Erinnerungen zu befreien. Es ist einer von James' zahlreichen Angriffen.

Jemand schreit. Die Klagelaute werden lauter und erschütternd, bis ... ich aufschrecke und merke, dass ich die Quelle der Schreie bin.

»Shh. Alles gut. Ich bin bei dir.«

Klare Worte dringen durch den Nebelschleier zu mir durch. Klare Worte und ein Duft nach Eukalyptus.

Tief atme ich ein und klammere mich an den Geruch, den Anker im Hier und Jetzt. Ich muss nicht mal die Augen öffnen, um zu wissen, wo und bei wem ich bin. Er ist mir so nah, dass ich seine Wärme spüren kann.

Je klarer mein Verstand wird, desto mehr bekommt mich die Scham in ihre Klauen. Wo ist nur das Erdloch, in dem ich versinken kann, wenn ich es brauche? »Es tut mir l-l-eid. Es tut mir s-o-o leid, dass ich dich geweckt habe.« Meine Lider zucken, aber ich wage es nicht, sie zu öffnen. Mein Körper zittert heftig.

»Alles gut. Ich hatte nur Angst, dass jemand im Haus wäre ...« Seine Stimme ist schlaftrunken, was jedoch nicht den besorgten Unterton verschluckt.

Nein, es ist keiner im Haus. Nur in meinem Kopf. Ich

weiß nicht, was schlimmer ist. Denn einen Eindringling im Haus kann man grundsätzlich verscheuchen, aber im Kopf ...

»Willst du darüber reden?«, fragt Ace, und auch wenn er mich zum Glück nicht berührt, habe ich mich lange nicht mehr so umarmt gefühlt. So umhüllt von Fürsorge. Herzlichkeit. Wärme. Langsam lässt das Zittern nach.

Aber ich wage es nicht, mich der Hoffnung hinzugeben, dass ich in ihm jemanden gefunden habe, der mir zuhört. Das, was mir angetan wurde, ist abartig. Unmenschlich. Es hat aus mir nicht bloß ein Opfer gemacht, sondern einen Gegenstand. Eine leblose Puppe. Und gerade von Ace will ich niemals als dieser Gegenstand angesehen werden. Er soll *mich* sehen. Nur mich, Joyce, ohne Narben auf meinem Körper und Herzen.

»Nein«, sage ich schlicht und öffne die Augen. Er hockt vor der Bettkante, auf Augenhöhe mit mir. In dem faden Licht kann ich nicht viel erkennen, die Beleuchtung der Stadt hüllt seine zerwühlten Haare und sein sorgenzerfurchtes Gesicht in ein melancholisches Flair.

Ich warte vergebens darauf, dass er nachbohrt. Er kauert einfach nur vor seinem Bett und beobachtet mich. Still, aber so verlässlich, dass sich meine Muskeln Stück für Stück entspannen. Obwohl er ein Mann ist und obwohl ich mich in einer verletzlichen Haltung befinde. In seiner Nähe fühle ich mich sicher – auch vor mir selbst und meinen Erinnerungen. Meine Lider werden wieder schwerer, weil ich weiß, dass er auf mich aufpasst.

Vorsichtig erhebt er sich, und das reißt mich sofort aus meinem dösenden Zustand. »Nein!«

Ich handle instinktiv, gerade so bekomme ich eins seiner Handgelenke zu fassen. Meine Hand passt nicht einmal zur Hälfte rum, und mir wird klar, dass ich ihn niemals festhalten könnte, wenn er nicht wollte. Er hingegen kann mich immer und überall festhalten. Dieser Gedanke lässt mir eine einsame Träne über die Wange kullern. Er wird mir entgleiten. »Kannst du bitte bei mir bleiben?«, hauche ich. Ich bin bis zum Zerreißen angespannt und meine Schultern beginnen bereits zu ziehen.

Die Haut unter meinen eiskalten Fingern ist warm. Wann habe ich das letzte Mal eine Berührung so bewusst genossen?

Er nickt sachte. »Ich schlafe auf dem Boden.«

»Nein!«, hastig beiße ich mir auf die Zunge. Wo kommt das alles nur her? »Ich meine, kannst du bei mir bleiben? Ganz nah? Ich weiß, wie bescheuert das klingt, und ich kann es auch verstehen, wenn du das nicht willst. Es ist nur so ...«

Kann es noch peinlicher werden? Hitze schießt mir gnadenlos in die Wangen.

»Es ist nur so, was ...?«, hakt er erbarmungslos nach, und mit einem Mal fühle ich mich wie ein kleines Kind, das um Zuneigung bettelt. Langsam ziehe ich mich zurück, löse Finger um Finger von seinem warmen Handgelenk.

»Ist egal. Vergiss es einfach.« Ich senke den Blick und luge nur vorsichtig unter meinen Wimpern hervor, als ich seine Klamotten rascheln höre. Er umrundet das Bett und legt sich auf die freie Seite. Die Matratze gibt unter seinem Gewicht nach und alles in mir prickelt angenehm.

Ich danke ihm, dass er sich nicht zu mir unter die Decke legt. Trotzdem dringt seine Körperwärme bis in mein Innerstes und legt sich wohltuend um mein verwundetes Herz.

»Ich bleibe gerne bei dir. Also ... was wolltest du sagen?« Er dreht sich auf die Seite, um mich anschauen zu können.

»Nur, dass ich mich in deiner Nähe sicher fühle und ich nicht weiß, wann mir Nähe das letzte Mal so gutgetan hat«, murmle ich so leise, dass nicht mal ich selbst sicher bin, ob ich es wirklich gesagt habe.

»Wenn das so ist, bleibe ich. Ich mache es dir gerne leichter, aber dafür musst du mit mir reden.«

Mit diesen Worten streckt er seine Hand aus und umschlingt mit seinem kleinen Finger meinen. Sie verschränken sich, verbinden sich. Verschmelzen zu etwas, was ich nicht ganz deuten kann. Es ist nur der Hauch einer Berührung, und dennoch ist es intensiver als alles, was ich bisher erlebt habe. So intim. Bedeutend. Und ich habe kein Problem damit. Fühle mich weder bedroht noch eingeengt, sondern einfach nur gesehen. So, als sei ich tatsächlich etwas wert.

Zufrieden seufze ich und kuschle mich tiefer in die teuren Laken.

KAPITEL
Zehn

Joyce

ls ich das nächste Mal die Augen aufschlage, liegt Ace immer noch neben mir. Nur bin dieses Mal ich diejenige, die ihn ... umklammert. Die Decke, die uns beide getrennt hat, ist auf wundersame Weise verschwunden und eins meiner Beine ist quer über seinem Oberschenkel positioniert. Meine Hände ruhen auf seinem breiten Brustkorb, sodass mein Kopf gemütlich auf ihm bettet. Nie zuvor bin ich einem Mann freiwillig so nahe gewesen. In meinem Brustraum fühlt es sich ganz kuschelig an, und mein Herz rast auf eine Art, die mir verrät, dass ich am Leben und noch nicht vollständig zerstört bin.

Erst Ewigkeiten später klatscht mir die Realität ins Gesicht, und mir wird klar, dass ich nicht das Recht habe,

Ace ungefragt nahe zu kommen. Berührungen – ob man nun ein Problem mit ihnen hat oder nicht sollten stets im gegenseitigen Einvernehmen stattfinden.

Vorsichtig, um ihn auch ja nicht zu wecken – meine Wangen sind schon heiß genug, ohne dass er überhaupt weiß, was ich in der Nacht gemacht habe –, löse ich mich von ihm. Plötzlich heben sich seine Lider. Allerdings blicke ich nicht in – wie erwartet – müde und verschlafene Augen, sondern in wache und leicht verschmitzte.

»Moment mal, du warst wach und bist trotzdem so liegen geblieben? Mit mir auf dir?«, hake ich entrüstet nach.

»Wenn du dich mir so an den Hals schmeißt, weise ich dich doch nicht zurück!«, bemerkt er frech.

Stöhnend reiße ich mich endgültig von ihm los.

Ace hingegen hat seinen Spaß und gluckst vor sich hin. »Hach, wenn du dich jetzt nur sehen könntest. Die Wangen so hübsch rot und den Blick beschämt abgewandt. Es ist alles gut. Das weißt du, oder? Wir haben zusammen in einem Bett geschlafen, da kann so was schon mal vorkommen. Außerdem war das ehrlich gemeint, dass ich dich gerne in meiner Nähe habe.«

Froh, dass er endlich wieder ernster wird, schaue ich ihn an, und mir wird bewusst, dass er besser ist als jeder Mann, den ich mir vorstellen könnte.

»Willst du mir vielleicht sagen, wovon du letzte Nacht geträumt hast?«, versucht er es noch mal und ruiniert damit diesen schönen Moment.

»Nein«, antworte ich abermals.

»Okay«, kommt es leise von ihm.

Seine Worte erinnern mich an den Schrecken, den ich so verbissen versuche zu vergessen.

So landen wir schließlich am Frühstückstisch. Während er sich um das Essen kümmert, telefoniere ich mit meiner Schwester, um zu hören, wie es ihr ergangen ist.

»Ich hatte einen schlimmen Traum«, teilt sie mir mit, und mein Griff verkrampft sich um das Handy.

»Wovon denn?«

»Dass wir uns nie wiedersehen«, wispert sie mir ins Ohr.

»Du weißt, dass ich dich sehr lieb habe und nur das Beste für dich will?«

»Das hat Amira auch gesagt«, meint sie. Das klingt so, als hätte Ace' Schwester es geschafft, Isabella zu beruhigen. Und das beruhigt wiederum mich. Sie scheint wirklich in guten Händen zu sein.

Nachdem Bella mir erzählt hat, wie gut sie sich mit Tracy und deren Kater Devil versteht, beenden wir das Telefonat, da Amira zum Frühstück ruft.

»Was hältst du davon, wenn wir heute mit Bella in den Zoo gehen? Um sie auf andere Gedanken zu bringen und ihr zu zeigen, dass du nicht gänzlich verschwunden bist«, unterbricht Ace so plötzlich meine Versunkenheit, dass ich heftig zusammenzucke. Er stellt die Aufbackbrötchen zwischen uns und setzt sich.

Ich zögere. Er kann doch nicht sein ganzes Leben für mich auf Eis legen. »Ich weiß nicht … Erstens habe ich für so was kein Geld und zweitens will ich dich nicht von wichtigen Dingen abhalten.«

Ace legt sein angebissenes Brötchen ab und schaut mir ernst in die Augen. »Erstens möchte ich niemals, dass du dir in meiner Anwesenheit Sorgen um Geld machst. Ich habe mehr als genug für uns drei. Und zweitens seid ihr für mich wichtig. Das erste Mal in meinem Leben ist mir etwas wichtiger als meine Arbeit. Das *no limits* kommt ein paar Tage ohne mich zurecht, immerhin bin ich bisher gut im Zeitplan bis zur Eröffnung.«

»Aber haben wir Bella nicht mit Amira gehen lassen, um sie vor mir zu beschützen?«

Erbost blickt Ace mich an. »Wir beschützen sie nicht vor dir. Du bist doch keine Gefahr. Wir versuchen nur, Trigger für euch beide zu reduzieren, bis ihr stabiler seid.«

»Und dann hältst du es für klug, rauszugehen? Und uns dem Risiko auszusetzen, von James gefunden zu werden?«

»Ein Zoo-Besuch bringt vielleicht ein wenig Leichtigkeit auf. Und wegen James kann ich Devron anrufen. Ihn beauftragen, herauszufinden, ob bereits polizeilich nach euch gesucht wird. Wenn nicht, kann er James im Auge behalten, sodass wir wissen, sobald dieser handelt.«

Das klingt tatsächlich vernünftig. »Klär das ab, und danach können wir los. Isabella wird sich freuen.«

Während Ace mit seinem Freund telefoniert, trinke ich auf der Dachterrasse einen weiteren Kaffee.

Es fühlt sich komisch an, mit einem Mal so viel Freizeit zu haben. In meinen letzten Highschooljahren habe ich nur gearbeitet und seit meinem Abschluss sowieso. Von da an hatte ich keinen Tag frei und bin sogar zur Arbeit gegangen, wenn ich krank war. Und obwohl ich es nicht eilig habe und diese freie Zeit genießen möchte, formt sich in mir die Sehnsucht, in Zukunft wieder was Sinnvolles mit meiner Zeit anzustellen. Das Gefühl, produktiv zu sein und etwas geschafft zu haben. Vielleicht kann ich mir bald einen neuen Job suchen.

Gegen Mittag hat Ace alles geklärt. James ist tatsächlich still geblieben und hat sich auf dem Revier krankgemeldet. Devron ist nun in das Nötigste eingeweiht und hat den Auftrag angenommen. Frank, der Kerl, der vor einigen Tagen noch vor dem *no limits* stand und sich nun als Ace' Sicherheitschef herausgestellt hat, begleitet uns in den Zoo.

Am Eingang ist er jedoch zurückgefallen, und wenn Ace mir nicht gesagt hätte, dass er ein Auge auf uns hat, wäre ich mir sicher, dass wir ihn verloren haben.

Isabella hüpft aufgeregt an meiner Hand neben mir auf und ab. Ich bin echt froh, dass ich mich dazu durchgerungen habe. Nichts auf der Welt ist besser, als sie so unbeschwert zu sehen.

Auch Ace beobachtet Bella schmunzelnd.

»Können wir uns noch die Panther angucken?«, fragt Bella bittend und schaut mich aus ihren großen runden Kulleraugen an. Ich zucke bei ihrer Frage zusammen. Diese Tiere verfolgen mich!

Ace wirft mir einen kurzen Blick zu und lächelt sie dann an. »Natürlich. Wusstest du, dass Panther sehr schlau und unglaublich schnell sind? Sie sind grandiose Jäger, nähern sich ihrem Ziel geräuschlos und fassen ihre Beute blitzschnell«, erklärt er Bella.

Eine dunkle Gestalt erscheint vor meinem geistigen Auge ... Heftig drücke ich meine Fingernägel in meine Handflächen. Der Schmerz unterdrückt das Aufkommen meiner Erinnerung und ich atme tief ein.

»Wow, wirklich?« Isabella hängt an Ace' Lippen, als hätte sie nie etwas Interessanteres gehört.

»Und vor allem sind Panther gefährlich«, versuche ich ihre Faszination zu dämpfen. »Deswegen sind sie auch in diesen Käfigen eingesperrt.«

Ace' Lider kneifen sich leicht zusammen. Aber er geht nicht näher auf das Thema ein, stattdessen wendet er sich erneut meiner Schwester zu.

»Und nach den Panthern schauen wir uns noch die Elefanten, Giraffen und Wölfe an, in Ordnung?«

Glücklich nickt sie. Ihre Ausgelassenheit färbt auf mich ab und die Anspannung weicht endlich aus meinen Gliedern.

Ich hatte die Befürchtung, dass sie bei Amira wieder verstummen wird und überfordert mit der Distanz zu mir und der ungewohnten Umgebung wäre. Doch scheinbar tut ihr Amira echt gut. Ace hat recht gehabt. Bella und ich brauchen Abstand. So ziehe ich sie nicht immer weiter runter. Sie ist ohne mich besser dran ...

»Jossie!« Kleine Arme umschlingen meine Beine. Als habe sie gewusst, wohin meine Gedanken wandern.

»Ich habe dich lieb.«

Mein Herz schwillt an, und ich weiß gar nicht wohin mit all der Liebe für meine Schwester. »Ich dich auch.«

»Darf ich wieder bei dir wohnen, wenn es dir besser geht?«

Verdammt. Wieso tut das nur so weh?!

»Natürlich. Du bist doch meine Lieblingsmitbewohnerin! Das weißt du, oder? Wenn es dir bei Amira nicht gefällt, dann kommst du zurück, okay? Wir dachten nur, dass ich dir momentan nicht so guttue, weil ich oft traurig bin. Und du hast schon zu viel Zeit damit verbracht, traurig zu sein. Also sollst du ohne schlechtes Gewissen glücklich sein.« Meine Stimme zittert heftig. Ich hoffe, dass sie mich versteht. Wie soll man seiner sechsjährigen Schwester begreiflich machen, dass man psychisch zu kaputt ist, um richtig auf sie aufzupassen?

Sie nickt langsam, löst sich von mir und schielt vorsichtig zu Ace hoch.

»Passt du auf meine Schwester auf?«

Mit unglaublich weicher Miene geht er vor ihr in die Hocke. »Natürlich. Das werde ich immer.«

Sie mustert ihn noch einige Sekunden prüfend, dann umarmt sie auch ihn ganz fest. Behutsam schließt Ace seine Arme um sie. Der Kontrast zwischen den beiden – er so groß und stark und sie so klein und zerbrechlich – ist beängstigend und doch irgendwie herzerwärmend.

Puuh. Das ist das emotionalste Gespräch, das ich jemals vor einem Panther-Käfig geführt habe.

Später setzen wir uns in eins der Bistros, essen Pommes und trinken einen Milchshake. Ich habe einen Schoko-Milchshake und Bella und Ace einen mit Erdbeer-Geschmack.

Ace will sich gerade eine Pommes in den Mund schieben, da hält Isabella ihn auf. »Was machst du denn da?«

Vorwurfsvoll blickt sie ihn an. Verdutzt und leicht verunsichert sucht er bei mir Hilfe, ich versuche mich derweil an einem ernsten Gesichtsausdruck.

»Essen, wieso?«

Meine Schwester schnaubt empört. »Aber doch nicht, ohne sie vorher in deine Pommesmilch einzutunken, oder? Joyce hat mir mal gesagt, dass alle Menschen, die ihre Pommes nicht in ihren Milchshake eintauchen, doof sind.« Das sagt sie mit einer so ruhigen Ernsthaftigkeit, dass Ace im ersten Moment nur sprachlos ist.

Ich bin diejenige, die das Schweigen bricht, indem ich laut loslache. Tatsache, das habe ich mal zu ihr gesagt. Denn das hat einst Mom zu mir gesagt, und auch wenn es sich hier nur um eine Kleinigkeit handelt, will ich, dass Bella wenigstens ein paar wenige Gemeinsamkeiten mit unserer Mutter hat. Jedenfalls achtet Isabella seitdem akribisch genau darauf, dass ich jede meiner Fritten in meinen Milchshake tunke.

Ace steigt in mein Lachen mit ein, hört aber schnell wieder auf, als er bemerkt, dass Bella ihn weiterhin knallhart ansieht.

»Tut mir leid, das habe ich wohl vergessen.« Und

schon tunkt er sie in sein Getränk und isst sie, ohne – und das muss ich ihm echt zugutehalten – mit der Wimper zu zucken.

Auch ich schüttle mich jedes Mal innerlich. Es ist nicht so, dass ich so scharf darauf bin, gesalzene Pommes in Milch zu stecken, bis sie aufweichen, um sie dann herunterzuwürgen. Aber ich vermisse Mom, und mich erinnert diese seltsame Essgewohnheit jedes Mal an sie.

Zufrieden nickt Bella jetzt und widmet sich ihrer Mahlzeit. Als Bella Ace abgelenkt genug erscheint, wendet er sich mir zu.

»Pommes mit Milch?!«

Traurig lächle ich. »Unsere Mom hat damit angefangen. Ich mag es auch nicht.«

Verständnis huscht über seine Miene.

»Wisst ihr was?«, unterbricht Bella unseren heimlichen Austausch, und ich bin erleichtert.

»Was?«, fragt Ace.

»Das war der beste Tag aller Zeiten!«

Ergriffen lächeln wir sie beide an. »Und wir haben gerade erst begonnen, Schätzchen«, verspricht ihr Ace.

Ein Albtraum weckt mich in den frühen Morgenstunden. Müde vergrabe ich mein Gesicht im Kopfkissen, welches ganz nass von meinen Tränen ist. Ace hat diese Nacht im Gästezimmer geschlafen und ich lag fast die ganze Zeit wach. Ich glaube nicht, dass Ace ein Wunderheilmittel gegen meine Schlafstörungen ist. Träumen werde ich vermutlich auch, wenn er da ist, aber beim Einschlafen hilft er mir sehr. Denn seine Anwesenheit vermittelt mir genug Sicherheit, dass ich die Kontrolle abgeben und mich in den Schlaf gleiten lassen kann.

Nach einigem Hin- und Hergewälze gebe ich auf und

entscheide mich dazu, in die Küche zu gehen und zu schauen, ob ich irgendwo einen Kaffee auftreiben kann.

Als ich unten ankomme, verliere ich mich in meinem Tun, und ehe ich mich versehe, brate ich Spiegeleier, schneide Obst und backe Brötchen auf. Ace betritt in dem Moment den Raum, in dem ich seine fertige Kaffeetasse zum Tisch balancieren will. Sein Auftreten erschreckt mich so sehr, dass ich die Tasse fallen lasse. Das vermutlich teure Porzellan zerspringt in tausend Teile und das braune Getränk breitet sich stetig weiter auf den weißen Fliesen aus. Wie in Zeitlupe vereinnahmt die Flüssigkeit immer mehr von dem vorher sauberen Boden.

Ich folge der Tasse zur Erde, knie mich hin und versuche hastig, die Scherben einzusammeln. Meine Hände zittern dabei so stark, dass sie mir wieder entgleiten.

»Tut mir leid. Es tut mir so leid. Ich mache das sofort weg«, entschuldige ich meine Tollpatschigkeit, und mein Puls hämmert lauter in den Ohren als meine Musik beim Malen.

Ace' Schatten ragt über mir auf. Ängstlich schiele ich nach oben.

KAPITEL
Elf

Joyce

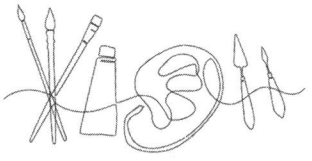

Ich habe James' Kaffeetasse in der Hand und will sie ihm gerade bringen. Wie aus dem Nichts taucht er vor mir auf und vor Schreck entgleitet mir das Geschirrstück.

»Du dummes Ding. Spinnst du?!« Seine Miene verzerrt sich zu dieser grausamen Mischung aus Wut und Freude, als würde er nur auf den leisesten Fehltritt von mir warten, um auszurasten.

»Es t-t-t-tut mir so l-l-leid. Ich mach das sofort weg.«

»Nein.«

Verblüfft starre ich in seine kalten grauen Augen. Vergessen ist jegliche Angst. »Nein?«, hake ich nach.

Ein sadistisches Funkeln breitet sich in seinen Augen aus. Er öffnet die Schranktür und holt eine Tasse nach der *nächsten aus dem Schrank, nur um sie nacheinander auf den Boden zu schmettern. Insgesamt zerstört er neun Stück.*

Mit offenem Mund beobachte ich seine Aktion. Panik verknotet mir die Eingeweide, denn ich weiß, dass hinter jeder seiner Handlungen mindestens drei böse Absichten stecken.

»Jetzt kannst du aufräumen«, mit diesen Worten stößt er mich mitten in die Scherben, die sich in meine Knie und Handflächen bohren.

James ist schon fast aus der Küche, als er sagt: »Und das Geschirr ist morgen ersetzt und von deinem Geld bezahlt wieder im Schrank. Schließlich war es deine Schuld.«

Kopfschüttelnd lässt er mich allein. Blutend inmitten der Scherben meines Herzens.

»Es ist nur eine Tasse, Joyce, nichts Schlimmes.«

»Und ich habe sie fallen lassen. Ich räume das direkt auf und werde selbstverständlich für sie aufkommen«, beteuere ich erneut, völlig in der Vergangenheit gefangen.

Ruhms!

Eine weitere Tasse landet scheppernd auf dem Boden.

Oh nein, bitte nicht schon wieder …

»Siehst du? Es sind nur Tassen, mir gehen selbst andauernd welche kaputt.«

Hat er das gerade nur getan, um mir zu zeigen, dass Gegenstände, die zu Bruch gehen, nichts Schlimmes sind? James hat damals neun Tassen zerscheppert, um mir zu demonstrieren, wie wertlos ich bin …

Können die Männer in meinem Umfeld nicht einfach mit mir reden, statt Dinge zu zerstören?!

Ich wage einen weiteren Versuch, die Scherben einzusammeln.

Es kommt, wie es kommen muss, und ich schneide mich. Blut quillt aus der Wunde.

»Ich habe doch gesagt, du sollst aufstehen.« Er packt mich am Ärmel und zieht mich auf die Füße. Lieber Gott, ich habe ihn wütend gemacht. Eilig löse ich mich aus seinem harten Griff, der ein unangenehmes Ziehen in meinem Magen hinterlässt.

Er seufzt frustriert. »Komm, ich verarzte deinen Schnitt.«

Wieso müssen mir diese Missgeschicke auch immer in seiner Nähe passieren?! Einladend hält er mir seine Hand entgegen, und nach kurzem Zögern nehme ich sie an. Woraufhin er mich zu einer Schublade führt, aus der er Pflaster kramt.

»Wie kommt es, dass du so versessen darauf bist, Scherben aufzusammeln, die du verursacht hast? Man könnte meinen, es ginge um Leben und Tod ...« Noch im selben Moment bemerkt er seine Wortwahl. »Tut mir leid, so habe ich das nicht gemeint.«

Ich sehe ihm dabei zu, wie er mir ein Pflaster abschneidet, und zucke mit der Schulter. »Bei mir zu Hause wurde es gefährlich, wenn ich meine verrichteten Missgeschicke nicht aufgeräumt habe.«

Mit gerunzelter Stirn und einem bedrohlichen Funkeln in den Augen blickt er mich an, verwandelt sich innerhalb eines Wimpernschlags von Ace zu einem Panther. Nur fühle ich mich dadurch das erste Mal gesehen und nicht verängstigt.

»Hier«, ich zeige ihm meine Handflächen. Man sieht es nicht sofort, aber auf den zweiten Blick kann man die vernarbte Haut erkennen. »Mir ist seine Kaffeetasse heruntergefallen, da hat er neun weitere auf den Boden geschmissen, damit ich mehr zum Aufräumen hatte. Letztlich hat er mich in den Scherbenhaufen geschubst.«

Er öffnet den Mund, dann schließt er ihn wieder. Wortlos breitet er die Arme für mich aus, und ich lasse mich in die Umarmung hineinfallen. Bade in der Wärme, dem Trost und der Sicherheit. Genieße die Tatsache, dass diese Nähe möglich ist.

»Sollte er mir jemals über den Weg laufen, kann ich für nichts garantieren.«

Ich lache hysterisch auf. »Es tut gut, dir davon zu erzählen. Ich musste so lange allein klarkommen, dass ich vollkommen vergessen habe, wie es ist, wenn man sich einfach mal kurz an eine Schulter anlehnen kann.«

»Meine Schulter steht dir jederzeit zur Verfügung.«

Ich löse mich von ihm und schniefe leise. Meine Handfläche fühlt sich mittlerweile ziemlich klebrig an, also halte ich sie kurz unter den Wasserhahn, um das Blut abzuspülen.

Meine Hand abtrocknend, blicke ich auf und begegne Ace' hochgezogenen Augenbrauen.

»Hast du überhaupt kein Schmerzempfinden?«

Traurig lächle ich ihn an. »Mein Körper ist abgehärtet. Schmerz wird irgendwann relativ, wenn man tagtäglich mit ihm konfrontiert wird.«

»Ich bin mir nicht sicher, ob die Wissenschaft dir da zustimmt«, ertönt eine männliche Stimme in meinem Rücken.

Ich wirble sofort herum und nehme eine Verteidigungsposition ein. Ace' blonder Surfer-Boy-Freund steht in der Küchentür und verschränkt lässig die Arme vor der Brust. Ich erinnere mich noch ganz genau, wie er im Café meine Narbe angestarrt hat. Angespannt ziehe ich die Schultern hoch und präsentiere ihm meine makellose Gesichtshälfte. Ich weiß nicht, ob mein nach dem Flashback fragiles Selbstwertgefühl nun einen Kommentar verkraften könnte.

Ace positioniert sich schützend vor mir. »Was willst du, Chazz?«

Dieser zieht überrascht die Brauen gen Scheitelkrone. »Du hast heute Abend einen Kampf, schon vergessen? Wir wollten doch dieses Mal früher hin.«

Ich kann sehen, wie sich Ace' Rückenmuskulatur verkrampft. »Lass uns im Büro darüber reden.«

Die zwei machen Anstalten, mich zurückzulassen. Mit einem Backstein, der mir auf der Brust liegt und mich nicht atmen lässt. Kampf? Kampf wie in Gewalt? Gewalt, wie ich sie durch James erfahren habe?

»Stopp«, warne ich sie scharf. »Welcher Kampf?«

In Zeitlupe dreht sich Ace zu mir um. Seine Stirn ist zweifelnd gerunzelt. »Joyce, hör zu ...« Anhand seines Tonfalls erkenne ich, dass er mich abwimmeln will.

Ich umschlinge mich selbst mit meinen Armen. Doch die bittere Wahrheit ist, dass ich mich nicht halb so sicher fühle wie in seinen. »Bist du einer von denen, die sich für Geld grün und blau schlagen lassen?« Meine Stimme zittert genauso sehr wie meine Hände, die ich zu Fäusten geballt verstecke.

»Na ja, eigentlich ist er derjenige, der die Menschen grün und blau schlägt«, wirft Chazz nicht gerade hilfreich ein.

Ich halte meinen Blick unverwandt auf Ace gerichtet. Sein Kiefer zuckt. »Sag schon.«

Er kneift sich in die Nasenwurzel und atmet tief durch. »Ja, aber ...«

Seine Begründung geht in einem ohrenbetäubenden Rauschen unter. Völlig panisch denke ich an das Einzige, was ich kann: Flucht. Ich muss hier weg! Sobald ich wieder die Befehlsgewalt über meinen Körper habe, zwinge ich ihn dazu, so weit zu rennen, bis er zusammenbricht. Nie könnte ich bei einem Mann bleiben, der das Zusammenschlagen anderer Menschen als Sport bezeichnet. Einem Mann, der weiß, wie er anderen am besten wehtun kann. Dessen Wutventil es zu sein scheint, aggressiv zu sein. Immer hektischer schnappe ich nach Luft und gleichzeitig erreicht stetig weniger Sauerstoff meine Lungen. Schwindel durchschießt mich und ich schwanke.

»Rojita, bitte, vertrau mir ...«, durchdringen einige Worte von Ace den Nebel zwischen mir und der Umwelt.

Vertrauen macht mich fertig. Mir ist klar, dass es nicht fair ist, Ace wiederkehrend vor eine Wand laufen zu lassen. Aber zu vertrauen fühlt sich für mich an, als würde ich ungesichert über ein zwischen zwei Wolkenkratzern gespanntes Drahtseil balancieren. Mit geschlossenen Augen. Und Kreislaufproblemen.

»Time-out! Jeder zurück in seine Ecke und tief durchatmen.« Chazz irritiert mich so sehr, dass ich meine Panik kurz vergesse und endlich wieder genug Luft bekomme.

Als sich mein Blick wieder klärt, sehe ich als erstes einen sichtbar zerrissenen Ace. Zerrissen zwischen dem, wer er ist, und dem, wer er für mich sein müsste. War es das? Endet hier unsere Geschichte, bevor sie überhaupt richtig angefangen hat?

»Ich verstehe, dass du Angst hast, Joyce, und das, obwohl ich nur den Ansatz deiner Geschichte kenne. Aber du setzt deiner Angst ein Krönchen auf, machst sie zum totalitären Herrscher über dich. Weißt du, ich habe das Wandgemälde im *no limits* gesehen. Es ist wunderschön. Die Einfachheit von Schwarz-Weiß mag in deinen Kunstwerken atemberaubend sein, aber das normale Leben lässt sich nur selten in diese zwei Sparten einteilen. Und tief in deinem Inneren weißt du das auch, oder? Nicht jeder Mann ist gewalttätig. Nicht jeder Kampfsportler bringt den Kampf in sein Leben außerhalb des Rings. Es gibt hier kein Schwarz und kein Weiß. Komm mit und schau dir einen Kampf an, vergewissere dich selbst, dass Ace nicht nur Clubbesitzer und Retter in Not ist, sondern auch Kämpfer und dass sein Kampf-Status ihm nicht seine anderen Identitäten raubt.«

Chazz schaut mich aus klugen blauen Augen an. Hat er recht? Bin ich zu radikal? Gefangen in meinem Schwarz-Weiß-Denken, sodass ich die Farben des Lebens nicht mehr sehen kann?

Fakt ist, dass ich nicht so eingeschränkt leben möchte. Dass ich James nicht so eine Macht über mich geben möchte. Und das weiß ich trotz meines vom Flashback vernebelten Gehirns. Vielleicht ist es dumm, mich einer so beängstigenden Situation auszusetzen, wenn mich schon die einfachsten Dinge triggern. Aber was soll ich tun? Mich vor allem und jedem verstecken? Nie wieder mit einem Mann reden? Mich nie wieder berühren lassen? Um jeden wütenden Menschen einen Bogen machen? Nein, ich bin nicht geflohen, um nun vor jedem Schatten zurückzuschrecken. Ich muss kämpfen. Besonders wenn es um jemanden geht, der mir bereits so nahe ist.

Impulsiv folge ich den Schreien meines Herzens und schiebe für die folgende Entscheidung meinen Verstand beiseite.

»Gut ...«, wende ich ein. » ... ich werde heute Abend mit euch kommen und zuschauen.«

Es wird schneller Abend, als mir lieb ist und ehe ich mich versehe, betreten Ace, Chazz und ich das *no limits* durch einen Nebeneingang, der mir das letzte Mal gar nicht aufgefallen ist. Es ist dunkel im noch nicht eröffneten Club, und trotzdem kann ich mein Wandgemälde erahnen. Als ich Ace darauf angesprochen habe, dass ich es unbedingt vor der Eröffnung beenden muss, hat er nur mit den Schultern gezuckt und gesagt: »Es ist jetzt schon so atemberaubend, dass niemand auf den Gedanken kommen könnte, es wär nicht fertig. Mach dir deswegen keinen Stress.«

Aber wenn ich mir das Bild nun so anschaue, muss ich Chazz mit der Diagnose meines Alles-oder-Nichts-Denkens recht geben. Das Problem daran ist, dass ich neutrale Fakten wie, dass Ace Kämpfer ist, in die negative Kategorie packe, und so will ich nicht leben. Und vielleicht ... ja, vielleicht mag ich Ace auch ein bisschen. Ein bisschen sehr. Also gebe ich ihm eine Chance.

Wir durchqueren den Club, bis wir eine unscheinbare Stahltür erreichen. Als Ace diese öffnet, ertönt lautes Brüllen und Johlen, was meine Muskeln steifer werden lässt. Unsicher gehe ich die Treppe hinab. Unten angekommen, blicke ich mich mit mulmigem Gefühl um. Unmengen an Testosteron, Schweiß und Blut liegen in der Luft.

Im Zentrum des Raumes steht ein dunkler Käfig, ein Octagon, ausgelegt mit einer weißen Matte. Die Tatsache, dass die Kämpfe hinter Gittern stattfinden, beunruhigen mich zunehmend. Warum in Herrgottsnamen wählt man weißes Material für einen Kampfplatz? Damit man das Blut besser sieht? Rote Flecken zieren auf makabre Weise den Käfig und katapultieren mich in die Vergangenheit.

Völlig ausgebrannt liege ich auf seiner Matratze. James zieht sich bereits andere Kleidung an, denn seine vorherige hat mein Blut aufgesogen. »Steh endlich auf, du faules Balg.«

Mühsam versuche ich, meinen Körper von der Unterlage zu lösen. Was sich als schwieriger erweist als gedacht, da mein Blut mich auf ihr festkleben lässt. Dennoch reiße ich mich mit Gewalt von ihr ab. Mit dem Ergebnis, dass sich die Schnitte an meinen Armen und Beinen wieder öffnen und fröhlich weiterbluten.

»Was soll die Sauerei?! Bist du bescheuert?« Er deutet auf die Blutflecke, die ich dank ihm hinterlassen habe. »Mach das sofort sauber. Wenn ich wiederkomme, will ich keinen einzelnen Tropfen Blut mehr auf der Matratze sehen, hast du das verstanden?«

Mein Autopilot nickt abgehackt.

»Hoffen wir für dich, dass du das ordentlich hinbekommst, nicht, dass Isabella was passiert, oder?«, setzt er nach.

Mein Herz schmerzt mehr als alles andere.

Als er das Haus verlässt, um zur Arbeit zu gehen, hole ich einen nassen Schwamm. Es dauert drei Stunden, bis ich jeden Blutstropfen aus dem Stoff gewaschen habe.

»Joyce? Alles okay ...?« Ace beobachtet mich besorgt. Mein Blick trifft den seinen. Sorge, Wut und ... ist das Zärtlichkeit? ... haben sich in seine Augen geschlichen. »Wir gehen besser wieder.«

Zu gehen, würde bedeuten, nicht weiter getriggert zu werden. Aber was würde ich für ein Leben führen, wenn ich kontinuierlich meinen Triggern aus dem Weg gehen würde? Das wäre ein Spießrutenlauf. Ace ist mir bereits zu sehr ans Herz gewachsen, als dass ich nicht die Anspannung dieses Abends dafür zahlen würde, um herauszufinden, welche Art von Mensch er ist. »Nein! Ich will es sehen.«

Ace' Kiefer zuckt und er bleibt stumm. Da ist dieses Knäuel aus allem in mir. All das Ich-kann-nicht-mehr. Alles zwischen Angst und Wut, Schmerz und Ohnmacht. Und seine Stummheit lässt mein Knäul wachsen und gedeihen.

Chazz setzt sich in Bewegung in Richtung der unüberwindbaren Masse aus gruseligen Männern. Ace hakt seinen kleinen Finger in den meinen ein und zieht mich so hinter sich her. Diese Verbindung ist mein Anker. Doch gerade jetzt weiß ich nicht, ob sie etwas Gutes ist oder nicht. Denn sie führt mich nicht nur sicher durch das Getümmel. Sie hält mich auch fest; gefangen. Und dennoch finde ich nicht die Kraft, mich loszureißen. Dann wäre ich verloren, mitten in dieser Menge voller Männer, Alkohol und Aggression. Viele nicken Ace und Chazz zu, während wir den Keller durchqueren. Und ich hasse diese Enge und die widerlichen Blicke der männlichen Besucher. Mich schüttelt es, wenn ich sehe, wie sie ohne jegliche Scham Alkohol in sich hineingießen.

Ace muss mein Schaudern wohl bemerkt haben, denn nun legt er mir einen Arm um die Schultern. So schirmt er mich vor den meisten Leuten ab.

Ja, körperlich kann mir nichts geschehen. So nah, wie Ace mich an sich heranzieht. Aber meine Emotionen ... Sie verstricken sich, verwirren mich und lassen ein einziges Durcheinander zurück. Momentan machen mir nicht der Ort und diese ganzen Männer Angst, sondern meine Gefühle.

Wir bleiben am Rand vor einer weiteren Tür stehen. »Kann ich dich hier mit ihm allein lassen?«

Ace deutet mit dem Kinn auf Chazz, der seine

Hände lässig in den Hosentaschen vergraben hat. »Ich passe auf deine Kleine auf, keine Bange.«

Ace nickt seinem Freund kurz zu, wartet aber trotzdem auf eine Antwort von mir.

Mit den Worten »Alles gut« entlasse ich ihn.

Als er hinter der Tür – offenbar eine Umkleide – verschwindet, bekomme ich das Gefühl, die Menschen um mich herum ziehen immer enger werdende Kreise um mich. Sie nehmen mir Stück für Stück die Luft zum Atmen.

»Hey.« Eine schwere Hand landet auf meiner Schulter und ich wirble herum.

»Whoa, willst du vielleicht in den Ring?«, spöttelt Chazz, der Besitzer der Hand.

Mein Herz stottert in der Brust. »Ich mag es nicht, wenn man mich anfasst.«

Ernst schaut er auf mich herab. »Tut mir leid. Folge mir, wir sichern uns besser einen guten Platz, bevor es losgeht. Nachher kommt hier nicht mal mehr ein tollwütiger Bär durch. Außerdem müsste Devron irgendwo hier sein.«

Er schlängelt sich so durch die Menge, dass immer genug Raum bleibt, damit mich keiner berührt. Ich sehe sogar, wie er den einen oder anderen Ellbogenhieb verteilt. Als er endlich Devron und einen Stehplatz gefunden hat, mit dem er zufrieden ist, dreht er sich zu mir um. Devron folgt seinem Blick.

»Danke ...«, setze ich an. Chazz winkt jedoch nur ab.

Devron mustert mich mittlerweile mit finsterem Blick. Habe ich ihm irgendetwas getan? Ich verlagere mein Gewicht von rechts nach links.

»Hör zu. Ace ist ein Kämpfer, seit er ein kleiner Junge ist. Behalte das im Kopf, wenn der Kampf beginnt, okay?«, sagt Chazz.

Ich verstehe nicht ganz, was er mir damit sagen will, aber meine Übelkeit steigt. Ist es die richtige Entscheidung gewesen, hierherzukommen?

»Herzlich willkommen zum heutigen Fight-Abend«, schallt eine Stimme aus dem Off durch den Keller. »Seid ihr gut drauf?«, fragt der Moderator die Meute, die aus voller Kehle zu grölen beginnt. Ich umschlinge mich selbst mit meinen Armen.

»Ich habe gefragt, ob ihr gut drauf seid?!«, ertönt es erneut, und das Publikum wird unerträglich laut. Nur mühsam widerstehe ich dem Drang, mir die Ohren zuzuhalten.

»Mein Name ist TJ, und ich habe die Ehre, euch heute durch einen Fight zwischen dem Dark Panther persönlich und dem Skull Crusher zu begleiten!«

Skull Crusher? Im Ernst? Ich weiß nicht, ob ich lachen oder weinen soll.

»Und jetzt bitte einen tobenden Applaus für unsere Fighter!« Ace und sein Gegner stürmen das Octagon, beide sind nur mit Shorts und Bandagen bekleidet. Der Spot auf dem Ring verheimlicht keinen von Ace' definierten Muskeln. Das Panther-Tattoo an seiner Schulter bewegt sich, als wäre es lebendig.

Ace stellt sich gegenüber von seinem Kontrahenten auf. Ich habe das Gefühl, mich in der Hölle zu befinden. Es ist so heiß, dass mir bereits der Schweiß von der Stirn tropft. Die Luft wird dicker und das Brüllen der Leute um mich herum dröhnender. Und ich? Ich wünsche mir von Sekunde zu Sekunde mehr, wegzugehen.

Devron und Chazz kesseln mich rechts und links ein, sodass die Menschen, die aufgeregt herumlaufen und rumspringen, keine Chance haben, mich zu berühren. Warum fühlt es sich dann so an, als würde jeder Einzelne von ihnen provozierend über meine Haut streichen? Ich umarme mich fester, habe Angst, auseinanderzufallen, wenn ich es nicht tue.

»Nur zwei Regeln. Erstens: jemand spricht über die Kämpfe. Zweitens: keine Toten. Der Kampf endet durch ein K.O. oder durch unseren Schiedsrichter«, tönt der Moderator und eröffnet damit den Fight. Ace steht einfach da und wartet lauernd, wie eine Raubkatze auf der Pirsch. Seine Beute wirkt irritiert und tänzelt nervös umher. Skull Crusher? Wohl eher Bambi im Scheinwerferlicht. Plötzlich geht ein Ruck durch Bambi, und er scheint sich daran zu erinnern, dass er ein Kämpfer ist, denn seine Faust schießt vor und trifft Ace' Unterlippe. Blut spritzt. Ich schreie auf, während die Menge jubelt. Was stimmt mit der Menschheit nicht, dass sie applaudiert, wenn Blut fließt und sich zwei Männer zu Brei schlagen?

»Alles gut. Das muss so ein psychologisches Ding sein. Den ersten Schlag lässt er stets seinem Gegenüber. So als hätte er danach die Erlaubnis, auf den anderen einzuprügeln«, beschwichtigt mich Chazz, und ich schlucke mühsam gegen den Tennisball in meiner Kehle.

Dummerweise lenkt mein Schrei Ace' Aufmerksamkeit auf mich. Als sein Kopf zu mir ruckt, nutzt der hinterhältige Bambi dies aus, um einen weiteren Treffer zu erzielen.

Ace' Augenbraue hat einen Cut und das Blut läuft ihm über das ganze Gesicht. Der Ace, den ich in mein Herz gelassen habe, verschwindet immer mehr, und zurück bleibt das Raubtier, das ich anfangs in ihm gesehen habe. Wieso tut er so was?! Ich leide Jahre lang unfreiwillig unter den Misshandlungen meines Vaters und er lässt sich *freiwillig* zusammenschlagen? Das geht nicht in meinen Kopf. Gänsehaut breitet sich auf meinem gesamten Körper aus.

Angeekelt will ich mich von dieser Person abwenden. Devrons Hand an meinem Ärmel hält mich davon ab. Sein Griff ist nicht fest, aber warnend. Obwohl er nicht meine Haut berührt, hat die Geste ein unangenehmes Prickeln zur Folge.

»Bleib, bis er gesund und munter aus dem Ring zurückkehrt, okay? Wenn du jetzt gehst, lenkt ihn das zu sehr ab«, meint nun auch Chazz.

Also stelle ich mich darauf ein, zu sehen, wie er sich verletzen lässt. Ace hat mich während der Konversation mit Devron und Chazz nicht aus den Augen gelassen. Als er sieht, dass ich bleibe, nickt er mir kurz zu und wendet sich wieder seinem Gegner zu, der solange weiter auf ihn eingeschlagen hat. Der Schiedsrichter steht in geringer Distanz daneben und scheint sich auf das Ende einzustellen. Die Menschen um mich brüllen herum, als hätten sie sich in einen Haufen unzivilisierter Affen verwandelt. Und für einen kurzen Moment frage ich mich, wer hier die wahren Monster sind. Die Männer, die sich hinter dem Maschendrahtzaun verprügeln, oder die, denen hörbar einer abgeht, wenn Blut fließt. Der helle Boden des Octagons ist mit roten Mustern verziert, Muster des Schmerzes und der Perversion.

Zack – Ace rammt Bambi das Knie in den Magen. Dieser krümmt sich. Zack – Ace platziert ihn mit einem schnellen Manöver auf den Rücken. Dort hält er ihn im Schwitzkasten gefangen, die Abwehrversuche vom Skull Crusher sind bestenfalls schwach. Der Schiedsrichter beendet den Kampf vor dem K.O. Ich blinzle.

Ace hat diesen Kerl umgelegt wie ein tollwütiger Rottweiler einen Chihuahua.

Die Menge – Chazz und Devron eingeschlossen – jubeln Ace zu, dessen Blick unverwandt auf mir haftet. Ich habe keine Ahnung, wie ich meine Körperempfindungen deuten soll. Meine Knie zittern, und gleichzeitig fühle ich mich wahnsinnig energiegeladen. Meine Brust schnürt sich zu, und doch schwirren kleine Flatterwürmchen in meinem Bauchraum umher. Ich schwanke zwischen Erschöpfung und starker Erregung. Himmel, ich bin noch verwirrter als vor dem Fight.

Ace hilft seinem Rivalen auf die Beine und klopft ihm kameradschaftlich auf die Schulter. Die zwei unterhalten sich kurz und verschwinden dann aus dem Ring, in dem nun ein weiterer Kampf stattfinden soll.

»Ich habe keine Ahnung, was zwischen dir und Ace läuft, aber ich kann dir sagen, dass er ein guter Kerl ist und sein Herz am rechten Fleck hat«, redet Chazz mir gut zu und erinnert mich damit an seinen Einwand von vorhin. Ich habe den Kampf durch meine Schwarz-Weiß-Brille – okay, Rot war auch dabei – beobachtet. Ja, Ace ist ein Kämpfer, aber er schlägt nicht wahllos Leute in einer Bar zusammen, sondern nur im Rahmen einer Sportart. Und so wie ich ihn bisher kennengelernt habe, ist er kein schlechter Mann. Kann ich also über sein Hobby hinwegsehen?

»Na, tuschelst du schon wieder über mich?«, mischt sich nun ein verschwitzter und mit Blut besudelter Ace ein.

Perplex starre ich ihn an. Stumm erwidert er meinen Blick mit einer Intensität, die mir eine Gänsehaut beschert. Zwar glühen seine Augen noch immer vor Adrenalin, aber nun habe ich einen direkten Vergleich dazu, wie er einen Gegner ansieht. Jegliche Aggression ist aus seinem blutverschmierten Gesicht gewichen und hat einer Zärtlichkeit Platz gemacht.

»Meine Güte, nehmt euch ein Zimmer.« Damit rauscht Chazz davon. Devron folgt ihm stumm. Und ich bin allein mit Ace.

»Ich weiß nicht, ob ich das kann.« Mit einer einzigen Handbewegung schließe ich seine ganze Person ein.

Sein linker Mundwinkel hebt sich. »Könntest du vielleicht etwas spezifischer werden?«

»Jahrelang hat mich James so zugerichtet und noch schlimmer. Ich weiß genau, wie sich diese aufgeplatzte Lippe anfühlt. Weiß, wie metallisch der Geschmack des Bluts auf deiner Zunge ist. Ich kenne das anfängliche Brennen, wenn sich die Wunde öffnet, nur um nach einiger Zeit im Hintergrund zu einem leichten Pochen zu verschwinden. Ich weiß es, weil er es mir angetan hat. Ich wollte das nie. Und du ... du stehst hier vor mir und hast einen geradezu befriedigten Ausdruck in den Augen. Als bräuchtest du das ... Wie soll ich das mit mir vereinbaren?« Atemlos verklingen meine Worte in dem Chaos um uns herum.

»Ich verlange nicht, dass du mich bei meinen Kämpfen begleitest oder sie gutheißt. Ich bitte dich nur um eine Chance, mich als ganze Person kennenzulernen, bevor du mich wegen eines Bruchteils meines Lebens abschreibst.«

Und das ist wirklich nicht viel, was er will, oder? Selbst wenn mein Herz nicht kontinuierlich nach ihm schreien würde, wäre ich ihm diese Chance schuldig.

»Okay, du bekommst eine Chance.« Hoffentlich weiß er, was für einen riesigen Schritt ich ihm entgegenkomme.

Seine bandagierten Finger schweben vor meinem Gesicht, aber er berührt mich nicht gänzlich. »Ich ziehe mich kurz um. Lass uns danach noch etwas essen gehen, okay?« Er nickt jemandem, der hinter mir steht, zu und lässt mich dann allein.

Ernsthaft? Er lässt mich hier allein? Zwischen all diesen Menschen?

»Dachtest du etwa, du wärst mich bereits los? Da muss ich dich aber enttäuschen ...«, erklingt Chazz' Stimme in meinem Rücken, und meine Schultern sinken herab.

Einige Minuten später erscheint ein frisch geduschter Ace vor uns. Auf seinem Cut kleben Wundnahtstreifen.

»Wir können«, sagt er zu mir. »Wir gehen was essen, möchtet ihr mitkommen?«, fragt er Chazz.

Dessen Augen huschen ein paar Sekunden zwischen Ace und mir hin und her, dann breitet sich ein leicht laszives Lächeln auf seinem Gesicht aus. »Ne, lasst mal.«

»Gut, dann sehen wir uns die Tage.«

»Macht's gut, ihr zwei Schnuckelmäuse.« Damit verschwindet er im Getümmel.

»Verrückter Kerl«, meint Ace kopfschüttelnd.

KAPITEL
Zwölf

James

Vor vierzig Jahren

»**D**u nichtsnutziger, kleiner Bastard. Sieh zu, dass du mir aus den Augen kommst.« Ein Tritt in die Rippen unterstreicht die Worte meines Vaters. Ich liege gekrümmt auf unserem kühlen Küchenboden und stelle mir vor, wie mich eine unermessliche Kraft durchströmt, sodass ich aufspringe und meinem Dreckskerl von Samenspender ein Messer ins Auge ramme.

Er verzieht sich mit seiner Bierflasche ins Wohnzimmer, wo er sich vermutlich auf den stinkenden Sessel fallen lässt und den ganzen Tag in die Glotze starrt.

Ich spucke auf den Boden. Blut scheint meinen Speichel vereinnahmt zu haben und hinterlässt einen hübschen Fleck auf dem hellen PVC. Es sieht kunstvoll aus. Viel zu schön für dieses Drecksloch von Haus. Ich rapple mich unter Schmerzen auf, und als ich stehe, fällt mein Blick auf einen Messerblock. Mit einem Lächeln *schnappe ich mir das Größte und mache mich auf ins Wohnzimmer.*

Dunkelheit wabert durch meine Adern. Eine Dunkelheit, mit der ich die Welt niederbrennen werde. Sie zerstören werde. Einfach nur, um *sie* zu vernichten. Sie hat mir alles genommen und das kann ich nicht tolerieren. Niemand nimmt mir je wieder irgendwas weg. Nicht mein lebendiges Spielzeug, nicht meine Tochter und nicht meine einzige Möglichkeit, mit meiner eigenen Vergangenheit klarzukommen.

Ich greife nach meinem Handy, um Joyce' Chef zurückzurufen, der mich zweimal zu erreichen versucht hat.

»Hey, mein alter Freund«, melde ich mich bei ihm. Ich kenne ihn noch aus Schulzeiten, und bereits damals war er ein unerträglicher Drecksack.

»Wo ist deine Tochter? Sie ist zu drei ihrer Schichten nicht aufgetaucht«, will er wissen, und ich verdrehe die Augen.

Bella habe ich schon für das restliche Schuljahr, das nur noch ein paar Wochen geht, abgemeldet. Dass mir die Schule wen auf den Hals hetzt, ist das Letzte, was ich gebrauchen kann. Aber Joyce' Job habe ich vergessen. Ich räuspere mich und sage betont gestresst: »Tut mir sehr leid, dass wir dir nicht Bescheid gegeben haben. Meine Töchter haben seit Montag beide Pfeiffersches Drüsenfieber, und ich habe verplant, sie krankzumelden. Seit ihre Mutter nicht mehr am Leben ist, herrscht hier stets pures Chaos, wenn jemand krank wird«, drücke ich auf die Tränendrüse, und tatsächlich springt selbst sein Mitleid an.

»Oh. Gute Besserung an die zwei. Wann kann Joyce denn wieder arbeiten?« Seine Stimme klingt um ein Vielfaches versöhnlicher und ich verdrehe die Augen.

»Ich rechne mit circa zwei Wochen. Sobald ich mehr weiß, schreibe ich dir eine Nachricht«, vertröste ich ihn.

»Alles klar, bis dann.«

Das glaube ich eher weniger. Sowie ich Joyce in die Finger bekomme, wird sie unsere Wohnung niemals wieder verlassen. Ich brauche sie, verdammt. Brauche ihren Schmerz, also muss ich sie schleunigst finden.

KAPITEL
Dreizehn

Joyce

W ir landen bei einem gemütlichen kleinen Italiener. Rustikale Backsteinwände stehen im Kontrast zu Dutzenden von Hängepflanzen und einem Wirrwarr aus Lichterketten an der Decke. Ein besonderes Flair verleihen zudem die kleinen runden Tische, geschmückt mit Kerzen und Rosen. Die Stimmung ist romantisch, im Gegensatz zu eben stark konträr und friedvoll. Sie löscht sogar den Großflächenbrand an Unsicherheiten in mir. Übrig bleiben einzig ein leichtes Zittern meiner Hände und die Frage, warum in Herrgottsnamen ich ausgerechnet diesen Mann noch mehr in mein Herz lasse.

»Weißt du schon, was du möchtest?« Ace schaut mich

über den Rand der Speisekarte an. Kerzenflammen spiegeln sich tänzelnd in seinen intensiven Raubtieraugen.

»Eine Margherita«, antworte ich ihm. Es ist schon Ewigkeiten her, seit ich Pizza gegessen habe. Wenn ich nur an den würzigen Käse denke, der beim Abbeißen der Pizza seine Fäden zieht ... Verzückt verdrehe ich die Augen und muss wohl einen kleinen Stöhnlaut von mir gegeben haben, denn auf einmal habe ich Ace' volle Aufmerksamkeit. »Hunger?«, fragt er lächelnd und mit einem eindeutig zweideutigen Blick.

Hitze schießt mir in die Wangen und zu meinem Schock auch in die südlichen Gegenden meines Körpers. Ist das ... ist das ... Lust? Unruhig rutsche ich auf dem Stuhl hin und her. »Auf Pizza, ja«, antworte ich scharf aus meiner Verwirrung heraus.

Ace räuspert sich und sagt schlicht: »Nach einem Kampf habe ich auch stets einen Riesenhunger.«

Wie stößt man einen heißen Kerl innerhalb von drei Sekunden vor den Kopf? Fragt Joyce Mitchell, einundzwanzig und Jungfrau.

Der Kellner kommt und nimmt unsere Bestellung auf.

»Darf ich fragen, wie du zu MMA kamst?«, versuche ich die Stille zwischen uns zu eliminieren, als wir allein sind. Man sollte meinen, ich stelle diese Frage, um mir vor Augen zu führen, warum Ace und ich niemals eins sein können. Keine Ahnung, wieso ich also meinen kleinen Finger über den Tisch ausstrecke, Kontakt suche, aus einem *ich* wieder ein *wir* machen möchte. Ace lächelt mir zu, enthüllt seinen abgebrochenen Schneidezahn und hakt seinen Finger in den meinen ein. So halten wir uns fest, während er zu sprechen beginnt.

»Ich habe dir ja bereits erzählt, dass ich quasi mit zehn von den Sanchez' adoptiert wurde. Madre mía, war ich ein wütendes Kind. Wütend, wenn die Sanchez' mich mit Samthandschuhen anfassten, und wütend, wenn sie es nicht taten. Wütend, wenn Amira Angst vor mir hatte, aber auch wütend, wenn sie keine hatte. Ich war wütend über alles, als wäre all der aufgestaute Frust über meine Erzeuger mit einem Mal aus mir herausgebrochen. Also schleppte mich meine Mom zum Therapeuten und mein Dad zu meinem Onkel, damit ich ein gesundes Ventil für meine Wut finden konnte. Vermutlich war ich so wütend, um nie wieder diese Hilflosigkeit aus meinen Kindertagen spüren zu müssen.« Ace' Stirn ist gefurcht und seine Augen schimmern unsicher im gedämpften Licht.

Ich sinniere einen Moment über diese Geschichte und drücke seinen Finger sanft. »Wahrscheinlich sollte ich aufhören, Angst vor deiner Affinität zum Kampfsport zu haben, und lieber dankbar sein, dass du ein Ventil für deine Aggression gefunden hast.«

Ein strahlendes Lächeln erhellt sein gesamtes Gesicht. »Du kannst dir gar nicht vorstellen, wie viel mir das bedeuten würde. Das Problem mit der Wut ist, dass sie wie Gift ist, welches man selbst trinkt, und man hat nicht die Möglichkeit, es seinem Gegenüber einzuflößen, obwohl sich die Wut ja eigentlich nach außen richtet. Und so vergiftet es uns von innen heraus, während die Menschen, gegen die sich diese Gefühle richten, fröhlich weiterleben. Also ja, Wut hat immer ihren Preis. Deswegen musste ich lernen zu akzeptieren, was mir passiert ist, nicht zwangsläufig zu vergeben, sondern einfach nur zu akzeptieren.«

Ich mag seine Sicht auf dieses Thema. Viele Menschen reden stets davon, dass Heilung nur mit Verzeihen einhergehen kann. Doch damit habe ich so meine Probleme. Warum soll ich James verzeihen, was er mir angetan hat? Nein, niemals. Die Misshandlungen als Teil meiner Vergangenheit akzeptieren und das Verständnis dafür haben, dass mein Dad auch nur die Summe seiner unverarbeiteten Kindheitserfahrungen ist? Ja, das kann ich irgendwann.

Der Kellner bringt unsere Getränke, und ich lasse Ace los, um mein Weinglas in die Hand zu nehmen. Klirrend stoßen wir an, verlieren uns dabei nicht aus den Augen, aber dafür immer mehr in diesem Moment.

Ich beobachte, wie er einen Schluck trinkt. Sein Adamsapfel hüpft, und anhand seiner gekräuselten Nase erkenne ich, dass er das Gleiche denkt wie ich – zu trocken. Zeitgleich greifen wir nach unseren Wassergläsern und müssen beide lachen.

»Hast du schon einen Plan für deine berufliche Zukunft?«, lenkt er von dem Wein-Desaster ab.

Ich seufze tief und greife beinahe reflexartig nach dem Alkohol. Nur in letzter Sekunde unterdrücke ich den Impuls und versuche, ihm die gleiche Ehrlichkeit entgegenzubringen, die er mir erweist. »Es wäre wohl am vernünftigsten, wenn ich in der Gastronomie bleibe. Dort verdiene ich genug Geld, um für Isabella und mich zu sorgen.« Bei meinen Worten entflammt erneut diese Sehnsucht in mir, rauszukommen und zu arbeiten. Nicht nur aus finanzieller Sicht ist es wichtig, sondern auch, damit ich bei Ace im Haus nicht einfriere und mich meinen Ängsten ergebe. Wer weiß, ob ich es dann jemals wieder verlassen würde.

»Das ist sehr selbstlos, aber was wünschst *du* dir?«

Vielleicht liegt es an der Atmosphäre, vielleicht ist mir der Schluck Wein auch schon zu Kopf gestiegen oder ... es gibt einen Teil in mir, der Ace – warum auch immer – vertraut. »Wenn es wirklich nicht ums Geld gehen würde – und um das geht es leider immer –, würde ich mich wahrscheinlich ganz dem Malen widmen. Es gibt da dieses eine College, die Evergreen Academy of Art. Da würde ich gerne studieren«, offenbare ich ihm meinen größten Traum mit wild klopfendem Herzen.

»Künstlerin. Hätte ich mir ja denken können bei deinem Talent.« Er lächelt mich warm an.

»Danke. Leider reicht Talent oft einfach nicht aus, das haben viele. Deswegen werde ich wohl einfach weiterhin in Restaurants arbeiten. So habe ich nebenbei noch etwas Zeit für meine Kunst.«

Ace runzelt missbilligend die Stirn. »Mir ist egal, was andere haben und was nicht. Du wirst schaffen, was auch immer du dir vornimmst. Da bin ich mir ganz sicher.« Seine Ernsthaftigkeit berührt etwas in meinem verschlossenen Inneren.

Unsere Teller werden gebracht, wodurch zum Glück die bedeutsame Schwere unterbrochen wird.

Erleichtert stürze ich mich auf mein Essen, nur um vor der Stille und dem Unbehagen zu fliehen. Prompt verbrenne ich mir die Zunge und zische scharf durch die Zähne. Ace hat mich beobachtet und lacht nun. Um meinen Mund mit kalter Flüssigkeit zu kühlen, greife ich nach meinem Wasserglas. Beinahe wäre dieses umgefallen, wenn Ace es nicht geistesgegenwärtig aufgefangen hätte. Geht es noch peinlicher? Ich benehme mich wie der letzte Trampel. Beschämt senke ich den Blick.

Ace lacht immer noch, bis er merkt, wie blöd ich mich fühle. »Alles okay?«

»Ja, tut mir leid.«

»Wofür entschuldigst du dich?«

»Dafür, dass ich so tollpatschig bin und dir den Abend ruiniere.« *Wie kann man nur so dumm sein, dass man es schafft, über seine eigenen dämlichen Füße zu stolpern. Dummes Gör …*

Schon mein ganzes Leben haftet diese leichte Unbeholfenheit an mir wie eine Krankheit, und ich werde sie einfach nicht los. Es ist ja nicht so, als würde ich mit Absicht stolpern und dabei ein Glas fallen lassen.

»Hey! Du hast gar nichts ruiniert. Es ist doch noch nicht mal was passiert. Also, was ist los?«

»Tut mir leid. Ich bin einfach nur extrem ungeschickt und bringe damit meistens nicht nur mich selbst, sondern auch die Menschen in unmittelbarer Nähe in Verlegenheit.«

»Ich bin aber nicht wie die anderen Menschen.«

»Ja, das habe ich auch schon gemerkt.«

Das restliche Essen verläuft ohne weitere Zwischenfälle. Als wir das Restaurant verlassen, wird es bereits dunkel.

Vor seinem Camaro hätte ich es doch noch mal fast geschafft, den Boden zu küssen, wenn Ace mich nicht vorher aufgefangen hätte. Er zieht mich dicht an seinen Körper, und so stehen wir da. Brust an Brust. Und starren in die Augen des jeweils anderen. Silber trifft Grün. Grün trifft Silber. Keine Ahnung, wie lange wir so dastehen. Wir atmen beide hektisch. Okay, streicht das. *Ich* atme hektisch. Und zwar nicht, weil mein Alarmsystem läutet, sondern weil es sich unglaublich gut anfühlt, ihm so nahe zu sein.

Es ist ziemlich kalt und es bilden sich kleine Wölkchen beim Ausatmen. Die Kühle der Nacht streicht angenehm über meine glühende Haut. Ich habe keine Ahnung, wer von uns sich als Erstes in Bewegung setzt. Ich stelle mich auf die Zehenspitzen und sein Kopf senkt sich. Letztlich sind seine Lippen nur noch Millimeter von meinen entfernt, ich kann sie praktisch schon spüren. Alles prickelt und knistert verheißungsvoll zwischen uns und ich schaudere vor dieser Intensität.

Die Welt stoppt, oder vielleicht wartet Ace auch nur

darauf, dass ich den nächsten Schritt gehe. Er blinzelt, und ich erkenne, es ist Letzteres. Das erste Mal in meinem Leben lässt man mir die Wahl, ob ich eine so intime Geste zulassen will oder nicht. Tja, will ich? Mein Herz schreit Ja, doch meine Bereitschaft und mein Mut werden von meinem zweifelnden Verstand vergiftet.

Und ehe ich registriere, was passiert, sinke ich wieder auf die Füße. Meine Unsicherheit und mein Verhalten treiben mir fast die Tränen in die Augen. Wieso kann mit mir nicht mal *eine* Sache einfach sein?!

Ace

Sie will mich nicht. Ich bin nicht gut genug. Ich kann noch so viel Erfolg haben und Geld verdienen, im Inneren werde ich immer der kleine, von seinen Eltern verstoßene Junge aus dem Trailerpark bleiben.

Eine glühend heiße Flut strömt durch meine Adern und macht mich zu etwas, was ich selbst verabscheue. Unendliche Wellen der Wut durchfließen mich, überschwemmen mich und drohen, mich zu ertränken. Hastig kneife ich die Lider zusammen und versuche, die Intensität der Emotionen zu ersticken. Konzentriert zähle ich von zehn rückwärts. Zehn ... neun ...

»Ist alles okay?«

Acht ... sieben ... sechs ...

»Ace? Bist du sauer?«

Fünf ... vier ... drei ...

»Es tut mir leid.«

Zwei ... eins.

»Wenn du willst, können wir es noch mal probieren. Dieses Mal reiße ich mich zusammen.«

Langsam öffne ich meine Augen. Die gefährlich schwappende Lava in mir hat sich wieder zu einer geraden gleichmäßigen Masse beruhigt.

In Joyce' Augen schwimmen Tränen und ich komme mir vor wie der letzte Drecksack. »Nein. Ich bin natürlich nicht wütend auf *dich*. Ich verstehe, wenn du mich nicht küssen willst.« In mir kreischt noch immer der kleine ungeliebte Ace, aber ich habe ihn zurück in seinen Käfig gesperrt und versuche, sein Gebrüll nicht zu sehr an mich heranzulassen.

»Verstehst du es wirklich?« Ernste silberne Augen scheinen bis in die Tiefen meiner Seele zu schauen, und in mir regt sich der Verdacht, dass sie den kleinen jämmerlichen Jungen sehen kann.

»Verstehst du, dass sich mir normalerweise der ganze Magen umdreht und ich mir am liebsten die Haut abziehen möchte, wenn mich jemand berührt? Verstehst du, dass du neben Bella die einzige Ausnahme bildest? Verstehst du, dass ich noch nie einen Menschen geküsst habe? Verstehst du, dass ich eine wahnsinnige Anziehungskraft zwischen uns spüre, der ich nachkommen möchte, obwohl mir meine bisherigen Erfahrungen so laut ins Ohr schreien, dass ich das Gefühl habe, einen Hörsturz zu bekommen? Verstehst du, dass es an mir liegt und nicht an dir, und verstehst du, dass mein Zurückweichen kein Nein für immer, sondern ein Bitte-gib-mir-die-Zeit-um-mich-vollkommen-sicher-zu-Fühlen war?«

Bei jedem ihrer Worte wird Klein-Ace ruhiger und

die Höllenhitze in mir verpufft. Joyce ist wirklich zu gut für mich. Meine Unsicherheit hat mich in Wut stürzen lassen, weil diese für mich bequemer zu fühlen ist. Mir die Illusion vermittelt, die Kontrolle zu haben und stark zu sein.

Ich seufze. »Jetzt verstehe ich es. Bitte entschuldige, dass ich so arschig war«, sage ich reumütig.

Mit weicher Miene tritt sie auf mich zu. »Du warst kein Arsch, du warst einfach nur mal ein normaler Mensch und nicht dieser Heilige mit der unendlichen Geduld.«

Rau lache ich auf. Ich? Heilig? Geduldig?

Irgendwas in Joyce' Blick verändert sich, ich kann es nicht ganz deuten, aber sie kommt noch näher.

»Kann ich etwas ... ausprobieren?« Nun ist ihre Stimme heiser.

»Klar.« Sie ist mir so nah, dass ich ihren blumigen Geruch wahrnehmen kann. Tief atme ich ein.

»Kannst du ... dich bitte ... nicht bewegen?«, haucht sie, und ich tue ihr den Gefallen, wenngleich auch alles in mir bebt.

Sie stellt sich auf die Zehenspitzen. Ihr Gesicht nähert sich dem meinen und ich neige leicht den Kopf. Spüre ihren stotternden Atem, und dann ... nur ganz zart ... kaum wahrnehmbar ... streichen ihre Lippen über mein Kinn. Es ist eine flüchtige Berührung, so leise und dezent, dass manch anderer es nicht einmal wahrnehmen würde. Aber in mir explodiert ein Feuerwerk aus Dankbarkeit, Rührung und Bewunderung für diese erstaunliche Frau.

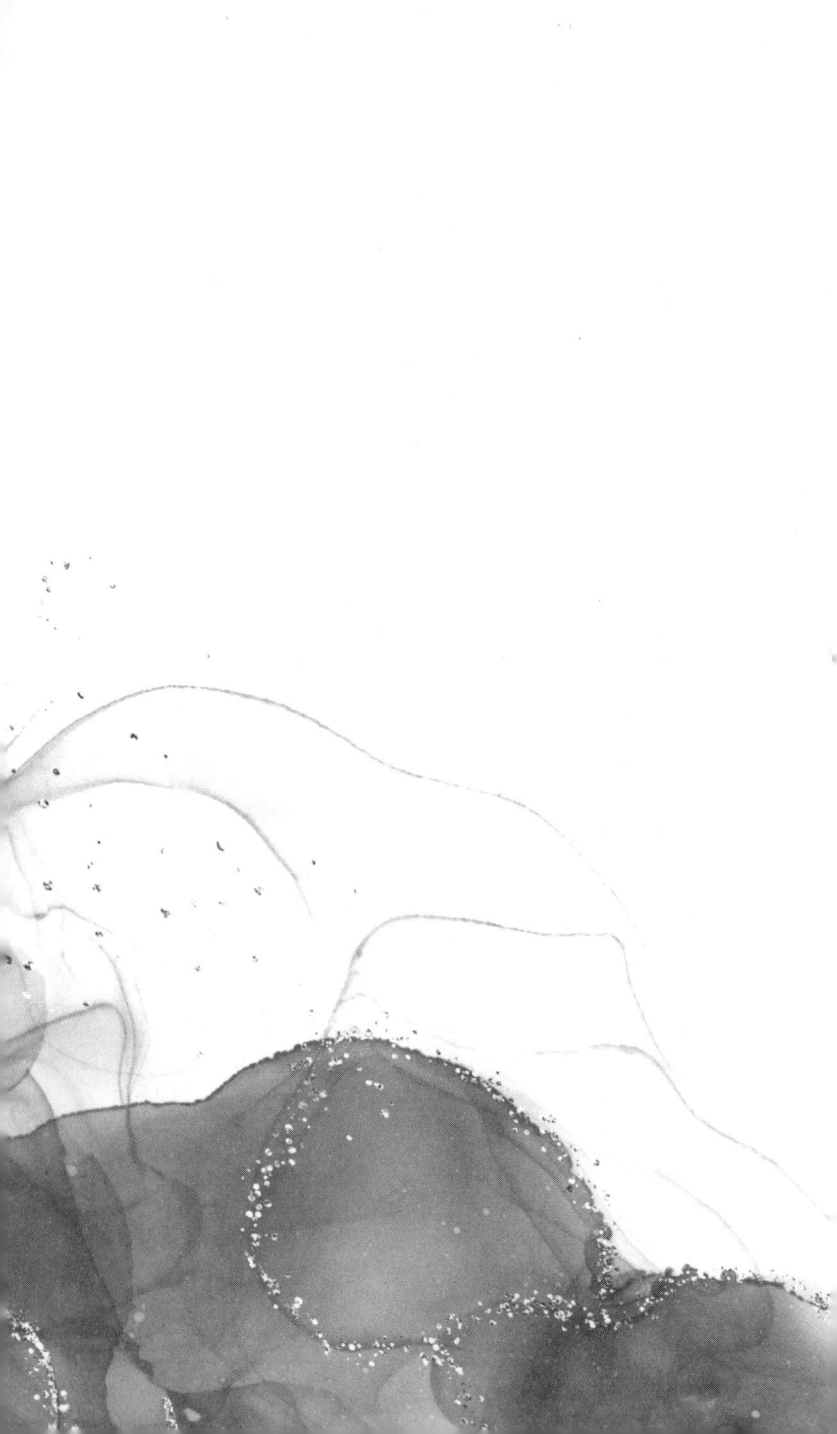

KAPITEL
Vierzehn

Joyce

S eit dem »Kuss« gestern ist es irgendwie anders zwischen uns. Unsere Blicke treffen sich häufiger, verhaken sich und lassen sich nicht mehr los. Außerdem nutzt Ace jeden Vorwand, um mich zu berühren, und auch ich streife ihn natürlich aus Versehen mal hier und da. Das Knistern zwischen uns ist so laut, dass ich mir sicher bin, dass jeder im Umfeld von einer Meile es hören kann.

Heute muss Ace wieder arbeiten gehen, immerhin ist vor der Eröffnung des *no limits* in wenigen Tagen noch viel zu tun. Am liebsten wäre ich mitgegangen und hätte ihm geholfen. Nicht nur, weil ich seine Anwesenheit genieße, sondern auch, um die stechende Sehnsucht nach Arbeit zu stillen. Ich muss wieder raus und Geld verdienen. Ich bin nicht vor James geflüchtet, um in die nächste Abhängigkeit zu geraten. Außerdem möchte ich keine Schmarotzerin sein. Bevor ich Ace mit meinem Wunsch konfrontieren kann, überrascht er mich mit einem wundervollen Mal-Paket aus verschiedensten Leinwandformaten, einer Staffelei, qualitativ hochwertiger Acrylfarbe, Dutzenden von Pinseln, kurzum – allem, was ein Künstlerherz begehrt.

Mit großen Augen schaue ich auf die Ausbeute. »Für mich?«, frage ich in einem für mich ungewöhnlich hohen Ton.

Ace schmunzelt. »Glaub mir, du willst ganz bestimmt nicht, dass ich anfange, zu malen. Ich dachte, es wäre schön für dich, wenn du eine Beschäftigung hast. Etwas, das dein Herz erfüllt und dir Freude bereitet.«

Mit einem Quietschen falle ich ihm um den Hals, nur um mich kurz darauf wieder hastig von ihm zu lösen. Meine Wangen glühen, und Ace' Gesicht ziert das breiteste Lächeln, das ich je gesehen habe.

Mein Herzklopfen erfüllt das ganze Wohnzimmer, und ich verfalle in einen Rausch, als ich mir die Sachen schnappe, mich direkt vor dem wundervollen Panoramafenster mit Blick auf die Stadt positioniere und mir einen Arbeitsplatz erschaffe.

Ich bemerke kaum, wie sich Ace von mir verabschiedet, zu beschäftigt bin ich damit, den Boden mit Zeitungspapier auszulegen und mich in mein Künstleroutfit zu schmeißen. Nach einer Ewigkeit habe ich auch Ace' Soundanlage durchschaut, und aggressiver Gesang kombiniert mit harten Gitarrenklängen und druckvollem Bass schallt lautstark durch das Penthouse.

Nur einen Wimpernschlag später sitze ich vor der Staffelei. Jetzt gibt es nur meine Leinwand, den Sonnenschein und mich. Mein Pinsel folgt den hellen Strahlen tanzend über das unberührte Weiß. Mit einem Lächeln gebe ich dem Licht Farbe. Meine Hand bewegt sich, als hinge sie an einem Faden, den die Sonne lenkt. Ich bin ihre Marionette und ich liebe es. Das hier ist es, was ich am liebsten mein Leben lang machen würde. Was mir das Gefühl gibt, dass pure Lebenskraft in ihrer schönsten Form mich erfüllt.

Ace

Gegen sieben halte ich es nicht länger aus und beschließe, die restlichen Aufgaben auf morgen zu verschieben. Im Großen und Ganzen ist alles für die Eröffnung vorbereitet, nur hier und da fehlt noch der Feinschliff.

Doch es zieht mich nach Hause. Und damit meine ich nicht mein lebloses Penthouse, sondern die Frau, die meine Wohnung mit Wärme beseelt.

Ich höre die Hard-Rock-Musik, bevor sich die Aufzugtüren öffnen, und allein das lässt mich lächeln. Schnell streife ich mir die Schuhe ab und schlüpfe in gemütliche Socken, die stets an meiner Garderobe parat liegen. Dann folge ich der Lautstärke ins Wohnzimmer und finde Joyce dort vor, wo ich sie zurückgelassen habe. Sie sitzt schräg mit dem Rücken zu mir, ihr Anblick ist einmalig. Ihr weißes Hemd ist über und über mit Klecksen bedeckt. In ihren Hosentaschen stecken Dutzende von Pinseln und selbst ihr hochgestecktes Haar ist mit einem Pinsel fixiert. Ihre filigranen Hände sind kaum wieder-zuerkennen unter all der Farbe und ihre nackten Füße sehen nicht besser aus. Die Abendsonne scheint durch das Fenster und taucht alles in ein goldenes weiches Licht. Es legt sich sanft über ihre Züge und lässt ihr Haar bronzefarben schimmern. Das Einzige, das nicht ins Bild passt, ist die harte und ohrenbetäubende Musik. Wie schafft sie es, bei der Lautstärke nicht taub zu werden? Schmunzelnd sehe ich dabei zu, wie meine Rojita im Takt mitwippt und sich von der Musik tragen lässt. Ich könnte sie stundenlang betrachten, wie sie völlig in ihrem Element ist. Irgendein primitiver Teil in mir wünscht sich, dass sie eines Tages nackt malt und mit nichts als Farbe bedeckt ist. Eines Tages, schwöre ich mir.

Eine Idee drängt sich mir auf. Ich habe oben noch ein Zimmer, in dem Sportgeräte verstauben, da ich meist ins Studio meines Onkels gehe. Ich möchte Joyce unterstüt-zen, ihren Traum zu leben. Vielleicht ist es an der Zeit, diesen Raum neu einzuräumen.

Erst jetzt fällt mein Blick auf das Bild, das sie malt, und mir stockt der Atem. Sie hat ihre ganz eigene Version des berühmten Deckengemäldes »Die Erschaffung Adams« von Michelangelo gemalt. Der Hintergrund ist dunkel und das Bild wird von einer weiblichen und einer männlichen Hand kurz vor einer Berührung dominiert. Die weibliche Hand ist über und über mit goldenen Rissen überzogen, aus denen helles Licht strömt. Mein Herz stottert schmerzend, als mir der Gedanke kommt, dass das wir beide sein könnten.

Wie gerne würde ich ihr all ihren Ballast abnehmen, damit sie eines Tages nicht nur Bilder malt, auf denen sich unsere Hände berühren, sondern damit es zur Normalität wird.

Langsam trete ich an sie heran und räuspere mich, damit sie sich nicht erschreckt.

Joyce

Ein Hüsteln in meinem Rücken lässt mich zusammenfahren und ich rutsche beinahe mit dem Pinsel über mein Kunstwerk.

»Huch, was machst du denn schon hier?«, frage ich Ace, der in seinem Anzug und – ich muss zwei Mal hinschauen – Kuschelsocken neben mir zum Stehen kommt. Innerlich schmunzle ich über seinen niedlichen Tick.

Er zieht eine Augenbraue hoch. »Schon? Es ist nach sieben.«

Ich blicke raus und registriere erst jetzt die untergehende Sonne. »Oh.«

Mit einem Räuspern deutet er auf die Leinwand. »Das ist wunderschön. So was habe ich noch nie gesehen.«

Wärme erfüllt mich. »Dank der ganzen tollen Farben dachte ich, ich probiere mal was anderes als mein gewohntes Schwarz-Weiß-Rot aus. Erweitere meinen Horizont. Und irgendwie ist mir sofort die Idee gekommen, einen Kintsugi-Touch einzubauen.«

»Kintsugi?«, hakt er nach.

Ich dehne meinen steifen und schmerzenden Nacken von rechts nach links. »Ja, das ist eine japanische Reparaturform für Keramik oder Porzellan. Die Idee ist, etwas Kaputtes nicht nur wieder zusammenzusetzen, sondern daraus ein Kunstwerk entstehen zu lassen.«

»Ja, Narben sind einzigartig.«

Diese Aussage bewegt sich in einer so dunklen Grauzone, dass ich sie lieber unkommentiert lasse. Immerhin hat er noch nicht meinen ganzen Körper gesehen. Außerdem ist James ebenfalls der Ansicht, dass seine Schnitte und die damit verbleibenden Narben mich zu seinem Kunstwerk machen.

Erneut lasse ich meinen Kopf von rechts nach links wandern.

»Darf ich?«, fragt Ace, und ich blicke ihn fragend an. Er deutet auf meinen Nacken. »Darf ich dich massieren?«

Ich glaube nicht, dass irgendwer eine solche Frage verneinen würde, und doch muss ich einen Moment überlegen. Von Neuem den Mut aufbringen, zu springen. Zaghaft nicke ich ihm zu.

Als seine Haut auf meine trifft, habe ich überraschenderweise das Gefühl, endlich wieder genug Sauerstoff in meine Lungen zu bekommen, und ich keuche. Er beginnt sanft, meine Schultern zu massieren, und ich stöhne wohlig auf. Lasse zu, dass er meine unverdauten Emotionen, die mir Kopf- und Nackenschmerzen bescheren, einfach wegknetet. Unsere Haut ist ebenfalls ein Sinnesorgan, was viel zu oft – auch von mir – vergessen wird. Ich ließ meine Haut verkümmern, als ich sämtliche Berührungen aus meinem Leben strich. Etwas, das ich erst durch Ace verstanden habe.

Meine Muskeln entspannen sich immer mehr, und

mein Körper steht in Flammen, die mich nicht verbrennen, sondern einfach nur behaglich wärmen.

Tiefenentspannt drehe ich mich auf meinem Hocker zu ihm um, schaue in diese wunderschönen weichen graugrünen Augen. Mein Blick tastet über sein Gesicht und ich bleibe an seinen Lippen hängen. Erst gestern bin ich ihnen wahnsinnig nah gewesen, und der Gedanke daran löst ein ungewohntes Prickeln in mir aus. Als würden die Flatterwürmchen in meinem Bauchraum meine Eingeweide kitzeln.

Langsam, angezogen von dieser nicht in Worte fassbaren Energie zwischen uns, stehe ich auf und lege ihm eine meiner farbverschmierten Hände in den Nacken. Dabei lasse ich diese weichen, vollen und verheißungsvollen Lippen nicht aus den Augen. Wie von selbst stelle ich mich auf die Zehenspitzen und zucke heftig zusammen, als ein Bild plötzlich in meinem Kopf aufploppt. Ein Bild von Ace. Ace, der vor mir aus Ekel zurückweicht. Ace, dem der Schock ins Gesicht geschrieben steht. Ace, der …

Himmelherrgott, diese Bilder. Ich und mein Kopfkino, das mich unverrichteter Dinge wieder auf die Fersen sinken lässt.

»Es tut mir leid. Ich … ich wollte … aber … ich … du … es …«, stottere ich vor mich hin, ohne zu wissen, was ich überhaupt sagen möchte.

Etwas Undeutbares flackert in seinen Augen, und mein Herz schmerzt tief, dass er mit mir dieses ständige Hin und Her mitmachen muss. Er hat Besseres verdient. »Weißt du, manchmal wünsche ich mir, dass wir uns erst getroffen hätten, wenn ich wieder ganz bin. Es mir besser geht. Und nicht, wenn ich am Boden liege.«

Ace' Adamsapfel hüpft. »Ob am Boden oder nicht, geheilt oder nicht, schlecht drauf oder nicht, ich denke, dass es nie einen falschen Zeitpunkt gibt, um geliebt zu werden. Natürlich ist ein solcher Start nicht einfach, ich kann dich nicht heilen, das liegt in *deiner* Verantwortung, aber was spricht dagegen, wenn ich dich auf deinem Weg begleite?« Er umschlingt meinen kleinen Finger mit seinem. Unser Ding; zart, vorsichtig und irgendwie unglaublich intim.

Da kommt mir ein Gedanke, der schon länger in mir herumirrt. »Da gibt es tatsächlich etwas, was ich gern tun würde.«

»Okay ...?«

»Ich möchte wieder arbeiten«, platzt es aus mir heraus.

Verdutzt blinzelt er mich an. »Wieso?«

»Es ist einfacher, hierzubleiben. Mich in dieser Wohnung vor der Welt zu verkriechen, aber einfach ist nicht gleich richtig. Ich muss wieder raus und unter Menschen. Du weißt, was für große Probleme ich mit vielen Menschen und potenziellen Berührungen habe. Wenn ich heilen will, muss ich meine gemütliche Komfortzone verlassen. Außerdem muss ich wieder Geld verdienen, damit ich nicht für immer bei dir wohnen muss ...«

Ace seufzt. »Dein Mut beeindruckt mich immer wieder. Wer bin ich, dass ich mich dir in den Weg stelle? Ich will dir keine Angst machen, aber wir dürfen nicht vergessen, dass es gefährlich für dich ist, rauszugehen.«

Meine Schultern sinken herab. Er hat ja recht, aber ...

»Ich habe nicht gesagt, dass du es deswegen lassen sollst. Ich werde dir Frank mitschicken.«

»Hat jemand uns bisher als vermisst gemeldet?«, will ich wissen. Auch wenn er mir das vermutlich bereits gesagt hätte, falls es so wäre.

»Nein. Er hat dich im Café krankgemeldet, und Bella hat er in der Vorschule abgemeldet. Und obwohl wir froh sein sollten, dass er uns nicht die Polizei auf den Hals hetzt, macht es mich nervös. Denn er wird das nicht getan haben, um uns einen Gefallen zu tun, sondern weil er einen Plan hat.«

Der Wunsch, zu arbeiten, verschwindet nicht, aber ich sinke etwas zusammen, als ich mir meiner Situation wieder bewusst werde.

»Ich werde dich nicht in Gefahr bringen. Mit Frank an deiner Seite wird dir nichts geschehen.« Er sagt das mit einer Dominanz, die mir zumindest annähernd so was wie Sicherheit vermittelt.

Fünfzehn

Joyce

Z ufrieden stehe ich hinter dem Tresen eines süßen Cafés. Ace hat mir den Job besorgt, da er den Inhaber kennt, und so kann ich direkt zwei Tage später starten. Es ist nicht groß, aber überall stehen Pflanzen, und vereinzelte Glühbirnen hängen von der Decke. Alles in allem herrscht hier nicht nur durch die Einrichtung, sondern auch durch das Klima zwischen uns Mitarbeitern und Mitarbeiterinnen eine gemütliche Atmosphäre.

Mein neuer Chef ist supernett, und ich bin so dankbar für diese Möglichkeit, dass ich kaum Kapazität zum Aufgeregtsein habe.

Na ja, zumindest nicht so sehr. Bisher komme ich ganz gut klar, die Abläufe sind logisch und die Maschinen nicht schwer zu verstehen. Tatsächlich beruhigt mich auch Frank, der im hinteren Bereich an einem Tisch sitzt, Kaffee trinkt und die Umgebung im Blick behält.

Meine vierstündige Schicht vergeht im Nu, und ehe ich mich versehe, verabschiedet sich mein Boss von mir. »Ace hat recht gehabt, du bist wirklich eine Bereicherung für das Café. Das war super Arbeit. Hier ist dein Trinkgeld-Anteil.« Damit drückt er mir einen Haufen Scheine in die Hand. Ich weiß gar nicht, wohin mit mir. Das Kompliment lässt mich unruhig zappeln und fühlt sich einfach nur ungewohnt an.

»Vielen Dank, Mr Reed. Ich freu mich schon auf morgen«, bringe ich letztlich heraus.

»Ich habe dir doch gesagt, dass du mich Max nennen sollst, und ja, bis morgen.«

Ich schwebe geradezu aus dem Café und entdecke sogleich Ace' Camaro. Ein letztes Mal drehe ich mich um und blicke Frank den Schrank an. »Danke, dass du heute hier warst, das hat mir sehr geholfen.«

Frank verzieht keine Miene, nickt mir aber zu.

Ich steige zu Ace ins Auto und lächle ihn breit an.

Er schirmt seine Augen mit einer Hand ab, als würde ihn irgendetwas blenden.

»Was ist?«, frage ich.

»Hätte ich gewusst, dass Arbeiten ein so strahlendes Lächeln auf deine hübschen Lippen zaubert, hätte ich dich viel früher aus dem Haus gescheucht.«

Ich lache befreit auf. »Spinner.« Glückshormone hüpfen durch meinen Körper.

Und aus dem Nichts überschwemmt mich eine Welle des Mutes, und ehe ich weiter über die Konsequenzen nachdenken kann, umfasse ich Ace' Nacken und ziehe ihn so heftig zu mir, dass unsere Köpfe aneinanderstoßen.

Himmel, tut das weh! Ich stöhne und schlage mir die Hände vors Gesicht. Wie sehr kann man sich bei seinem ersten Kuss blamieren? Fragt Joyce Mitchell. Meine Wangen brennen lichterloh, und für einen kurzen Moment erwäge ich, aus dem Auto zu flüchten.

Ace schmunzelt leise, und ich brauche etwas, um zu verstehen, dass er nicht *mich* auslacht. Ich spreize meine Finger und blinzle zwischen ihnen hindurch.

Ace' hellgrüne Augen blitzen in dem dämmrigen Licht und er lächelt mich zärtlich an. »Wollen wir es noch mal probieren?«

Noch immer beschämt, nicke ich zaghaft, nehme aber meine Hände herunter, und dieses Mal lehnen wir uns gleichzeitig und langsam nach vorne.

Bis sich unsere Lippen treffen.

Am denkbar unromantischsten Ort aller Zeiten.

Zwischen vorbeirauschenden Autos und den flackernden Lichtern der Stadt.

Zwischen Kaffeeduft und Arbeitsstress.

Zwischen Scham und Verlangen. Leiser Angst und lauter Anziehung.

Zwischen Herzklopfen und heißen Wangen.

Doch sobald wir uns berühren, schaltet sich mein Verstand aus, meine Muskeln entspannen sich, und ich fühle nur noch. Seine weichen Lippen, den vorsichtigen Druck, seinen Daumen, den er an meinem Kinn platziert hat. Sein Dreitagebart kratzt über meine empfindliche Haut und ich genieße diese Reibung. Intuitiv öffne ich die Lippen und will ihn noch näher bei mir haben, so nah, wie ich niemals einem Menschen sein wollte. Noch nie habe ich mich so frei und lebendig gefühlt, so geborgen und sicher, so gesehen und ... geliebt?

Ace weicht ein Stück zurück, seinen Daumen noch immer an meinem Kinn. Verunsichert blinzle ich ihn an.

Fand nur ich den Kuss schön? Habe ich vielleicht was falsch gemacht? Was, wenn ...

»Wow«, raunt er.

Sämtliche Anspannung verschwindet und ich lächle ihn an. »Das ... fasst es gut zusammen.«

»Das müssen wir unbedingt wiederholen«, meint er.

»Unbedingt.«

Und wieder treffen unsere Lippen aufeinander, die Vorsicht ist verschwunden, abgelöst von einer feurigen Intensität, die mein rasendes Herz bestimmt nicht lange mitmachen kann.

Wir verlieren uns in unserem Kuss, und gleichzeitig habe ich das Gefühl, einen großen Teil von mir wiedergefunden zu haben.

Die Nacht war kurz. Ich habe völlig abgedrehten Mist von James geträumt, und das nach diesem zwar intensiven, aber doch wunderschönen Tag. Gott, ich packe das nicht mehr. Irgendwas muss geschehen. Ich bin schon zu weit gekommen, um jetzt an meinen Schlafstörungen und Albträumen zu scheitern. Vielleicht ist es doch an der Zeit, dass ich für mich einstehe, mich aus meiner passiven Opferrolle schäle und endlich wieder Kontrolle und Macht durch aktives Handeln bekomme.

Gedanklich ganz in mir selbst verheddert, sitze ich am Frühstückstisch, Ace mir gegenüber. Eigentlich bin ich davon ausgegangen, dass er wie immer Zeitung liest, aber als ich aufsehe, liegt sein Blick grübelnd auf mir.

»Was ist?«, raffe ich mich auf, zu fragen.

»Das frage ich dich. Ist es wegen des Kusses gestern?« Seine Brauen sind kritisch zusammengezogen.

»Nein! Auf keinen Fall. Das ist es nicht ... ich habe

nur ...« Noch immer ist da diese starke Unsicherheit, ob meine im Kopf reifende Idee der richtige Weg ist.

»Was hast du?« Er stützt seine nackten Unterarme auf den Tisch, und ich sehe die Entschlossenheit in seinen Augen, sehe seinen Körper, der quasi dafür gemacht ist, andere zu verletzen. Aber vor allem sehe ich die Sanftheit, die sein Herz umgibt, und das ist es doch, was zählt, oder?

»Vielleicht sollte ich doch zur Polizei gehen und ...« Ich zögere. Schon so lange lebe ich mit dem Gedanken, dass die Polizei mein Feind ist, dass ich nicht weiß, ob ich mein Misstrauen wirklich ablegen kann.

»Ich bin so stolz auf dich, Rojita. Ich denke, dass sich Hilfe zu holen der erste Schritt zu einem besseren Leben ist. Du musst ja nicht heute direkt eine Entscheidung treffen. Du kannst dann deine Aussage machen, wenn du dich dazu bereit fühlst. Und wenn du magst, werde ich dabei keine Sekunde von deiner Seite weichen.« Damit schließt er mich in eine feste Umarmung. Wie beim letzten Mal habe ich nicht das Gefühl, in seinen Armen gefangen zu sein, sondern einfach nur wertgeschätzt zu werden. Jahrelang hießen Berührungen für mich Schmerz.

Nun lerne ich nach und nach, dass sie so viel mehr sein können.

Berührungen sind Freude.

Berührungen sind Trauer.

Berührungen sind Freundschaft.

Berührungen sind Liebe.

Für mich sind sie momentan aber vor allem eins – Heilung.

Diesen Abend frage ich ihn, ob er nicht wieder bei mir im Bett schlafen möchte.

KAPITEL
Sechzehn

James

M *eins.*
Schon seit einigen Stunden beobachte ich Joyce dabei, wie sie arbeitet. Ich sitze auf einer Bank an der Straße ihres Cafés.

Mittlerweile habe ich herausgefunden, dass sie einen Bodyguard hat. Durch ein paar Nachforschungen und mithilfe der Polizeidatenbank habe ich herausgefunden, dass er ein Veteran ist. Ich brauche also einen guten Plan, um ihn loszuwerden.

Wen das dumme Gör wohl zwischen ihre Beine gelassen hat, um sich so was leisten zu können? Sie lächelt einen Kunden an und es werfen sich hässliche Falten um ihre Narbe.

Das Mal in ihrem Gesicht verstimmt mich. Denn es ist ein Ausrutscher gewesen. Seit Ewigkeiten arbeite ich an meinem Kunstwerk, an *ihr*. Es hat Jahre gedauert, Schnitt für Schnitt so zu perfektionieren. Jeder Schnitt ist genauestens platziert, exakt fünf Zentimeter lang und einen Zentimeter parallel vom nächsten entfernt.

Bis jetzt hatte keiner, abgesehen von meinem besten

Freund aus Kindertagen, das Vergnügen, meine Schöpfung bewundern zu können. Er hat mich in meiner Kindheit zu seiner Mom gebracht, wenn mein Erzeuger mich wieder grün und blau geschlagen hat. Die Díaz' haben für mich gesorgt, wo es kein anderer getan hat. Ohne meinen Freund wäre ich nicht mehr am Leben, daher teilte ich meine größte Kreation mit ihm. Und für das, was ich vorhabe, brauche ich seine Hilfe. Dafür wird er sich zusammen mit mir an Joyce austoben dürfen.

Bis zum heutigen Tag musste ich geheim halten, wie schwierig es ist, so perfekte Schnittwunden auf einem menschlichen Körper zu hinterlassen.

Es ist Kunst. Eine Wissenschaft. Immer mit dem gleichen Druck muss man seinen Pinsel über die Leinwand gleiten lassen. Nie darf es zu viel Druck sein, sonst sind die Narben am Ende unterschiedlich dick.

Joyce ist die optimale Leinwand. Sie hat eine hinreißende weiße Haut, die auf Verletzungen mit hellrosa Malen reagiert, die wunderbar zu ihrem dunkelroten Haar passen.

Und wie gesagt, erst hat mich die Entstellung ihres Gesichtes fuchsteufelswild gemacht, nun betrachte ich sie jedoch als persönliche Signatur auf ihr. Diese Narbe gibt *meinem* Werk einen kleinen Makel, der es zu *meinem* macht.

Bald schon, ja, bald werde ich mein Kunstwerk vollenden können.

KAPITEL
Siebzehn

Joyce

Verträumt blinzle ich ins Nichts. Noch immer spüre ich Ace' Lippen auf meinen. Den Ausdruck meiner ... seiner ... *unserer* Gefühle zueinander. Niemals hätte ich gedacht, dass ich einen Mann küssen könnte. Und dazu einen mit Wutproblemen. Der Gedanke, jemanden so nahe an mich heranzulassen ... Ich schaudere. Bei Ace sind diese Ängste und unschönen Empfindungen einfach im Eifer des Gefechts verpufft.

»Schnell! Wir brauchen Hilfe! Um die Ecke ist ein riesiger Autounfall und ein kleines Kind ist im Wagen eingeklemmt. Die Polizei ist unterwegs, doch wir haben keine Zeit mehr«, platzt eine Frau, die ins Café gestürmt kommt, in meine Überlegungen. Sie ist ganz außer Atem und stützt sich auf ihre Oberschenkel. Mein Blick schweift durch das Café, welches bis auf Frank und einen weiteren Mann leer ist. Letzterer steht längst auf den Beinen. Ich schaue Frank auffordernd an, der zögerlich aufsteht.

»Kommen Sie! Ich bitte Sie«, drängelt die Frau.

Frank schaut weiterhin unschlüssig zwischen mir und ihr hin und her.

»Nun geh schon! Du bist ja gleich wieder da«, ermuntere ich ihn, da mir die Verzweiflung der Frau sehr nahegeht.

Er nickt mir zu und verschwindet. Mein Chef Max ist bereits vor einer Viertelstunde gegangen, um Pause zu machen, da heute so ein besucherarmer Tag ist. Mit einem Schlag wird mir bewusst, dass ich nun allein bin. Himmel, darüber habe ich überhaupt nicht nachgedacht! Aber aus dem Laden und meinem Bodyguard hinterherrennen kann ich auch schlecht.

Unbehaglich ziehe ich die Schultern hoch und lenke mich ab, indem ich die saubere Theke schrubbe. Ich bin so vertieft in meine Befürchtungen und das Putzen, dass ich die Tür gar nicht aufgehen höre, bis ...

»Da bist du ja, liebste Tochter. Traurig, dass man einen ganzen Autounfall initiieren muss, um dich zu sehen.«

Ich wirble herum und stehe meinem Höllenwärter gegenüber. Lässig steht er mit seiner Polizeiuniform im Eingang. Übelkeit steigt in mir auf. Meine Armhärchen stellen sich auf.

Mein Verstand schreit mir zu, ich solle fliehen. Doch mein Körper ist zu einem Soldaten erzogen worden. Ein Soldat, der nur auf seinen Befehlshaber – meinen Vater – hört.

Langsam kommt er näher, und mit jedem Schritt seinerseits wird das brennende und ätzende Gefühl in meinem Magen stärker. Mein schlimmster Albtraum erfüllt sich, und etwas sagt mir, dass James meine Vorstellungen noch übertreffen wird.

Seine widerliche Hand streicht sachte über meine versehrte Wange. Ich habe das Gefühl, vor Ekel kotzen zu müssen, aber ich stehe nur regungslos da wie eine Statue.

Ich schreie. Innerlich.

Ich rufe nach Hilfe. Innerlich.

Ich wehre mich. Innerlich.

Leider dringt kein einziger Mucks über meine Lippen. Ich versuche, sie auseinanderzubewegen, sie sind jedoch wie zugeklebt.

Flucht? Ausgeschlossen mit Muskeln wie Pudding.

Kampf? Keine Chance ohne Kontrolle über den eigenen Körper. Also bleibt mir nur das, was ich immer tue. Was ich bereits kenne und wofür ich mich niemals bewusst entscheide – ich erstarre.

Ich habe das Gefühl, als würde ich aus meiner physischen Gestalt fahren und alles von außen betrachten. Ich bin nicht in meinem Körper gefangen, ich bin aus ihm ausgesperrt. Egal, wie laut ich schreie, wie stark ich auf meine eigene Brust eintrommle, wie sehr ich an meinem eigenen Arm ziehe, nichts geschieht. Gar nichts. Ich. Stehe. Einfach. Nur. Da.

»Es wird Zeit, dass du nach Hause kommst, Joyce.«

Was soll das? Wach auf! Wehr dich! Renn weg. Doch nichts davon kommt bei meinem Körper an. Kein Muskel zuckt, und wieder bin ich nicht mehr Herr meiner selbst.

Dazu hat er mich gemacht, denke ich voller Selbsthass. Zu einer willenlosen Puppe. Und ich kann nichts dagegen tun.

Wie durch Watte nehme ich wahr, dass wir in James' Auto steigen. Ich sitze hinten, während mein Körper vorne auf dem Beifahrersitz verharrt. Ich zerre an der Autotür, aber ohne mein physisches Sein kann ich nichts ausrichten.

»Haste vergessen, wem du gehörst? He? Muss ich dir Manieren beibringen?« Wir fahren nach Harlem, anstatt jedoch in unsere Straße einzubiegen, fährt er weiter. Wir passieren einen fröhlich blühenden Kirschblütenbaum neben einem abbruchreifen Gebäude. Ein weißes Haus, das einen neuen Anstrich vertragen könnte, zieht an mir vorbei. Berge aus Müll, zwischen denen Kinder spielen, sind zu sehen.

James hält vor einem heruntergekommenen Haus. In den tiefsten Tiefen meines Unterbewusstseins kreischt es, dass wir hier schon mal waren und dass das nicht gut für uns enden wird.

Ich blinzle und finde mich plötzlich in einem Keller wieder, keine Ahnung, wie ich hierhergekommen bin. Wenn ich in meinen tranceartigen Zuständen bin, habe ich oft Gedächtnislücken. Als würde sich meine Seele zwischenzeitlich zurückziehen, weil sie weiß, dass ich das sonst nicht überlebe.

Komischerweise sperrt er mich aber nur in den dunklen Raum ein und geht dann.

Dunkelheit. Nichts als Dunkelheit. Nur ein kleiner Lichtstrahl fällt durch ein vergittertes Fenster in das Loch. Mein Körper und ich lehnen Schulter an Schulter an einer Wand. Schatten scheinen in jeder Ecke auf uns zu lauern. Sie warten, bis sie uns endlich angreifen können. Immer näher dränge ich mich an meinen unbewohnten Leib. Am liebsten wäre ich in ihn hineingekrabbelt, denn ohne ihn bin ich wehrlos. Angst greift mit ihren gierigen scharfen Klauen nach mir. Ich wimmere. Auch mein Körper windet sich nun, versucht sich irgendwie aus dieser Situation zu befreien. Seine Nägel kratzen über den Boden. Hinterlassen blutige

Schlieren, die selbst durch die Düsterkeit sichtbar sind. Ich schließe die Lider. Aber es macht keinen Unterschied. Die Finsternis verschwindet nicht, als ich sie wieder öffne.

Ich bin allein. Allein, allein, allein. Ich liebe es eigentlich, allein zu sein. Unter Menschen bekomme ich oft keine Luft. Doch in diesem Moment hätte ich mich in jede noch so aggressive Menschenmenge geworfen, nur, um nicht allein zu sein. In jedem Fall hätte ich meine in Menschenmassen aufkommende Atemlosigkeit *diesem* Gefühl vorgezogen.

Diesem Schauern, das mich wie aus dem Nichts heimsucht.

Diesem Brennen hinter meinen Augen.

Diesem tennisballgroßen Kloß in meinem Hals, der immer weiterwächst. Und jedes Mal, wenn ich denke, ihn erfolgreich heruntergeschluckt zu haben, ploppt er wieder wie ein Ball, den ich unter Wasser drücken will, nach oben.

Dieser Kälte, die tief aus meinem Innersten strahlt.

Ace

Einige Stunden zuvor

Ich lehne mich in meinem großen Schreibtischstuhl zurück.

Es ist geschafft! Meine Angestellten sind für morgen instruiert, Brick, der neue Manager für das *Galaxy*, war eben zum Unterschreiben des Vertrags hier, und nun können die Pforten des *no limits* eröffnet werden.

Ich warte auf die Zufriedenheit in mir, weil ich das erreicht habe, was ich mir vorgenommen habe. Dass es nach allem genug ist und sich die Leere in mir füllt. Ich mich beruhigt zurücklehnen kann, weil ich meinen Eltern bewiesen habe, dass ich es wert war, von ihnen gerettet zu werden.

Aber die Leere bleibt, der Drang nach mehr wird stetig stärker, als würde man bei unbändigem Durst Salzchips in sich hineinstopfen. Obwohl ... da ist noch was ... etwas, das kontinuierlich durch meinen Geist wabert. Der Kuss mit Joyce. Das Nichts in mir wird belebt mit Herzwärme, wenn ich mir überlege, wie sehr sie mir mittlerweile vertraut, wie sehr sie mich an sich ranlässt. Bei ihr habe ich nicht das Gefühl, mir irgendwas verdienen zu müssen. Bei ihr kann ich einfach ich sein und werde dennoch mit ihrer Nähe und Zuneigung beschenkt.

Mein Telefon klingelt, und mein Magen grummelt,

als ich sehe, dass Frank mich anruft. Denn er würde sich nicht melden, um Kaffeeklatsch zu halten.

»Was ist passiert?«, frage ich ohne Umschweife.

»Miss Mitchell ist verschwunden, Sir.«

Mein Herz stockt, und das Rauschen in meinen Ohren lässt mich hoffen, dass ich ihn falsch verstanden habe. »Was verdammt noch mal ist geschehen?«, donnere ich so laut in den Hörer, dass es mich nicht wundern würde, wenn Frank einen Hörsturz bekäme.

»Ich war nur kurz weg, weil es einen großen Verkehrsunfall gegeben hat und ...«

Er hat sie allein gelassen? »Mierda! Wir müssen sie finden! Wo sind Sie?«, unterbreche ich ihn harsch. Sie ist weg. Sie wollte nur arbeiten, und jetzt ist sie weg. Ich zittere ... vor Angst ... vor Wut ... vor Ohnmacht ... vor diesem Gefühlsmonster in mir, das alles verschluckt. Mir ist klar, dass ihr etwas passiert sein muss. Sie würde Isabella niemals zurücklassen.

»Auf dem Revier im Central Park West. Ich mache gleich meine Aussage zu der mutmaßlichen Entführung.«

Mutmaßlich. Mir wird übel bei diesem Wort.

»Gut, ich fahre gleich los und treffe Sie da«, verabschiede ich mich. Entschlossenheit stählt meine Adern und Muskeln. Ich werde ihre Rettung nicht nur der Polizei überlassen. Die haben schließlich kein persönliches Interesse an ihrem Wiederfinden. Hastig wähle ich die einzige Nummer, die mir momentan logisch erscheint.

»Black«, blafft die Stimme meines Freundes sympathisch wie eh und je.

»Ich bin's, Dev.«

»Verdammt, Ace. Was willst du? Ich bin eben erst ins Bett gegangen ...«

Ich lasse ihn gar nicht erst zu Ende reden. »Joyce ist verschwunden.«

Scharfes Luftholen. »Okay, ich mach ein paar Anrufe, um herauszufinden, ob meine Männer wissen, wo James ist.« Damit legt er auf. Er ist kein Typ vieler Worte, redet nie um den heißen Brei herum, sondern handelt einfach.

Verzweifelt raufe ich mir die Haare mit bebenden Händen. Ich will mir gar nicht vorstellen, was sie gerade durchmachen muss. Ich springe von meinem Stuhl auf und wandere auf und ab. Verflucht, ich kann wenigstens schon mal losfahren.

Auf dem Weg zu meinem Auto klingelt mein Handy erneut. »Ja«, melde ich mich knapp.

»Keiner seiner Kollegen hat ihn gesehen. Er hat sich für unbestimmte Zeit Urlaub genommen und sich seitdem nirgends gemeldet. Er hat keine weiteren Immobilien und soweit ich weiß auch keine engen Freunde oder irgendwelche Verwandten. Seit du mich gebeten hast, ihn im Auge zu behalten, observiert einer meiner Shadows seine Wohnung, und der hat ihn den Wohnblock nicht verlassen sehen.«

»Also wissen wir nicht, wo er sich befindet«, fasse ich die Scheiße zusammen, die er mir serviert.

»Er könnte wer weiß wo sein. Vor allem, wenn er etwas versteckt, was er nicht wieder hergeben will«, stimmt er sachlich zu.

Irgendwas schließt in mir kurz. »Sprich nicht so über sie, als wäre sie ein scheißverdammter Gegenstand«, explodiere ich.

Schweigen.

Nichts anderes habe ich von Dev erwartet. Chazz hätte mir den Arsch aufgerissen, aber Devron bestraft mich einfach mit Stille.

Tief durchatmend kneife ich mir in die Nasenwurzel und steige dann in meinen Wagen. »Sorry, meine Nerven liegen blank.« Ich umgreife mit zitternden Händen das Lenkrad und starte den Motor. Jetzt ist keine Zeit für Schwäche. Ich muss mich zusammenreißen – für sie.

»Krieg dich unter Kontrolle, wenn du helfen willst. Wo treffen wir uns?«

»Bei der Polizei im Central Park West. Sagst du Chazz Bescheid?«

Ein Brummen ist seine Antwort, bevor er auflegt.

Wie ein Irrer rase ich durch die Stadt und werde nur durch Glück nicht angehalten. Ich halte vor der Wache am Central Park, nahe des Cafés, in dem Joyce nun eigentlich arbeiten sollte.

Mit mehr Kraft als nötig reiße ich die Tür des Polizeireviers auf und werde mit einem bösen Blick des Polizisten am Empfang bestraft.

»Joyce Mitchell. Meine ... Freundin ist verschwunden. Mein Security-Chef Frank Anderson sollte bereits hier sein.«

Der Mann nickt geschäftig. »Ja, natürlich. Er ist derzeit in einer Befragung. Bitte nehmen Sie solange im Foyer Platz. Mein Kollege kommt zu Ihnen, sobald er fertig ist, und erklärt Ihnen, wie es weitergeht.« Seine Ruhe und Freundlichkeit bringen mich innerlich zum Schäumen. Wie kann er ruhig und freundlich sein, wenn das Wichtigste in meinem Leben in Gefahr schwebt?! Nur mühsam schaffe ich es, den roten Schleier der Wut beiseitezuschieben und mich tatsächlich hinzusetzen, obwohl alles in mir schreit, loszurennen. Keine Ahnung wohin, einfach nur weg. An einen Ort, an dem Joyce nichts passieren kann.

Ich warte und warte ... und warte. Der Zeiger einer Uhr mir gegenüber tickt von Sekunde zu Sekunde langsamer, und ich habe das Gefühl, dass er gleich stehen bleibt. Ein Blick auf mein Handy verrät mir, dass mit der

Uhr alles in Ordnung ist und ich nur durchdrehe. Mierda, ich sitze hier gemütlich rum, während Joyce gerade sonst was erleiden muss.

Bitte lass es ihr gut gehen. Bitte lass es ihr gut gehen ... Bitte ...

Meine Beine beben, meine Hände zittern und meine Faust schreit nach dem nächsten Schlag.

Was ist, wenn es ihr nicht gut geht?

Was ist, wenn sie verletzt auf dem Boden liegt und sich allein nicht mehr aufrappeln kann...

Was ist, wenn ... wenn ... wenn sie tödliche Verletzungen hat oder noch schlimmer ... bereits tot ist?

Sie ... blutend auf der Erde.

Sie ... völlig verängstigt gegen eine Wand gedrängt.

Sie ... Schnell kneife ich die Augen zusammen, um die schrecklichen Bilder aus meinem Kopf zu verbannen.

KAPITEL
Achtzehn

Joyce

Verschluckt von der Dunkelheit, die nun nicht mal mehr von Tageslicht durchbrochen wird, sitze ich noch immer in meiner Ecke. Ich kann meine eigene Hand vor den Augen nicht sehen. Nur Schwärze, sowohl von außen als auch innen. Ich weiß nicht, ob ich verängstigt oder wütend bin. Verloren oder einsam. Hoffnungslos oder mutlos. Wie fühlt sich das überhaupt an? Gefühle? Ge- und -Fühle? Was bedeutet das schon? Ein er*lebt*er Zustand? Aber wie *fühlt* es sich an, am Leben zu sein? Müsste sich nicht irgendwas in mir regen? Irgendwas, das einen Unterschied zwischen mir und einem Zombie darstellt? Zwischen mir und einer Maschine?

Wenn das hier wirklich der Tod ist, bin ich maßlos

enttäuscht. Irgendwie habe ich ihn mir ... erlösender vorgestellt.

Und dann geschieht es. Die Kellertür öffnet sich. Quietschend. Schneidend durch die dichte Stille. Das bisschen Licht, das in den Raum fällt, blendet mich so stark, dass ich meine Augen zusammenkneife, damit das schmerzhafte Ziehen verschwindet. Wann hat mein Körper beschlossen, dass er mich wieder in sich hausen lassen will?

»Guck mal, wen ich mitgebracht habe. Kennst du ihn noch?«

Ein Mann tritt in die Tür, und im ersten Moment erkenne ich nur seine Silhouette. Das Licht bricht um ihn herum, als wäre er Gott. Als er weiter vortritt und sein Schatten sich mit Details füllt, wird mir klar, dass er wirklich eine Erscheinung ist. Des Teufels Bruder grinst mich lässig an, und ich zucke so heftig zusammen, dass sämtliche Muskeln in mir protestierend aufschreien. Sauerstoff? Fehlanzeige. Meine zugeschnürte Kehle verwehrt mir das lebensnotwendige Gasgemisch. Herr im Himmel, wie hatte ich diesen Mann nur vergessen können? Das erste Mal habe ich ihn kurz nach dem Tod meiner Mom gesehen. Ich war fünfzehn Jahre alt, und er hatte großen Spaß daran, seine Zigaretten auf meiner Haut auszudrücken, zuzuschauen, wie ich mich vor Qual gewunden habe. Seither verfolgen mich diese intensiven graugrünen Augen, die einer Raubkatze gleichen. Dieses wunderschöne sanfte und im Kontrast zu den dunklen Haaren doch stechende Grün.

Von da an habe ich panische Angst vor Panthern, wobei ich mir sicher bin, dass die Tiere niemals zu solchen Taten fähig wären wie die Person vor mir.

Ich kenne dieses Haar, die gerade Nase, den markanten Kiefer ... und, ja, auch diese Augen, die mich das Fürchten und Lieben lehrten.

Mein Leben ... all die Fortschritte der letzten Tage ... meine Erkenntnisse ... mein Wachstum habe ich vorsichtig und mühsam wie ein Kartenhaus aufgebaut. Und Enrique, der Ace so sehr ähnelt, dass er sein leiblicher Vater sein könnte, zieht lachend die unterste Karte raus.

Ace

»Was heißt, dass Sie sie nicht suchen werden?!« Meine Faust donnert auf den Tisch zwischen dem Polizisten und mir.

»Ace, beruhig dich.« Devrons schwere Hände landen auf meinen Schultern und drücken mich einerseits beschwichtigend, aber auch warnend in den Stuhl.

»Mr Sanchez, Miss Mitchell ist eine erwachsene Frau. Es gibt keinen Augenzeugen, der gesehen hat, dass Gefahr für sie im Verzug ist. Ich werde unseren Streifenwagen die Beschreibung von Miss Mitchell durchgeben und sie bitten, nach ihr Ausschau zu halten. Wenn sie binnen vierundzwanzig Stunden nicht aufgetaucht ist, schauen wir weiter. Doch aus Erfahrung kann ich Ihnen sagen, dass die meisten Vermissten ...«

Ich blende die Stimme des Officers aus. Das Problem ist, dass ich mich dazu entschieden habe, ihnen nur von

Joyce' Verschwinden zu erzählen und dass sie Streit mit ihrem Vater hat. Die Misshandlungen, die Flucht und alles Weitere habe ich ausgeklammert. Wieso? Wegen Isabella. Wenn ich jetzt mit der Wahrheit herausrücken würde, würden sie uns Bella wegnehmen. Wer sagt mir, dass sie nicht in einer grausamen Pflegefamilie landet, wie es Cat einst passierte? Ich habe bereits eine der beiden verloren, ich werde nicht noch mehr aufs Spiel setzen.

Keine Ahnung, ob das die richtige Entscheidung ist. Keine Ahnung, was wir machen, wenn wir Joyce gefunden haben. Keine Ahnung, was die nächsten Stunden mit sich bringen. Ich weiß gerade gar nichts mehr.

Devron, Chazz, Frank und ich verlassen das Polizeirevier.

»Und nun?«, will Chazz wissen.

Frank und Devron tauschen einen Blick. »Wir werden derweil versuchen, Mr Mitchell zu finden.« Devron nickt meinem Sicherheitschef zu.

»Was soll ich machen?« Ich erkenne meine eigene Stimme nicht wieder. Sie ist rau und kraftlos, sämtliche Energie verschwunden.

»Nach Hause gehen. Warten. Auf ein Zeichen von uns und auf die Eröffnung des *no limits* heute Abend«, befiehlt mir Dev.

Mierda! Das habe ich vollkommen verdrängt. Der Club geht mir zurzeit auch ziemlich am Arsch vorbei.

»Ich stimme Ihrem Freund zu, Sir. Sie können gerade nichts machen, außer zu warten. Wir halten Sie wegen allem auf dem Laufenden. Und wegen nachher … Sie müssen nicht feiern, nicht gut drauf sein und auch sonst nichts tun, Ihre Angestellten sind bestens instruiert, aber dort können Sie heute am meisten bewirken. Und lassen Sie uns unseren Job machen und Ihre Freundin finden.«

Alles in mir grummelt. Chazz klopft mir aufmunternd auf die Schultern. »Sie haben recht. Was willst du sonst machen? Ziellos durch die Gegend irren und sie suchen? Lass die zwei ihren Job machen und wir machen unseren. Ich treffe dich heute Abend im *no limits*, dann bist du nicht allein.«

Ich nicke den dreien taub zu und quetsche ein »Danke« hervor. Steifen Schrittes laufe ich zu meinem Camaro und fahre wie auf Autopilot zu meinem Penthouse. In der Tiefgarage parke ich und gehe durch den Flur zu dem Aufzug.

»Ah, Mr Sanchez! Die Blumen, die Sie für Ihre Freundin gekauft haben, sind hier«, hält mich Peeta auf und drückt mir fünfzig rote Rosen an die Brust. Mir ist ganz kalt, und ich blicke auf die Blumen herab, die ich am Morgen per Kurier bestellt habe. Ich wollte Joyce eine Freude machen, versuchen, ihr zu helfen, der Wohnung mehr Leben einzuhauchen.

Ich nicke dem älteren Mann, der mich mit gerunzelter Stirn betrachtet, nur stumm zu und trete wortlos in den Fahrstuhl.

Meine Hand verkrampft sich um den Strauß, und ein Dorn, den der Florist wohl übersehen hat, bohrt sich in meine Hand. Ich heiße den spitzen Schmerz willkommen, der mich zumindest kurz von meinen innerlichen Qualen ablenkt.

Als sich die Türen endlich öffnen, reißt etwas in mir auf, und ich werde von einer Flut Gefühle überrollt, die ich aufgrund der ständigen Anwesenheit anderer Menschen bis jetzt verdrängt habe.

Mit einem Schrei schleudere ich den Strauß auf den Boden meines Flurs. Die Blumen rutschen über die Fliesen und hinterlassen eine Spur aus blutroten Blättern. Ein Bild von Joyce auf der Erde mit einer Blutspur zu ihren Füßen blitzt durch meinen Geist.

Brüllend lasse ich mich auf die Knie fallen, kralle meine Hand auf Herzhöhe in mein Hemd. Irgendwas in mir scheint in Flammen zu stehen. Es kommt aus der Nähe meines Pumpmuskels und breitet sich überall in mir aus.

Keine Ahnung, wie lange ich so dasitze, die Zerstörung in mir wüten lasse. Plötzlich schießt mir etwas durch den Kopf. Isabella! Ich muss unbedingt zu ihr! Ich zerre mein Handy aus der Anzugtasche und wähle die Nummer meiner Schwester.

»Hey«, meldet diese sich sogleich.

»Joyce wurde entführt. Ich muss mit Isabella reden. Ich muss ...«

»Shit! Was ist passiert?«

Ich erzähle ihr kurz, was sich zugetragen hat. »Kann ich vorbeikommen?«

Amira seufzt. »Ich will dich nicht bevormunden, letztlich ist es deine Entscheidung. Aber denkst du wirklich, dass das Sinn macht? Bella ist hier richtig aufgeblüht. Du bist wahnsinnig aufgewühlt, wenn du jetzt mit ihr redest ...«

Ich raufe mir wieder die Haare. »Was soll ich machen, hm? Ich weiß nicht, was ich machen soll, ich ...« Heftig schlucke ich. Es gibt für mich kein schlimmeres Gefühl als diese Hilflosigkeit. Das letzte Mal habe ich sie in meiner Kindheit gespürt, und danach hat mein Unterbewusstsein beschlossen, dass es mich besser schützen kann, wenn es die Wut vor alles und jeden schiebt. Ja, sie war immer etwas zu intensiv und oft nicht gerechtfertigt, doch mit ihr habe ich mich stark gefühlt. Und nun? Ich ringe nach Luft. Nun bin ich nicht viel besser als der kleine schwache Junge von damals. Ich fühle mich jämmerlich.

»Hey! Ich verstehe, dass das ein mehr als beschissenes Chaos ist. Dass du überfordert bist. Deswegen habe ich einen Vorschlag: Konzentrier dich darauf, Joyce zu finden und heute Abend deinen Club zu eröffnen, und überlass Bella mir. Ich habe sie mit zu mir genommen, damit sie sich von dieser ganzen gefährlichen und belastenden Situation distanzieren und wieder Kind sein kann. Hier ist sie sicher – physisch und psychisch. Ich kenne dich! Du wirst Joyce zurückholen, so schnell wie möglich.«

Ihre Worte erfüllen mich mit neuer Energie und einer Prise Hoffnung. Sie hat recht! Ich werde erst ruhen, wenn Joyce wieder bei mir ist. Und wahrscheinlich sollte ich tatsächlich ins *no limits*. Was bringt es schon, wenn ich andere Leute verrückt mache? Da kann ich genauso gut meine Eröffnung überwachen.

Laute Basstöne vibrieren durch den ganzen Club. Die Spiegelscherben, die von der Decke hängen, glitzern geheimnisvoll und reflektieren das spärliche Licht.

Ehrlich gesagt weiß ich gar nicht, wie ich es zum *no limits* geschafft habe. Es ist, als hinge ich an unsichtbaren Fäden und irgendeine höhere Macht lässt mich parieren, wie es ihr gefällt.

Ich stehe im VIP-Bereich, zu dem heute keiner außer Chazz und mir Zugang hat. Gemeinsam lehnen wir an der Brüstung und schauen herab auf Hunderte von Köpfen. Der Abend ist ein voller Erfolg, und dennoch bleibt in mir nur das Gefühl zurück, alles verloren zu haben. Ich nippe hin und wieder an meinem Glas Scotch. Nicht genug, um betrunken zu werden, aber doch ausreichend, um meine Nerven ein wenig zu beruhigen.

Obwohl es sich mehr als falsch anfühlt, hier zu sein und den glücklichen, feierwütigen Menschen beim

Tanzen zuzuschauen, werde ich mich nicht von der Stelle bewegen. Hier bin ich wenigstens nützlich, sollte es einen Notfall geben. Zu Hause sitze ich nur rum und muss die Leere meiner Wohnung ertragen.

»Dev und Frank werden ihn und somit sie finden, Ace«, beschwichtigt mich Chazz, der bisher untypisch still gewesen ist.

Ich bin mittlerweile so angespannt wie während eines Kampfes im Käfig. Denn genau das ist das hier, ein Kampf. Nur dass es keine Regeln gibt, die den Tod anderer verbieten.

KAPITEL

Neunzehn

Ace

Ich stehe noch immer an der Brüstung mit dem gleichen Glas Scotch. Mittlerweile sind wir allein. Keine Feiernden, keine Angestellten, nur Chazz und ich. Wir verharren hier wie Soldaten, die in den Krieg gerufen werden.

Ich habe die ganze Nacht genutzt, um zu atmen, meine Mitte wiederzufinden und mich mit meiner Wut zu stählen. Mein Geist ist klar, keine armseligen Gedanken mehr, nur noch tiefste Entschlossenheit und Überzeugung, dass ich Joyce zurückholen werde.

Mein Handy klingelt, ruhig gehe ich ran.

»Wir haben ihn! Einer meiner Shadows folgt ihm mit dem Auto. Bin in wenigen Minuten bei euch«, brummt Devron und legt wieder auf.

Mit starrer Miene drehe ich mich zu Chazz, der mich erwartungsvoll anschaut. »Einer von Devs Männern hat James gefunden. Devron holt uns gleich ab.«

Chazz seufzt erleichtert auf. »Na Gott sei Dank! Los, wir warten vor dem Club.«

Als wir nach draußen treten, blendet mich die Mittagssonne, als wolle sie mich verspotten. Devrons Jeep kommt um die Ecke und bleibt quietschend vor uns stehen.

Chazz und ich springen rein und Dev drückt sogleich wieder aufs Gas.

»Shadow vier ist ihm von einem Supermarkt in Harlem gefolgt. Zwischenzeitlich hat er ihn kurz verloren. Aber da James ihm nach wenigen Minuten wieder entgegenkam, muss er die Einkäufe in einem Umkreis von einer Meile untergebracht haben. Mein Mann observiert ihn weiter, und wir suchen nun nach dem Haus, in dem Joyce festgehalten wird«, informiert er uns. Es ist nur selten, dass er so viel spricht. Wir fahren an weiß blühenden Bäumen, Bruchbuden, Häusern, die mal wieder gestrichen gehören, und Müllbergen, die als Kinderspielplätze zu dienen scheinen, vorbei. Und ich bete, dass wir nicht zu spät kommen.

Joyce

Ich kann nicht mehr.

Ich. Kann. Nicht. Mehr.

Kann. Nicht. Mehr.

Kann. Nicht.

Nicht. Mehr.

Alles tut weh.

Tut weh.

Weh.

Irgendwas stimmt in meiner Brust nicht.

Sie brennt.

Ich kratze mich vom Boden auf.

Samt Seele.

Schmerzen.

Mein Herz schlägt.

Noch.

Das Brennen wird schlimmer.

Heißer.

Machtvoller.

Dann wird es mir klar.

Es ist nichts, was ich von mir selbst kenne. Es ist Wut.

Ich zittere vor Wut.

Ich werde nicht hier sterben.

Nicht nach allem, was ich bereits überlebt habe.

Ich stehe auf.

Schwanke.

Schmerzen.

Schaffe es, einen Schritt zu tun.

Ein Schritt Richtung Kampf.

Richtung Niemand-außer-mir-selbst-kann-mich-retten-also-kämpfe.

Denn da ist etwas in meiner Brust.

Nicht für andere.

Nicht für Bella.

Nur für mich.

Ein keimender Samen.

Zart.

Und doch unglaublich stark.

Lebenshunger.

Und er wird gedüngt von meiner Wut.

Ich kann vielleicht nicht mehr, aber ich will wieder können.

Noch ein Schritt.

Noch einen.

Noch. Einen.

Ich stoße an eine Treppenstufe.

Ein Wackler.

Schmerzen.

Steige empor.

Der Samen in mir sprießt.

Die Wut schenkt mir Kraft.

Weiter.

Und weiter.

Stöhnend.

Schnaufend.

Bis zu einer Tür.

Meine Hand landet auf der Klinke.

Drückt sie.

Nach unten.

Und die Tür?

Sie ist verschlossen.

Natürlich.

Doch kein Schloss wird mich nun aufhalten können.

Ich werfe mich gegen die Tür.

Meine Schmerzen zwingen mich beinahe in die Knie.
Ich ignoriere sie.

Ramme die Tür immer und immer wieder.

Mache das Unmögliche möglich, als Holz splittert.

Die Tür gibt nach. Niemand hat mit meiner Gegen-
wehr gerechnet.

Und ich?

Ich stolpere in die Freiheit.

Ace

Einige Stunden fuhren wir durch die Gegend, bis wir uns
sicher waren, das richtige Haus gefunden zu haben.

Wir stehen mit Devs Auto vor einem ranzigen Haus
in einem heruntergekommenen Viertel in East Harlem.
Ein Fenster ist eingeschlagen und nur mit einer Plane
verschlossen. Die Tür und auch das Dach sehen nicht
mehr allzu stabil aus, ach was, das gesamte Haus müsste
erneuert werden.

Alles in allem wirkt es wie ein Geisterhaus aus einem
schlechten Horror-Film. Die ganze Straße ist verlassen.
Man könnte meinen, die Zeit wäre hier gestoppt worden.

»Ich bin mir nicht sicher, ob sich in dieser Straße

überhaupt irgendwas Lebendiges aufhält«, bringt Chazz zweifelnd hervor.

Ich ignoriere ihn, denn obwohl wir noch keinen Beweis für ihren Aufenthalt in diesem Haus haben, schreit mir jede Faser meines Körpers zu, dass sie hier ist. Sie muss einfach.

Und dann tut sich etwas. Ein Schatten huscht hinter dem Planen-Fenster lang. Gerade als ich denke, ich habe es mir nur eingebildet, passiert es wieder. Ich vibriere vor Unruhe, bin kurz davor, reinzustürmen, wie ein Irrer rumzubrüllen, Joyce über meine Schulter zu werfen und mit ihr abzuhauen.

»Mir reicht's. Ich gehe jetzt da rein«, knurre ich und mache Anstalten, auszusteigen.

»Stopp«, hält Devron mich auf und verriegelt die Türen.

Wütend fahre ich zu ihm herum, mustere ihn aus verengten Augen. »Was soll der Scheiß? Ich dachte, wir holen sie zurück.«

Unbeeindruckt von meiner Wut, zuckt er nur mit den Schultern. »Wir wissen noch nicht mal, ob sie hier ist.«

»Ach, und du denkst, das finden wir heraus, indem wir hier rumsitzen und ...«

»Ich unterbreche euch Turteltäubchen ja nur ungern, aber es sieht aus, als rettet sich da gerade jemand selbst.«

Mein Blick schießt aus dem Fenster und saugt sich an einer Frauengestalt fest. Für einen kurzen Moment bekomme ich keine Luft mehr.

Joyce kämpft sich den Weg vom Haus bis zur Straße entlang. Sie hinkt, läuft gekrümmt und hält sich mit dem einen Arm ihre Seite. Mierda! Ihr Haar ist völlig verfilzt. Und das bisschen Haut, das man sieht, ist mit Blut bedeckt.

Jetzt kann mich nichts mehr halten. Jedes noch so

verfluchte Wort meiner Freunde ignorierend, schnappe ich mir Devs Autoschlüssel, schließe auf und springe aus dem Wagen.

Ich sprinte zu der Frau, für die ich alles tun würde.

Sie blickt nicht auf, scheint in ihrer eigenen Welt gefangen. Eine Welt, in die ich ihr nicht folgen kann. Also berühre ich sie behutsam am Arm und spreche sie leise an. Ihr Kopf schießt zu mir hoch, als hätte sie mich wirklich gerade das erste Mal registriert. Ihre Wangen, ihre Stirn, ihre Lippen ... alles voller Blut. Ich kann nicht mal eine Wunde ausmachen.

Ihre Augen weiten sich panisch und ihr Atem wirkt ganz hektisch. »Fass mich nicht an. Bitte tu mir nicht mehr weh«, fleht sie, und ich erstarre.

Ich soll aufhören, ihr wehzutun? Sicherheitshalber weiche ich einen Schritt zurück, damit sie sich nicht bedroht fühlt. Ich schaue in ihre wundervollen silbernen Augen, die durch Stumpfheit und Schmerz nun eher grau wirken.

Bei dem Versuch, sich so schnell wie möglich von mir zu entfernen, stolpert sie über ihre eigenen Füße und landet auf ihrem Hintern im Kies. Mein Magen rebelliert und ich verziehe das Gesicht. Das muss wehgetan haben. Doch sie scheint so in ihrer Panik gefangen zu sein, dass sie auf allen vieren weiter vor mir zurückweicht. Was haben sie nur mit ihr gemacht?

»Ich bringe dich nach Hause. In Sicherheit ...«

»Nein!«, schreit sie so laut, wie ich ihre sanfte Stimme noch nie gehört habe.

Vollkommen verwirrt versuche ich reflexartig, mich ihr erneut zu nähern. Sie rutscht so hastig auf dem rauen Boden von mir weg, dass sich ihre Handflächen aufschürfen. Ich erstarre an Ort und Stelle. Irgendwas läuft hier total falsch. Was bringt sie dazu, mich mit diesem unendlichen Entsetzen anzusehen?

»Bitte ... ich lauf nicht mehr weg ... nur ... bitte ... nicht die Zigaretten!«

Ihr konfuses Gestammel gespickt mit ihrer Pein lässt meine Augen brennen. Zigaretten? Was sieht sie, was ich nicht sehe? Ich vergrößere den Abstand zwischen uns, bis ich auf einer Höhe mit Chazz und Devron bin.

»Madre mía, was hat er ihr angetan?! Sie ist vollkommen von der Rolle«, fluche ich.

Apathisch sitzt sie weiterhin auf der kühlen Erde und starrt ins Nichts. Wie gerne würde ich sie in die Arme nehmen und trösten, wie schon so oft in den vergangenen Tagen. Mein Innerstes fühlt sich wie zerfetzt an, wund, und ich habe keine Ahnung, ob die Spuren auf meinem Herzen je verblassen werden.

Sie stöhnt schmerzerfüllt, und plötzlich verdrehen sich ihre Augen nach hinten und sie wird ohnmächtig.

Mierda! Ich stürme auf sie zu und prüfe ihre Atmung. Da sie noch atmet, hebe ich sie ganz vorsichtig hoch. »Los, wir müssen ins Krankenhaus! Das ist eine Nummer zu groß für Cat allein.«

Devron nickt. »Komm, ich bin schneller als der Krankenwagen.«

Ich platziere mich mit ihr auf der Rückbank.

»Also auf zu Cat in die Notaufnahme. Irgendwie habe ich ein Déjà-vu. Scheint, als wären wir in einen nicht enden wollenden Kreislauf geraten«, meint Chazz seufzend.

»Oh, er wird enden. Dafür werde ich sorgen.« Grimmig blicke ich auf die zerbrechliche Joyce hinab.

Ich erkenne Cat, sobald wir durch die Türen der Notaufnahme stürmen. Sie lehnt in ihrer blauen Schwesternkleidung am Empfangstresen, erfasst die Situation jedoch in Sekundenschnelle und geht zu einer Trage.

»Bringt sie hier rüber.«

Sie klopft auf die Liege. »Was ist passiert?«, fragt Cat nun uns, während sie Joyce' Vitalzeichen checkt.

»Ihr Vater ist passiert. Er hat sie entführt und wir konnten sie erst jetzt – sechsunddreißig Stunden später – finden«, berichte ich ihr voller Selbsthass. Kein Wunder, dass Joyce so auf mich reagiert hat. Ich habe sie im Stich gelassen. Obwohl ich ihr versprochen habe, sie und Bella zu beschützen.

Kurz legt mir Cat tröstend eine Hand auf den Arm, dann widmet sie sich ihrer Patientin und kontrolliert ihre Atmung.

»Moni, ich brauche einen Arzt! Wir haben eine Patientin mit schweren Verletzungen!«, ruft sie geschäftig durch die Hektik um uns herum. Eine Schwester am Empfang nickt und lässt einen Dr. Benner ausrufen. Sobald Cat sich einen groben Ersteindruck verschafft hat, blickt sie auf. Ein Mann im Arztkittel kommt auf uns zugerannt.

»Auf mit euch in den Wartebereich, ihr könnt nicht mitkommen.«

Devron und Chazz drehen sich sofort um. Ich zögere, bleibe weiter neben der Trage stehen, hin- und hergerissen zwischen dem, was richtig ist, und dem, was ich tun will.

»Ace«, sagt Cat nun um einiges freundlicher. »Ich werde genauso gut wie letztes Mal auf sie aufpassen, versprochen. Und jetzt lass uns unsere Arbeit machen!«

KAPITEL
Zwanzig

Joyce

Grüne Augen. Panther. Panther-Augen. Grüne Panther-Augen. Überallhin verfolgen sie mich. In meine Träume. In die Realität und sogar in meine Ohnmacht. Sie bedeuten Schmerz, also versuche ich, so weit weg von ihnen zu kommen wie möglich.

Doch als ich die Lider öffne, blicke ich erneut direkt in diese graugrünen Augen einer Raubkatze. Ein trockener Schluchzer entfährt mir und holt mich ins Hier und Jetzt zurück.

Ich bin in keinem Keller. Stockend schaue ich mich um. Ich liege in einem Krankenhausbett und bin von weißen Wänden umzingelt, Ace nur einen guten Meter entfernt. Wie bin ich hierhergekommen? Mit einem Ruck setze ich mich auf, nur um dann schmerzerfüllt zusammenzuzucken.

»Langsam. Deine Verletzungen brauchen Zeit zum Heilen«, bemerkt er. Ace mit den von Anfang an beunruhigenden Augen, mit der Eleganz eines Panthers. Ace, der mir immer etwas zu bekannt vorkam, für eine Erstbegegnung. Dessen leiblicher Vater für einen Teil der Narben auf meinem Körper verantwortlich ist. Ace, der ein großes Wut-Problem hat. Ace, der MMA-Kämpfer, der andere Menschen in einem Käfig zu Brei schlägt.

Endlich schaffe ich es, den Blick von ihm abzuwenden. Zu sehr schmerzt die ständige Erinnerung an meinen Höllenwärter. Aus dem Augenwinkel beobachte ich ihn weiter.

Er fährt sich ruppig durch die Haare. »Was ist nur passiert, Joyce?«

Wie soll ich ihm das erklären? Soll ich einfach sagen: *Hey, dein vermutlich leiblicher Vater, der dir übrigens verdammt ähnlich sieht, hat mich misshandelt?* Mein Herz fühlt sich an wie gefesselt, jegliches Schlagen seinerseits eine Qual.

»Wieso bin ich im Krankenhaus?«, frage ich rau, um überhaupt irgendetwas zu sagen. Meine Worte scheinen sich wie eine schützende Mauer zwischen uns aufzubauen.

Langsam tritt er näher, doch ich stoppe ihn sogleich mit erhobener Hand. Seine Nasenflügel weiten sich, als würde er meine Angst wittern. Sofort weicht er wieder zurück, und ich entspanne mich bei jedem Schritt, den er sich von mir entfernt, mehr.

»Du weißt, dass ich dir niemals wehtun würde, oder? Das weißt du ...?«

Ich antworte nicht, und er zuckt zurück, als hätte ich

ihn geschlagen. »Du denkst, dass ich dir wehtun werde? Ich mache dir *Angst?*«

Du nicht, aber das Blut, das durch deine Adern fließt.

Mir fallen all seine Wutausbrüche ein und auch, wie schnell er wütend werden kann. Genauso wie Enrique. Wer sagt mir da, dass er nicht ebenfalls wie sein Erzeuger zuschlägt?

Da der rationale Teil in mir weiß, dass das unfair ist und er nichts für seine Familie kann, nicke ich nur stumm. Denn meine Gefühle kann ich nicht steuern, egal, wie vernünftig der Rest von mir ist.

Er fällt in sich zusammen. Hoffnungslos stiert er vor sich hin ... »Wir fangen wieder von null an, oder? Ich meine, was das Vertrauen angeht.«

Ich schlucke gegen meine schmerzende Kehle an und befeuchte meine aufgesprungenen Lippen. »Nein, denn ich weiß nicht, ob wir überhaupt noch mal starten.« Meine Worte tun mir selbst ebenso weh wie ihm.

Er reißt die Augen auf. »Ich brauche einen Moment.« Damit lässt er mich allein, und ich frage mich, ob er jemals zurückkehren wird.

Kurz darauf betritt Cat das Zimmer, in dem ich liege. Ihrer Kleidung nach zu urteilen, ist sie im Dienst.

Beschämt wende ich den Blick von ihr ab. Sie hat die Spuren von Enriques und James' Misshandlungen bestimmt gesehen.

Sie zieht sich den einzigen Stuhl im Raum ans Bett und setzt sich. Mit schief gelegtem Kopf mustert sie mich. »Ich weiß, du hast schreckliche Stunden hinter dir. Aber du siehst echt scheiße aus.«

Ich blinzle, dann bricht ein brüchiges Glucksen aus mir heraus. Mit allem habe ich gerechnet, nur nicht damit, dass sie mich beleidigt. Genau diese Absurdität habe ich gebraucht, um einen Teil meiner Anspannung zu verlieren.

Nun blickt sie mich ernst aus ihren schönen bernsteinfarbenen Augen an. »Es tut mir leid, Joyce. Dass du so was durchmachen musstest. Du hast zwar keine Verletzungen davongetragen, die weiterer Behandlungen bedürfen, doch Schmerzen wirst du durch die vielen Verbrennungen und Schnittwunden noch eine Weile haben. Und wenn du jemanden zum Reden brauchst ...« In ihren Zügen blitzt etwas auf, das mir nur allzu vertraut ist. Vielleicht hat sie nicht das Gleiche erlebt wie ich, aber sie weiß, wie sich Schmerz in einer solchen Intensität anfühlt.

»Das Redeangebot gebe ich gerne zurück«, antworte ich schlicht.

Cat schaut zu Boden. »Es ist nicht so, wie du gerade denkst. Ich wurde nie physisch misshandelt.«

»Oft sind seelische Misshandlungen schlimmer. Guck mich an. Mein ganzer Körper ist zerstört, mein Herz sieht genauso aus, und das ist es, was wirklich wehtut.«

Cat nickt sachte. »Ich möchte dir helfen. Kann ich irgendetwas für dich tun?«, erkundigt sie sich.

»Erzähl Ace nichts von den Narben«, bleibe ich bei der Bitte, die ich ihr gegenüber bereits verlauten ließ.

»Hatte ich nicht vor. Obwohl ich grundsätzlich jedem Menschen misstraue, bin ich der Meinung, dass du es ihm sagen solltest.« Aufmunternd lächelt sie mir zu.

»Das kann ich nicht«, flüstere ich gebrochen. »Du verstehst das nicht. Mein ... Mein ... D-d-dad ... Er war nicht allein. Irgendjemand, der Ace sehr ähnlich sieht, hat ihm geholfen. Ich glaube, es war sein Vater.«

Schockiert saugt Cat scharf die Luft ein. »Was hat er getan?«

Mühsam schlucke ich, und meine Kehle schmerzt, so trocken ist sie. »Ich kann nicht darüber reden. Ich will es nur vergessen.«

Traurig schaut sie mich an. »Okay, aber lass dir eins von jemandem sagen, der es besser weiß: Man kann nicht vor seiner Vergangenheit davonlaufen und erst recht nicht vor seiner Gegenwart.«

»Weise Worte ...«, meint eine tiefe männliche Stimme. Devron steht in der offenen Tür und trägt seine undurchdringliche Miene zur Schau. Wieso ist er hier?

»Ich wollte sehen, wie es dir geht«, sagt er, als hätte er meine Gedanken gelesen.

Misstrauisch mustere ich den Mann, der mir so unheimlich ist. Seine dunkle Aura verheißt nichts Gutes. Schnell kontrolliere ich Anzeichen auf Wut. Ich glaube nämlich nicht, dass ich mich jetzt gegen einen von ihnen zur Wehr setzen könnte. Er bemerkt meine Anspannung und hebt entwaffnend die Hände.

Er ist still und ich bin still.

Cat hingegen geht wie eine Furie auf ihn los. »Du machst ihr Angst. Was ja kein Wunder ist, wenn du so grimmig guckst.«

Nun zuckt einer von Devrons Mundwinkeln. Das kommt bei ihm wohl einem Lächeln gleich.

»Lass uns reden, wenn du dazu bereit bist. Zusammen mit der Polizei werden wir den Dreckskerl kriegen.« Er spricht mit einer so kalten Präzision, dass mir ein Schauer über den Rücken läuft.

Knapp nicke ich ihm zu. Obwohl er helfen will, schaffe ich es nicht, meine Reserviertheit vor ihm abzulegen. Er verschwindet, und kurz darauf muss auch Cat gehen. Ich falle in einen nebeligen Zustand und dämmere weg.

Ich bin wieder dort. Grüne stechende Augen versprechen mir die Hölle auf Erden. Es ist nur leider nicht die Hölle, es ist schlimmer. Ich schreie. Und schreie und schreie ...

Ruckartig setze ich mich im Bett auf und hätte fast jemandem eine Kopfnuss verpasst. Als ich mich leise entschuldige, blickt derjenige auf. Grüne Augen.

Ich beginne erneut zu schreien. Es ist kein Albtraum. Ich bin wirklich dort. Das hier ist die Realität. Hände streichen mir beruhigend über die Schultern, und ich stelle entsetzt fest, dass die Hände zu den graugrünen Augen gehören.

»Bitte, bitte fass mich nicht an.«

Ace

Sie hasst mich. Mierda!

Vor zwei Tagen konnten meine Berührungen sie trösten, nun weicht sie vor ihnen zurück. Vor zwei Tagen hat sie mich angestrahlt, sobald sie mich erblickte. Jetzt breitet sich blankes Entsetzen in ihr aus, wenn sie mich sieht.

Es ist, als wäre ich mit ihr in dieser Hölle gewesen. Nein, als wäre ich ihre Hölle. Ich habe nur keine Ahnung, was ich getan habe.

Außer sie im Stich gelassen zu haben. Sie nicht genügend beschützt zu haben. Sie diesem Arschloch überlassen zu haben, flüstert eine hämische Stimme in mir.

Es ist meine Schuld. Plötzlich kann ich ihren Hass mir gegenüber nachvollziehen. Ich verabscheue mich selbst für mein Versagen.

Kleine Hände streichen zögerlich meinen Arm. »Bitte. Bitte hass mich nicht.«

Bestürzt mustere ich sie. Was redet sie denn da? »Rojita, warum sollte ich dich hassen?«

»Weil ich vor dir zurückschrecke. Bitte, du musst verstehen. Bitte!«

Ihre Verzweiflung tut weh wie eine Nadel in einer offenen Wunde. »Es ist alles gut«, sage ich, nur um sie zu beruhigen.

»Ich hasse dich nicht, Ace. Aber du ... er ...«

»Was?«, hake ich sanft nach, obwohl sich die Ungeduld in mir immer weiter hochkämpft. Ich bin unendlich verwirrt.

»Er sieht dir so ähnlich, Ace. Bitte verzeih mir.«

Das Chaos in mir verknotet sich zu größerem Durcheinander. »*Wer* sieht mir ähnlich?«

Joyce ist nicht mehr fähig zu antworten. Sie weint und weint, und ich lasse sie, bis sie wieder in einen erschöpften Schlaf fällt.

KAPITEL
Einundzwanzig

Joyce

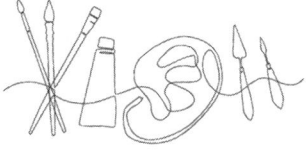

Zwei Tage bin ich nun schon im Krankenhaus, da die Ärzte befürchten, dass sich eine meiner zahlreichen Schnittwunden entzündet. In und an mir ist irgendwie alles taub geworden. Ich spüre keine körperlichen Schmerzen, und das liegt nicht nur an den Schmerzmitteln. Keine Ahnung, wie, doch der Zugang zu meinen Gefühlen und Körperempfindungen ist verschüttet. Zurück bleibe nur ich mit meinen kühlen Gedanken.

»Meinen Job im Café bin ich vermutlich los«, murmle ich vor mich hin, als Cat meine Vitalfunktionen checkt. Selbst meine Stimme klingt sachlich und tonlos.

»Du wirst die Wohnung auch nicht mehr so schnell ohne mich verlassen«, poltert Ace, der die ganze Zeit über nicht von meiner Seite gewichen ist. Mein Blick gleitet über seine wutbebende Gestalt, aber nichts in mir regt sich.

»Ach, also willst du sie einsperren, wie es ihr Vater tat?«, begehrt Cat auf.

»Nein, ich schütze sie so lange, bis wir ihn gefunden haben. Devron arbeitet bereits mit Hochdruck an der Sache.«

Nun wendet er sich wieder mir zu. »Die Polizei war ebenfalls hier und hat darum gebeten, mit dir reden zu dürfen, wenn es dir wieder besser geht.«

Ich weiß nicht, was ich mit dieser Information anfangen soll, stopfe sie nur in irgendeine Schublade meines überreizten Gehirns.

»Wichtig ist, dass du erst mal wieder auf die Beine kommst.«

Es klopft an der Tür und Bella stürmt herein. Die Augen viel zu groß für ihr kleines blasses Gesicht. Und auch jetzt ist mein Körper wie tot. Lebe ich überhaupt noch?

»Jossie!«, ruft Isabella aus, rennt auf mich zu und springt mit Anlauf auf mein Bett. Ganz in ihren Emotionen gefangen, brabbelt sie schnell los.

Behutsam lege ich meine Hände um ihr Gesicht. »Es ist alles okay. Mir geht es gut!«

Nun beginnt sie bitterlich zu weinen und ich ziehe sie eng an mich. Amira tritt näher heran, ein Bild und Pralinen in der Hand. Als sie meinem Blick begegnet, schaut sie eilig weg, als könnte sie meinen Anblick nicht ertragen. Vielleicht erinnern Krankenhäuser sie an den Tod ihres Verlobten.

»Bella hat dir ein Bild gemalt und ich habe dir Pralinen mitgebracht. Auch wenn die natürlich nichts wiedergutmachen ... mich tröstet Schokolade immer.« Sie legt beides auf den kleinen Tisch neben meinem Bett.

Amiras Blick flackert. »Ich ... tut mir leid. Ich muss hier raus. Bringt ihr Bella nachher runter zum Empfang?« Ohne auf eine Antwort zu warten, hastet sie raus. Die anderen sehen ihr verdutzt hinterher.

»Joyce, deine Vitalfunktionen sind gut. Ich spreche mit Dr. Benner, aber ich glaube, es spricht nichts gegen eine heutige Entlassung.« Und auch diese Information prallt an meiner inneren Mauer ab, von der ich nicht weiß, wann ich sie gebaut habe. Aufmunternd lächelt Cat uns zu, dann deutet sie über ihre Schulter. »Ich schau mal kurz, ob es Amira gut geht.«

Und so bleiben nur Bella, Ace und ich zurück. Ich schaffe es, sie zu beruhigen, und nachdem ich ihr versprochen habe, dass wir uns ganz bald wiedersehen, bringt Ace sie nach unten.

Eine Stunde später betreten Ace und ich seine Wohnung. Cat hat mir angeboten, bei ihr unterzukommen, aber ich habe nur mit den Schultern gezuckt und gesagt, dass es schon geht. Irgendwie genieße ich sogar, dass mir alles egal geworden ist. So muss ich mich nicht mit dem Vergangenen auseinandersetzen.

Eine Spur aus roten Blütenblättern sticht mir ins Auge. »Was ist denn das?« Ich deute auf die leicht verwelkten und optimistisch gesehen ein wenig ramponierten Rosen.

Verlegen fasst sich Ace in den Nacken. »Ja, das ... äh ... die waren für dich, aber als du weg warst, war ich ein bisschen wütend, und dann ...«

»Hast du deine Wut an den armen Blumen ausgelassen?«, frage ich, und tatsächlich schleicht sich ein Unterton in meine Stimme, den ich selbst nicht ganz deuten kann.

Er nickt. »Ich räume gleich auf. Wie du weißt, habe ich jede Nacht, seit du wieder da bist, im Krankenhaus verbracht, da habe ich sie ganz vergessen.«

Er war wirklich die gesamte Zeit da, zwar durfte er nicht in meinem Zimmer schlafen, aber er hat die Nächte auf dem Flur verbracht. Keine Ahnung, womit er die Schwestern bestochen hat – vermutlich war es Cats Einfluss –, damit er nicht rausfliegt.

Ich knie mich hin und hebe vorsichtig eine Rose mit nur noch wenigen Blättern auf. »Sie ist wunderschön.« Ihr Anblick macht etwas mit mir. Ihre zerdrückten feinen Blätter brennen sich in meine Netzhaut und zerren mich mit einer Kraft ins Jetzt, der ich nicht widerstehen kann. Der zarte Rosenduft erinnert mich an meine Zwillingsschwester Maddie. Mein Inneres wird überflutet von Körperempfindungen. Als hätten diese nur darauf gewartet, endlich durch meine innere Mauer zu stürmen.

Ace lacht. »Na ja, das waren sie mal. Ich kaufe dir neue.«

»Nein, irgendwie erinnern mich die hier an mich selbst. Ich meine ... Schau mich an«, höre ich mich sagen, und die Schmerzen in meiner Brust rauben mir fast den Verstand.

»Du bist keine zerstörte Rose«, widerspricht er mir.

Wieder blicke ich zu der Blume. Doch, irgendwie bin ich genau das.

Ace kocht uns eine Suppe, die wir schweigend essen, während wir auf dem Sofa einen Film schauen.

Ich nutze die Zeit, um mich gedanklich mit dem vor mir liegenden Problem zu beschäftigen: unsere Schlafsituation.

Dank meiner nicht mehr ganz dichten inneren Mauer strömt eine Sorge nach der nächsten durch mich.

Ich weiß einfach nicht, ob ich Ace in der Nacht mit

mir im Bett ertragen würde. Mein Vertrauen in die Menschheit wurde in den letzten Tagen erneut in ihren Grundmauern erschüttert, und ich weiß nicht, wie lange es dauern wird, bis sich das wieder ändert. Vielleicht wird es sich auch nie wieder ändern. Außerdem habe ich Angst, dass ich einen Albtraum habe, aus dem Ace mich weckt, und ich dann wieder in diese graugrünen Augen schauen muss, die ich doch eigentlich so liebe. Im Krankenhaus haben sie mir Schlafmittel gegeben, damit ich nachts Erholung finde, doch nun steht nichts mehr zwischen mir und meinen Träumen.

Ich bekomme nicht viel von dem Film mit, denn ich bin die ganze Zeit am überlegen, wie ich ihm am besten erkläre, dass ich seine Nähe momentan nicht ertrage. Nicht nachts und vor allem nicht in einem Bett, während ich schlafe.

»Rojita?«

Ich schaue auf.

»Alles okay? Der Film ist seit fünf Minuten vorbei und du starrst immer noch auf den Fernseher.« Besorgte Panther-Augen. Gott, diese sanften intensiven gruseligen Augen. Kann er sich nicht farbige Kontaktlinsen besorgen?

»Alles gut.«

Er dreht sich mir vollends zu. »Du weißt, dass du mit mir reden kannst, oder? Immer.«

Er ist nicht dumm. Er merkt, dass etwas anders zwischen uns ist. Dass ich ihn ungerechterweise für die Taten seines Vaters verurteile. Ich schlage die Augen nieder und nicke. Ein dicker fetter Kloß macht es sich in meiner Kehle bequem. Er richtet sich so häuslich ein, dass ich mir nicht sicher bin, ob er jemals wieder verschwinden wird. Ich will ... nein, ich kann nicht mit ihm darüber reden.

Er seufzt. »Okay, ich glaube, es ist Schlafenszeit.«

Sofort verspanne ich mich wieder. Himmel, ich fühle mich so dämlich. Wir gehen zusammen die Treppe hoch. Oben angekommen, bedeutet er mir, dass ich mich im Bad fertig machen soll. Immerhin hier lässt er mich allein. Vor der Entführung haben wir uns fast immer gemeinsam bettfertig gemacht, und ich habe das geliebt. Es war mir immer so intim und bedeutend vorgekommen. Jetzt erscheint es mir nur noch eng und beängstigend.

Also gehe ich meiner Abendroutine allein nach und lege mich bereits ins Bett, während Ace im Bad verschwindet. Ich zittere so heftig vor Nervosität, dass meine Zähne klappern. Wie soll ich ihm das nur erklären? Heftig kneife ich die Augen zu. Doch als ich dann die beiden hämischen Gesichter meiner Peiniger sehe, reiße ich sie schnell wieder auf. Himmelherrgott, was soll ich tun?

Endlich kommt Ace aus dem Bad, bleibt im Türrahmen stehen und beobachtet unschlüssig meine bereits im Bett liegende eingekrümmte Gestalt. Dann tritt er einen Schritt näher, ich verspanne mich. »Gute Nacht, Joyce«, sagt er und will sich abwenden und den Raum verlassen.

»Warte«, stoppe ich ihn komplett verwirrt. »Wo willst du hin?«

Er dreht sich wieder um und mustert mich mit hochgezogenen Brauen. »Ich glaube, es ist besser, wenn ich nebenan im Gästezimmer schlafe. Meinst du nicht?« Eindringlich schaut er mich an und wartet scheinbar auf eine Antwort von mir. Das ist es doch, was ich will, oder? Warum krampft sich dann alles in mir zusammen? Er will mich allein lassen. Mein Magen verknotet sich und mir wird schlecht. Ich verstehe mich selbst nicht mehr. Verwirrt fasse ich mir an meine schmerzende Stirn. Den ganzen Abend überlege ich, wie ich ihn am besten abwimmle, dann tut er es von sich aus und dann ist es mir auch nicht recht? Gute Güte, von meinem Hin und Her bekomme ich ein Schleudertrauma.

»Ace? Kannst du ... kannst du hierbleiben?«, kommt es ohne Zutun über meine Lippen. Das will ich? In mir schlachten sich Furcht vor Nähe und Furcht vor dem Alleinsein gegenseitig ab. Letztere gewinnt.

Ace wirkt erleichtert. »Na klar.«

Ich rutsche an den Rand des Bettes, um ihm Platz zu machen. So weit, dass ich beinahe herausgefallen wäre.

Still und ohne jeglichen Körperkontakt legt er sich neben mich. Ich weiß, dass das seine Art ist, mir zu zeigen, dass er mir nichts tun wird und ich ihm vertrauen kann. Er drängt mich nicht. Mir ist klar, dass es auch für ihn nicht einfach sein muss. Er ist eigentlich ein Mann, der handelt. Doch dieses Mal liegt es nicht in seiner Hand, zu handeln. Dieses Mal muss er warten und zuschauen.

»Gute Nacht, Joyce. Schlaf jetzt, ich passe auf dich auf.«

Und ich glaube ihm ... Nur fühle ich mich einsam und zittere vor Kälte. »Kannst du ... kannst du mich in den Arm nehmen?«, spricht wieder mal ein Teil meines Unterbewusstseins aus mir. Ich möchte gar nicht wissen, was für ein Krieg kontinuierlich in meinem Kopf abläuft, von dem ich nichts mitbekomme. Meine Wangen sind ganz heiß. Ich kann gar nicht sagen, wie bescheuert ich mir vorkomme, ihn so was zu fragen.

Er zögert. Mein Herz klopft mir bis zum Hals. Vielleicht ekelt er sich vor mir, kommt mir auf einmal ein ganz neuer Gedanke. »Ist schon gut ... Vergiss ...« Weiter komme ich nicht.

Ace zieht mich ganz behutsam in seine Arme, als

würde ich bei jedem härteren Griff wie Glas zerspringen. Und ich seufze erleichtert. Hier gehöre ich hin. Das fühlt sich richtig an. »Es tut mir leid.«

»Was tut dir leid?« Seine Arme liegen locker um mich.

»Dass ich es dir so schwer mache. Das ist keine Absicht. Ich kann einfach nicht anders ...« Mühsam schlucke ich.

»Hey, wir beide kriegen das schon wieder hin. Ich glaube an uns.«

Seine Worte sind Balsam für meine Seele. Nach dem schrecklichen vergangenen Ereignis lechze und fürchte ich mich zugleich vor jedem bisschen Zärtlichkeit. »Ich kann mit dir nicht darüber reden. Ich würde es dir so gerne erklären ... es für dich verständlich machen ... aber ich ...«

Beruhigend streichelt er mir übers Haar. Und auch wenn es ein riesiger Fortschritt ist, dass er mich überhaupt in den Arm nehmen kann, ohne dass ich ausflippe, sehe ich nur, was ich verloren habe. Der Kuss vor meiner Entführung scheint meilenweit entfernt. Ob wir da jemals wieder hinkommen?

»Ich erwarte nichts von dir, Rojita. Ich will einzig, dass es dir wieder gut geht und du dein Leben genießen kannst, wie du es schon immer hättest genießen sollen.« Auch wenn er versucht, mich zu beschwichtigen, höre ich mehr als deutlich den enttäuschten Tonfall heraus, und das tut mehr weh, als wenn er kein Verständnis hätte. Ich will ihn nicht enttäuschen! Trotz allem ist er doch der einzige Mensch, außer Isabella, dem ich was bedeute, und das will ich nicht verlieren.

Also handle ich gegen den Willen jeder meiner Zellen und öffne den Mund. »Er stand auf einmal im Café. Ich verspürte sofort ein Kribbeln im Nacken, als die

Türglocke bimmelte. Und dann spürte ich auch schon seinen Atem, und ich wusste, dass das kein ... gutes Ende nehmen würde. Er ... er war so anders ... kontrolliert. Als ... hätte er das ... schon s-s-seit Wochen ... geplant«, quetsche ich Wort für Wort über meine Lippen. Meine Kehle schnürt sich zu. Ich ignoriere es. Ich will einmal stark sein. Für mich. Für Ace. Für uns. »Ich ... wartete ... auf den ersten Schlag ... doch er ... kam nicht. Ich glaube, das ... war das Schlimmste. Diese ... Ungewissheit. Er brachte mich in ... einen K-k ... K-keller«, mittlerweile japse ich nach Luft. Ich habe mich so konzentriert, ihm Wort für Wort das Geschehene mitzuteilen, dass ich vergessen habe, zu atmen. Blöder Atem.

»Shhh. Ist gut. Hör auf zu reden. Ist gut.« Er nimmt mich fester in die Arme. Meine Schluchzer sind so heftig, dass selbst sein großer Körper erschüttert wird, und ich ziehe mich immer weiter in mich zurück. Kauere mich wieder hinter die schützende Mauer, wo ich vor meinen eigenen Gefühlen und Empfindungen in Sicherheit bin.

Ace

Joyce liegt in meinem Bett und schläft. Ihr rotes langes Haar liegt breit gefächert auf den dunklen Laken, einzig beleuchtet von den Lichtern der Stadt. Ihre Lippen sind leicht geöffnet. Sie hat sich auf die Seite gedreht und leicht eingerollt. Selbst im Schlaf sieht sie aus, als müsse sie sich schützen. Sie wirkt so zerbrechlich wie ein junges Rehkitz, das gerade seine Mutter verloren hat. Wenn ich sie so in ihrer ganzen Verletzlichkeit sehe, drängt alles in mir dazu, sie nie wieder loszulassen. Die Welt ist zu grausam für ein so sanftes Wesen. Wie hat sie nur all den Schmerz überstehen können, der ihr zugefügt wurde?

Ich wische ihr vorsichtig die letzten Tränenspuren aus dem Gesicht. Ihr Körper hat gebebt und gezittert, und ich habe mich hilfloser denn je gefühlt. Madre mía, ich werde sie nie wieder dazu drängen, mir irgendetwas zu erzählen, wenn das dabei herauskommt. Noch nie habe ich jemanden so heftig weinen sehen. Selbst im Schlaf liefen ihr noch Tränen über die Wangen.

Was mich wieder zu ihrem Scheißkerl von Vater bringt. Schon wieder spüre ich diese Wut in mir auflodern. Es ist, als würde ein Feuer in mir brennen, das ich einfach nicht zum Erlöschen bringen kann.

Doch ich werde es nutzen, um ihren Erzeuger in Flammen aufgehen zu lassen. Ich werde dafür sorgen, dass er in das dunkelste Gefängnisloch geworfen wird, das es gibt.

Die nächsten Tage kommen und gehen, und ich wage es nicht, Joyce von der Seite zu weichen. Selbst als Chazz mich anruft und mir sagt, dass es ein Problem im *no limits* gibt, bitte ich ihn nur darum, es für mich zu lösen. Und auch als Devron sich meldet und mir mitteilt, dass ihm die Polizei auf den Sack geht, weil sie jetzt meint, helfen zu müssen, sage ich ihm nur, dass er das schon hinbekommt.

Immer mehr entgleitet mir die Frau, die ich zu lieben begonnen habe. Die Frau, die sie ist, wenn die Vergangenheit sie nicht fest in ihren Klauen hält. Die Frau, die sanft, herzlich und talentiert ist und kein Blatt vor den Mund nimmt, wenn sie sich wohlfühlt. Anfangs dachte ich, ihre Scheu gehöre zu ihr und sei kein Produkt ihrer traumatischen Erlebnisse. Doch vor der Entführung ist immer wieder diese begeisterungsfähige und meinungsstarke Seite aufgeblitzt und hat mich eines Besseren belehrt.

Aber jetzt verwandelt sie sich wieder in den Menschen, den ich kennengelernt habe. Den, der ängstlich ist und jedes Mal zusammenzuckt, wenn ich sie anspreche. Und einen halben Herzinfarkt bekommt, sollte es auch nur so aussehen, als wolle ich sie berühren.

Es ist Mittag und wir sitzen mit unserem Essen am Tisch. Joyce stochert lustlos in ihrem herum.

»Du musst was essen. Eine Mahlzeit auszulassen, kannst du dir nicht leisten. Du wirst immer dünner, und ich habe keine Ahnung, was ich dagegen tun soll«, flehe ich sie verzweifelt an.

»Was? Ach so ... Okay«, murmelt sie geistesabwesend, schiebt ihr Essen aber weiterhin nur herum, statt es sich in den Mund zu stecken.

Ganz langsam, sodass sie genug Zeit zum Reagieren hat, umschlinge ich ihren kleinen Finger mit meinem.

Versuche, sie daran zu erinnern, was wir mal waren. Sie zuckt zwar zusammen, als hätte ich sie geschlagen, aber sie zieht ihre Hand nicht zurück. Nun schaut sie mich wirklich an.

»Bitte mach doch irgendetwas. Zeig irgendeine Gefühlsregung. Weine, schreie, aber sitz hier nicht so stumpf herum.«

»Du willst, dass ich weine?«, hakt sie irritiert nach.

»Nein. Weinen ist mir nur lieber als ... *das*. Du tust nichts mehr. Seit einigen Tagen vegetierst du nur noch vor dich hin. Kein einziges Lächeln. Keine Träne in Sicht.«

Auch jetzt verzieht sie keine Miene. Ich brauche einen Plan, der sie aus ihrem tranceähnlichen Zustand holt, damit sie wieder Gefühle zeigen kann.

Als wir am Abend einen Film sehen, ohne ihn wirklich wahrzunehmen, kommt mir die perfekte Idee.

Am nächsten Morgen wecke ich sie früh mit meinem klingelnden Handy. Den Fehler, mich über sie zu beugen, während sie aufwacht, mache ich nicht noch mal.

»Komm, du musst aufstehen. Wir frühstücken nur schnell, und dann gehen wir.«

Das schafft es immerhin, sie leicht verwundert aussehen zu lassen. Eine weitere Reaktion bekomme ich jedoch nicht.

Nachdem wir gegessen haben, verlassen wir das erste Mal seit der Entführung das Penthouse, und ich sehe, dass Joyce sich unbehaglich fühlt. Ihre Schultern hat sie bis zu den Ohren hochgezogen und ihre Augen huschen wachsam hin und her.

Mein Herz zieht sich zusammen, da mir klar wird,

dass sie ihre Umgebung nach Gefahren scannt. »Ich passe auf dich auf. Mir ist klar, dass du Angst hast und es meine Schuld war, dass er dich in die Finger bekommen hat. Doch Fehler mache ich in der Regel kein zweites Mal.«

Sie wirft mir einen undeutbaren Blick zu. »Es war nicht deine Schuld, dass er mich entführt hat. Es war nur eine Frage der Zeit.«

»Hätte ich mehr Bodyguards zu deiner Sicherheit abgestellt oder mir mehr Mühe gegeben, ihn zu finden, wäre es nie so weit gekommen.«

Sie schüttelt stur den Kopf. »Es ist nicht deine Schuld.«

Ihre Sturheit lässt Erleichterung in mir aufsteigen. Sieht so aus, als wäre nicht ihr ganzer Kampfgeist verschwunden.

Ich helfe ihr ins Auto. Dann fahre ich zu dem Kampfsport-Studio meines Onkels. Joyce sagt nichts mehr, auch nicht, als sie das Schild sieht.

Ich lege ihr eine Hand auf den unteren Rücken – sie zuckt kurz, weicht aber nicht zurück – und navigiere sie zum Eingang.

Wir werden mit dem Quietschen von Turnschuhen, dem Klackern von Stahlseilen auf dem Boden und den dumpfen Schlaggeräuschen beim Boxen begrüßt. Und in diesem Moment wird mir etwas klar. Ich habe das hier nicht vermisst. Ich brauche das Kämpfen nicht mehr so wie früher. Wahrscheinlich wird es immer ein Teil von mir bleiben, doch vielleicht ist die Zeit, diesem Sport auf ungesunde Weise nachzugehen und an illegalen Fights teilzunehmen, nun vorbei. Ich blicke auf Joyce' roten Schopf herab, und die Erkenntnis in mir verfestigt sich. Ja, ich brauche diesen Nervenkitzel nicht mehr, denn ich habe etwas gefunden, für das es sich lohnt, über mich selbst hinauszuwachsen und ein besserer Mensch zu werden.

Uns schenkt niemand groß Beachtung, als wir durch die Tür treten. Einzig mein Onkel, der sein Studio wie ein Hund bewacht, entdeckt uns und marschiert auf uns zu.

Joyce bleibt wie angewurzelt stehen. »Hast du einen Kampf oder so?«

»Oder so«, murmle ich ausweichend. Noch will ich ihr nichts von meinem Plan erzählen. Dafür steht sie zu nah am Ausgang, den sie zu schnell wieder erreichen würde. Eingeschüchtert von dem ganzen Testosteron, weiß Joyce nicht, wo sie als erstes hinschauen soll. Vielleicht überfordere ich sie gerade. Vielleicht ist das ein absolut bescheuerter Plan, aber so viel Reaktion hat sie in den letzten Tagen nicht mehr gezeigt.

Ein paar der Kämpfer hören auf und blicken zu uns rüber. Sofort wird Joyce unsicherer, und als sie ihre Wange zum Boden richtet, weiß ich, dass sie wieder an ihre blöde Narbe denkt. Verdammt, ich dachte, diesen Punkt hätten wir inzwischen überschritten. Jedenfalls sieht sie so aus, als wappne sie ihren Körper gegen irgendetwas. So bemerkt sie auch erst verspätet, dass mein Onkel vor uns steht.

Sofort weicht sie zurück und stößt ziemlich schnell mit dem Rücken gegen mich. Ich aber bleibe einfach schützend hinter ihr stehen und hoffe, dass ich ihr so genug Sicherheit vermittle.

Mein Onkel wirkt auf viele einschüchternd. Das Alter sieht man ihm nicht an. Er ist schon immer ein großer Mann gewesen. Wie bei mir zieren Tattoos seine Arme und seinen Rücken. Er hat immer noch dunkles Haar und dunkle Augen, ein typischer Italiener. Für mich ist er seit Kindertagen ein Held und ich halte große Stücke auf ihn.

»Das ist aber eine Überraschung, Ace. Was machst du hier, oder noch viel wichtiger, wer ist die hübsche Frau?« Seine raue Stimme lässt ihn nicht sanfter erscheinen.

Ich linse zu Joyce herunter, die meinen Onkel mit großen Augen ansieht. »Matteo? Das ist Joyce ... meine ... ääh ... eine Freundin. Rojita? Das ist mein Onkel Matteo.« Mierda! So unsicher bin ich sonst nie, aber gerade in den zwei letzten stummen Tagen kann ich nicht einschätzen, was sie denkt.

Mein Onkel zieht eine Augenbraue hoch und mustert mich spöttisch. »So nennt man das also heute, ja? *Meine ... äh ... eine ... Freundin?*« Seine Augen funkeln spitzbübisch.

»Nein, so ist das nicht. Sie ist nicht meine ...«

Madre mía, was ist denn nur mit mir los? Ich verziehe über mich selbst das Gesicht und schüttle den Kopf.

Joyce wirft mir einen undeutbaren Blick zu und wendet sich dann an Matteo. »Was er Ihnen zu sagen versucht, ist: Wir gehen nicht miteinander ins Bett, falls Sie das angenommen haben. Wir sind nur ... Freunde.«

Ungläubig blicke ich auf Joyce' Schopf herab. Wo kommt das auf einmal her? Eben noch war sie wie erstarrt.

Mein Onkel gluckst.

Erst dann registriere ich, was sie überhaupt gesagt hat. Nur Freunde? Heißt das, sie will nicht mehr?

Meine Fresse, krieg dich wieder ein, Sanchez. Wann bist du nur zu so einem Jammerlappen mutiert?

»Ich mag dich, Mädchen. Und tut mir leid, ich wollte nicht unhöflich sein.«

Mein Onkel hält ihr eine Hand zur Begrüßung hin.

Obwohl ein Instinkt in mir schreit, sie an mich zu reißen, mir auf die Brust zu trommeln und ihr die unangenehme Situation zu ersparen, weiß ich doch, dass ich ihr dabei helfen muss, sich ihren Ängsten zu stellen. Stark genug ist sie. Also warte ich, wie sie mit der Situation umgeht.

Sie starrt die Hand meines Onkels lange an, ehe sie sagt: »Tut mir leid. Ich mag keinen Körperkontakt.« Sie spricht mit fester Stimme und ich hätte stolzer nicht sein können. Sanft lege ich ihr die Hände auf die Schultern und drücke sie. Matteo beobachtet uns und erwidert lächelnd: »Ich verstehe.«

Ich schenke ihm einen dankbaren Blick. »Ich wollte dich fragen, ob ich für ein paar Stunden einen Raum bekommen könnte.«

»Sicher. Melde dich doch mal wieder bei deiner armen Tante. Sie hat so lange nichts mehr von ihrem Lieblingsneffen gehört. Und das muss ich mir dann anhören.« Er verdreht die Augen, sein Blick bleibt jedoch liebevoll.

»Ich bin ihr einziger Neffe«, sage ich trocken.

Er schmunzelt. »Eben.«

Ich schnaube amüsiert. »Danke, und mache ich.«

Er reicht mir einen Schlüssel und ich ziehe Joyce hinter mir her.

»War schön, dich kennenzulernen, Joyce.«

»Ebenso, Mr Sanchez«, ruft sie, und mein Onkel lacht rumpelnd los.

»Ich weiß nicht, wie lange es her ist, dass mich hier jemand so genannt hat. Ich bin einfach nur Matteo, okay?«

Leicht überfordert nickt sie.

Sanft ziehe ich sie weiter. Als die meisten Menschen außer Sicht sind, schaue ich zu ihr runter. »Das hast du gut gemacht«, lobe ich sie.

»Was habe ich denn bitte schön gemacht?«, tut sie mein Kompliment ab.

»Du hast ihm eine Grenze aufgezeigt. Das war sehr mutig und ich bin stolz auf dich.«

KAPITEL
Zweiundzwanzig

Joyce

Seit Tagen ist da wieder dieser Nebel in mir, der jegliche Gefühle, Gedanken und Erinnerungen einfach verblassen lässt. Er macht in mir alles taub, und ich genieße es, mich in diese Leere zurückzuziehen.

Nur verschwommen habe ich mitbekommen, dass Ace mit mir das Haus verlassen hat. Daraufhin lichtete es sich in meinem Kopf etwas, schließlich muss ich meine Umgebung aufmerksam im Blick behalten. Als wir das Studio betraten, zog er sich noch weiter zurück. Meine Gefühle waren immer noch gedämpft, aber meine Wahrnehmungen wieder geschärft und meine Instinkte funktionierten.

Ich bin so lange bei Ace gewesen, dass ich ganz vergessen habe, wie ich aussehe. Die Erinnerung bekam ich zurück, sobald mich sämtliche Trainierenden anstarrten. Nein, streicht das. Sie starrten nicht *mich* an, sondern meine Narbe. Gott, wie ich das hasse. Bei Ace vergesse ich diese meistens, weil er mich so behandelt, als wäre sie nicht da.

Ich nahm meine gewohnte Schutzhaltung ein. Meine hässliche Gesichtshälfte zum Boden gerichtet und die Schultern hochgezogen. Wie hatte ich nur vergessen können, wie scheußlich es sich anfühlt, angestarrt zu werden? Ich war wie in einer Plastiktüte gefangen. Durch sie sah ich die Welt um mich herum. Doch ich war von ihr abgeschnitten. Konnte mich nicht bewegen. Erstickte ganz langsam in ihr.

Auf einmal stand ein riesiger Mann vor uns, der sich als Ace' Herzensonkel entpuppte. Wieso konnte das nicht Ace' richtige Familie sein? Wieso musste ausgerechnet Enrique sein Vater sein?

Matteo scheint ein guter Mann zu sein. Er bekommt einen großen Pluspunkt von mir, weil er mich behandelt wie jeden normalen Menschen auch, und nicht, als wäre ich entstellt. Nicht ein einziges Mal verweilte sein Blick auf mir.

Das war auch der Grund, warum ich meine verkrampfte Haltung immer mehr löste, mir die blöde Tüte gedanklich vom Kopf riss und ihn letztlich geradewegs anschaute.

Als er dann aus Ace' Gestammel schloss, dass ich eine seiner Bettgefährtinnen bin, wurde mir ganz anders. Und nachdem Ace ablehnend das Gesicht verzog und den Kopf schüttelte, musste ich mich beinahe übergeben.

Ob Ace sich wohl vor der Vorstellung ekelt, mir auf diese Weise näherzukommen? Wir haben nie über unsere Beziehung gesprochen. Ich weiß, dass wir kein Liebespaar sind. Dafür fehlen einfach die intimen Austausche. Also sind wir Freunde? Auch diese Überlegung beschert mir ein Magengrummeln.

Ich wische die nervigen Grübeleien beiseite und konzentriere mich auf das, was vor mir liegt. Muss Ace trainieren und will mich nicht allein zu Hause lassen? Kein Wunder, dass ihn die Möglichkeit, zwischen uns könne was laufen, anzuwidern scheint, wenn er sich mir gegenüber als Babysitter verpflichtet fühlt.

Dieser Gedanke macht mich ganz krank. Blöde Gedanken! Blöde Gefühle! Ich will meinen Nebel zurück! Oder meinetwegen auch meine Plastiktüte.

Ace führt uns in einen leeren Trainingsraum und schließt die Tür hinter uns. Dann dreht er sich zu mir um. »Was ist?«, fragt er, nachdem er meinen gequälten Gesichtsausdruck gesehen hat.

Eigentlich will ich nicht mit ihm darüber reden. Schließlich bin sonst ich diejenige, die seine Nähe zurückweist. Habe ich jetzt überhaupt das Recht, verletzt zu sein? »Ekelt dich mein Körper an?«, kommt es ohne das Zutun meines Gehirns aus meinem Mund.

Seine Augen weiten sich. »Wie kommst du denn auf so einen Mist?«

»Ach, egal ...« Ich zucke mit den Schultern und will mich abwenden.

Ace stapft auf mich zu und hält mich an den Oberarmen fest. »Joyce!«

Ich beobachte seine angespannten Muskeln und seine glühenden Iriden argwöhnisch. »Als dein Onkel angedeutet hat, dass wir miteinander schlafen, schien es dich förmlich zu schütteln.«

Ace fährt zurück, als habe ich ihn geschlagen. »Aber doch nicht wegen dir!«

»Warum dann?«

»Ich habe mich über mein Gestammel aufgeregt.«

»Also könntest du dir vorstellen ...« Ich schlucke und fühle mich so bescheuert, dass meine Worte wie von selbst verklingen.

»Eine Sexbeziehung mit dir zu haben? Nein.«

Das ist eine ziemlich klare Ansage, und alles in mir wird zu Eis. Ich winde mich unter seinen Händen, aber er lässt nicht locker. »Lass mich los, okay?! Ich habe es verstanden. Eigentlich dachte ich immer, dir wäre egal, dass ich dieses Monstrum in meinem Gesicht habe. Nun zu hören, dass du keinen Sex mit mir haben willst, weil ich so aussehe und weil mir das alles passiert ist, tut weh. Ich verstehe es, aber es tut trotzdem weh. Gib mir ein paar Minuten, und wir vergessen das Ganze hier, ja?«

Ace scheint einfach nur verwirrt zu sein. »Wer sagt denn, dass ich keinen Sex mit dir will?«

»Du! Gerade eben.« Aufgebracht schnaube ich.

»Ich habe gesagt, dass ich keine Nur-Sex-Beziehung will, verstanden? Du bist mehr als unverbindlicher Sex, und ich dachte, das wäre dir klar.«

Oh. Mein Herz beginnt auf die gute Art zu rasen. »Heißt das, du begehrst mich? Trotz meiner Verletzung und trotz allem, was mir passiert ist?« Unsicher blinzle ich zu ihm hoch.

Ace umrahmt mich mit seinen Händen. Wann haben seine Berührungen wieder begonnen, so schön zu sein? »Was *ist* dir denn passiert? Ich weiß so wenig, dass ich gar keine Ahnung habe, wie ich mich dir gegenüber verhalten soll.«

Schluckend blicke ich an ihm vorbei. »Ich kann nicht darüber reden ...«

»Ich habe vorgestern gesehen, dass du momentan nicht davon erzählen kannst. Aber dann solltest du wissen, dass wir uns in einer Sackgasse befinden.« Seine Worte sind so hart, wie seine Züge weich sind.

»Ich ... ich ...«

»Das sollte kein Vorwurf gewesen sein. Ich will dich nur darauf hinweisen, dass ich dir nicht helfen kann, wenn ich nicht weiß, wobei ich dir helfen soll. Dass ich dich nicht beschützen kann, wenn ich nicht weiß, wovor genau.«

»Seit ...« Ich atme zittrig ein. »Seit ich entführt wurde, habe ich das Gefühl zu fallen. Ich falle und falle. Noch bin ich nicht auf den Boden geprallt, aber ich weiß, dass die Erde irgendwann kommen wird. Und auch wenn ich mich so gut wie möglich auf den Schmerz, den der Aufprall mit sich bringt, vorbereite, weiß ich, dass es so viel schlimmer werden wird. Es ist egal, was ich erlebt habe. Egal, *wie* ich gefoltert wurde. Die Konsequenzen bleiben die gleichen. Ich habe Angst vor emotionaler Nähe und vor Berührungen. Das, und *nur* das, ist das Einzige, was du momentan zu wissen brauchst.«

Forschend scannt er meine Züge, ehe er langsam nickt.

Und weil er mir trotz meines anfänglichen Schocks noch immer viel zu sehr am Herzen liegt, füge ich leise hinzu: »Der Abgrund droht mich immer tiefer zu reißen, vielleicht sollte ich deine Hände loslassen, um dich nicht mit in die Hölle zu ziehen.«

Zart streichelt er meine Narbe. »Wenn es wirklich das ist, wovor du dich am meisten fürchtest – ein harter Aufprall ... dann sei versichert, dass ich dafür sorgen werde, dass du weich landest. Ich werde dich überallhin begleiten. Denn die Hölle für mich ist da, wo du nicht bist. Eines der Dinge, die ich aus den sechsunddreißig Stunden, die du weg warst, mitnehmen konnte«, sagt er mir mit rauer Stimme.

Ich hebe eine Hand und lege sie ihm an die Wange. Er schmiegt sich hinein und schließt mich in seine Arme. Langsam wird es wieder zu einem Stück Normalität, ihn an mich heranzulassen.

»Ich weiß, dass es noch zu früh ist. Aber du sollst wissen, dass ich auf dich warte. Ich will kein weiteres Betthäschen. Du weißt, dass es mir hier nicht um Sex geht. Dafür ist unsere Bindung viel zu tief. Ich warte, bis du bereit bist, eine echte Beziehung mit mir zu führen.«

Überrascht starre ich ihn an. Obwohl es irgendwie logisch ist, dass es darauf hinausläuft, habe ich dennoch nicht damit gerechnet ...

Er lacht, als er meinen verdutzten Blick bemerkt, und löst sich von mir. »So, lass uns endlich mit dem anfangen, weswegen wir hier sind.« Auffordernd schaut er mich an. Ähm, okay?

»Ich dachte, du willst trainieren oder so.«

»Nein, *wir* werden jetzt trainieren oder so.«

Scharf sauge ich die Luft zwischen den Zähnen ein und stürze mich auf die erste Ausrede, die mir einfällt. »Oh, das ist eine wirklich schlechte Idee. Mein Körper ist alles andere als fit und ...«

Ace winkt ab. »Egal, worum es geht. Ich würde dich niemals in Gefahr bringen. Wir gehen es langsam an. Dein Körper ist völlig unterernährt, und da deine Verletzungen erst beginnen zu heilen, möchte ich nicht, dass wir deine Genesung gefährden.«

»Was hast du mit mir vor?« Argwöhnisch mustere ich ihn von oben bis unten.

»Ich werde dir heute beibringen, wie du dich selbst verteidigst«, verkündet er mit einem so stolzen Tonfall, als hätte er die Lösung für den Weltfrieden gefunden.

Ein Prusten platzt aus mir heraus.

Mit hochgezogenen Augenbrauen mustert er mich. »Ich wüsste nicht, was daran so lustig sein sollte.«

Ich wische mir eine Lachträne aus dem Augenwinkel. Mein Gesicht schmerzt sogar von dem ungewohnten Verziehen meiner Mundwinkel. »Oh, es ist lustig, denn du scheinst vergessen zu haben, dass ich die Geschicklichkeit eines dreibeinigen blinden Elefanten im Porzellanladen habe.«

»Also das ist nun wirklich übertrieben. Bisher kam es immer nur zu kleinen Missgeschicken«, spielt er herunter, dass mir in seiner Gegenwart bereits sämtliche Geschirrstücke kaputtgegangen sind, ich bei unserem Essen beim Italiener fast ein Weinglas vom Tisch gefegt habe, mich vor dem Restaurant beinahe hingelegt hätte und ihm bei unserem ersten Kuss eine Kopfnuss verpasst habe.

»Bisher hast du mich auch noch nie zu sportlichen Aktivitäten gezwungen«, kontere ich.

»Das ist nicht nur Sport, sondern eine Maßnahme, mit der du dich selbst besser verteidigen kannst.«

Damit nimmt er mir den Wind aus den Segeln. Ich benehme mich untypisch kindisch, denn er hat recht. Hier geht es immerhin um mein Leben.

»Los, wir machen uns warm, dann fangen wir an.«

Skeptisch blicke ich an mir herab. Ich trage Straßenkleidung.

»Das passt schon, wie gesagt machen wir keinen Sport, sondern trainieren für einen weiteren Ernstfall. Bei einem solchen trägst du auch keine Sportklamotten.«

Wir machen ein paar Dehnübungen, dann richtet er sich entschlossen auf. »Okay, positionier dich mir gegenüber.«

Ich tue, was er sagt, und in meinem Magen flattert es aufgeregt.

»Ich werde dir als Erstes zeigen, wie du einen Front-Angriff am besten abwehrst, okay?«

Konzentriert lausche ich seinen Ausführungen. Ich stelle mich gar nicht so blöd an, wie ich gedacht habe, und es kommt nur ein Mal fast zu einem Selbst-Knock-out.

Meine Kraft schwindet immer mehr, was auch Ace bemerkt. Meinen roten Kopf und den Schweiß, der mir am ganzen Körper runterläuft, kann ich einfach nicht gut verstecken.

»Du hast das super gemacht. Scheint, als stecke ein Naturtalent in dir.«

Ich lache kurz und hart auf.

»Das war kein Witz.«

Ernst schaut er auf mich herab. Er schiebt vorsichtig eine aus meinem Zopf gerutschte Strähne hinter mein Ohr.

Und vielleicht hat sich durch die Bewegung etwas in mir gelöst. Vielleicht fühle ich mich durch den Crashkurs selbstbewusst und stark. Vielleicht hat der ganze Tag uns wieder nähergebracht. Vielleicht ist es der verschwundene Nebel. Vielleicht ist es auch die Zeit, die ich gebraucht habe. Jedenfalls entscheide ich mich, nicht weiter zurückzuweichen, sondern einen Schritt nach vorne zu wagen. »Ich muss mit dir reden.«

Fragend zieht er eine Augenbraue hoch.

Ich beiße mir auf die Unterlippe und ignoriere mein Magengrummeln. »Ich habe es dir so lange nicht gesagt, weil ich Angst hatte. Bitte sei mir nicht böse.«

»Ich könnte dir nie böse sein.«

Ich atme tief durch. »Ich habe dir ja bereits erzählt, dass James mich, gleich nachdem er mich entführt hatte, in den Keller eingesperrt hat. Es war dort stockduster. Ich konnte nichts sehen. Keine Ahnung, wie viel Zeit verging. Irgendwann öffnete sich die Tür, und da stand *er*. Die gleichen graugrünen Augen. Diese Aura, einem Panther kurz vor dem Absprung gleichend. Erst da erinnerte ich mich an seinen letzten Besuch. Ich hatte ihn fast vollständig verdrängt. Aber als wir beide uns kennenlernten, hatte ich immer das Gefühl, dass ich deine Augen schon mal irgendwo gesehen habe. Und das habe ich, bei Enrique. Ich glaube, er ist dein ... leiblicher Vater.«

Ace bleibt ruhig. Ruhiger, als ich erwartet habe. Er blinzelt nicht mal. Atmet er überhaupt noch? »Hattest du dich deswegen bei dem Rettungsversuch so bedroht von mir gefühlt?« Seine Stimme ist tonlos.

»Ja«, ich schaffe es nicht mehr, ihm ins Gesicht zu blicken. »Keine Ahnung, wie ich es überhaupt bis zur Haustür geschafft habe. Ich war nicht richtig bei Sinnen. Jedenfalls sah ich wieder seine ... deine graugrünen Augen, und für mich wart ihr ein und dieselbe Person.« Ich schaudere bei der Erinnerung.

Ace weicht einen Schritt vor mir zurück. *Er* vor *mir*. »Fürchtest du dich jetzt vor mir?«

Meine Brust fühlt sich an wie abgeschnürt. Irgendwas läuft hier gerade falsch. »Ich hatte nie Angst vor *dir*, sondern vor *ihm*. Manchmal ... wenn du mich aus meinen Albträumen weckst, in denen mich seine Augen verfolgen, und ich beim Aufwachen direkt in deine schaue ...«

Gequält verzieht er das Gesicht, vergrößert die Distanz zwischen uns immer mehr.

Ich weiß nicht, was ich machen soll, schlinge die Arme um mich selbst auf der Suche nach Halt und Geborgenheit. Mittlerweile verstehe ich, dass ich ihn nie, nie, niemals für die Taten seines Vaters hätte verurteilen dürfen. Dass er sich seine Familie nicht ausgesucht hat. Und dass seine Augen nur ihm gehören und nicht jeder

Panther grausam ist. Ace ist wie Baghira aus dem Dschungelbuch. Er beschützt die, die er liebt.

Ace

Das ist es also. Endlich verstehe ich, was sie zurückgehalten hat. Mein Vater hat sie misshandelt. Zu sagen, dass ich mir am liebsten meine DNA herausgerissen hätte, ist wohl etwas übertrieben.

Ich kneife die Lider zusammen und versuche, mich an alles zu erinnern, was mit ihm zu tun hat. Das Einzige, worin er wirklich glänzte, war Abwesenheit. Ich meine, er kam meist nur, um meine Mutter mit neuem Stoff zu versorgen. War er vielleicht sogar ihr Drogendealer?

Gedankenverloren starre ich auf meine Pulsadern an meinen Handgelenken. Sein widerwärtiges Blut fließt durch meine Adern.

Plötzlich schließen sich kleine filigrane Hände um sie, woraufhin ich den Kopf hebe. Joyce schaut mich besorgt an. »Weißt du ... ich habe es dir nicht nur aus Angst vor den Erinnerungen nicht gesagt, sondern hauptsächlich um deinetwillen. Ace, du bist bei diesem Menschen nicht aufgewachsen. Deine Familie sind die Sanchez'. Und es tut mir leid, dass ich meine Gefühle nicht besser im Griff hatte. Dass irgendein dummer Teil in mir dich mit deinem Erzeuger in einen Topf gepackt hat. Dabei sollte ich wohl am besten wissen, dass der eigene Vater ein Monster sein kann, ohne dass man selbst eins ist.«

Ich sauge ihre Worte wie ein Schwamm in mich auf und sie treffen auf nährbaren Boden. Erst dann bemerke ich die tiefe Falte auf ihrer Stirn und die Anspannung in ihren Schultern.

»Mierda, und mal wieder habe ich es versaut. Eigentlich sollte ich *dich* trösten und nicht umgekehrt. Schließlich wurde das alles *dir* angetan.«

Sie schlingt ihre Arme fest um meine Mitte und ich genieße ihre Nähe. »Rede nicht so einen Blödsinn. Du hast genauso ein Recht darauf, zu leiden, wie ich. Du tust es nur aus einem anderen Grund. Das macht es jedoch nicht weniger schlimm. Du musst nicht immer stark sein, Ace. Lass mich nun für dich da sein.«

Wider Erwarten tut es sehr gut, das zu hören. Ich entspanne mich in ihren Armen. Es scheint, als würde sie Kraft daraus schöpfen, für mich da zu sein. Einige Minuten verharren wir so. Dann lehnt sie sich etwas zurück, um mir ins Gesicht sehen zu können, und mein Blick fällt automatisch auf ihre voluminösen, roten und herzförmigen Lippen. Mein Fokus liegt komplett auf ihnen. Der Rest der Welt verblasst. Langsam beuge ich mich ein Stück herab und warte. Sie starrt mir ebenfalls auf den Mund. Sekunden, Minuten, Stunden vergehen. Dann beugt sie sich mir schleichend – Millimeter für Millimeter – entgegen. Sie will es!

Ihr Atem streicht sachte über mein Gesicht. Es fühlt sich fast wie eine Berührung an. Unsicherheit spiegelt sich in ihren Zügen wider.

Also versuche ich, sie ihr zu nehmen. »Willst du, dass ich dich küsse?«, frage ich sie.

Joyce nickt.

»Nein. Sag es. Ich will es hören.« Ich will nicht riskieren, dass sie wieder vor mir zurückweicht.

»Ich will, dass du mich küsst.«

Und das tue ich. Zuerst treffen sich unsere Münder nur ganz behutsam. Ich lasse meine Augen offen, um jedes Anzeichen von Panik frühzeitig zu erkennen.

Nach ein paar Sekunden werde ich mutiger. Immer noch zurückhaltend bewege ich meine Lippen auf ihren. Sie ahmt mich nach. Und dann passiert es. Sie macht den ersten Schritt, indem sie ihren Mund öffnet.

Von da an küsse ich sie richtig. Es fühlt sich beinahe wie unser erster Kuss an. Meine Wahrnehmung reduziert sich einzig auf den Druck ihrer Lippen und den zarten Tanz unserer Zungen. Da sind nur sie und ich. Verbunden durch eine Berührung. Irgendwann beende ich den Kuss. Atemlos starre ich auf sie herab. Sie berührt mit den Fingerspitzen ihren Mund, als könne sie dem Kontakt nachspüren.

»Das war ...« Sie bricht ab, als würde sie keine Worte finden.

»Ja«, bestätige ich rau. »Das war es.«

Stille, in der sich unsere Blicke ineinander verhaken. Bis ich mich letztlich räuspere. »Ich glaube, wir sollten für heute Schluss machen.«

Entschlossenheit vereinnahmt ihre Mimik. »Nein.«

»Nein?«, frage ich erstaunt nach.

»Ich denke, es ist an der Zeit, dass ich mit der Polizei rede. Mich dem Kampf endlich stelle und nicht weiter weglaufe, und danach können wir nach Hause.«

Stolz lächle ich diese wunderschöne Frau an. »Das klingt nach einem guten Plan.«

Das Gespräch mit der Polizei verläuft gut. Ich darf ausnahmsweise die ganze Zeit bei Joyce bleiben, während sie tapfer von den jahrelangen Misshandlungen, dem Initiieren des Autounfalls am Tag ihrer Entführung und der Entführung selbst berichtet. Sie geht nicht wirklich ins Detail, und ich weiß, dass die Polizei für eine richtige Anzeige tiefer bohren muss. Doch für den Moment bleiben sie ruhig und hören schlicht zu. Vielleicht spricht da das schlechte Gewissen, dass sie nicht eher handeln durften oder konnten.

»Wir werden eine Fahndung nach James Mitchell und Enrique Díaz herausgeben. Das, was wir haben, Ihre Aussagen, plus die Zeugenberichte von Devron Black, Chazz Garcia und Frank Anderson, sind genug, um nach ihm suchen zu lassen und ihn für eine Weile festzuhalten. Danach schauen wir weiter. Ich rate Ihnen, Miss Mitchell, sich psychologischen Beistand für alles Kommende zu suchen. Das Jugendamt wird sich bei Ihnen melden, um zu schauen, wie mit Ihrer Schwester verfahren wird«, schließt der Officer, der unsere Aussage aufgenommen hat.

Wir nicken ihm zu und verlassen dann Hand in Hand das Revier.

Vor dem Eingang bleibt Joyce stehen, um kurz durchzuatmen. Ich beobachte das Wechselspiel an Gefühlen in ihrem Gesicht.

»Ich habe es wirklich geschafft.« Sie dreht sich zu mir um. »Danke, ohne dich hätte ich das niemals durchgezogen.«

»Doch, das hättest du, weil du eine wahnsinnig starke Frau bist. Nun dauert es dank der Polizei und Devs Hilfe nicht mehr lange, bis du endlich in Sicherheit bist. Und weißt du, was ich noch glaube?«

»Was?«

»Dass es Zeit wird, Bella wieder zu uns zu holen. Du hast heute einen wahnsinnig großen Schritt gemacht, und jetzt glaube ich, dass du bereit für sie bist. Was denkst du?«

Sie fällt mir um den Hals. »Ich denke auch, dass ich auf dem richtigen Weg bin. Lass uns Bella ein paar Tage geben, um sich an den Gedanken zu gewöhnen, zurückzukommen.«

Ich nicke zustimmend. So ist es das Beste für die Kleine. Wenn sie ein wenig Zeit hat, sich auf die erneute Veränderung einzustellen. »Wie fühlst du dich nun?«, frage ich Joyce.

Breit lächelt sie mich an. »Unbesiegbar. Als könnte ich mich tatsächlich wehren.«

KAPITEL
Dreiundzwanzig

Joyce

Ich wache allein im Bett auf und brauche einen Moment, um mich daran zu erinnern, dass Ace mir gestern gesagt hat, dass er heute wieder im Club nach dem Rechten sieht. Genüsslich strecke ich mich und entdecke einen Zettel auf Ace' Kissen. Erst als meine Wangen zu schmerzen beginnen, wird mir klar, dass ich den Zettel bestimmt fünf Minuten dumm angegrinst habe.

> Guten Morgen Rojita,
> ich hoffe, Du hast gut geschlafen. Ich habe zwei
> kleine Überraschungen. Schau einmal ins Gäste-
> zimmer, um Hoffnung zu tanken. Und gehe da-

nach in den Raum gegenüber vom Schlafzimmer,
um vielleicht Beschäftigung zu finden.
Ich wünsche Dir viel Spaß. Bis heute Abend.
Ace

Geflügelte Würmchen flattern in meinem leeren Bauch umher und kitzeln mich von innen heraus. Nachdem ich mich angezogen habe, beschließe ich, erst meinen meckernden Magen zu stillen und mir dann Ace' Überraschungen anzuschauen.

Langsam gehe ich die Treppe hinunter. Die Sonne scheint durch die Fenster ins Penthouse und ich bleibe auf der vorletzten Stufe stehen. Irgendwas ist hier anders. Konzentriert scanne ich die Wohnung, bis es mir klar wird. Vor mir erstreckt sich wirklich ein Zuhause, ein Safe Space, ein Ort, an dem man sich verkriechen kann, wenn die Welt mal wieder zu grausam ist.

Frische Wildblumen stehen auf dem Esstisch, mein selbst gemaltes Bild mit den Kintsugi-Händen hängt an einer Wand, neue kuschlige Decken und Kissen schmücken die teure und steife Designer-Couch. Ich wandere beschwingt durch die offene Wohnung. Finde das Bild, das mir Bella zur Genesung gemalt hat, am Kühlschrank hängend vor, und in der Spüle steht eine selbst bemalte Tasse von Tracy und meiner Schwester. Wann ist das passiert und wieso habe ich es nicht eher gemerkt? Vielleicht, weil ich zu beschäftigt damit war, meine innere Heimat wiederzufinden. Wahrscheinlich fühlt man sich nirgendwo wirklich wohl, wenn man im Inneren obdachlos ist.

Allmählich wird aus diesem fremden, kühlen Luxusapartment etwas, das sich ein bisschen wie ein Zuhause anfühlt.

Mein Blick bleibt an einem weiteren Zettel auf der Küchentheke hängen.

Frisch gepresster O-Saft und eine Portion Rührei, die du nur noch in die Pfanne hauen musst, stehen im Kühlschrank. Lass es dir schmecken.

Dieser Mann ... Ich schlucke. Seine Fürsorglichkeit legt sich wie eine warme Decke um meine Schultern. Ob ich mich da jemals dran gewöhnen werde? Ich hoffe nicht, denn selbst nach meinen ganzen Erfahrungen weiß ich, dass Ace etwas Besonderes ist, dass das hier nichts Selbstverständliches ist und dass ich ihn besser nicht aus meinem Leben lassen sollte. Einen geduldigeren, sensibleren und großherzigeren Menschen werde ich nicht finden.

Summend bereite ich mir mein Frühstück zu und begebe mich dann gesättigt wieder nach oben.

Als Erstes gehe ich zu dem Gästezimmer. Es verschlägt mir den Atem, als ich die Tür öffne. Die schlichte Einrichtung ist verschwunden und hat verspieltem und niedlichem Mobiliar Platz gemacht. Dank meines vernebelten Zustands der letzten Tage habe ich nichts von meiner Umwelt mitbekommen. Ein prinzessinnenhaftes Himmelbett dominiert den Raum, rosafarbene Vorhänge bedecken das Fenster und ein kleiner Sessel mit Schreibtisch runden das Ganze ab. Ace hat Bella wirklich ein Zimmer eingerichtet. Auch hier finde ich einen Klebezettel am Türrahmen.

Es ist noch nicht fertig. Ich wollte dir Arbeit abnehmen und dich überraschen, ohne über deinen und Bellas Kopf hinweg zu entscheiden, wie ihr das Zimmer endgültig gestalten wollt. Wenn einem von euch die Möbel nicht gefallen, bringe ich sie höchstpersönlich wieder weg.

Ich bin überwältigt und gerührt zugleich. Die Tür lasse ich geöffnet. Bald ist es so weit und Bella wird wieder hier einziehen. Der Gang zur Polizei hat einen Großteil meines Kampfgeistes geweckt, und ich denke, ich befinde mich auf einem guten Weg.

Nun betrete ich den anderen Raum, und sogleich schießen mir Tränen in die Augen. Mir wird abwechselnd warm und kalt. Und in diesem Moment bin ich mir sicher. Das hier ist Liebe. Diese sanfte, prickelnde, weiche, leidenschaftliche, selbstlose, heiße, geduldige und bedingungslose Art von Liebe.

Das Zimmer – es ist nicht größer als zehn Quadratmeter – ist voll mit Malutensilien. Viel mehr, als er mir beim letzten Mal besorgt hat. Verschiedenste Leinwände stapeln sich an der Wand. Er hat mir Kreide, Kohle, Acryl, Pinsel in jeder Größe, Schwämme, Spachtel und vieles mehr gekauft. Sogar eine kleine Stereoanlage steht in der Ecke. Dieser Mann ist verrückt. Verrückt und unglaublich.

Er hat einen ganzen Raum für mich eingerichtet. Für meine Kunst. Keine Ahnung, was vorher hier drin war.

Es steht bereits eine leere Leinwand auf der Staffelei. Auf ihr klebt ein letzter orangener Klebezettel.

Ein Raum, der nur dir gehört. Ein Raum für dein unglaubliches Talent. Weil ich an dich glaube. Dir steht es frei, überall in unserer Wohnung zu malen, aber das hier ist deine ganz eigene Kreativoase, die nur dir gehört.

Mit klopfendem Herzen schließe ich leise die Tür und damit mich mit meiner Kunst ein. Routiniert schalte ich meine Lieblings-Metalband an und lasse mich dann einfach treiben.

Und so vergeht Stunde um Stunde. Pinselstrich um Pinselstrich. Unterdrücktes Gefühl um unterdrücktes Gefühl. Ohne es zu wollen, schieben sich schmerzhafte Bilder vor mein Auge. Zeit aus meiner Gefangenschaft. Meine Brust schnürt sich zu, und das Glücksgefühl, das Ace' liebevolle Geste ausgelöst hat, verpufft allmählich.

Immer hektischer werden meine Bewegungen. Immer schnaufender mein Atem. Ich halte den Pinsel wie ein Messer kurz vorm Zustechen in der Hand. Keuchend lasse ich ihn fallen.

Ohne es zu wollen, habe ich mich selbst gemalt, mit all meinen hässlichen Narben. All die Narben, die Ace niemals zu Gesicht bekommen darf. Denn er würde sich angeekelt von mir abwenden.

Ich bin so müde vom Versuchen. Versuchen, besser zu sein. Versuchen, das Unmögliche möglich zu machen. Versuchen, die Menschen auf Abstand zu halten. Versuchen, mir einzureden, dass alles gut ist, obwohl doch das meiste einfach schlecht ist. Und vor allem zu versuchen, wer anderes zu sein. Jemand, der Ace verdient hat.

Ein Klopfen lässt mich heftig zusammenfahren. Ich drehe die Musik leiser und öffne die Tür. Ace steht davor, die Hemdärmel hochgekrempelt und mit einem liebevollen Lächeln auf dem Gesicht.

Ich werfe einen panischen Blick über die Schulter zu meinem Porträt.

»Keine Angst, das ist dein Raum. Ich werde ihn niemals betreten, es sei denn du lädst mich dazu ein.« Seine ehrliche Art schlägt mir bitter auf. Er ist immer offen zu mir, und ich? Verstecke mich, wo ich kann.

»Aber es freut mich zu sehen, dass du mit so einem Feuereifer dabei bist.« Er nickt zu meinen bunten Händen, die irgendwie nie sauber bleiben können.

Ich schüttle den Kopf. »Tut mir leid, ich bin ganz schön aufgewühlt von der Mal-Session. Aber danke für diesen Raum. Ich kann dir gar nicht sagen, was mir das bedeutet«, bringe ich gequetscht hervor und beiße mir im nächsten Moment strafend auf die Zunge. Er tut so viel für mich, und ich?

»Mehr als gern geschehen. Was hältst du davon, wenn wir Bella noch einen Besuch abstatten, bevor wir es uns auf dem Sofa bequem machen?«

Ich schenke ihm ein zögerliches Lächeln. »Das klingt nach einer guten Idee.«

Gemeinsam mit meiner Schwester gehen wir auf einen Spielplatz. Dort lasse ich mich von ihr auf den neuesten Stand bringen, während wir eine Sandburg bauen, und genieße es einfach, ihre liebliche Stimme zu hören. Als es immer frischer und dunkler wird, bringen wir sie wieder zurück zu Amira und versprechen ihr, sie am nächsten Tag abzuholen und mit ihr Frühlingsplätzchen zu backen. Zufrieden hüpft sie zurück in Amiras Haus.

Den restlichen Abend verbringen Ace und ich auf der Couch. Draußen regnet es inzwischen, als würde die

Welt untergehen. Also kuscheln wir uns in die neuen weichen Decken und schauen eine romantische Komödie.

Peinlicherweise entschlüpft mir ein Seufzer, als die Hauptpersonen des Filmes sich auf ihrem ersten Date befinden.

Neugierig schaut Ace mich an. »War dein erstes Date auch so kitschig und mit wem hattest du es?«

»Ich fand es nicht kitschig, sondern schön. Und mein erstes Date warst du, Ace.«

»Wir hatten ein Date?« fragt er ratlos, die Stirn gerunzelt.

Nun bin ich verwirrt. »Wir waren doch vor der ... Entführung mal zusammen Pizza essen. Weißt du nicht mehr?«

Erkenntnis zeichnet seine Züge. Er öffnet den Mund, als wolle er was sagen, schließt ihn aber wieder unverrichteter Dinge. Den restlichen Abend ist er unverhältnismäßig still, und ich frage mich, ob ich etwas falsch gemacht habe.

KAPITEL
Vierundzwanzig

Ace

Gegen Vormittag bringe ich Bella zu uns nach Hause, damit sie wie versprochen mit Joyce Kekse backen kann. Allerdings habe ich nur das kurze Vergnügen, den beiden beim Lachen und Herumalbern zuzuschauen, bis ich zur Arbeit muss. Zum Abschied drücke ich beiden einen Kuss auf den Kopf.

Im Büro des *no limits* angekommen, lasse ich mich auf meinen Schreibtischstuhl sinken und starre die endlos lange To-Do-Liste an: Mit Frank über die Sicherheit des Clubs reden, überlegen, was ich mit den Käfig-Kämpfen machen soll, die seit meinem letzten Fight ausgefallen sind, die Zahlen durchgehen, Arbeitsabläufe optimieren, Bewerbungsunterlagen weiterer Kellnerinnen prüfen und einen neuen Vertrag mit dem Getränkelieferanten aushandeln. Aufgaben über Aufgaben, und ich brauche einen Moment, um sie zu sortieren, die weniger wichtigen Dinge nach hinten zu schieben und die wichtigen in meinen Kalender einzutragen.

Mein Handy vibriert und eine Nachricht meiner Mom erscheint auf dem Bildschirm.

MOM

Ich wollte dich nur an unser jährliches Grillfest erinnern. Bringst du deine Freundin (wieso muss ich das von Chazz erfahren, dass du eine hast?!) mit?

Ohne die Nachricht hätte ich komplett verplant, dass das Fest ansteht, zu dem meine Eltern die ganze Familie und enge Bekannte einladen. Kurz tippe ich eine Antwort, dass ich Joyce fragen werde und mich noch mal melde. Und schon wieder wandern meine Gedanken zu ihr, obwohl sich auf meinem Tisch die Arbeit stapelt. Mir geht das gestrige Gespräch nicht aus dem Kopf. Joyce denkt, dieses kleine Essen neulich wäre ihr erstes Date gewesen, und das macht mich verrückt.

Seufzend lehne ich mich in meinem Stuhl zurück. Joyce hat über Jahre kein normales Leben geführt. Es hat sich keiner um sie bemüht oder um sie gekämpft. Lange konnte sie niemandem vertrauen. Bis sie es schließlich doch tat. Sie vertraut mir, ausgerechnet mir. Und diese Tatsache erschüttert mich mehr als alles andere. Hinter ihr verblasst der Erfolg meines neuen Clubs. Mein Drang, mich immer und immer wieder beweisen zu müssen. Ein Plan formt sich in meinem Kopf. Ein Plan für das perfekte Date. Doch um das zu realisieren, muss ich mich um etwas kümmern, was schon längst überfällig ist: eine Work-Life-Balance. Früher habe ich das Konzept nicht ganz verstanden, da meine Arbeit stets mein Leben war, doch seit die Mitchells in mein Leben getreten sind, will ich mehr als das. Es wird Zeit, das *Paradise* und *Galaxy* komplett in andere Hände zu legen.

Joyce

Ich hatte einen unglaublich schönen Tag mit meiner Schwester. Eine Frau vom Jugendamt hat sich ebenfalls gemeldet. Keine Ahnung, ob es an deren Überlastung liegt, dass Bella zumindest bis zur Festnahme von James bei uns bleiben darf, oder ob sie wirklich denken, dass sie es bei uns am besten hat.

Als Ace nach Hause kam, hatten wir haufenweise Kekse gebacken, durch die er sich aufopferungsvoll durchprobierte. Danach brachten wir sie schweren Herzens zurück, und einzig das Wissen, dass die Polizei und Devron auf Hochtouren arbeiten, um James und Enrique zu finden, bewahrt mir die Hoffnung, dass sie in ein paar Tagen wieder bei uns wohnen kann.

Im Auto drückt Ace leicht mein Bein. »Ich muss gleich noch einmal geschäftlich mit Chazz telefonieren, und danach gehöre ich ganz dir.«

Ich nicke ihm zu.

Daheim angekommen, nehme ich mir ein Buch und verkrümle mich ins Schlafzimmer. Doch der Durst treibt mich recht schnell wieder nach unten.

Ace steht mit dem Rücken zu mir vor dem Panorama-fenster und telefoniert auf Lautsprecher mit Chazz.

»Also willst du mir den Club verkaufen, damit du mehr Bettsport mit deiner Freundin betreiben kannst?«, fragt er amüsiert. In solchen Momenten weiß ich nicht, was ich von Ace' bestem Freund halten soll.

»Das geht dich zwar nichts an, aber sie ist noch nicht so weit.«

Ich zucke heftig zusammen. Wieso erzählt er das ein-fach so weiter? Gedemütigt ziehe ich den Kopf ein.

Chazz prustet los. »Uh, der berüchtigte Dark Panther lässt seit Wochen eine heiße Frau bei sich wohnen und hat es noch nicht zwischen ihre Schenkel geschafft? Hast du bei deinem üblichen Frauenverschleiß keine blauen Eier?«

Scham gräbt sich durch meine Eingeweide. Erwartet Ace vielleicht schon seit Tagen etwas von mir? Dass ich die Initiative ergreife?

Ich habe es geschafft, zur Polizei zu gehen, dann werde ich wohl auch die Stärke besitzen und mit dem Mann, den ich liebe, schlafen können, oder?

Ich warte Ace' Antwort nicht mehr ab, sondern schleiche mit trockener Kehle wieder nach oben.

Einige Zeit später – Ace war bereits im Schlafzim-mer – trete ich aus dem Bad und lege mich neben ihn unter die Decke. Meine Hände beben fürchterlich.

»Hey, alles okay?« Er lehnt mit gerunzelter Stirn und nacktem Oberkörper am Kopfende des Bettes.

»Ja.« Ich mustere ihn schluckend. Sein Haar ist leicht verzottelt und er blickt mir besorgt entgegen. »Ich habe unsere Küsse sehr genossen.« Diese Worte über meine Lippen zu bringen, fühlt sich an, wie Nägel zu verschlu-cken. Nicht, weil sie gelogen sind, sondern weil sie sich in dem Kontext meines Kopfes schmutzig und falsch anfühlen.

»Ich auch, Joyce.« Ich versuche, seine Worte zu analysieren. Kann man eine versteckte Botschaft raushören? Will er mehr? Braucht er mehr? Vermisst er es, mit einer Frau richtig intim zu werden?

Ich nehme all meinen Mut zusammen und positioniere mich rittlings auf seinem Schoß. Er keucht überrascht auf, erwidert meinen hastigen Kuss jedoch. Ich kann kaum den Druck seiner Lippen genießen, viel zu sehr bin ich wegen meines weiteren Vorhabens besorgt.

Innerlich tief Luft holend wage ich einen weiteren Schritt. Ich küsse mich an seinem Hals herab. Irgendwie fühle ich mich doof, aber Ace hat die Augen geschlossen. Das deute ich mal als stumme Einladung.

Mit meinen Händen fahre ich über seinen Körper. Schließlich lande ich am Bund seiner Schlafhose. Ich habe das Gefühl, er trägt sie nur wegen mir, denn sie ist noch ganz neu.

Im Begriff, ihm die Hose runterzuziehen, stoppt mich Ace plötzlich. »Was wird das, wenn's fertig ist, Rojita?«

Himmel ... ich, ähm ... Wieder bedenkt er mich mit einem irritierten Blick. Er packt mich an den Hüften und hebt mich von sich runter, als würde er ein lästiges Insekt entfernen. Mein Herz hämmert so laut und schmerzhaft, dass er es bestimmt hören kann.

»Ich glaube, wir sollten jetzt besser schlafen.« Damit dreht er mir den Rücken zu. Wortwörtlich. Er weist mich zurück.

Ich schenke ihm mein Herz auf einem Servierteller ... nein, opfere es ihm, und er schmettert es gegen die Wand.

Vielleicht ... bin ich nicht genug.

Einfach nicht genug. Innerlich ganz taub setze ich mich auf und steige aus dem Bett.

»Joyce ... geht es dir gut?« Seine Stimme klingt verzerrt durch das stetige Rauschen in meinen Ohren.

Mit einem versteinerten Gesicht gehe ich ins Bad. »Klar.« Schnell schließe ich die Tür hinter mir ab.

Ein Blick in den Spiegel offenbart mir das gleiche Monster wie immer. Ich sollte aufhören, die Ungeheuer in meiner Umgebung zu verurteilen, wenn ich doch selbst eins bin.

Keuchend stütze ich mich mit den Händen auf das Waschbecken. Ob er die bereits verheilten Spuren der Misshandlungen auch immer noch sieht? Den blauen Fleck auf meiner Wange, als er mich bei sich aufgenommen hat, den Cut an meiner Unterlippe, als ich aus dem Krankenhaus entlassen wurde. All die Dinge, die ich nicht ganz vor ihm verstecken konnte?

Klar geht es mir gut, da ist nur dieses bisschen lästige Einsamkeit in meinem Herzen. Dieses bisschen, das mein ganzes Inneres verschlingt. Da ist nur dieses eklige Gefühl der Zurückweisung, das überall an mir haftet. Vielleicht verschwindet es unter einem Wasserstrahl. Bekleidet steige ich unter die Dusche und drehe sie auf höchste Temperatur. Rutsche mit dem Rücken an der Wand herab, bis ich sitze. Versuche, durch den heißen Strahl über mir die Kälte in meinem Inneren zu vertreiben.

Erschöpft lege ich meinen Kopf auf meine verschränkten Arme.

»Klar geht es mir gut. Mir geht es super ...«, flüstere ich ins leere Bad. Dann fange ich hysterisch an zu lachen. Er – der gesagt hat, dass er meine Narbe fast gar nicht sieht und mich wunderschön findet – will mich nicht. Wer wird mich dann noch wollen? Wer wird es schaffen, mich und nicht die Gewalt, die auf mir hinterlassen wurde, zu sehen?

Letztlich sind wir doch alle allein, oder? Wer bleibt denn bis zum Schluss ...? Meine Mutter tat es nicht ... Maddie, meine zweite Hälfte, tat es nicht. Ich glaube, ich weine. Schwer zu sagen, ob mir Tränen oder das heiße Wasser über die Wangen rollen.

Die Schnur, die ich behelfsmäßig um mein Herz gewickelt habe, um es zusammenzuhalten, reißt unter der Last meines Schmerzes, und ich splittere auseinander. All die Teilchen, die ich stets mit Mühe zusammengehalten habe, explodieren in alle Richtungen. Ich habe schon so viel überlebt und zerbreche nun an der Zurückweisung eines Mannes? Nie zuvor kam ich mir so jämmerlich vor.

»Joyce?« Seine Stimme dringt gedämpft zu mir durch.

Ich antworte nicht, muss nur noch heftiger weinen.

»Joyce, ist alles okay?«

Ich finde nicht die Kraft, ihm zu antworten.

»Joyce, ich mache mir Sorgen um dich.«

Steht er vielleicht einfach darauf, für andere Menschen den Retter zu spielen? Mag er mich vielleicht gar nicht auf die Weise, wie ich ihn mag? Meine Brust krampft sich zusammen.

»Ich komme jetzt rein.«

Vielleicht hätten mich seine Worte in Alarmbereitschaft versetzen sollen, aber ich habe ja abgeschlossen. Nichts und niemand kommt hier rein.

Ruuums ...

Die Tür bricht auf und ein aufgebrachter Ace betritt das Bad.

Korrigiere. Nichts *und* Ace kommen hier rein.

Doch mittlerweile ist mir selbst das egal. Sein Blick saugt sich an mir fest, und sofort eilt er zu mir, um das Wasser auszudrehen. Um mich erneut zu retten.

Pures Entsetzen steht in seinem Gesicht. »Rojita, was tust du dir denn an? Das Wasser ist ja kochend heiß.«

Echt? Auch das habe ich gar nicht wahrgenommen, nur diese ewige Kälte in mir. Starke Arme heben mich hoch. Verschwommen bekomme ich mit, wie ich in Handtücher eingewickelt werde.

»Ich hole dir kurz trockene Klamotten.«

Ein Lufthauch, dann wird mir weicher Stoff in die Hand gedrückt und ich werde wieder allein gelassen. Betäubt ziehe ich mich an.

Mit gesenktem Kopf schleiche ich zum Bett. Das Bett, in dem alles angefangen hat.

»Joyce?«

Langsam drehe ich mich ihm zu.

»Rede mit mir«, fleht er. Eine tiefe Falte hat sich zwischen seine Brauen geschlichen. Er umschlingt seinen kleinen Finger mit meinem. Ich blinzle auf unsere Hände herab, die winzige Verbindung, unser Ding.

»Wieso hast du das getan? Du hast sogar einige leichte Verbrennungen an den Händen, und wer weiß, wo noch ...« Entsetzen – oder ist es Ekel? – zeichnet sein Gesicht. Schon wieder bin ich nur eine Verletzung.

»Das macht auch keinen Unterschied mehr«, bringe ich flüsternd heraus und löse meinen feuchten Finger von ihm.

»Was macht jetzt auch keinen Unterschied mehr, eine Verletzung mehr oder weniger ...?«

»Nein«, unterbreche ich ihn. »Eine Narbe mehr oder weniger.«

»Was redest du denn da?« Während er spricht, legt er eine seiner Hände vorsichtig auf die Narbe in meinem Gesicht.

Ruckartig entwinde ich mich ihm. »Du musst nicht so nett zu mir sein, nur weil ich dir leidtue ... Ich bin lange

Zeit ohne dich zurechtgekommen. Ich schaffe es auch jetzt.«

Mit diesen Worten will ich aufstehen und dieser unendlich peinlichen Situation entkommen.

»Du denkst, ich behandle dich so, weil ich dich bemitleide?! Verstehst du denn gar nichts, Joyce?!«

»Was ich verstehe, ist, dass du dich offensichtlich vor mir ekelst. Und dass ich dir nicht geben kann, was du scheinbar dringend brauchst ...« Ich werde zum Ende hin immer leiser.

Verständnis zeichnet sich auf seinem Gesicht ab. »Du hast mich mit Chazz reden hören, oder?« Ich nicke nur knapp.

»Dann hast du das Ende nicht gehört, als ich ihm erklärt habe, dass ich dich den Rest meines Lebens nur küssen könnte und trotzdem glücklich wäre. Wieso zur Hölle sollte ich mich vor dir ekeln?«

»Wieso hast du mich abgewiesen?«, frage ich mit Tränen in den Augen zurück.

Entsetzen macht sich in ihm breit. »Doch nicht, weil ich mich vor dir ekle oder dich nicht will. Ich habe es aus Rücksicht getan. Für mich ist das alles auch nicht einfach. Seit wir uns kennen, reagierst du nicht gerade positiv auf Körperkontakt. Ich war verunsichert und wollte dich nicht erschrecken.«

»Das heißt, du willst mich?«

Er lächelt, zeigt mir seinen abgebrochenen Schneidezahn. »Mehr als das.«

»Beweis es.«

Ace küsst mich stürmisch, als habe er nur auf diese zwei Worte gewartet. Ich erwidere den Kuss leidenschaftlich, dieses Mal mit prickelndem Magen. Wir wälzen uns herum, bis er über mir liegt. Prüfend schaut er mir in die Augen. Langsam lässt er sein Becken gegen meins sinken und ich fühle seine Erregung. Kein Mann kann so lügen.

Für einen kurzen Moment durchfährt mich der Stolz einer Olympiasiegerin, doch er wird schnell durchzogen von der altbekannten scharfen Angst. Als habe Ace das gespürt, rollt er sich sofort von mir runter und rutscht ab.

»Es tut mir leid«, murmle ich. Immerhin wollte er mich genau davor bewahren.

»Nein, sag das nicht. Es muss dir nicht leidtun. Wir werden einfach so lange warten, bis du dich sicher fühlst.« Aufmunternd lächelt er mir zu.

»Und was ist, wenn das zwanzig Jahre dauert oder es nie passiert?«

»Wir haben Zeit. Ich verstehe, dass es einen unglaublichen Leidensdruck erzeugt, etwas haben zu wollen, während jede Faser deines Körpers einfach nur schreit. Aber vielleicht wird er ein bisschen weniger, wenn das verkrampfte Muss verschwindet. Ich will nicht mit dir schlafen, weil du denkst, es zu müssen. Ich will es nur, wenn du es auch willst.«

Einige Zeit liegen wir stumm nebeneinander auf dem Rücken, jeder brav auf seiner Bettseite.

»Was genau macht dir daran Angst?«, fragt er irgendwann. Seine Stimme ist ruhig, nicht drängend, ich höre keinen Hintergedanken heraus, einfach nur eine subtile Neugierde.

»Nähe macht mir Angst. Andauernd wurden Grenzen bei mir überschritten. Mein Nein verklang im Nichts. Meine Schreie trafen auf taube Ohren. Mein Schmerz war egal.« Gegen Ende werde ich immer verzagter.

»Ich verstehe deine Angst, und es wird dauern, bis du mir genug vertraust, dass sie leiser wird. Aber ich kann dir versprechen, dass ich bei einem Nein sofort aufhöre, egal wann. Sex ist keine Verhandlungssache und kein Allein-gang. Es ist ein Zusammenspiel aus zwei Menschen und die Bedürfnisse beider sind gleich viel wert.«

Seine Worte sind wunderschön, aber er hat recht. Es wird dauern, bis ich sie ihm auch wirklich glaube. Nur weil ich jemandem mit einer Spinnenphobie sage, dass die Spinne ihm nichts tut, verpufft die Angst nicht.

»Hast du mal darüber nachgedacht, dir Hilfe bei jemand Professionellem zu suchen?«

»Du meinst wie ein Psychologe?«

»Ich meine genau das.«

Ich seufze schwer. »Natürlich, und vermutlich wird es auch langsam Zeit, dass ich das in Angriff nehme.«

»Ich bin so stolz auf dich.«

In mir regt sich der Wunsch, dass er mich in die Arme nimmt.

»Komm her«, er breitet die Arme aus und ich rutsche langsam näher, »versprich mir was, okay? Ich würde dich gerne berühren. Einfach deine Haut spüren. Dich in den Arm nehmen. Ich kann nur nicht in dich reingucken. Also sollte es mal Momente geben, in denen du es nicht ertragen kannst, von mir berührt zu werden, dann musst du mir das sagen, okay?«

»Okay«, wispere ich und kuschle mich an seine Brust, höre sein Herz verlässlich unter meinem Ohr schlagen und seufze zufrieden.

Seine Umarmung wird stärker und ich schlafe sicher und beschützt ein.

KAPITEL
Fünfundzwanzig

Joyce

»**Z**ieh dich an. Wir müssen gleich los«, meint Ace und wirft mir eine Jacke zu. Er ist erst vor einer halben Stunde von der Arbeit gekommen und wirkt schon die ganze Zeit aufgeregt.

Ungeschickt, wie ich bin, komme ich bei dem Versuch, die Jacke zu fangen, ins Stolpern. »Was? Wo müssen wir denn noch hin?«

Ace bedenkt mich mit einem funkelnden Blick. »Wir gehen aus.«

»Wir gehen aus?«, echoe ich vollkommen dümmlich, ziehe mir die Jacke aber drüber.

»Ja.«

»Wieso?«, hake ich irritiert nach und schaue verunsichert an mir herab. Ich trage eine schlichte Jeans und einen hellblauen Pullover, der meine Augen betont. Hübsch, aber definitiv nicht für ein Date geeignet.

»Wieso? Weil du mir neulich mit fester Überzeugung erzählt hast, dass das Abendessen in der Pizzeria dein erstes Date war. Aber das war nur ein einfaches Essen. Und nun werde ich dir das beste erste Date schenken, das du dir vorstellen kannst.«

Baff blicke ich ihn an. Nach gestern hatte ich die Befürchtung, dass es irgendwie komisch zwischen uns sein könnte. Aber Ace wäre nicht Ace, wenn er das zulassen würde.

Vielleicht sollte ich ihm von den Narben erzählen. Von Maddie und meiner Mom. Von *allem* halt.

Vielleicht würde es mir aber auch besser gehen, wenn mein dummes Herz aufhören würde, sich in Dinge einzumischen, die es nichts angehen, und einfach seinen blöden Job erledigen würde. Der da wäre zu pumpen. Einfach nur Blut durch meinen vernarbten Körper zu pumpen.

Es gibt schließlich mehr als einen Grund, warum ich ihm diese Dinge verschweige.

Ich konzentriere mich besser auf das vor mir liegende Date. Denn immerhin ist es mein erstes, und ich habe keinen Plan, wie ich mich verhalten soll.

Ace

Und hier sitzen wir nun. In meinem Auto. Sie neben mir. Zwischen uns nichts als die leise Klaviermusik aus dem Radio.

»Verrätst du mir nun endlich, wo es hingeht?«

»Das wirst du noch früh genug sehen«, antworte ich zum dritten Mal schmunzelnd. Sie kann es einfach nicht gut sein lassen. Es ist niedlich mitanzusehen, wie sie vor Aufregung auf ihrem Sitz hin und her rutscht.

Vorsichtig lege ich ihr eine Hand auf den Oberschenkel.

»Du brauchst nicht aufgeregt zu sein. Es ist wie sonst auch. Nur, dass wir das Haus verlassen. Aber ich bin bei dir, okay?«

Sie atmet tief durch. »Okay.«

Wir fahren immer weiter stadtauswärts. Ich habe mich entschieden, nicht mit ihr in eins dieser überfüllten Restaurants zu gehen. Ich will etwas mit ihr machen, das so besonders ist wie sie. Wir fahren eine kleine Ewigkeit, bis ich vor einem kleinen Wald parke.

»Warte, wir sind da?« Verunsichert starrt Joyce zwischen den Bäumen hindurch in die Dunkelheit.

»Vertrau mir bitte. Du weißt, dass ich dich niemals in Gefahr bringen würde.«

Sie sieht immer noch nicht sehr beruhigt aus. Also sage ich ihr, was ich ihr eigentlich verschweigen wollte.

»Ich habe Devron und seinen Männern Bescheid gesagt, dass sie die Gegend im Auge behalten sollen. Niemand kommt hierher, ohne dass wir es wissen.«

»Er ist hier und beobachtet uns?« Sichtlich unwohl zieht sie die Schultern hoch.

»Nein. Sie beobachten nicht *uns*. Sie passen auf, dass sich dem Gebiet niemand nähert.«

Endlich weicht die Anspannung etwas aus ihren Muskeln. »Meinst du, wir sind sicher?«

»Du bist sicher. Sonst hätte ich dich nicht mit hierher genommen.« Ich halte ihr meinen Arm zum Einhaken hin. »Können wir? Ich habe dich hierhergebracht, um dir meinen Lieblingsort zu zeigen.«

Stirnrunzelnd blickt Joyce mich an, hakt sich aber bei mir unter. »Wie hast du ihn denn gefunden?«

Gemächlich wandern wir den schmalen Trampelpfad entlang. »Meine Eltern wohnen nicht weit von hier, und als Kind bin ich viel in der Gegend rumgestreunt. Durch Zufall habe ich die hier entdeckt.«

Ich schiebe ein paar Äste beiseite und zeige ihr die Lichtung, die ich mit Lichterketten und batteriebetriebenen Kerzen geschmückt habe.

Joyce bleibt wie angewurzelt stehen. Tränen steigen ihr in die Augen und sie schlägt sich ihre Hand vor den Mund.

Ich versuche, das Ganze mal aus ihrer Perspektive zu sehen. Erst sind wir fünf Minuten durch einen gruselig dämmrigen Wald gelaufen. Jetzt stehen wir auf einer kleinen Lichtung. Die Abendsonne hüllt sie in ein warmes schummriges Licht und spiegelt sich in dem See, der vor der Lichtung liegt. Rechts von uns macht ein kleiner Wasserfall angenehme gurgelnde Geräusche. Ich bin heute früher von der Arbeit gefahren und habe in der Mitte eine Picknickdecke ausgebreitet. Diese ist eingerahmt von bunten Wildblumen und ein Picknickkorb steht ganz einsam und verlassen darauf.

In den Ästen, die über der Lichtung eine Art Blätterdach formen, hängen Laternen und Lichterketten. Vereinzelt stehen kleine Windlichter im Gras oder hängen in den Bäumen. Es ist wirklich mystisch.

»Oh mein Gott. Das ist wunderschön, Ace.«

Ihre Freude macht das bisschen Arbeit sofort wieder wett. »Komm, setz dich.« Ich deute auf den Boden.

Joyce lässt sich mit ausgestreckten Beinen und nach hinten gestützten Armen nieder.

»Es ist geradezu magisch hier. Danke, Ace.« Sie wirkt so entspannt wie noch nie. Ganz schnell und vorsichtig haucht sie mir einen Kuss auf die Wange. Dann senkt sie wieder ihren Blick, und dennoch bedeutet mir die Geste unglaublich viel. Denn ich bin mir sicher, dass sie dieses Mal von ihr ausging und nicht, weil sie, wie gestern, dachte, mir etwas geben zu müssen.

»Und ich habe uns noch ein paar Kleinigkeiten mitgebracht.«

Neugierig mustert Joyce mich.

Ich krame in dem Korb und reiche ihr ein Sandwich. »Eins mit Käse für dich und eins für mich.«

»Ich glaube, die Dinger werden mein neues Lieblingsessen.« Warm blickt sie mich an.

»Auf die Gefahr hin, die Stimmung zu versauen: Du gibst so unendlich viel, und ich habe das Gefühl, dem überhaupt nicht würdig zu sein.«

Ich wirble zu ihr herum. Keine Ahnung, wann sie jemals so ehrlich zu mir war.

»Und wie du das verdient hast. Besonders nach all der Scheiße ...«

»Für die ich irgendwie selbst verantwortlich bin.«

Ich reiße die Augen auf. »Bitte sag mir, dass du dir nicht die Schuld an der Entführung gibst?!«

»Nicht zwangsläufig nur die Entführung. Ich rede davon, zu was für einem Menschen mein Vater wegen mir geworden ist.«

Ich schaffe es, die glühend heiße Wut in mir zu bändigen. »Du bist nicht schuld«, sage ich und betone dabei jedes einzelne Wort.

»Aber wenn ich nicht schuldig bin, was habe ich dann noch?«

Aus traurigen Augen schaut sie mich an, das Sandwich vergessen in ihrer Hand.

»Wie meinst du das?« Verwirrt ziehe ich die Brauen zusammen. Wer fühlt sich schon gerne schuldig?

»Na ja, Schuld zu haben, bedeutet, dass ich einen Fehler gemacht habe. Meine Handlungen haben Konsequenzen. Also habe ich die Kontrolle. Nun sagst du, dass ich keine Kontrolle habe, weil es gar nicht mein Fehler war. Aber das bedeutet ja, dass ich kontinuierlich den Fehlern anderer Menschen ausgeliefert bin. Ich bin hilflos.« Sie wirft ihre Arme hoch, und dabei landet ein Klecks Remoulade auf ihrer Nasenspitze.

Vorsichtig wische ich ihn weg und schaue ihr dann eindringlich in die Augen. »Ich verstehe, dass das Gehirn eines Kindes keinen anderen Ausweg sieht, als den Fehler bei sich zu suchen, wenn die Eltern einen misshandeln. Wie du schon sagst, würde alles andere bedeuten, dass man ihnen ausgeliefert ist, in einem Alter, in dem man noch nicht für sich selbst sorgen kann. Das ist eine sehr schlaue Überlebensstrategie. Aber du bist kein Kind mehr. Du kannst nun für dich selber sorgen. Und wenn jemand seine Wut oder sonst was gegen dich richtet, ist das nicht dein Fehler, sondern der deines Gegenübers. Und genau bei ihm kannst du diesen Fehler lassen.

Nimm ihn einfach nicht als deinen an. Dann hast du auch die Kontrolle.«

»Hmpf, wenn es nur so einfach wäre.«

»Ich habe nie behauptet, dass es einfach ist, ich zeige dir lediglich, dass du nicht an deinen Schuldgefühlen festhalten musst, nur um dich stark zu fühlen. Genauso wie ich nicht an meiner unbändigen Wut festhalten muss.« Mit ihr an meiner Seite werde ich tatsächlich zu einem besseren Menschen. Erstmalig weiß ich nicht nur, dass mir meine Wut nicht guttut, sondern ich bin auch bereit, daran zu arbeiten, sie loszulassen.

»Vielleicht sollte ich es doch mal mit diesem Therapie-Dings probieren, wenn das dabei herauskommt.« Frech grinst sie mich an.

Schallend lache ich auf. So kess kenne ich sie gar nicht, aber mir gefällt es.

Nachdem wir aufgegessen haben, krame ich wieder in dem Korb. »So, ich hoffe, dir hat die Vorspeise geschmeckt. Kommen wir nun zum Hauptgericht.«

Ich reiche ihr einen mit Alufolie abgedeckten Teller. Gespannt befreit Joyce den Teller und lacht. »Schokolade.«

Noch zu genau erinnere ich mich, wie begeistert sie sich auf die Pralinen gestürzt hat, die ihr Amira mitgebracht hat. Nach und nach probieren wir die verschiedensten Sorten. Da wir jedoch beide nicht riskieren wollen, dass uns schlecht wird, essen wir nicht alle auf.

Langsam wird es wirklich dunkel, und wir legen uns nebeneinander auf den Rücken und starren durch ein kleines Loch im Blätterdach in den Sternenhimmel. Hier, ein bisschen abseits vom Stadttrubel mit den hellen Lichtern, kann man die Sterne tatsächlich sehen.

Irgendwann fängt Joyce an, leicht zu zittern. Schnell stehe ich auf und hole eine der Decken, die ich mitgenommen habe. Vorsichtig decke ich sie zu. Sie lächelt mich dankbar an. Dann lege ich mich hinter sie und nehme sie in die Arme, um sie zu wärmen.

»Ich muss dir auch noch etwas sagen«, beginne ich zögerlich.

»Hm?« Vollkommen zufrieden schmiegt sie sich noch enger in meine Arme.

Irgendein nicht verarbeiteter Kind-Ace-Anteil hat Angst, dass sie sich nach meinem Geständnis von mir abwendet. »Wie du weißt, habe ich gestern mit Chazz geredet. Und auch wenn du nur einen sehr unschönen Teil mitbekommen hast, ging es eigentlich ums Geschäft. Ich habe mich dazu entschieden, meine beiden älteren Clubs zu verkaufen. Einen an Chazz und den anderen an den Manager vom *Galaxy*. So kann ich mich vollkommen aufs *no limits* konzentrieren und habe mehr Zeit für dich.«

Erschrocken fährt sie zusammen. »Ich will nicht, dass du dein Leben für mich zerstörst. Ich will nicht, dass ...«

»Shh«, ich wiege sie etwas hin und her und hoffe, dass sie sich wieder beruhigt. »Ich zerstöre nichts. Ich befreie mich von viel zu schweren Arbeitslasten, die ich meinte, mir auferlegen zu müssen, um meine Eltern stolz zu machen.«

Mein Herz schlägt kräftig in meiner Brust, als ich ihr das anvertraue, aber es fühlt sich richtig an.

»Mir ist egal, dass wir uns nicht mal einen Monat kennen. Mir ist klar, dass noch viel vor uns liegt. Immer noch stecken wir in einem riesengroßen Schlamassel. Die Welt war grausam zu uns. Sie wird auch weiterhin grausam zu uns sein. Nun sind wir jedoch nicht mehr allein. Wir haben uns. Was ich dir versuche zu sagen, auch wenn es völlig verrückt ist: Ich liebe dich.«

Joyce

Mein Atem setzt aus. Er liebt mich? Hastig drehe ich mich in seinen Armen, bis ich, wie gestern, rittlings auf seinem Schoß sitze. Nur dieses Mal nehme ich jeden Zentimeter seines Körpers wahr und alles in mir wird butterweich.

Eindringlich schaue ich in seine schönen hellen grau-grünen Augen, in denen Verunsicherung schimmert. »Ich liebe dich auch. Ob arm oder reich. Dritter Club oder arbeitslos. All das spielt für mich keine Rolle. Denn ich liebe *dich*, Ace. Dich als Person. Nicht, weil du etwas leistest. Etwas besitzt. Sondern wegen deiner Sanftmütigkeit. Deiner Geduld. Deiner Fähigkeit, zuzuhören. Weil ich bei dir *ich* sein darf. Und weil ich mich bei dir sicher, geborgen und geliebt fühle.«

Damit lege ich meine Lippen auf seine. Er stöhnt leise, und ich öffne meinen Mund, um den Kuss zu vertiefen. Da sind nur noch er und ich. Seine Lippen auf meinen. Seine Zunge in mir. Das stetig schneller werdende Schlagen meines Herzens und eine tiefe Liebe, wie ich sie noch nie verspürt habe.

Nach einer halben Ewigkeit lösen wir uns voneinander. Ich schlinge meine Arme um ihn und ziehe ihn nah zu mir. So nah, dass nicht einmal mehr ein Lufthauch zwischen uns passt.

»Ich mag es, dich zu küssen. Wenn ich dich küsse, bin

ich frei«, wispere ich ihm ins Ohr und nehme eine leichte Gänsehaut bei ihm wahr. Das und die Ausbeulung in seiner Hose verraten mir, dass auch ich ihn nicht kalt-lasse. Doch nach unserem Gespräch gestern zaubert mir diese Tatsache ein Lächeln ins Gesicht, statt mich unter Druck zu setzen.

»Das war das beste erste Date aller Zeiten«, hauche ich und umarme ihn fester. Seine starken Arme nehmen mich gefangen und ich seufze glücklich.

»Und es muss noch nicht vorbei sein. Vielleicht sollten wir die Location wechseln. Uns etwas Beque-meres suchen.«

KAPITEL
Sechsundzwanzig

Joyce

Stöhnend lasse ich mich aufs Bett plumpsen und vergrabe mein Gesicht in den Händen. Ace ist gerade im Bad. Völlig durchgefroren sind wir hier angekommen. Irgendwas in mir zieht mich unaufhörlich zu ihm, saugt seinen Eukalyptusduft in mich auf, registriert seinen sexy Körper und will ... mehr. Will es endlich hinter mich bringen, eine ganz normale Frau mit einem normalen Liebesleben sein. Vielleicht ist es ja nicht schlimm, wenn ich mich nur einmal überwinde? Es ist anders als gestern. Das Wollen ist viel größer als die Angst.

Ich bin mir sicher, dass er niemals den ersten Schritt machen wird, besonders nicht nach dem vorangegangenen Tag. Er wartet, bis ich bereit bin. Und das heißt, dass ich ihm sagen muss, was Sache ist.

Mit einem Mal kribbelt jede meiner Zellen, und ich weiß, dass er den Raum betreten hat. Langsam sehe ich auf und bewundere wieder mal seinen Körper. Er schläft mittlerweile nur in Boxershorts, während ich in meinen langen Klamotten schwitze.

Mir ist klar, dass irgendwann der Tag kommen wird, an dem er meinen Körper sieht. Ich hoffe einfach, dass dieser Tag noch in weiter Ferne liegt und wir miteinander schlafen können, ohne dass ich mich gänzlich ausziehe. Denn ich werde ihn wahrscheinlich verlieren, wenn er mein wahres Ich entdeckt. Mein zerstörtes und endlos gebrochenes Ich.

Ein Finger tippt unter mein Kinn und hebt es an, sodass ich auf diese graugrünen Augen treffe, die nichts als bodenlose Ruhe versprechen. Seine Brauen hat er sorgenvoll zusammengezogen. »Was geht dir jetzt schon wieder durch deinen hübschen Kopf?«

Ich drücke die Übelkeit, die wie ein cholerischer Dinosaurier in meinem Magen wütet, runter und versuche mich stattdessen auf das Kribbeln, das seine Berührung auslöst, zu konzentrieren.

»Ich will dich«, hauche ich schließlich heiser, und meine Stimme wird zum Ende hoch. In meiner Fantasie stürzt er sich auf mich, sobald diese Worte meine Lippen verlassen, aber die Realität ist um einiges sittlicher. Zwar weiten sich seine Pupillen und er umrahmt nun mit beiden Händen mein Gesicht, sodass ich keine Chance habe, auszuweichen. Da sind Misstrauen und Zurückhaltung in seinen Zügen, was man ihm nach meinem gestrigen Zusammenbruch nicht verübeln kann.

»Bist du dir ganz sicher?«, hakt er nach, und alles in mir will laut losschreien. Das ist nicht normal, oder? Eine erfolgreiche Verführung sieht anders aus, oder? Kann nicht einmal etwas normal sein in meinem Leben? Ich normal sein?

»Hätte ich es sonst eben gesagt? Der Abend war wunderschön, lass ihn nicht enden.« Meine Unterlippe zittert, und ich grabe meine Zähne schmerzhaft in sie, um sie ruhig zu halten. Ace befreit sie sachte aus ihrer peinvollen Gefangenschaft.

»Wahrscheinlich nicht«, stimmt er mir zu. Und kurz bevor ich einen Rückzieher machen kann, weil die Angst mit einem Mal zurückkehrt, lehnt er sich vor und platziert sanft seinen Mund auf meinem. Seine Zunge nimmt einen interessanten Tanz mit meiner auf, und ich schlinge meine Arme um seinen Hals, um ihn näher zu mir zu ziehen. Da sind nur noch er, der leichte Druck seiner Lippen, seine Zunge, die neckisch gegen die meine stößt, sein Eukalyptusgeruch und dieses Prickeln von meinem kleinen Zeh bis zu meinem Schopf. Beinahe erschaudere ich, doch die Hitze in meinem Bauch vertreibt im gleichen Moment das Erzittern.

Er löst sich von mir und schickt seine große Hand auf Wanderschaft. Zart liebkost er mein Gesicht, fährt meine Gesichtszüge nach. Als er meine Narbe nachzeichnet, grummelt es unruhig in mir, dennoch lasse ich ihn fortfahren. Er gleitet hauchzart weiter zu meinem Hals, wo er kurz verharrt, als er mein Schlucken bemerkt. Seine Pranke legt sich um meine Kehle und in meiner Brust explodiert mein Herz vor Zuneigung für diesen Mann. Nie hätte ich gedacht, dass es möglich ist, dort eine Hand zu fühlen und trotzdem zu wissen, dass ich in Sicherheit bin. Er hätte die Chance, zuzudrücken, aber wenn ich etwas weiß, dann, dass er das niemals machen würde.

Ich gebe dem Drängen in mir, ihn ebenfalls zu berühren, nach und schiebe konzentriert meine Hände auf seine Brust.

Ich finde seinen Herzschlag und schaue überrascht auf, als ich bemerke, wie schnell es schlägt.

Ace hebt neckisch eine Augenbraue an. »Was dachtest du denn? Dass ich vollkommen entspannt wäre, wenn du mir das erste Mal erlaubst, dich richtig zu berühren?«

Erst nicke ich, dann schüttle ich mit dem Kopf, schließlich zucke ich mit den Schultern. Ich bin komplett überfordert mit der Situation. Ace lacht leise auf und zieht mich enger in seine Arme. Ich genieße das klare Gefühl der Geborgenheit in ihnen. Es ist anstrengend, die ganzen Verknüpfungen in meinem Gehirn, dass Berührung gleich Schmerz ist, zu lösen und zu lernen, dass diese durchaus guttun kann.

Ace geht einen Schritt weiter und beginnt meine Brüste zu liebkosen. Ich kann nicht verhindern, dass ein kleines Stöhnen über meine Lippen schleicht. Erschrocken schlage ich mir die Hand vor den Mund.

»Versteck diese süßen Laute nicht vor mir. Ich möchte, dass du dich nicht zurückhältst. Ich will jeden Einzelnen hören. Denn die zeigen mir, was dir gefällt und dass ich meine Sache gut mache.«

Ace greift bereits nach meinem Shirt, um es mir über den Kopf zu ziehen, da packe ich seine Hände und halte sie fest.

Verdammter Mist. Ich habe etwas vergessen, als ich ihm sagte, dass ich ihn wollen würde. Und zwar, dass er dann meinen Körper sehen wird.

Obwohl ... Theoretisch würde es auch reichen, wenn ich nur meine Jeans öffnen würde. Mein Gott, was denke ich da?

»Hey, wo bist du denn gedanklich schon wieder? Ist

alles klar? Sollen wir aufhören?« Er wirkt nicht im Mindesten enttäuscht, dieser Mann ist ein Engel. Ein leibhaftiger Engel.

»Mir geht es gut. Wir können weitermachen.« Der Wunsch, diesem wunderbaren Menschen nahezukommen, brennt noch immer in mir. Ich streiche über seine Schultern, und er fängt meine Hände ein, um sie mit Küssen zu überdecken.

»Rojita, ich glaube, es ist besser, wenn wir es nun beenden. Du sagst zwar, dass wir weitermachen können, umklammerst aber gleichzeitig meine Handgelenke. Dein Körper spricht eine andere Sprache als du. Wir dürfen es nicht zu weit kommen lassen.«

Niemals zuvor habe ich jemanden getroffen, der so aufmerksam ist. »Ich will das hier. Nur ... kann ich das Shirt ... meine ganzen Klamotten anbehalten, während wir fortfahren?«, frage ich zaghaft.

Ace nimmt mich in die Arme und dreht uns so, dass mein Kopf auf seiner Brust landet, als wäre sie mein persönliches Kopfkissen. Sein Herzschlag wummert klar und verlässlich direkt unter meinem Ohr.

»Versteh mich nicht falsch. Ich will dich wie sonst nichts auf dieser Welt. Aber ich will dich richtig. Und richtig beinhaltet bei mir, dass du keine Kleidung trägst, wenn ich das erste Mal in dich eindringe.« Keine Ahnung, ob ich vor Ehrfurcht vor seinem Wesen erzittern oder vor Enttäuschung schreien soll. Wir sind kein richtiges Paar, weil ich nicht richtig bin, doch als Irgendwie-Paar würde ich uns schon bezeichnen. Welches Irgendwie-Paar tauscht keine körperlichen Intimitäten aus? Genau. Wir. Sind wir dann überhaupt noch ein Irgendwie-Paar?

Ich werde mich wahrscheinlich auf ewig weigern, dass er meinen Körper sieht, und er wird sich immer weigern, im Dunkeln mit mir Liebe zu machen. »Ich weiß nicht, ob ich dir jemals ohne Klamotten gegenübertreten kann«, teile ich ihm ehrlich mit.

Er beginnt ruhig durch mein Haar zu fahren, meine Kopfhaut zu massieren, und mein angespannter Kiefer lockert sich. »Dann warte ich eben bis jemals. Nackt zu sein, ist ein verletzlicher Zustand. Sich jemandem nackt zu zeigen, heißt, Vertrauen zu zeigen. Ich warte so lange, bis du mir dieses Vertrauen entgegenbringen kannst.«

Seine wunderschönen Worte lassen Panik in mir aufsteigen. »Du verstehst das nicht ... Es ist wegen ...« Ich breche ab.

Er drückt mir einen Kuss auf den Schopf und murmelt in mein Haar. »Es ist egal, weswegen du dich nicht traust, dich mir zu öffnen. Wie gesagt, ich warte auf dich. Wenn wir diesen großen Schritt wirklich gehen, möchte ich, dass du dir ganz sicher bist.«

Ich seufze und lasse mich ein bisschen mehr in seine Umarmung fallen. »Langsam kann ich meine Entschuldigungen selber nicht mehr hören. Scheint irgendwie ein Dauerzustand zu sein. Dennoch, sorry, du hast wahrscheinlich mehr erwartet.«

»Ach, mach dir keine Sorgen. Du wirst diese Schulden eines Tages alle bei mir abarbeiten«, sagt er.

Ich stütze mein Kinn auf seine Brust und treffe auf verschmitzt funkelnde Augen.

»Idiot«, brumme ich, muss dann jedoch loslachen.

»Na bitte, da haben wir es.« Zufrieden streichelt er mein Gesicht.

»Da haben wir was?«

»Ein Lachen.«

Argh, dieser Kerl ist einfach unglaublich.

Kurz auf das Lachen folgen die Tränen. Ich kann sie nicht mehr zurückhalten. Eine nach der anderen rollt über meine Wangen, und ich sinke in einen Kummer-Sumpf, der mich immer weiter in gruselig dunkle Tiefen zieht.

Meine Umgebung verschwimmt hinter dem Tränenschleier, aber ich nehme zu deutlich wahr, dass Ace einen Arm unter meine Kniekehlen und einen um meinen Oberkörper schlingt, mich so hochhebt und sicher an seine warme Brust drückt.

Schritte. Schaukeln. Türquietschen. Licht. Kalte harte Fliesen. Wasserrauschen. Feuerzeugklicken. Rosengeruch. Ein »Ruf mich, wenn du mich brauchst.«

Als ich zu mir komme, hocke ich auf der Toilette mit meinem Rücken an den kühlen schwarzen Fliesen.

Von der riesigen weißen Badewanne steigt Wasserdampf auf. Der Raum wird einzig und allein von Dutzenden Kerzen erhellt, die teils auf dem Wannenrand und teils querbeet verteilt sind.

Die flackernden Flammen spiegeln sich in den glänzenden Fliesen und tauchen das Bad so in eine weiche und intime Atmosphäre, die sich wie Balsam um mein schmerzerfüllt schreiendes Herz legt. Ein Geschenk von Ace.

Dampfschwaden steigen aus der Wanne und tänzeln um eine Flamme, die spielerisch ausweicht. Und in dem Moment erinnern die zwei Elemente mich so stark an Ace und mich, dass ich hart auflache.

Ich ziehe mich aus und lasse mich zitternd in die fast vollgelaufene Badewanne sinken.

Wohlig seufze ich auf. Das warme Wasser umschmeichelt meinen Körper. Trägt ihn und gibt mir das Gefühl von Schwerelosigkeit. Die Wärme durchdringt meine Haut, gleitet in mein Innerstes und schmiegt sich dort tröstend um mich. Müde schließe ich die Augen.

Plötzlich öffnet sich die Tür und ich reiße erschrocken die Augen auf. Ace steht im Rahmen und scheint erleichtert, als er sieht, dass es mir gut geht.

Hektisch kontrolliere ich, dass der Badeschaum meinen Körper bedeckt. Noch kann man nichts von mir sehen, außer meiner Hände, die sich in den Wannenrand krallen, und meinen Kopf, der aus dem Wasser schaut.

Doch das wird nicht lange so bleiben. Die winzigen Schaumbläschen platzen bereits nach und nach.

»Was machst du hier?«, fahre ich ihn nicht gerade freundlich an.

»Entschuldigung. Ich habe geklopft, aber du hast nicht reagiert, und da habe ich mir Sorgen gemacht.«

Mit diesen Worten will er sich wohl wieder umdrehen und verschwinden.

Ich stoppe ihn, warum auch immer. »Bleib!«, kommt es ohne großes Zutun aus meinem Mund.

Mit einer hochgezogenen Augenbraue dreht er sich zu mir um. »Bist du dir sicher?« Während der ganzen Zeit, die er im Bad ist, schaut er mir betont und ausschließlich ins Gesicht.

Nun schweifen seine Augen über meinen Körper, und ich habe fast das Gefühl, er könne alles sehen. Verdammt, wieso sage ich ihm nicht einfach, dass er gehen soll, wie er es getan hätte, wenn ich ihn nicht gestoppt hätte?

Sein Blick saugt sich an meinen drei Zehen fest, von denen ich gar nicht bemerkt habe, dass sie aus dem Wasser ragen.

Es sind nur drei dumme Zehen, und doch hat er nie so viel von mir gesehen. Ich fühle mich nackt. Himmel, ich bin nackt. Ruckartig ziehe ich meinen Fuß zurück ins Wasser, was es gefährlich in Wallung bringt.

Gott oder welch höherer Macht auch immer sei Dank hält der Schaum weiterhin alle Stellen bedeckt.

Ace schaut mir bereits wieder ins Gesicht. »Willst du wirklich, dass ich bleibe?«

Ich will nicht, dass er geht. Denn ich habe Angst vor dem Alleinsein. Aber noch weniger will ich, dass er vielleicht irgendetwas von meinem Körper sieht, was er nicht sehen soll.

Ace scheint zu verstehen.

»Wenn du mich wirklich bei dir haben willst, kann ich mich neben die Wanne setzen, und ich schwöre dir, ich werde die ganze Zeit nur in deine wunderschönen Augen schauen. Und wenn es dir zu viel wird, gehe ich.«

Habe ich schon erwähnt, dass ich diesen Mann vergöttere?

»Rede mit mir«, meint er sanft.

»Was willst du denn hören?«

»Das ist die falsche Einstellung. Erzähl mir nicht das, was ich hören möchte, sondern das, was du mir erzählen möchtest.«

Die Situation ist so absurd. Ich liege quasi nackt neben ihm, und trotzdem kann er nichts von mir sehen. Wahrscheinlich nicht einmal, wenn er den Blick von meinem Gesicht abwenden würde. Ich muss ob dieser Absurdität lachen.

»Was ist so witzig?«, fragt Ace mit einem leisen Lächeln.

»Du. Ich meine Wir. Da schaffe ich es nicht, mit dir zu schlafen, weil ich nicht will, dass du meinen Körper siehst, und schau mal, wie ruhig ich jetzt neben dir bin.«

»Ist doch schön, wenn du dich in meiner Nähe so sicher fühlst.«

»Aber nicht sicher genug, um mit dir zu schlafen?«, frage ich spöttisch und gleichzeitig sehr verletzlich. Ich will es. Also warum tue ich es nicht?

»Rojita, gib deinem Verstand noch etwas Zeit, sich

daran zu gewöhnen, dass du mir vertraust. Auch wenn ich nichts lieber täte, als dich zu spüren, schätze ich deine Mauern. Sie schützen dich. Wie könnte ich auf etwas wütend sein, das dich schützt?«

Wir unterhalten uns eine Weile. Bis er schließlich das Bad verlässt, weil der Badeschaum leider oder nicht leider immer weniger wird. Meine Hände gleiten durch das trübe Wasser, und der zersetzte Schaum wirbelt sich in wunderschönen Mustern um meinen Körper, sodass selbst ich ihn nicht abstoßend finde. Das ist einfach Kunst. In diesem Moment bin ich Teil der Kunst, und ich habe mich nie als etwas Schönes oder Ästhetisches wahrgenommen.

Ich steige aus der Wanne und bleibe vor dem großen Spiegel im Bad stehen. Mein Körper gleicht einer Landkarte ... Linien überziehen ihn, abgewechselt von verkohlten Unebenheiten, die von Zigaretten herrühren. Das ist nicht mehr schön. Es ist grausam.

Wenn nicht mal ich selbst mich so akzeptieren kann, wie soll es dann Ace tun? Die Narbe in meinem Gesicht und das Wissen, dass ich geschlagen wurde, sind eine völlig andere Sache als mein Körper.

KAPITEL
Siebenundzwanzig

Joyce

Heute ist Ace' freier Tag. Zwei Tage sind nun seit unserem Date vergangen. Es ist zehn Uhr morgens und wir liegen noch immer nebeneinander im Bett. Ace spielt träge mit einer meiner Strähnen. »Ich liebe deine Haare.«

Ich drehe meinen Kopf zu ihm. Mir wird bei seinem zerknautschten Gesicht ganz warm ums Herz. »Ich habe sie zu hassen gelernt. Irgendein Teil in mir ist der festen Überzeugung, dass ich weniger auffallen würde und somit weniger Probleme hätte, wenn sie etwas normaler wären.«

Er streichelt mir über den Kopf. »Auffallend sind deine Haare allemal. Aber wegen ihnen wurde dir nicht wehgetan. Unsere Väter sind Psychopathen. Deswegen haben sie dir wehgetan.«

»Ja, vermutlich hast du recht. Hast du ...«, ich breche ab, unsicher, ob ich ihn das wirklich fragen kann.

»Was?« Sein Gesichtsausdruck ist so offen, dass mir die Frage über die Lippen schlüpft, ehe ich sie aufhalten kann.

»Hast du dir Gedanken gemacht, wo deine leibliche Mutter ist? Enrique ist körperlich ja offensichtlich kerngesund, vielleicht läuft deine Mutter auch noch irgendwo ...«

»Nein«, unterbricht er mich, und etwas Dunkles umwölkt seinen Blick. Er lässt sogar meine Haarsträhne los.

»Wie, nein?«

»Ich habe als Jugendlicher mal nach ihr suchen lassen. Sie ist tot. An einer Überdosis gestorben.«

»Oh, Ace, das tut mir leid. Wieso hast du mir das nicht erzählt?«

Er zuckt mit der Schulter. »Alles gut. Ich habe es dir nicht erzählt, weil ich dich nicht an Enrique erinnern wollte.«

»Du musst aufhören, mich in Watte zu packen. Ich möchte für dich da sein. Bitte, lass es mich versuchen.«

Ein wunderschönes Lächeln breitet sich auf seinen Zügen aus. »Okay, ich werde versuchen, mehr mit dir zu reden. Wenn du versprichst, das auch zu tun.«

Ich ignoriere das leise Magengrummeln und nicke ihm zu. »Einverstanden.«

»Bevor ich es vergesse. Meine Zieheltern veranstalten einmal im Jahr ein Grillfest bei sich im Garten, wo sie Bekannte und die ganze Familie einladen. Hättest du Lust, übermorgen mit mir hinzufahren? Wir könnten deine Schwester dort mit Amira treffen und sie dann auf dem Rückweg endlich wieder mit zu uns nehmen.«

Meine Augen sind bei jedem Wort größer geworden. »Du willst mich deiner Familie vorstellen?«

Er haucht mir einen Kuss auf die Stirn. »Natürlich. Fühlst du dich dazu bereit?«

Meine Knie schlottern schon, wenn ich nur an übermorgen denke, aber die Energie, die mich durchströmt, ist viel größer. »Ja, es wird Zeit. Sowohl für ein Kennenlernen als auch dafür, dass Bella zurückkommt.«

Glücklich zieht er mich in seine Arme.

Nach einer Ewigkeit löse ich mich mit einem leichten Lächeln von ihm. »Ich glaube, wir sollten jetzt aufstehen, sonst kommen wir heute gar nicht mehr aus dem Bett.«

Er stöhnt. »Du hast recht. Wir sollten es wenigstens bis zum Sofa schaffen, was?«

Schmunzelnd schüttle ich den Kopf über ihn. Es ist schön zu sehen, dass er den Workaholic in den Urlaub geschickt hat und es schafft, einfach mal zu entspannen.

»Ich springe kurz unter die Dusche«, meint Ace und rafft sich dann endlich auf.

Ich beobachte, wie er nur mit Boxershorts bekleidet zu seinem Schrank geht und nach Klamotten kramt. Seine Muskeln arbeiten und ich streichle mit meinem Blick über seine Tattoos. Als er bemerkt, dass ich ihn beobachte, zwinkert er mir kurz zu. »Na, genießt du die Aussicht?«

»Ja«, sage ich und bekomme zeitgleich einen heißen Kopf. Ace ist einen Moment verblüfft, dann lacht er.

Nachdem er im Bad verschwunden ist, wird mir klar, wie weit ich es die letzten Tage geschafft habe, und das, obwohl ich dachte, ganz unten angekommen zu sein. Gedankenverloren rutsche auch ich aus dem Bett und gehe in den begehbaren Kleiderschrank, um mich umzuziehen. Derzeit fühlt sich alles zu gut an. Ja, Ace und ich haben Schwierigkeiten durch meine Angst vor Intimität, aber er versteht es und drängt mich nicht. Ich streife mir meinen langen verschwitzten Schlafanzug vom Leib. Er ist viel zu warm für die Nächte, aber was tut man nicht alles, um seinen Körper vor seinem Freund zu verstecken. Ich schlüpfe gerade in ein Shirt, als Ace auf einmal vor mir steht. Hastig zerre ich die Ärmel runter. »Was ist das, Joyce?!«, poltert er los und kommt mit großen Schritten energisch auf mich zu.

Jede Zelle in mir erstarrt zu Eis. Vermutlich hätte ich mich nicht mal bewegen können, wenn das Haus gebrannt hätte.

Wütend schiebt er meinen rechten Ärmel hoch und entblößt Narbe um Narbe. Neue, noch nicht gänzlich verheilte Schnitte von der Entführung und frische Verbrennungen von Zigarettenstümmeln schimmern in einem fröhlichen Rotton auf meiner hellen Haut. Sie alle warten brav in Reih und Glied, während ich zusammenzucke, als hätte Ace mich geschlagen.

Seine graugrünen Augen glühen vor übersprudelnder Gefühle. »Ist es das, was ich denke? Wieso redest du nicht mit mir, bevor du dir selbst wehtust! Es gibt andere Möglichkeiten, mit dem Erlebten umzugehen ...«

Irgendwer hat den falschen Film eingeschaltet. Noch kann ich nicht ganz fassen, was gerade überhaupt läuft. Eingeschüchtert weiche ich vor seiner bebenden Gestalt zurück.

Wut ist böse.

Wut ist gefährlich. Wut verwandelt unser Blut in heiße Lava. Wut macht Menschen zu Monstern.

Wut tut im schlimmsten Fall weh. Es ist das erste Mal, dass er mich so ansieht. So, wie er jeden Gegner im Käfig anblickt. Als wäre dieser sein Erzfeind, den es zu vernichten galt.

»Wieso? Wieso du auch? Wieso machst du das?«

Ich bin so perplex von seinen Worten, erschrocken von seiner ohnmächtigen Wut, dass ich kein Wort meine zusammengeschnürte Kehle emporquetschen kann. Hilflos zucke ich die Schultern, während Tränen meine Wangen befeuchten.

Er schüttelt den Kopf, meinen Unterarm noch immer fest im Griff. »Was ist der Grund? Deine Ängste? Die Erinnerungen, die dich verfolgen? Enrique? Bin ich es?«

Irgendwas in mir platzt, als wäre mein Innerstes ein Luftballon, der kontinuierlich mit all meinem Schweigen aufgepustet wurde und nun keine Kapazität mehr hat. Ich richte mich kerzengerade auf, entreiße ihm meinen Arm und schaue ihm so scharf in die Augen, dass er zusammenzuckt. »Du verstehst es nicht, verflucht noch mal, oder? Es ist nicht so, als hätte ich eine beschissene Wahl. Mir wurde das angetan.« Ich schlage mir brutal auf die Brust. Keine Ahnung, wann ich das letzte Mal geflucht habe. James ist schon immer streng gewesen und hat uns jegliches Fluchen und Verwenden von Kraftausdrücken verboten. Einmal hat er mir sogar wortwörtlich den Mund ausgewaschen, als ich ihn ein »Arschloch« nannte, nachdem er Maddie bewusstlos geprügelt hatte. Stumm starrt Ace mich an. Ich starre zurück. Gebe nicht auf, stehe erstmalig einer Konfrontation Auge um Auge entgegen. Ich warte darauf, dass er seine Worte überdenkt. Ihm klar wird, dass er absoluten Scheiß redet, selbst wenn meine Narben von Selbstverletzung herrühren würden, wäre er nicht im Recht.

»Das ist zu viel.« Damit wendet er sich von mir ab und lässt mich allein. Er geht, ohne sich meine Geschichte anzuhören. Meine Knie beginnen zu zittern, und ehe sie vollends nachgeben können, lehne ich mich an die Kleiderschranktür. Was ist hier gerade passiert? Ich habe mich nicht nur zum ersten Mal in meinem Leben einem wütenden Mann gestellt, sondern habe vermutlich auch eben diesen Mann verloren, wie ich es bereits von Anfang an vermutet habe.

Ace

Nein, nein, nein, nein. Nicht schon wieder. Wie soll ich ihr nur helfen?

Aufgebracht tigere ich im Wohnzimmer auf und ab. Mein Herz rast heftig, meine Hände sind zu Fäusten geballt und ich habe das starke Bedürfnis, irgendwas kaputt zu schlagen.

Zum Glück habe ich den Boxsack, der vorher in Joyce' Kunstraum stand, nicht weggeschmissen, sondern nur auf die Terrasse verbannt. Keuchend gehe ich nach draußen in den strömenden Regen. Das Wasser läuft mir über meine nackte Brust, was ich nur am Rande wahrnehme.

Und dann gehe ich auf meinen Boxsack los. Hämmere im Rhythmus meiner Angst auf diesen verfluchten Sack ein. Ich verliere jegliches Zeitgefühl. Fokussiere nur all meine Wut und lasse sie in den Sandsack fließen. Schweiß und Regen rennen im Wettstreit über meinen Rücken. Ich höre nicht auf. Meine Armmuskeln protestieren und beginnen zu zittern, doch ich höre nicht auf.

Meine Knöchel platzen auf und ich rutsche immer

wieder von der nassen Oberfläche ab, doch ich höre nicht auf. Blut fließt über meine Hände und tropft auf den Boden, doch ich höre nicht auf.

Ich. Höre. Nicht. Auf. Bis ...

Eine zarte Gestalt in meinem Augenwinkel auftaucht. Sofort lasse ich meine Arme sinken. Atme schwer ein und aus. »Für jemanden, den es so fertigmacht, dass ich angeblich selbstschädigendes Verhalten an den Tag lege, bist du auch nicht gerade ein Musterbeispiel dafür, wie man mit starken Emotionen richtig umgeht«, sagt sie überraschend zynisch, reicht mir ein Handtuch, das ich um meine Fäuste wickle, und ich stelle fest, dass sie wieder bekleidet ist.

»Komm mit, du holst dir hier draußen noch den Tod.«

Ich folge ihr hinein und ins Bad wie ein begossener Pudel.

Sie bedeutet mir, mich auf den Toilettendeckel zu setzen, dann kramt sie im Waschbeckenunterschrank, bis sie den Verbandskasten gefunden hat.

Still macht sie sich an die Arbeit und verarztet meine Knöchel. Anhand ihrer geröteten Augen gehe ich davon aus, dass die nassen Spuren auf ihren Wangen nicht nur vom Regen kommen.

Niemand hat mir gesagt, dass Liebe so wehtut. »Es tut mir leid, Joyce. Ich hätte nicht so ausrasten dürfen.«

»Stimmt, hättest du nicht.« Noch nie habe ich sie so kalt erlebt.

»Als ich gesehen habe, was du dir antust ... da hatte ich automatisch das Bild von meiner Schwester im Kopf. Wie ich sie damals, halb verblutet, in der Badewanne fand«, erkläre ich ihr und hoffe, dass sie versteht, welch großer Trigger ihre Narben für mich sind. Dass ich sie nicht verurteile, sondern es mich einfach nur hilflos fühlen lässt.

Sie reißt ihren Kopf hoch, und für einen Moment verschwindet der leere Ausdruck aus ihrer Miene. Bestürzung und tiefes Mitgefühl breiten sich aus. »Es tut weh, zu hören, dass es ihr so schlecht ging, dass sie dachte, das wäre ihr einziger Ausweg. Aber auch für dich muss das wahnsinnig schlimm sein. Wie geht es dir damit?«

Wie immer findet sie die richtigen Worte. Mein Blick fällt auf meine blutenden Knöchel. »Ich habe lange gebraucht, um die Wut auf meine Schwester beiseitezuschieben und zu erkennen, dass niemand sich etwas antut, um jemand anderen zu verletzen. Sie wusste einfach nicht mehr weiter, und das hatte nichts mit mir zu tun. Ich musste mich lange in das Thema einlesen, um zu verstehen, dass Betroffene in einem solchen Moment in so einem Tunnelblick gefangen sind, dass sie alles und jeden vergessen.«

»Ja, sie muss unglaublich verzweifelt gewesen sein. Aber ich denke, dass du ein guter Bruder bist und du nichts hättest tun können, um sie aufzuhalten.«

Ihre Worte wärmen mich, obwohl ich Amiras Suizidversuch schon längst verarbeitet habe.

Ruhig cremt sie meine Knöchel mit einer Salbe ein.

Als sie fertig ist, hebt sie den Kopf, und was ich dort zu sehen bekomme, lässt mir den Atem stocken. Ihre Augen sind wie tot.

»Mein Vater war schon immer ein strenger und kühler Mann. Meistens hielt ihn meine Mom bei Laune. Doch irgendwann ...«, sie stockt, als hätte sie sich an unausgesprochenen Worten verschluckt, »nein, nicht irgendwann. Nach ihrem Tod wurde es schlimmer. Erst waren es nur Ohrfeigen. Dann entwickelte er ganz besondere Vorlieben. Als ich fünfzehn Jahre alt war, besuchte er mich und Maddie das erste Mal mit seiner Messersammlung. Er fand Freude daran, uns zu schneiden. Zu sehen, wie das Blut aus den Schnitten quillt und später hübsche rosafarbene Spuren zurückblieben. Maddie und ich hielten so lange durch, wie wir konnten. Und letztes Jahr ... letztes Jahr versuchten wir mit Isabella zu fliehen.«

Wie hatte ich bei ihrer Geschichte nur eine Sekunde annehmen können, dass sie und nicht ihr Vater für die Schnitte verantwortlich war? Ihre Worte graben sich tief in meine Seele, und ich weiß nicht, was ich als Erstes tun soll. Schreien, weinen, Joyce in den Arm nehmen oder einen Mord begehen?

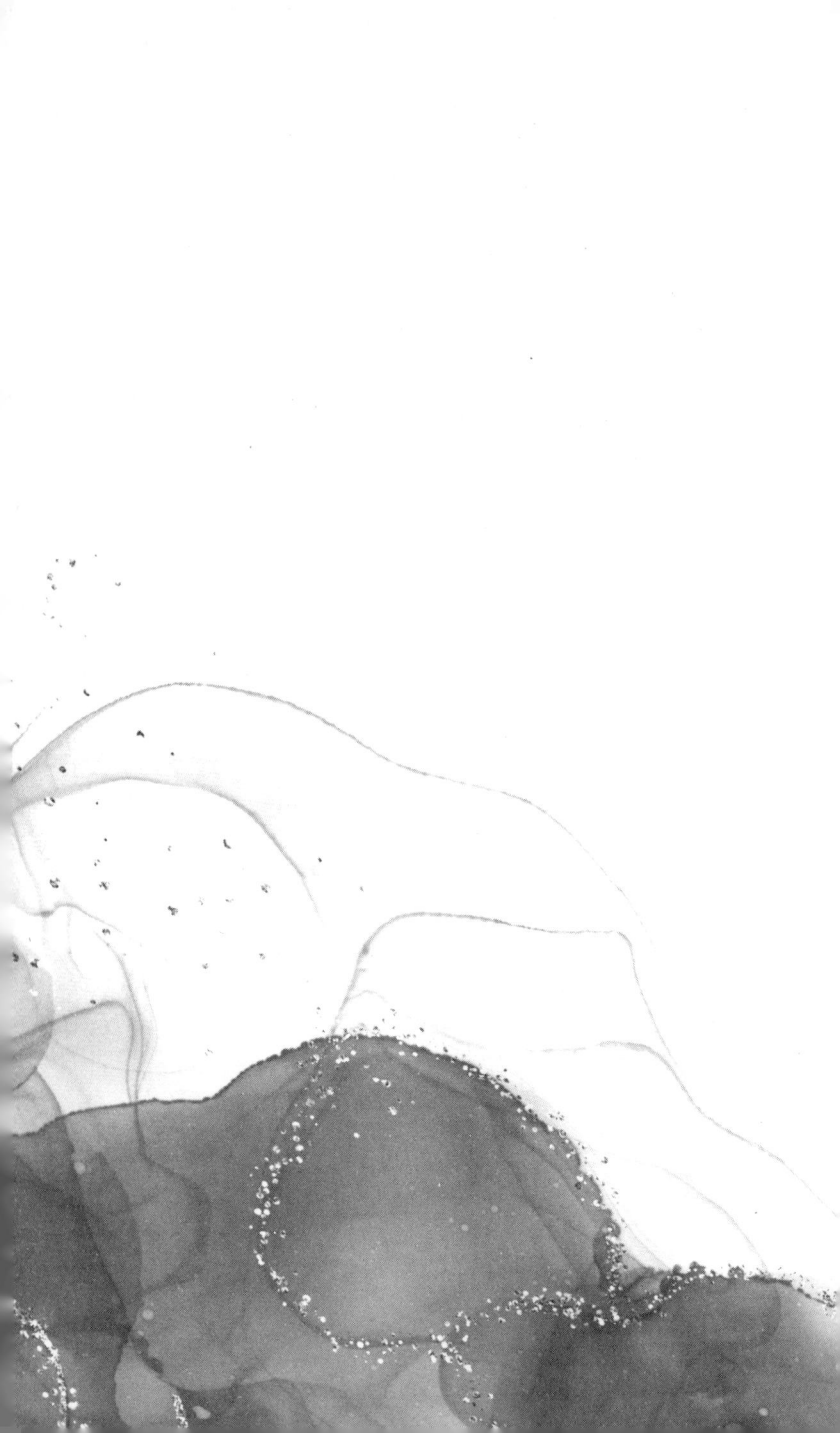

KAPITEL
Achtundzwanzig

Joyce

Vor einem Jahr

»Los, beeilt euch. Nicht, dass er aufwacht und uns erwischt!«, trieb ich meine Schwestern zur Eile an. Unsere Sachen hatten wir schon lange gepackt und bis jetzt unter unseren Betten versteckt, damit er sie nicht fand. Also nahm ich eine Tasche links und eine rechts, während Madeline unsere fünfjährige Schwester Isabella an der Hand packte und hinter sich herzog. Das Gepäck am Boden abstellend, streckte ich bereits die Fingerspitzen nach der Haustür aus. Uns trennten nur noch zwei Meter zur Freiheit. Zwei Meter! Doch dann wand sich eine Pranke wie ein Schraubstock um meinen Oberarm. Ich stöhnte, das würde einen blauen Fleck geben. Einen weiteren. Meine Geschwister schrien beide vor Schreck auf. Ich seufzte resigniert. Es wäre auch zu einfach gewesen. So einfach machte er es uns sonst nie. »Habt ihr allen Ernstes gedacht, ich lasse mich so leicht austricksen?«, fragte er mit lauernder Ruhe.

Schicksalsergeben schloss ich die Augen. Wir waren so gut wie tot. Ich war schon immer die Mutigste von uns dreien gewesen. Aber Mut war in diesem Haus nichts Gutes. Mut war etwas Dummes. Und dumm, wie ich war, konnte ich mal wieder nicht den Mund halten. »Wir hauen ab. Denkst du, ich kann noch einen Tag mehr dabei zusehen, wie du sie, nein uns, Stück für Stück zerstörst? Lieber verhungere ich da draußen auf der Straße«, zischte ich zwischen zusammengebissenen Zähnen hervor.

»Ach, ist das so? Du möchtest sterben? Den Wunsch kann ich dir gerne erfüllen.«

Seine Hand schoss von meinem Arm zu meinem Hals und er drückte zu. Immer weiter und weiter und weiter, bis ... sich Madeline – meine Seele, mein Herz, meine bessere Hälfte, meine Zwillingsschwester – von hinten auf ihn warf und ihn zu Boden rang. Unaufhörlich trommelte sie mit geballten Fäusten auf ihn ein.

Völlig perplex wehrte er sich im ersten Augenblick nicht. Nie hatte sich Madeline gegen ihn gewehrt. Sie widersprach ihm nicht einmal. Sie hasste Auseinandersetzungen und Gewalt. Und trotzdem griff sie ihn an, um mich zu schützen!

Der Moment der Überraschung verging und James schmiss sie mühelos von sich.

Sein Blick war so mörderisch, dass ich vor Angst zitterte. In dieser Sekunde wurde mir bewusst, dass ich ihn aufhalten musste, sonst würde er sie umbringen. Voller Furcht und Entschlossenheit zog ich das Jagdmesser aus meinem Gürtel, das ich für unsere Flucht gekauft und eingepackt hatte. Mit der Intention, die Quelle unseres jahrelangen Leidens nun endlich auszulöschen, holte ich mit dem Messer aus, um es ihm in den Rücken zu jagen. Wie immer war er jedoch schneller und klüger als ich. Er wirbelte herum, bevor ich zustechen konnte, und schlug mir die Waffe aus der Hand.

Einen Wimpernschlag später richtete er die Klinge auf mich. Das war die einzige Warnung, die ich bekam. Dann blieb die Welt stehen. Setzte sich in Zeitlupe wieder in Bewegung. Dennoch ging alles ganz schnell. Wieso ging es nur so schnell?!

Ich beobachtete, wie er seine Hand samt Messer hob und sie auf mich zuschleichen ließ. Keine Ahnung, warum ich es trotzdem nicht schaffte, mich zu rühren. Zentimeter für Zentimeter näherte sich die Klinge meinem Gesicht. In der Hoffnung, sie möge einfach verschwinden, schloss ich die Lider. Das Metall traf auf meine Haut. Ratsch. Er zerschnitt mir mein Gesicht. Es fühlte sich an, als zerfiele es in zwei Hälften.

Ein schmatzendes Geräusch ertönte. Eins, das nichts mit meiner Verletzung zu tun hatte und meinen Magen rebellieren ließ.

Ich riss die Augen auf und schrie.

Blut.

Überall Blut.

Und Schmerz.

Körperlich.

Emotional.

Seelisch.

Das Messer steckte in Madelines Brust und ein roter Fleck breitete sich rasend schnell auf ihrem hellen Oberteil aus.

NEIN!

»Maddie!«

Sie starrte mich aus traurigen silbernen Augen direkt an und sank langsam zu Boden. Immer mehr und mehr Blut sprudelte aus der Wunde, bis sie schließlich in ihrer eigenen Blutlache zu ertrinken drohte. »Das soll dir eine Lehre sein, du dummes Gör! Nächstes Mal überleg es dir zwei Mal, ob du mit einer waghalsigen Flucht das Leben eines anderen gefährdest.«

James stand zwischen Maddie und mir. Doch ich schaute durch ihn hindurch. Alles, was ich sah, war mein Herz, am Boden, zerstochen, gebrochen, am Sterben.

»Egal, was passiert, du musst abhauen. Gib dich nicht mit dem hier zufrieden. Denk an Isabella. Versprich es mir!«, flehte sie mich mit vollkommener Ruhe an.

Ich war erstarrt, brachte keinen einzigen Ton über die Lippen.

»Versprich es mir!«

»Ich verspreche es«, quetschte ich hervor.

Ich wollte aufwachen aus diesem Albtraum. Leider konnte ich nicht, denn das hier war kein Traum. Es war mein Leben. Ihr Atem stockte immer öfter, bis er gänzlich stehen blieb, und mit ihm verschwanden auch mein Licht, meine Hoffnung und Bellas Stimme.

Bilder blitzen durch meinen Kopf. Bilder, die ich vergessen wollte. Bilder, die meine Seele zerstören und mein Herz zu zerbrechen drohen. Bilder, Bilder, Bilder ...

Ich atme ein – ich atme aus ... ein ... aus ...

Worte rasen durch meinen Kopf. Worte, die ich vergessen wollte. Worte, die mein Innerstes tief verletzen und erschüttern.

Ich ... Ich atme ein – ich ... atme aus ... ein ... aus ...

Bloß nicht daran denken. Nicht daran denken. Nicht daran denken. Nicht daran denken, dass ich vielleicht eines Tages vergessen werde, wie man atmen muss ... einfach nur ein und aus. Ein und aus.

Ich schaffe es, mich stetig mehr auf das bloße Atmen zu konzentrieren, und kämpfe mich zurück ins Bewusstsein, schiebe die schmerzenden Erinnerungen weg. Schlucke gegen meine trockene Kehle an und versuche, mein rasendes Herz durch pure Willenskraft zu beruhigen. Und dann ... dann wird mir etwas bewusst, was ich seit einem Jahr kontinuierlich verdrängt habe und was mich beinahe erneut in eine Panikattacke stürzen lässt.

Ich werde Maddie nie wiedersehen. Sie hat mich nicht willentlich verlassen, sie ist wirklich tot.

Tot. Tot. Tot. Sie wird nie zurückkommen. Schmerz explodiert in meiner Brust und ich kralle mich keuchend in mein Shirt. Mein Herz fühlt sich an, als habe es jemand mit einer Küchenreibe in winzige Stücke gehobelt.

»Sie ist tot ... er hat ... sie umgebracht. Weil ich ... die Idee hatte ... zu flüchten«, würge ich Wort um Wort hervor, während Sauerstoff in meinem Körper eine Mangelware wird. Ich sinke auf meine Knie, mache mich ganz klein auf dem kühlen Badezimmerboden. Wünsche mir, dass die Welt nur für ein paar Sekunden aufhört, sich zu drehen, damit ich wenigstens eine kurze Pause habe. Nur verschleiert bekomme ich mit, wie Ace von der Toilette rutscht und mich in seine Arme schließt.

»Wen hat er umgebracht?« Für mich ist das der Tropfen, der das Fass zum Überlaufen bringt. Brutal reiße ich mich los. Ich habe es nicht verdient, in den Arm genommen zu werden. Mich wohl, sicher, geborgen und geliebt zu fühlen. Denn ich bin für den Tod meiner anderen Seelenhälfte verantwortlich.

»Nicht! Du darfst mir nicht helfen! Das habe ich nicht verdient«, schluchze ich.

Doch er ignoriert mich und nimmt mich wieder fest in den Arm. »Shh, rede mit mir. Du machst mir Angst.«

Meine Nägel bohren sich so scharf in seine nackte Haut, dass sie bestimmt Spuren hinterlassen. »Du meinst, ich soll mit dir darüber reden, dass ich eine Mörderin bin? Dass ich die Mörderin meiner Zwillingsschwester bin?« Mit meinen Worten setze ich ihm eine geladene Pistole auf die Brust. Und mein Finger zuckt unruhig am Abzug. Eine falsche Regung und alles wäre vorüber.

Aber seine Muskeln bleiben weich und entspannt, sein Herzschlag konstant. »Was ist passiert?«, fragt er ruhig, ohne seine Umarmung auch nur ein wenig zu lockern. Je verzweifelter ich werde, desto entspannter scheint er.

Etwas in mir knackt. Bekommt Risse. Bricht auf. Und dann fließt es einfach aus mir heraus, als wäre mein mentaler Staudamm eingestürzt. »Die Flucht war meine Idee, ich hielt es nicht mehr aus, mich jeden Tag ein wenig mehr von ihm in Stücke schneiden zu lassen. Wir hatten bereits alles gepackt und dachten, wir wären unbemerkt geblieben. Doch er fing uns vor der Haustür ab. Erst hinterließ er das Ding in meinem Gesicht, und noch in der gleichen Sekunde jagte er das Messer in ihre Brust.« Ich weine so heftig, dass das Sprechen immer schwerer wird. Kann man an seinen eigenen Schluchzern ersticken? Sie kriechen meine zugeschnürte Kehle hinauf und verschaffen sich Gehör. Ich greife mir an den Hals. Alles schmerzt so sehr. Jeder Millimeter meines Daseins. »Alles wird gut. Shh, alles wird gut.«

Fast betend wiegen mich starke Arme vor und zurück. Und ich frage mich, wie es je wieder gut werden soll. Tote werden nicht wieder lebendig. Wunden heilen vielleicht, aber die Narben bleiben ewig.

KAPITEL
Neunundzwanzig

Ace

Endlich habe ich das Gefühl, dass sich jedes Puzzleteil an seinem Platz befindet, dass ich verstehen kann, wieso Joyce so ist, wie sie ist.

Wir verweilen eine ganze Weile auf dem kühlen Badezimmerboden, bis ihr Weinen verklingt und sie nur noch ein zitterndes Bündel ist.

Langsam löse ich mich von ihr und blicke in ihre von roten Rändern eingerahmten Augen. »Was hältst du davon, wenn du ein schönes heißes Bad nimmst, hm?«

Sie blickt zwischen mir und der Badewanne hin und her. Schließlich nickt sie zaghaft. Also erhebe ich mich, lasse Wasser einlaufen und füge einen Badezusatz hinzu. Da es draußen bereits dämmert, zünde ich – wie bei ihrem letzten Bad – die Kerzen an. Als ich mich wieder zu Joyce umdrehe, steht sie mittlerweile auf den Beinen und nestelt an ihrem Shirt. Ihre Schultern sind vor Unbehagen hochgezogen.

»Was stimmt nicht?«, erkundige ich mich. »Du weißt nun alles. Ich stehe splitterfasernackt vor dir und du bist nicht weggelaufen ...« Sie macht Anstalten, sich das Oberteil auszuziehen, und ich bekomme ihre Handgelenke zu fassen. »Was wird das?«

»Ich würde gerne zusammen mit dem Mann baden, den ich liebe«, sagt sie tapfer mit glühenden Wangen. Eine große Welle der Bewunderung schwappt durch mich, aber meine Zweifel bändigen sie. »Bist du dir sicher? Ich möchte nicht, dass du dich nach diesem emotionalen Tag überforderst.« Vorsichtig umrahme ich ihr Gesicht und küsse sie auf die Stirn. Rau lacht sie auf. »Meine Seele liegt offen vor dir, was sind da schon noch ein paar Stoffschichten?« Damit entledigt sie sich ihrem Oberteil und steht nur in BH und Hose nah vor mir. Für wenige Sekunden schaue ich ihr weiterhin prüfend in die Augen, ehe ich den Blick über sie schweifen lasse. Ich schlucke heftig, als ich den Beweis für all den Schmerz erblicke, den sie überlebt hat. Die flackernden Lichter der Kerzen wandern spielerisch über ihren spärlich bekleideten Oberkörper. Sie legen ihre vielen Narben blank. Schnitte und Brandwunden. Ich streiche über die kleinen runden Male unterhalb ihres Schlüsselbeins und sehe sie fragend an. »Enrique hat eine Obsession gegenüber Zigaretten-Branding.«

Das war mein Vater? Es zieht und zerrt in mir. Keine Ahnung, wohin. Keine Ahnung, wieso. Keine Ahnung, welches Gefühl dafür verantwortlich ist. Aber es tut weh. Meine geröteten und teils aufgeplatzten Knöchel bewegen sich von ihren Schultern herab zu ihren Händen. Unebenheiten begleiten meinen Weg. So, so viel Leid. In mir drängt sich Bewunderung auf. Diese Frau vor mir ist die größte Kämpferin, die ich je kennenlernen durfte. Gegen sie sind die Fighter aus meinem Club und dem Studio meines Onkels Weichlinge. Gegen sie bin ich ein Feigling.

Joyce tritt einen Schritt zurück, um sich zitternd ihre Hose auszuziehen. Nur in Unterwäsche bekleidet bleibt sie heftig atmend direkt vor mir stehen. Bei jeder Einatmung berühren ihre Brüste meinen Oberkörper, und für einen Moment gebe ich mich der Fantasie hin, wie es sich wohl anfühlen wird, wenn keine Stoffschicht mehr zwischen uns ist. Ich dränge die Hitze in mir beiseite, darum soll es heute nicht gehen. Dafür war der Tag zu zehrend, die Luft zwischen uns nun zu schwer und unsere Gemüter zu lädiert. Ihren Blick suchend, frage ich: »Unterwäsche-Baden?«

Sie scheint erleichtert, hakt ihren kleinen Finger unter meinen und zieht mich zu der dampfenden Wanne. Ich helfe ihr dabei, einzusteigen, und lasse mich dann hinter ihr, die Beine rechts und links von ihr, nieder. Vorsichtig ziehe ich ihren nackten Rücken an mich und verschränke meine Hände vor ihrem Bauch. Sie zuckt leicht, entspannt sich jedoch schnell. So nah waren wir uns noch nie. Weder körperlich noch emotional. Ich drücke mit meinem Fuß den Wasserhahn zu und sinke tiefer in das warme Wasser. Badeschaum verdeckt uns, aber bei jeder winzigen Bewegung kann ich ihre Narben fühlen. Ich horche in mich hinein, warte auf die endlose Wut. Doch sie stellt sich nicht ein. Stattdessen sind da nur Kummer, Stolz, Hilflosigkeit und Liebe. Ich konzentriere mich auf Letzteres. Und auf die wohltuende Temperatur des Bades, den sich widerspiegelnden Kerzenschein in den Fliesen und das Gefühl ihrer Haut. Ich lege mein Kinn auf ihren Schopf. »Du bist die stärkste Person, die ich kenne«, raune ich ihr zu.

Eine leichte Spannung entsteht in ihren Schultern und ich versuche sie mit einem Kuss auf die Haare zu beruhigen.

»Ich glaube nicht, dass das stimmt. Ich habe nur immer versucht, zu überleben.«

»Genau davon rede ich.« Wasser schwappt, als ich mich ein wenig bewege.

»Nein, du verstehst nicht. Nur weil jemand etwas überlebt, ist er nicht automatisch stark. Stark sind die Menschen, die an ihrem Erlebten wachsen.«

Ich ziehe sie enger an mich heran. »Und du denkst, du bist nicht gewachsen? Vor zwei Tagen saß ich noch vor dieser Badewanne, und es schien unmöglich, dass ich dich jemals unbekleidet zu Gesicht bekomme. Du hast dich mir heute entgegengestellt, als ich Scheiße gebaut habe. Du bist in der kurzen Zeit, in der wir uns nun kennen, so weit gekommen.«

Sie seufzt tief. »Danke.«

»Wofür?«

»Für den Spiegel, den du mir hinhältst. Vermutlich hätte ich allein nicht reingeschaut.« Sie dreht sich in meinen Armen, platziert ihre Beine rechts von mir und umschlingt mit einem Arm meinen Hals. Ihr Kopf ist direkt über meinem Herzen, das heftig rast. Wir sind ein einziger verschlungener Knoten aus Gliedern. »Erzählst du mir von Madeline?«, wage ich zu fragen und hoffe, dass sie die restlichen Lücken füllen kann.

Zu meiner Überraschung bleibt sie entspannt und reibt ihre Wange an mir. »Sie hat sich nie gegen ihn gewehrt, weißt du? Immer war ich diejenige, die ihn provoziert hat. Wenn er sich an ihr vergriff, tat sie nie etwas dagegen. Das war ihre Art, mich zu beschützen. Aber ich konnte nicht nur zusehen. Es ist doch nichts Schlechtes, wenn man seine Schwester in Sicherheit wissen will, oder?« Ihre Lippen kitzeln beim Sprechen über meine Haut und bescheren mir eine Gänsehaut.

»Nein, Rojita, das ist es nicht, und es scheint, als hättest du es auch bis aufs Blut perfektioniert«, stimme ich ihr zu und streiche liebevoll über ihren Rippenbogen, an dem ich nur wenige Unebenheiten ausmachen kann. »Und doch ist sie gestorben. Weil sie mich retten wollte. Wegen mir ist sie tot. Vielleicht wären die Menschen, die ich liebe, ohne mich besser dran.« Ihr Flüstern hallt von den Fliesen wider, vermischt sich mit der Luft, die ich einatme, und breitet sich schmerzhaft in mir aus. Ich versuche, es beiseitezuschieben, mich auf die rationale Ebene des Gesprächs zu konzentrieren.

»Was ist mit Isabella? Du gibst ihr die Chance auf ein normales Leben.«

Sie schnaubt und vergräbt ihr Gesicht an meiner Brust. »Ja, jetzt. Viel zu spät. Sie musste den Tod ihrer eigenen Schwester bezeugen, woraufhin sie aufgehört hat zu reden, und sie hat sich an dem Tag unserer gelungenen Flucht eine Ohrfeige eingefangen.«

Zart zeichne ich die Narben auf ihrem Oberschenkel nach. »Joyce, du warst jung, du warst teils noch ein Kind. Wenn überhaupt jemand hätte handeln können, dann deine Mom. Wann ist sie gestorben?«

Ich spüre Nässe auf meiner Haut, von der ich sicher bin, dass sie nicht vom Badewasser kommt. Sie schnieft. »An meinem fünfzehnten Geburtstag. Sie hatte einen Autounfall und ist im Auto verbrannt. Zwar konnte es ihr verbrannter Körper nicht mehr beweisen, aber mittlerweile bin ich mir sicher, dass James sie auch misshandelt hat. Ich denke nicht, dass er seine gewalttätige Ader so lange unterdrücken konnte. Er ist erst nach ihrem Tod richtig durchgedreht, aber vorher lief auch schon einiges bei ihm schief.«

Das klingt auf grausame Weise logisch. »Gibst du deiner Mom die Schuld, dass sie nicht mit euch gegangen ist?«

Hektisch schüttelt sie den Kopf. »Nein, auf keinen Fall. Sie hatte wahrscheinlich panische Angst, wusste nicht, wohin mit uns, und vermutlich hat James ihr ebenfalls eingeredet, dass sie die Misshandlungen verdient hat. Sie hat uns geliebt. Ich schätze mal, dass sie gegangen wäre, wenn er uns wehgetan hätte.« In ihrer Stimme liegen tiefe Trauer und eine Energie, von der ich mir wünsche, dass sie sie eines Tages nutzt, um sich selbst zu verteidigen.

Mein Daumen kreist um ihren Bauchnabel und sie erschaudert. »Merkst du eigentlich, dass du ihr Dinge verzeihst, die du dir selbst nicht verzeihen kannst?«

Sie hebt den Kopf und schaut mich aus schmalen Lidern an. »Ich glaube, du hast den Beruf verfehlt. Du hättest Psychologe werden sollen.«

Ich lache rau auf. »Nein, dafür würde mir die Geduld fehlen.«

Ungläubig zieht sie eine Augenbraue hoch. »Du bist der geduldigste Mensch, den ich kenne.«

»Ja, bei dir. Weil ich dich liebe.« Meine Lippen finden den Weg wie von selbst zu ihrem Mund. Es ist nur der Hauch eines Aufeinandertreffens und er fügt sich perfekt in die zerbrechliche und intime Atmosphäre ein. Sie kuschelt sich wieder an mich und spricht weiter. Währenddessen schöpfe ich Wasser über ihren Kopf.

»Das Schlimmste ist, dass er einfach davongekommen ist. Sein Partner bei der Polizei lud Maddies Leiche in einer Gasse ab. Sie wurde noch am selben Abend gefunden. Sie vermuteten, dass irgendein Obdachloser sie ausgeraubt und schließlich erstochen hatte. James brachte mich in der Zeit ins Krankenhaus. Dort erzählte er, dass ich zu Hause einen Unfall hatte. Dass er mich zum Abendessen gerufen hatte, ich angelaufen kam, stolperte und direkt in das Messer fiel, mit dem er gerade eine Melone schnitt. Damit erklärte er auch, dass wir beide zu abgelenkt waren, um zu bemerken, dass Maddie nicht heimkam. Die Geschichte war so absurd, dass sie keiner infrage stellte. Jeder sah nur das, was er sehen wollte. Sie nahmen Bellas Stummheit kommentarlos zur Kenntnis. Es waren so viele kleine Puzzleteile. Doch keiner machte sich die Mühe, sie zu einem Gesamtbild zusammenzusetzen. Vielleicht ist es manchmal bequemer, Lügen zu glauben. Wer will schon glauben, dass der Arbeitskollege, der Nachbar oder gar der Freund ein Monster ist?!«

Ich schnappe mir eine Shampooflasche und drücke mir etwas davon in die Hände. Sanft beginne ich, es in ihre Haare zu massieren. »Ich versteh das nicht. Es muss doch irgendwelche Beweise gegeben haben. Fingerabdrücke ...«

»Ich weiß nicht viel über die Vertuschung«, unterbricht sie mich mit geschlossenen Augen. »Es war schließlich nicht so, dass ich in seinen Plan eingeweiht wurde. Die Zeit ist auch sehr verschwommen. Ich stand so unter Schock, dass ich niemandem etwas erzählen konnte.«

Kurz halte ich einen Moment in meiner Massage inne. Zu tief dringt ihre Geschichte. Ich finde keine Worte für sie, weiß nicht, was ich sagen soll, um es besser zu machen. Also tue ich das, was ich kann. Ich setze fort, verwöhne sie mit meinen Berührungen, kümmere mich um sie.

»Ich liebe dich«, sind die einzigen Worte, die immer wieder zwischen Wasserplätschern, Kerzenlicht und tröstenden Haut-an-Haut-Augenblicken erklingen.

KAPITEL
Dreißig

James

Ich stehe vor meinem Elternhaus und blicke auf den ursprünglich mal weißen Anstrich und das morsche vermooste Dach. Das Haus ist verwahrlost, und ich bin mir nicht sicher, ob es seit meiner Kindheit überhaupt noch mal bewohnt war. Langsam laufe ich den Schotterweg hinauf bis zur Haustür. Wie oft habe ich hier als Kind getobt und wurde nur Minuten später von der brüllenden Stimme meines Dreckskerls von Vater unterbrochen. Meine Finger streichen über die schmutzige Haustür. Ich umrunde das kleine Gebäude, um in den verwilderten Garten zu kommen. Der Rasen ist grün, bis ich eine Stelle unter einer großen alten Eiche erreiche. Hier ist das Gras gelblichbraun verfärbt und an manchen Stellen sogar gänzlich abgestorben. Vermutlich spürt selbst die Natur, welch verdorbene Seele einst hier gewohnt hat, und zieht sich zurück. Verächtlich spucke ich auf die kahle Erde und verlasse dann das Grundstück. Nicht unweit von dieser Gegend befindet sich der Friedhof, auf dem meine tote Frau begraben wurde.

Ich mache mich auf den Weg zu ihr, bis ich letztlich

vor ihrem Grabstein stehen bleibe. Sie war der erste Mensch, an dem ich meinen Durst und mein Verlangen nach Blut sättigen konnte. Sie hatte wunderschöne reine Haut, die wunderbar auf meine Kunst reagierte. Meine Fäuste ballen sich, als mir einfällt, dass sie mir genommen wurde. Zunächst war ich wahnsinnig wütend, wusste nicht, wie ich ohne mein Ventil überleben sollte, dann merkte ich, dass die Zwillinge ein mehr als passabler Ersatz waren. Zwar musste ich Maddie beseitigen, aber auch das war nicht schlimm, da ich immer noch Joyce hatte. Ich dachte, ich hätte sie im Griff. Bis sie mir wieder etwas genommen hat. Bella und sich selbst, meine Schöpfung. Ich habe alles für diese Meisterleistung auf ihrer Haut gegeben. Musste lügen, Gerichtsmediziner und Bestatter bestechen, verschleiern und mir die Hände schmutzig machen. Und wie dankt sie es mir? Indem sie wegrennt. Indem sie sich vor mir versteckt. Vielleicht wird es an der Zeit, das Kapitel Joyce zuzuklappen. Die Zwillinge ein für alle Mal hinter mir zu lassen. Sie vollständig zu begraben, damit sie sich mir nicht mehr in den Weg stellen können. Schließlich gibt es da noch jemanden. Isabella. Sie ist formbar. Vielleicht ist es nun an der Zeit, das versaute Stück Kunst wegzuschmeißen und mir eine neue, junge und unbefleckte Leinwand zu suchen.

KAPITEL
Einunddreißig

Joyce

m nächsten Tag verschwindet Ace bereits morgens wegen eines Meetings zum Verkauf des *Galaxy*. Ich vertreibe derweil meine Zeit damit, mit Bella zu telefonieren, die sich bereits sehr freut, morgen wieder zu uns zu kommen. Ich wandere mit meinem Kaffee durch das Wohnzimmer hin zum Fenster und gehe auf die Terrasse. Gedankenverloren blicke ich auf das Treiben unter mir auf den Straßen. Ich bin noch immer wahnsinnig erschöpft von dem emotionalen Tag gestern.

Irgendwie habe ich gedacht, ich kann nur im Hier und Jetzt leben und heilen, wenn ich die Vergangenheit lasse, wo sie hingehört. In der Vergangenheit. Das Problem ist, dass sie wie ein großer chaotischer und unsortierter Schrank voller Krimskrams ist. Sobald ich mich einen Schritt von ihm entferne, ihn nicht weiter bewache, öffnen sich die Türen und alles fällt heraus. Doch mir war es auch stets peinlich, ihn vor anderen Menschen zu öffnen. Keiner durfte das Chaos wahrnehmen.

Ace hat es gestern gesehen, und ja, er war geschockt, aber er ist zurückgekommen. Vielleicht gehört das Öffnen des Schranks zum Heilen dazu und ich muss den Inhalt in Ruhe sortieren. Und erst wenn alles ordentlich dort eingeräumt ist, wo es hingehört, kann ich mich auch vom Schrank entfernen. Ihn hinter mir lassen.

Allerdings glaube ich nicht, dass ich das alleine schaffe, und es ist nicht Ace' Aufgabe, mich zu therapieren. Entschlossen trinke ich meinen Kaffee aus und gehe wieder rein, um mir Ace' Laptop zu schnappen und mich auf die Suche nach einem Psychologen zu machen. Ich kriege es sogar hin, anzurufen und einen Termin bei einem Therapeuten zu vereinbaren. Völlig ausgelaugt, aber mehr als zufrieden lehne ich mich auf der Couch zurück. Es ist ein großer Schritt, mir professionelle – und dann auch noch männliche – Hilfe zu suchen. Zur Belohnung nehme ich mir eins von Ace' Büchern und beginne, mich für eine Weile in eine fiktive Welt abzuseilen.

»Komm, mach dich fertig.«

Ich liege immer noch auf dem Sofa und lese. Überrascht schaue ich auf. Wann ist Ace nach Hause gekommen? Und wie spät ist es?

»Wo gehen wir hin?«, frage ich, nicht gewillt, mich heute gleich wieder zu überfordern.

»Ins *no limits*.«

Ich verziehe das Gesicht. »Ich würde gerne mal mit dir dorthin, um es bei Nacht zu sehen. Aber ich bin zu aufgerieben von gestern.«

Ace schüttelt den Kopf. »Das habe ich damit nicht gemeint. Ich dachte, du hast vielleicht Lust, das Wandgemälde fertigzustellen.«

Hitze schießt mir in die Wangen. Himmel, das habe ich völlig vergessen. Ich hätte es schon längst beenden müssen. »Tut mir ...«

»Wage es nicht, dich dafür zu entschuldigen«, unterbricht er mich mit erhobener Hand. »Der einzige Grund, warum ich dich frage, ob du mitkommen willst, ist, dass Chazz und ich dort ein Meeting haben, um die letzten Sachen vor dem Verkauf zu besprechen. Und ich will dich in meiner Nähe wissen.«

Erleichtert atme ich aus und lächle ihn an. »Alles klar, ich packe kurz zusammen, was ich brauche.«

Oben zögere ich für einen kurzen Moment, schnappe mir dann aber tatsächlich ein Oberteil, das ich Ewigkeiten nicht mehr anhatte, da es meine Unterarme ein Stück freilegt und man so ein paar Narben sehen kann. Vor dem Spiegel schwanke ich erst noch ein wenig, doch dann gebe ich mir einen Ruck. Schließlich sind nur Ace und sein bester Freund im Club. Das bekomme ich hin.

Ace' Lächeln, als er meine Kleiderwahl betrachtet, gibt mir das Gefühl, mich richtig entschieden zu haben.

Wir betreten den leeren Nachtclub, und sofort wird meine Aufmerksamkeit von meinem Kunstwerk angezogen. Durch die perfekte Platzierung ist das Bild ein echter Blickfang, und als ich das schwarz-weiße Gemälde so im Schatten sehe, kommt mir eine Idee. Chazz steht hinter der Bar und schenkt sich einen Drink ein.

»Hey«, begrüße ich ihn zurückhaltend, noch immer

nicht ganz sicher, wie ich ihn einschätzen soll. Ich ziehe meine Jacke enger um mich, zu bewusst ist mir mein Dreiviertel-Arm Shirt darunter.

Chazz dreht sich gespielt überrascht um und deutet dann mit dem Finger auf mich. »Da ist sie. Die Frau, die meinem besten Freund den Kopf verdreht. Schön, dass es dir gut geht.«

Ich kann seinen Tonfall nicht einordnen. Ist er ehrlich? Sarkastisch? Ironisch? Ich nicke ihm nichtssagend zu, damit kann ich nichts falsch machen.

»Und du willst daran weiterarbeiten? Es ist doch schon perfekt.« Er deutet mit dem Finger zu dem Wandgemälde, und obwohl er mir ein Kompliment gemacht hat, komme ich mir irgendwie angegriffen vor. »Na ja, es ist so schwarz-weiß. Meintest du nicht zu mir, ich solle mich mehr auf die Nuancen zwischen und außerhalb dieser Farben konzentrieren?«

Sein Mundwinkel zuckt. »Ich sehe, mein Einfluss zeigt Wirkung. Nun kann ich mich ganz Amira widmen. Ist euch mal aufgefallen, dass sie nur Schwarz trägt?«

»Es gibt Menschen, die diese Farbe einfach mögen.« Ace klopft ihm ein wenig zu fest auf die Schulter.

Die Männer wollen mir helfen, alles vorzubereiten. Aber ich verscheuche sie schnell, woraufhin sie sich ins Büro verziehen. Ich liebe es einfach, alles abzudecken, die Farben zu öffnen, sie umzurühren und so weiter. Die Vorbereitung, die für viele nervig ist, gehört für mich zum Prozess des Malens dazu und beruhigt mich. Als ich allein bin, ziehe ich auch meine Jacke aus.

Ich rühre eine rote Farbe an. Rot wie das blühende Leben oder rot wie Blut. Ich verliere mich in meinem Malrausch.

Drei Stunden später bin ich völlig erschöpft. Das Gemälde ist – genauso wie erhofft – eins der besten geworden, die ich je gemalt habe, und an meinem ganzen Körper kleben rote Farbspritzer, ein makabrer Anblick. Ich trete einen Schritt zurück, um mein Kunstwerk in Gänze zu betrachten. Die Münder von Frau und Mann habe ich farbig akzentuiert, so wirkt ihr Beinahe-Kuss noch verheißungsvoller.

Als hätten Chazz und Ace es geahnt, kommen sie nun aus dem Büro. Ersterer bleibt wie angewurzelt stehen und ihm klappt die Kinnlade runter. Ace hingegen ist versteinert. Die zwei blicken mit großen Augen auf die Wand. Sie schweigen und schweigen. Und nach zwei endlosen stillen Minuten habe ich das Gefühl, gleich zu platzen.

Sie hassen es, schießt es mir durch den Kopf, und dabei bin ich der festen Überzeugung gewesen, dass es gut geworden ist. Sogar mehr als gut. Meine Augen beginnen zu brennen und ich blinzle heftig. Wortlos – um meine Demütigung nicht noch schlimmer zu machen – greife ich nach dem weißen Farbeimer, um mein Desaster zu überdecken. Ich tunke den Farbroller ein und will gerade ansetzen, da wird mein Handgelenk schraubstock-artig umfasst.

»Was glaubst du da zu tun?«, meint Ace fassungslos.

Beschämt schaue ich zu Boden. »Es gefällt dir nicht. Ich hätte es dabei belassen sollen. Ich streiche es schnell wieder weiß und male es von vorne, okay?«

»Bist du verrückt?«

Ich hebe den Blick. Und was ich in seiner Miene sehe, raubt mir den Atem. Dort ist eine seltsame Mischung aus Stolz, Ärger und Leidenschaft.

»Hör auf, an dir zu zweifeln. Es ist unglaublich. Du bist wahnsinnig talentiert.«

Als mir die Tränen kommen, seufzt Chazz im Hintergrund. »Du bist schon echt 'ne Wucht.«

Seine Worte veranlassen Ace dazu, mich besitzergreifend an sich zu ziehen. Das bringt Chazz zum Lachen.
»Ach, behalt du mal deinen Knochen. Ich such mir
meinen eigenen.«

Kurz darauf verabschiedet er sich von uns und wir
bleiben allein zurück.

Ace beugt sich zu mir herab, um seine Lippen sanft
auf meine zu legen. Wir verlieren uns in dem Kuss. Nach
einer Weile löst er sich von mir. »Ich bin so stolz auf dich,
und nicht nur wegen des Bildes.«

Fragend schaue ich zu ihm auf und er deutet auf
meine nackten Unterarme. »Du hast dich eben nicht versteckt, als Chazz dabei war.«

Ich reiße die Augen auf. Er hat recht! »Ich habe nicht
mal darüber nachgedacht. Ich habe meine Narben einfach ... vergessen.« Glücklich strahle ich ihn an.

Erst da scheint er die Farbkleckse zu registrieren.
»Was ist das?«, fragt er mit zusammengebissenen Zähnen.
»Äh, Farbe?« Irritiert beobachte ich die Anspannung in
seinem Kiefer. Er atmet lautstark aus. »Tut mir leid, es
sieht nur wie Blut aus, und das ist irgendwie ... irritie-
rend.« Oh. Ich verstehe und versuche, die Flecken mit
dem Fingernagel abzukratzen.

»Nicht«, sagt er und umfasst meine Hände. »Du tust
dir noch weh. Lass uns kurz hochgehen und das abwaschen.«

Er zieht mich nach oben in die Wohnung, in der ich
mit Bella und ihm bereits einmal geschlafen habe. Sanft
bugsiert er mich ins Badezimmer und bedeutet mir, auf
der zugeklappten Toilette Platz zu nehmen. Er nimmt ein
kleines Handtuch aus einem Schrank und macht es nass,
um mich damit behutsam zu säubern.

Ich beobachte ihn dabei, mit welcher Konzentration
und Vorsicht er mit mir umgeht. »So, nun ist es weg«,

meint er erleichtert und schaut aus seiner hockenden Position zu mir auf, seine Hände leicht auf meinen Oberschenkeln abstützend. Mir wird heiß, als sein Daumen kleine Kreise zu ziehen beginnt. Ein Prickeln breitet sich von der berührten Stelle bis zu meiner Mitte aus. Alles kribbelt. Und ich habe das Gefühl, die Luft verdichtet sich zwischen uns. Dann werden mir mehrere Dinge klar.

Erstens: Ich liebe diesen Mann.

Zweitens: Er weiß nun alles, nichts steht mehr zwischen uns. Bei ihm kann ich meinen Rucksack voll Vergangenheit nun einfach mal absetzen, damit sich meine schmerzenden Schultern erholen können und ich nur ich sein kann.

Drittens: Ich will diesen Mann. Er ist vorsichtig, sanft, geduldig und liebevoll. Und er weiß mit Sicherheit, was er tun muss, um mich in den Wahnsinn zu treiben.

»Berühr mich heute Nacht, Ace.«

Dieses Mal fragt er nicht nach, ob ich mir sicher bin. In meinen Augen muss er es gesehen haben. Er schnappt sich meine Hand und zieht mich aus dem Bad schnurstracks ins Schlafzimmer. Dort schaltet er das Licht an. Ich schalte es sofort wieder aus. Und er wieder an. Dieses Spielchen spielen wir noch einige Male, ehe er sagt: »Bitte. Bitte lass mich dich heute sehen.«

Ich schlucke heftig. »Ich will nur nicht, dass dir die Lust vergeht.«

Er rahmt mein Gesicht ein und blickt mich eindringlich an. »Rojita, du bist für mich die schönste Frau, die es gibt. Vertrau mir.«

Er kniet sich vor mich und schaut zu mir auf. Dieser Anblick macht komische Dinge mit meinem Herzen. Keine Sekunde lässt er mich aus den Augen, als er langsam meinen Hosenknopf öffnet und mir in Zeitlupe den Stoff von der Haut schält. Sanfte Küsse ziehen eine Spur über meinen Oberschenkel. Bedächtig küsst er jedes einzelne Mal auf ihm. Etwas Heißes schießt von meiner Mitte bis hoch in meine Brust. Ein letzter tiefer Blick, ehe er seine Lippen versprechend auf mein noch bedecktes Zentrum drückt. Ein leises Stöhnen entschlüpft mir und ich beiße mir auf die Unterlippe.

»Nicht, ich will dich hören.« Er wandert mit seinen Händen nach oben und richtet sich auf. Schafft es, das Ausziehen meiner Kleidung zu etwas Besonderem werden zu lassen, zu einer Berührung, die das nervöse Kribbeln in mir weiter anregt. Finger gleiten hauchzart über meinen Oberarm und kitzeln die blonden kleinen Härchen auf ihm. Ein Schaudern zieht durch meinen ganzen Körper. Spannung baut sich in mir auf, wie vor einem Blitzschlag.

Als ich mich in dem sanften Lichtschein mit meiner nackten unvollkommenen Pracht vor ihm befinde, wird mir mulmig zumute. Hier stehe ich also, mit meinem vernarbten Leib, und lege ihm mein verschrammtes Herz zitternd in die Hände, in der Hoffnung, dass er darauf aufpasst. »Ich liebe dich so sehr.« Seine Stimme ist so rau und gefühlsgeladen, wie ich sie noch nie gehört habe. Ich sauge die Worte tief in mir auf. Er sagt sie im absolut richtigen Augenblick.

Rückwärts lasse ich mich aufs Bett sinken und rutsche ans Kopfende. Mit gesenkten Lidern beobachte ich, wie er sich das Hemd aufknüpft und unbedacht abstreift. Rascheln von Kleidung. Dann pirscht er sich wie ein Panther an, lässt mich nicht aus den Augen. Jede Zelle von mir brennt vor unerfüllter Erwartung.

Er schwebt über mir, und ich fühle mich gesehen, beschützt und geliebt. Etwas Wildes, das mir den Atem verschlägt, ziert seine Miene. Sein mir so vertrauter Duft nach Eukalyptus umschmeichelt meine Sinne. »Du bist wunderschön.«

Sein Ton zeugt von einer solchen Intensität und Sachlichkeit, dass ich ihm erstmals glaube.

Sanftes Reiben von Haut an Haut, gemischt mit zarten Liebkosungen und einem Hauch hitziger Leidenschaft, treibt uns voran. Endlose Momente, in denen unsere Körper stocken und unsere Blicke sich ineinander verschränken, sich nicht mehr voneinander zu trennen vermögen. Rasende Herzen, deren Rhythmus sich synchronisiert, unterbrochen von dem Klang unseres keuchenden Atems, erfüllen den Raum.

»Darf ich dich küssen?«, fragt er mich leise. »Tust du das nicht schon die ganze Zeit?«, hake ich verunsichert nach. »Ich meine hier unten.« Sein Finger streift über meine pulsierende Mitte. Verlegen blinzle ich ihn an. »Willst du das wirklich?«

Ein Grinsen erhellt sein Gesicht. »Oh ja, du kannst dir nicht vorstellen, wie oft ich mich bereits gefragt habe, wie du wohl schmeckst.«

Ich zucke leicht zusammen. Das alles hier fühlt sich so neu an. Und in mir wohnt eine so große Scham, dass ich mich zusammenreißen muss, mir das Laken nicht direkt über den Körper zu zerren. Niemand hat mir gesagt, dass Vertrauen so angsteinflößend ist.

»Rojita? Willst du aufhören?«

Nein, das ist das Letzte, was ich will, also schlucke ich die Scham herunter, verfrachte sie ganz tief in mir und kratze das bisschen Mut zusammen, das ich besitze. »Nein, du darfst mich dort unten ... du weißt schon«, ich werde knallrot, und Ace küsst mich zart auf die Nase. »Aber nur, wenn ich das Gleiche danach auch mit dir machen darf«, setze ich nach und bin mir ziemlich sicher, dass sich die Röte überall auf mir ausgebreitet hat. Ace stöhnt leise. »Du darfst alles mit mir machen«, sagt er, bevor er sich wieder an meinen Beinen hinabküsst.

Seine Finger und Zunge treiben mich in den Wahnsinn, bis an den Rand einer Klippe, von der sich das Herunterfallen nicht einmal beängstigend anfühlt. Weil ich weiß, dass er mich auffängt. Immer.

Ace

Die Nacht mit Joyce war unglaublich. Auch wenn wir keinen Sex hatten, war das, was wir geteilt haben, wahnsinnig intim. Ich liebe diese Frau mehr, als ich in Worte fassen kann. Sie liegt nackt in meinen Armen und ich beobachte ihr schlafendes Gesicht. Frieden zeichnet sich klar auf diesem ab. Sie ist glücklich. Ich mache sie glücklich! Jede Zelle in mir ist bis aufs Äußerste entspannt. Als wir uns kennengelernt haben, hätte ich niemals gedacht, dass wir hier landen würden. Keine Ahnung, wie ich das Geschenk, das sie mir mit ihrem Vertrauen gemacht hat, jemals erwidern soll. Sie hat sich mir auf eine Art und Weise hingegeben, die ein Mensch ohne traumatische Vergangenheit vermutlich nicht verstehen kann. Dieser unfassbare Mut, den es sie gekostet haben muss, mich so an sich heranzulassen, mich in sich zu lassen – körperlich und emotional ... Eine Gänsehaut überzieht meinen ganzen Körper. Ehrfurcht trifft nicht mal ansatzweise die Empfindungen in mir.

Wir steuern nun geradewegs auf eine gemeinsame Zukunft zu. Was noch fehlt, ist ein Ring. Dann würde sie endgültig mir gehören.

KAPITEL
Zweiunddreißig

Joyce

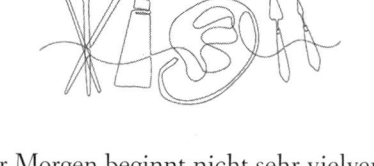

D er Morgen beginnt nicht sehr vielversprechend. Ace erzählt mir direkt nach dem Aufwachen, dass Enrique und James immer noch nicht gefunden wurden. Devron und seine Männer suchen weiterhin nach ihm, aber wer weiß, wann sie die zwei finden.

Statt mich auf das Prickeln zu konzentrieren, das jedes Mal in mir erwacht, wenn sich Ace' und meine Blicke streifen oder er mich berührt, verliere ich mich auf dem Rückweg zum Penthouse in meinem Kopf.

Für einen kurzen Moment bin ich traurig, dass ich nicht einfach mal genießen kann, was zwischen uns beiden passiert ist, weil die nächste Katastrophe um die Ecke lauert.

Mittlerweile ist es Mittag und ich stehe nur in Unter-

wäsche vor dem großen Spiegel im begehbaren Kleiderschrank. Eigentlich wollte ich mich nur für das Grillfest
bei Ace' Eltern anziehen. Ich begutachte meinen vernarbten Körper, und jegliches Hochgefühl, das noch von
der gestrigen Nacht übrig ist, verpufft.

Die Schlafzimmertür quietscht und Ace betritt den
Raum. »Ist alles okay bei dir?«, ertönt seine Stimme.

»Nein«, würge ich das Wort hinaus.

Er entdeckt mich in seinem Schrank und kommt näher. Mit jeder Sekunde, die seine Augen länger auf den
Narben verweilen, wird mir schlechter. Wird das jemals
aufhören? Obwohl er mich nun schon zweimal nackt gesehen hat, erwarte ich weiterhin, dass er aufwacht und
den gleichen Ekel empfindet wie ich.

Seine Arme schließen sich von hinten um mich und
er platziert sein Kinn auf meinem Schopf. Die Stellen, an
denen er mich berührt, beginnen zu kribbeln.

»Ist es wegen James und Enrique? Mach dir keine
Sorgen, Devs Männer werden heute anwesend sein und
die Umgebung sichern, und wenn du willst, rufe ich auch
Frank an, damit er uns nicht von der Seite weicht.«

»Ja ... ich meine, nein. Das ist es nicht, was mich beschäftigt, und lass Frank bitte seinen freien Tag. Devs
Männer bekommen das schon hin.« Unsicher beiße ich
mir auf die Unterlippe und betrachte den Kontrast zwischen seinen muskulösen und hübsch tätowierten Armen
und meinen mageren und verunstalteten Dingern.

»Ich ziehe zum Essen mit deiner Familie wohl besser
was Langes an«, sage ich, obwohl etwas in mir mich daran
erinnert, was ich gestern verstanden habe. Dass ich mir
meine Vergangenheit anschauen muss, um mit ihr abzu-
schließen. Aber muss ich fremde Leute zwingen, sie sich
ebenfalls anzusehen?

»Weißt du, was ich in deinen Narben sehe?«

»Hm?«, murmle ich. Denn will ich das wirklich wissen?

»Ich sehe verheilte Haut, nichts anderes bedeuten Narben doch, oder? Dein gesamter Körper erzählt nicht nur deine Geschichte, die immer zu dir gehören wird, sondern auch deinen Heilungsweg. Sie sind ein ganz normaler Teil von dir, wie deine Arme, deine Beine und alles andere. Sie sind nichts Abstoßendes, nichts Besonderes oder Ekliges, sie sind einfach du.« Er küsst mich auf die Haare, und das Funkeln in seinen Augen erinnert mich an letzte Nacht.

Immer wenn ich denke, ich kann ihn gar nicht *mehr* lieben, belehrt er mich eines Besseren.

»Ich möchte, dass du das anziehst, was du anziehen würdest, wenn die Reaktion anderer Menschen keine Rolle spielen würde.«

»Du willst, dass ich deiner ganzen Familie meine Narben vor die Nase halte?«, präzisiere ich mit gehobenen Brauen.

»Nein, ich will, dass du endlich du sein kannst, ohne Rücksicht auf Verluste. Alle werden in etwas Kurzem rumlaufen. Heute ist ein sehr warmer Frühlingstag.«

Ich drehe mich in seinen Armen und betrachte ihn nachdenklich. Dann gehe ich zu dem Schrank und fische zögerlich ein hübsches T-Shirt, das ich noch nie getragen habe, und eine Strickjacke heraus. Ace lächelt, als er meine Wahl begutachtet. »Schlaues Mädchen. Lass dir Zeit, ich warte unten.«

Zum Abschied küsst er mich flüchtig auf die Stirn. Fünf Minuten lang starre ich mich im Spiegel an. Das T-Shirt ist in einem sanften Blau und steht somit im scharfen Kontrast zu meinen Narben, die teilweise rötlich schimmern.

Mutig nicke ich meinem Spiegelbild zu, binde mir die

Strickjacke zur Sicherheit um die Hüfte, damit ich mich notfalls doch verstecken kann, und gehe die Treppe hinunter.

Nach einer viel zu kurzen Fahrt voll bebender Knie und zittrigen Händen steuern wir auf ein Gartentor zu. Nervös zupfe ich an Ace' Ärmel. »Gibst du mir noch einen Augenblick?«

Sein Mund verzieht sich und er wirkt eher skeptisch. »Ich warte gerne mit dir hier. Du musst dich dem gleich nicht allein stellen, und auch wenn Devs Männer hier herumgeistern …«

»Ich bin in Sicherheit und brauche wirklich kurz Zeit für mich. Ich komme sofort nach.«

Verstimmt blickt er mich an. »Na gut. Aber wenn du zu lange brauchst, werde ich dich holen kommen«, warnt er mich und verschwindet dann, mit einem letzten besorgten Blick, im Garten. Ich laufe von rechts nach links auf dem Kiesweg hin und her, schüttle meine Arme aus und versuche, meine Atmung zu normalisieren. Nicht durchdrehen. Ich schaffe das. Nicht durchdrehen. Nachdem ich mich ein wenig beruhigt habe, trete auch ich durch das Tor in einen hübschen Garten und hätte am liebsten auf dem Absatz kehrtgemacht. Ace' ganze Familie ist versammelt, und fast alle Blicke richten sich auf mich.

Einige von ihnen sind so nett und lassen ihre Augen auf meinem Gesicht ruhen, gaffen nur die sowieso offensichtliche Narbe an, andere wiederum mustern mich von oben bis unten.

Ich wirble herum und knalle im gleichen Moment gegen eine muskelbepackte Brust. Blöd nur, dass es nicht Ace' muskelbepackte Brust ist. Sie gehört zu Devron. Das erste Mal ist sein Ausdruck warm und leicht besorgt. Er umfasst automatisch sanft meinen Oberarm, um mich zu stabilisieren. Dieses unangenehme Stechen, das früher jede Berührung begleitet hat, kehrt zurück. Überrascht keuche ich auf und reiße mich von ihm los. Naiverweise habe ich gedacht, dass Ace mich mit unserer gemeinsamen Nacht geheilt hätte. Aber hey, das hier ist kein Kitsch-Roman, sondern das wahre Leben.

Devron sieht die eine Träne, die ich nicht unterdrücken kann und die mir über die Wange läuft.

»Ich wusste es, sie ekeln sich vor mir.« Keine Ahnung, warum ich das ausgerechnet vor ihm sage.

»Dreh dich wieder um. Hebe deinen Kopf, wie du es immer tust. Sie starren dich nicht an, weil sie sich vor deinen Narben ekeln. Sie starren dich an, weil sie dich für verdammt mutig halten«, raunt er mir leise zu.

»Woher willst du das wissen?«, frage ich heiser.

»Weil zumindest ich dich aus diesem Grund anstarre.«

Verblüfft suche ich in seinem Gesicht nach etwas, das seine Worte Lügen straft. Ich finde nichts.

Also wende ich mich wieder den Gästen zu und steuere schnurstracks auf meine Schwester zu, die in einem Sandkasten mit Tracy spielt. Wir fallen uns in die Arme, und sie bringt mich kurz auf den neuesten Stand, was die letzten Tage bei ihr los war. Ziemlich schnell bin ich allerdings wieder uninteressant und sie spielt weiter. Ich vergewissere mich noch kurz, dass sie gut beschäftigt und versorgt ist, und laufe in die Richtung des Mannes, den ich liebe. Er grinst bis über beide Ohren, nimmt mich fest in die Arme und flüstert mir zu: »Ich bin so stolz auf dich.« Und ich schmelze dahin. Erst dann bemerke ich die zierliche, zerbrechliche Frau neben Ace. Amira.

Mit glühenden Wangen löse ich mich von ihrem Bruder und kuschle mich an seine Seite.

»Hey«, begrüßt sie mich nur knapp, und ich zucke unter der Kälte ihrer Stimme zusammen. Habe ich ihr etwas getan? Ihr Gesicht wirkt wie eingefroren und ich werde immer unsicherer.

»Ich würde mich gerne für meine Verwandten entschuldigen. Sie haben alle keine vernünftigen Manieren. Ich wollte dir nur sagen, dass ich es sehr mutig von dir finde, hier im T-Shirt rumzulaufen. Ich könnte das nie.« Ich habe irgendwie das Gefühl, mit einer Hülle zu sprechen und nicht mit einer Person. War sie bei unserem ersten Treffen auch so? Habe ich es nur nicht mitbekommen, weil ich viel zu aufgewühlt war?

Ace flüstert mir ins Ohr: »Ich bin gleich wieder bei dir. Dahinten ist eine Cousine, der ich kurz Hallo sagen möchte.«

Mit aufgerissenen Augen starre ich ihn an. Will er mich etwa allein lassen? Im selben Moment ohrfeige ich mich innerlich selbst. Ich brauche ihn nicht, um meine Kämpfe für mich auszutragen.

Ace beugt sich zu seiner Schwester, um ihr etwas zuzuraunen, dann ist er verschwunden. »Danke. Wahrscheinlich war es nicht mutig, sondern einfach nur dumm«, erwidere ich verspätet. Amira schaut mich nicht mal mehr an, blickt stattdessen zur Seite. Ich folge ihrem Blick zu Tracy und Bella, die immer noch in dem Sandkasten fröhlich spielen. Mein Herz geht bei dem Anblick meiner unbeschwerten Schwester auf. Nie hätte ich gedacht, sie mal so erleben zu dürfen.

Ich versuche, ein Gespräch mit Amira anzufangen. Will wissen, wie die Zeit mit Isabella war, doch sie antwortet nur knapp und wird blass.

»Geht es dir gut?«, erkundige ich mich schließlich besorgt. Vielleicht hat sie ja gar nichts gegen mich und ihr ist einfach nur schlecht.

»Entschuldige mich«, krächzt sie erstickt und flüchtet aus dem Garten. Ich überlege, ihr nachzugehen. Immerhin sah sie wirklich nicht gut aus. Chazz fängt meinen Blick auf, nickt mir kurz zu und folgt dann Amira. Gott sei Dank. Er wird sich schon um sie kümmern.

Mit einem Schlag wird mir bewusst, dass ich mutterseelenallein in einer Masse aus fremden Menschen stehe.

Etwas hilflos schaue ich mich um. Es sind so viele Leute hier. So viele, dass die Sanchez' eine Catering-Firma angestellt haben müssen, denn es huschen Kellner durch die Reihen. Was soll ich nun tun?

Cat taucht neben mir auf und ich atme erleichtert aus. Endlich ein vertrautes Gesicht, das ich zudem auch noch mag. »Die drei sind einfach unglaublich, oder?«

Sie deutet auf Chazz, der mittlerweile wieder da ist, Devron und Ace. Inzwischen stehen die drei beisammen und unterhalten sich. »Der, der die Klappe nicht halten kann, weil er meint, Ehrlichkeit ist das Wichtigste der Welt. Der, der zu oft die Klappe hält, weil er meint, seine Worte auf das Wichtigste reduzieren zu müssen. Und der, der beide Eigenschaften besitzt und dieses Trio somit zusammenhält.«

So habe ich es nie gesehen, aber es stimmt. Sie ergänzen sich perfekt. Verstehen sich mit vielen, wie auch mit wenigen Worten. So was wie die drei habe ich noch nie gesehen. Es ist, als wären sie Teil eines Ganzen. Wie Madeline und ich damals, denke ich schmerzhaft. Wir haben ebenfalls so funktioniert, den anderen immer ergänzt ...

Devron entdeckt Cat und bedeutet ihr, zu ihm zu kommen.

»Oh Mann, sein Ernst? Ich bin kein Hund. Wenn er was von mir will, soll er gefälligst mit mir sprechen.« Trotzdem setzt sie sich Augen verdrehend in Bewegung. Steuert direkt auf ihn zu, nur um kurz vor ihm an ihm vorbeizugehen. Ich lache, Cat ist der Brüller.

»Catlyn!«, ruft Devron ihr hinterher, und sie dreht sich mit gespielter Überraschung zu ihm um.

»Ach, du meinst mich? Da du zuvor nur wild rumgestikuliert hast, war ich mir nicht sicher ...«, meint sie betont unschuldig.

»Verkauf mich nicht für dumm, Catlyn ...«

»Ich heiße Cat«, faucht sie ihn an.

Ach, die beiden sind einfach zu köstlich. »Tut mir leid, dass ich so lange weg war.« Ace ist von hinten an mich herangetreten und legt mir einen Arm um die Taille.

Ich entspanne mich. »Nicht schlimm. Wie du siehst, komme ich auch gut ohne dich zurecht.« Ich kann es nicht verhindern, dass ein wenig Stolz in meiner Stimme mitschwingt.

»Daran habe ich nie gezweifelt.« Er dreht mich herum und ich stehe plötzlich einem alten Ehepaar gegenüber.

Himmel! Das müssen seine Eltern sein. Während des ganzen Dramas meiner Narben habe ich fast verdrängt, dass ich ihnen heute das erste Mal gegenübertreten muss.

»Mom? Dad? Darf ich vorstellen? Joyce Mitchell. Joyce? Das sind meine Eltern«, stellt Ace uns vor.

»Freut mich sehr, Sie beide kennenzulernen, Mr und Mrs Sanchez.« Mein Lächeln fühlt sich ganz steif an, und ich klinge, als hätte ich den Satz vorher hundertmal geübt, um ihn so herauszubringen. Habe ich zwar auch, aber das müssen sie ja nicht wissen.

Lächelnd will mir Mrs Sanchez die Hand reichen.

Und ich kann nicht. Druck steigt in mir auf und ein fetter Kloß macht es sich in meiner Kehle bequem.

Na los, mach schon. Hebe deine Hand und lege sie in ihre. Sei kein Feigling. Augen zu und durch.

Ich versuche es. Mein Arm will mir jedoch nicht gehorchen. Er bleibt an Ort und Stelle. In Sicherheit.

Ace rettet mich. »Sei nicht böse, Mom. Auf Körperkontakt steht Joyce nicht so.«

»Oh, natürlich. Wie dumm von mir.«

Mrs Sanchez lächelt mir warm entgegen. Vielleicht ist sie mir deswegen gleich sympathisch.

Mr Sanchez wirkt nicht ganz so nahbar und seine autoritäre Ausstrahlung macht mir ein wenig Angst. Er nickt mir knapp zu. »Schön, dich kennenzulernen, und willkommen in der Familie«, sagt er so sachlich, dass ich einen Moment brauche, bis seine herzlichen Worte bei mir ankommen.

»Ähm, danke?«, stottere ich unsicher und mit klopfendem Herzen.

»Und zu dir, mein Junge. Schön, dass du endlich verstanden hast, worum es tatsächlich im Leben geht, und die Arbeit etwas runterschraubst. Ich bin stolz auf dich.«

Ace schaut geschockt drein, und das stärkt in mir die Vermutung, dass sein Vater ihm das noch nie gesagt hat.

Nach und nach setzen sich alle an den Tisch und warten aufs Essen. Ich ziehe mir meine Jacke an, da mich dieser Tag emotional genug ausgelaugt hat, und suche mir mit Ace ebenfalls einen Platz.

Dev lässt sich auf meine rechte Seite nieder und steht im gleichen Moment wieder auf, da er angerufen wird.

»Tut mir leid, dass mein Dad so unnahbar war. Er ist ein wirklich guter Mensch, aber mit Gefühlen kann er nicht umgehen. Vielleicht dachte ich deswegen immer, mir seine Liebe mit Leistung verdienen zu müssen«, meint Ace.

Ich lege im Verborgenen des Tisches meine Hand auf seinen Oberschenkel und drücke ihn. Genieße – wenn auch nur für einen kurzen Wimpernschlag – die elektrische Spannung, die sich zwischen uns aufbaut. Die Nacht gestern hat in dem ganzen restlichen Chaos eben doch Spuren hinterlassen. »Mach dir keinen Kopf. Gegen meinen Dad war er ein Engel«, antworte ich ihm und töte so das Knistern zwischen uns. Zurück bleibt nur das Gewirr meiner Vergangenheit.

Ace lächelt mir traurig zu und wirft dann seinem Dad einen nachdenklichen Blick zu. Der beobachtet uns und blickt hastig weg.

Ich greife nach meinem Wasserglas, nur um festzustellen, dass es leer ist. Also drehe ich mich zu einem Kellner, damit ich um ein neues Glas bitten kann. Dabei entdecke ich Devron, der mit grimmigem Gesichtsausdruck zurückkommt. Leise bittet er uns, ungestört mit ihm zu reden. Wir folgen ihm hinaus aus dem Garten bis zur Einfahrt. Meine Knie zittern nervös. Was ist nun schon wieder los?

»Ich habe neue Infos von meiner polizeilichen Quelle.«

Ich blinzle irritiert, aber Ace scheint sofort zu wissen, wovon sein Freund spricht. »Über James?«

Dev nickt. »Er ist bei einem gewalttätigen Vater aufgewachsen.«

Ich reiße die Augen auf. »Er wurde ebenfalls misshandelt? Von seinem eigenen Dad?«

»Wusstest du das nicht?«, hakt Devron nach, und ich schüttle wild mit dem Kopf. »Wo ist sein Vater nun?«, erkundige ich mich und reibe mir über die Arme. »Verschwunden. Vermutlich tot.«

Ein schrecklicher Gedanke kommt mir. »Hat er ihn umgebracht?«, wispere ich, traue mich fast nicht, die Worte auszusprechen, aus Angst, sie würden dann wahr werden.

Devs Gesicht ist undurchdringlich wie eh und je.

»Ihm wurde nie was angelastet.« Ich keuche. Das wurde es nie, aber das heißt nicht, dass er es nicht getan hat. »Also hat sein Dad ihn zum Psychopathen gemacht«, murmle ich vor mich hin. »Hey! Du hast ähnliche Erfahrungen gemacht wie er, und trotzdem rennst du nicht durch die Gegend und folterst Menschen«, stößt Ace wütend aus.

»Er ist ein Opfer seiner Vergangenheit. Sie hat ihn dazu gemacht, und ich ...«

Eine Erinnerung drängt sich in mir an die Oberfläche.

»Happy Birthday to you, happy birthday, liebe Maddie und Jossie, happy birthday to you ...«

Glücklich strahlen Maddie und ich uns an. Es ist unser fünfzehnter Geburtstag, doch wir fühlen uns schon so erwachsen, als wären wir gerade achtzehn geworden.

»Kommt, ihr zwei Geburtstagskinder. Unten wartet ein Kuchen auf euch«, sagt Mom. Maddie und ich hüpfen aus unseren Betten und rasen die Treppe hinunter zum Esstisch. Mom folgt uns fröhlich lachend. Schnell drücke ich meiner zehn Monate alten Schwester Isabella einen Kuss auf den Kopf.

Mein Enthusiasmus bremst sich aus, als ich sehe, dass Mom Käsekuchen für uns gekauft hat und fünfzehn Kerzen draufgesteckt hat. Ich hasse Käsekuchen, deswegen habe ich mir einen Erdbeerkuchen gewünscht. Den mögen Maddie und ich nämlich beide. Mom tritt hinter mich und legt ihre Hände auf meine Schultern. »Stimmt etwas nicht, Schatz?«

»Gibt es keinen Erdbeerkuchen?«, will ich wissen und beiße mir auf die Lippe. »Nein, ich dachte, du magst auch Käsekuchen.«

Ich zwinge mir ein Lächeln ins Gesicht, um sie zu beruhigen. »Nicht wirklich, aber nicht schlimm. Dann bleibt mehr Kuchen für euch«, scherze ich.

Mom schüttelt den Kopf. »Das ist euer Geburtstag! Und ohne Kuchen ist der doch blöd. Ich hole schnell noch einen mit Erdbeeren«, bietet sie mir an.

»Mom, ich bin doch kein Baby mehr!«, sage ich und deute wie zum Vergleich auf Bella, die in ihrem Hochstuhl sitzt.

»Für Geburtstagskuchen ist man nie zu alt. Ich hole noch einen, der dir auch schmeckt.«

»Bist du dir sicher?«, hake ich nach. Ich fühle mich richtig blöd, sie durch die Gegend zu schicken.

»Na klar«, sagt sie.

Ich ziehe sie in meine Arme. »Danke, Mom! Du bist wirklich die Allerbeste.«

Dad betritt in dem Moment die Küche und hört meine Worte.

»Und was ist mit mir?«, will er wissen.

»Du bist der beste Dad!« Ich flitze zu ihm und drücke einen Kuss auf seine Wange. Dann mustert er Mom, die sich den Autoschlüssel schnappt, und seine Miene verdüstert sich. »Wo willst du denn hin?«

»Ich fahre schnell einen Kuchen holen.«

»Wieso das denn? Es steht doch einer auf dem Tisch?« Dads Stimme klingt verärgert.

»Ja, aber den mag Joyce nicht so gerne.«

»Du verwöhnst die Mädchen viel zu sehr«, meint er.

Das sind die letzten Minuten mit meiner Mom gewesen. Hätte ich damals nicht auf einen anderen Kuchen bestanden, würden Mom und Maddie vielleicht noch leben. Als sich mein Kopf wieder klärt, fällt mir als Erstes auf, dass ich auf dem Kies knie und nur noch Ace bei mir ist.

»Ich bin verantwortlich für den Tod meiner Mom. Und dass mein Dad komplett durchgedreht ist.« Die Worte verlassen meinen Mund, und erst im gleichen Moment wird mir klar, was das bedeutet. Mir wird schlecht. Alles in mir fühlt sich ausgeschabt und hohl an. Ace geht vor mir in die Hocke und blickt mir scharf in die Augen. »Deine Mutter hatte einen Autounfall. Das ist nicht deine Schuld.«

»Aber sie ist nur wegen mir losgefahren!«, halte ich dagegen.

»Es ist nicht deine Schuld. Genauso wenig bist du verantwortlich für James' Taten. Nur weil er Schlimmes erlebt hat, macht ihn das nicht unschuldig«, bleibt Ace standhaft.

Ich schüttle auf seine Worte hin den Kopf. »Ich glaube nicht, dass er überhaupt weiß, dass er was Falsches tut. Kann er dann schuldig sein?« Verzweifelt suche ich in seinen Augen nach einer Antwort.

Ace' Hände umrahmen mein Gesicht und verhindern, dass ich seinen nächsten Worten ausweichen kann. »Wenn ein Mensch eine Katze überfährt, wer ist dann der Täter?«

»Der Fahrer«, sage ich und weiß nicht, was er mit der Frage bezwecken will.

»Und wenn sich dieser nicht schuldig fühlt, wer ist dann der Täter?«

Am liebsten hätte ich meinen Kopf hängen lassen, aber Ace' Hände verhindern dies. »Immer noch der Fahrer.«

»Ganz genau. James ist schuldig, nur er, ganz gleich, was er erlebt hat und ob er Schuldgefühle hat oder nicht.« Seine Worte graben sich tief in mir fest. Dad ist schuldig. James ist schuldig. Schuldig, schuldig, schuldig. Bleibt nur noch die Frage, ob er vor Gericht auch als schuldfähig eingestuft werden würde, falls wir ihn besiegen.

Ace schließt mich in seine Arme und hält mich ganz fest. »Ich liebe dich. Es gibt nichts, was das je ändern könnte.«

Nur mühsam schaffe ich es, meine Vergangenheit beiseitezuschieben. Die Überzeugungen, die sie in mich eintätowiert hat, zu schwärzen und seine Worte in mein Herz zu lassen. So verweilen wir eine Ewigkeit, bis er kurz reingeht, um Bella zu holen, damit wir heimfahren können.

Später am Abend ist Bella so fertig, dass sie direkt ins Bett will. Aufgeregt bringen wir sie in ihr Zimmer. Wir beide wollen unbedingt wissen, wie sie darauf reagiert.

Stocksteif bleibt die Kleine im Türrahmen stehen. »Das ist ein unglaublich schönes Zimmer, Jossie. Wem gehört es?«, fragt Bella nach einiger Zeit. Da Ace den Raum nur mit Möbeln eingerichtet hatte, habe ich Leuchtsterne bestellt, die ich an die ganze Decke geklebt habe und die nun wunderbar funkeln. Hoffentlich kann sie so besser schlafen. Außerdem habe ich Kuscheltiere und Spielzeug gekauft, das überall verteilt ist.

»Deins. Alles hier drin gehört von nun an allein dir«,

erklärt ihr Ace sanft. Und wir beobachten, wie sich Bellas Augen mit Tränen füllen.

»Wirklich?«, hakt sie mehr als hoffnungsvoll nach. Als wir nicken, nimmt sie Anlauf und hüpft mit einem Satz ins Bett.

»Das ist das schönste Bett, das ich je gesehen hab. Hier werde ich ganz bestimmt keine Albträume haben.«

Dann springt sie wieder auf, läuft als erstes zu mir und umarmt mich. Danach geht sie auch auf Ace zu, der sichtlich gerührt ist, als meine Schwester seine Beine fest umklammert. Nach einigen Sekunden Schockstarre fasst er sich und hebt sie hoch in seine Arme.

Sie lacht glücklich, als er sie einmal im Kreis dreht.

»So, nun aber ab ins Bett, kleine Prinzessin. Du musst für morgen ausgeschlafen sein, damit wir in Ruhe dein neues Spielzeug ausprobieren können.«

KAPITEL
Dreiunddreißig

Ace

»**D**ieses Mal ist es verdammt ernst, oder?«
»Ja. Dieses Mal gibt es kein Zurück.«
Devron, Chazz und ich stehen vor dem Juwelier, zu dem ich sie geschleift habe. Keine Ahnung, wieso. Vielleicht wäre es schlauer gewesen, meine Schwester oder Mom mitzunehmen, um eine weibliche Sicht zu haben und mir keine dummen Sprüche anhören zu müssen. »Meinen Segen habt ihr. Ich mag sie«, sagt Chazz und klopft mir gönnerhaft auf die Schulter.

»Danke. Das bedeutet mir viel, auch wenn ich drauf geschissen hätte, wenn du ihn mir nicht gegeben hättest«, ziehe ich ihn auf. Wir wissen es alle besser. Die beiden gehören zu meiner Familie. Sie sind meine Brüder. Es hätte mich sehr mitgenommen, wenn einer von ihnen

nicht mit Joyce klargekommen wäre. Aber die Leichtigkeit mit ihnen ist gerade viel zu verlockend, um sie nicht
uneingeschränkt auszukosten.

Zu dritt betreten wir das Geschäft und werden von
einem höflich lächelnden Verkäufer empfangen, der mit
einem Putztuch Staub wischt. »Guten Tag, die Herren.
Wie kann ich Ihnen helfen?«

Wir nähern uns dem Tresen. »Ich suche einen Verlobungsring für meine Freundin.« Ich kann meine Worte
selbst nicht ganz fassen, und demnach grinse ich vermutlich auch bis über beide Ohren.

»Meinen herzlichen Glückwunsch. Haben Sie schon
Genaueres im Sinn? Form? Modell? Preiskategorie?«

»Der Preis ist nicht wichtig. Er muss nur passen.«

Eine halbe Stunde lang zeigt er mir die verschiedensten Schmuckstücke. Keins kann mich hundertprozentig überzeugen. Joyce ist ein dezenter Mensch, ihr
würde ein Riesenklunker nicht gefallen.

Dann sehe ich ihn, und alles in mir schreit, dass er der
Richtige ist. »Was ist mit diesem da?« Ich deute auf einen
silbernen Ring, der fast wie eine Blumenranke aussieht.
Ein kleiner Diamant in Form einer Träne wurde von den
Ranken eingeschlossen.

Bis jetzt wurden uns nur goldene Ringe gezeigt. »Der
scheint mir etwas mickrig«, meint der Verkäufer mit ge-
rümpfter Nase.

»Nein, er ist perfekt«, stimmt Devron meinem Gedanken zu.

»Den nehme ich.«

Joyce

Ich stehe seit sehr langer Zeit das erste Mal vor dem Grabstein meiner Mom und Maddie. Frank und einige von Devrons Männern haben mich begleitet und behalten mich mit einigem Abstand im Auge. Bella ist ebenfalls mitgekommen, wollte aber nicht mit ans Grab. Auch wenn ich mir das Abschiednehmen von meiner Familie unter anderen Umständen gewünscht habe, bin ich froh, dass ich überhaupt hier stehe.

»Hey Mom, hey Maddie. Es ist so unglaublich viel passiert in letzter Zeit. Manchmal habe ich das Gefühl, mein Leben entwickelt sich mit einer solchen Geschwindigkeit, dass ich selber nicht hinterherkomme. Ich vermisse euch so sehr. So sehr, dass ich sogar verdrängt habe, dass ihr gar nicht mehr lebt. Tief in mir wusste ich, dass ihr nicht mehr unter uns weilt, aber ein Teil von mir hat sich an die Hoffnung geklammert, dass ihr irgendwo auf dieser Welt verweilt und atmet. Die Vorstellung, dass ihr mich einfach nur bewusst verlasst habt, tat zwar weh, aber hat mich nicht so am Boden zerstört wie die Tatsache, dass ihr auf ewig fort seid.

Ich weiß, ihr wolltet mich immer nur beschützen, sodass wir nie den Absprung zusammen geschafft haben. Ich weiß, wie schwer es ist, in den Krieg gegen ihn zu ziehen, wenn man seine ganze Kraft darauf verwenden muss, am Leben zu bleiben und dafür zu sorgen, dass Bella nichts passiert.«

Ich gehe vor den Grabsteinen in die Hocke und lege eine Hand auf Moms Stein und eine auf Maddies. Hoffe, dass ich mich ihnen so ein wenig näher fühlen kann. »Jedenfalls habe ich es geschafft. Ich weiß nicht, ob ich gewinnen werde, aber ich habe tolle Menschen an meiner Seite, die mir helfen. Da ist die Polizei, Cat, Amira, irgendwie wohl auch Chazz und Devron und ... Ace. Ich liebe diesen Mann. Er ist mehr, als ich mir je hätte vorstellen können. Vielleicht tröstet euch ja der Gedanke, dass ich nicht allein bin.«

Ich erhebe mich und schaue noch ein letztes Mal mit schmerzender Brust auf die Gräber. »Auf Wiedersehen. Ich werde bald wiederkommen.«

Bevor ich Ace kannte, war ich wie ein zerbrochenes Wasserglas. Ich bestand aus Hunderten Bruchstücken, die irgendwann einmal ein Ganzes gewesen sind. In seiner Anwesenheit kann ich mir jedoch die Zeit nehmen, zu heilen. Ich fühle mich sicher genug, um mich nach den Scherben zu bücken und sie Stück für Stück wieder zusammenzusetzen. Nun bin ich wieder ganz. Denn Ace hat mir dabei geholfen, den richtigen Kleber zu finden. Natürlich werde ich nie perfekt sein, ich bin von Tausenden Rissen durchzogen. Vermutlich muss ich mich nun so akzeptieren, wie ich bin. Ja, ich werde nie so sein wie die Mädchen, die ich vor einigen Wochen vor der Evergreen Academy of Art ausgemacht habe. Ich werde nie jemand sein, der leichtfertig mit Berührungen umgehen kann. Der nie wieder Angst hat. Nie wieder einen Rückfall. Dessen Narben mit einem Puff verschwinden, nur weil sich die blutenden Wunden endlich geschlossen haben. Aber so muss ich nicht werden, und vielleicht will ich es auch nicht. Vielleicht ist es eines Tages nicht mehr nur okay, sondern gut so, wie ich bin.

Auf dem Rückweg lässt Frank Bella mit zwei Shadows bei Tracy raus, da diese ihre Freundin, die sie immerhin einige Tage lang die ganze Zeit gesehen hat, vermisst. Amira wird sie am frühen Abend wieder zurückbringen. Zu Hause angekommen, zieht es mich in mein Malzimmer, denn ich habe eine Wahnsinns-Idee. Allerdings zögere ich einen Moment und rufe dann doch lieber Ace an. »Hey, ist alles okay?«, meldet dieser sich leicht beunruhigt. Seine raue Stimme stellt seltsame Sachen mit meinem Herzen an. Seit unserer gemeinsamen Nacht schaffe ich es einfach nicht, an etwas anderes zu denken. »Ja, alles in Ordnung. Ich bin im Penthouse und ich habe eine tolle Idee für ein Wandgemälde. Ich wollte dich nur vorher fragen, ob ...«

»Rojita, du musst wirklich nicht fragen. Alles, was du mit deinen Händen schaffst, ist wunderschön.«

Okay, das war etwas zu dick aufgetragen. »Gut, du wirst die Hello Kitty lieben, ich verspreche es dir«, antworte ich mit lieblicher Stimme und höre ihn durch den Hörer schlucken. »Was ...«

Ich lache. »Siehst du? Deswegen frage ich. Was hältst du von einem Wald im Wohnzimmer?«

»Ich freue mich schon auf das Ergebnis«, antwortet er schlicht, und ich mache mich an die Arbeit. Mühsam rücke ich die Möbel gegenüber von dem Panoramafenster beiseite und lege den Boden großzügig mit Malervlies aus. Bei meinen Vorbereitungen lasse ich mich von meiner Musik tragen, und ehe ich mich versehe, male ich einen Baumstamm nach dem nächsten auf die Wand. Ich komme erstaunlich schnell voran und unser persönlicher Wald nimmt immer mehr Gestalt an.

Das Bild ist noch lange nicht fertig, und schon jetzt erfüllt es mich mit einer tiefen Ruhe, es anzusehen. Tiefe Zufriedenheit macht sich in mir breit und verbindet sich mit der Leichtigkeit, die das Loslassen vorhin an den Gräbern mit sich gebracht hat. Einem Impuls folgend male ich helle Sonnenstrahlen durch die Blätter brechend. Ein Stamm folgt dem nächsten. Hoffnung. Ja, das ist die Hoffnung, die sich doch immer und überall durchkämpft. »Wow«, ertönt es plötzlich hinter mir, und ich wirble mit dem Pinsel in der Hand herum. Dabei verteilt mein Pinsel Farbflecken in Ace' Gesicht. Ich beiße mir auf die Lippe.

»Oh«, entschlüpft es mir, für mehr reicht es nicht. Ace zieht langsam seine Augenbraue hoch. »Oh?«

Eigentlich sollte ich mich entschuldigen, aber irgendwie kann ich ihn nicht ganz ernst nehmen mit den gelben Sprenkeln im Gesicht. Ein Glucksen platzt aus mir heraus. »Ach, du findest das also witzig, ja?« Geschmeidig nähert er sich mir mit amüsiert funkelnden Augen. Mit klopfendem Herzen sehe ich ihm dabei zu, wie er seine Hände in die weiße Farbe tunkt und stetig weiter auf mich zuschleicht. »Und wie findest du dann das?« Seine Hände landen auf meinem Hintern, und ich quietsche, winde mich aus seinen Armen, die mich gefangen halten.

Mein Blick über die Schulter zeigt mir zwei große Handabdrücke auf den Hosentaschen meiner dunklen Malerjeans. »Hey!«, beschwere ich mich und werde von blitzenden graugrünen Augen empfangen.

»Tja, vielleicht solltest du dich besser ausziehen. Du weißt schon ... die dreckige Kleidung loswerden?« In dem Moment ist das einzig Dreckige sein Tonfall. Mein Herz klopft heftig. Dankbarkeit erfüllt mich, dass das hier mit ihm möglich ist, dieses Herumschäkern. Dieses Flirten, ohne mir Sorgen um meine Narben machen zu müssen. Weil er sie nicht nur schon gesehen, sondern auch berührt, geküsst und gehuldigt hat.

»Hm«, gespielt nachdenklich lasse ich meinen Blick über ihn schweifen. »Also, wenn ich meine Hose ausziehe, solltest du vielleicht auch deine Klamotten in Sicherheit bringen. Du weißt schon ... damit sie nicht ebenfalls schmutzig werden.«

Ein träges Grinsen breitet sich auf seinem Gesicht aus. »Vielleicht sollte ich das tun.« In Zeitlupe knöpft er sein Hemd auf und ich ziehe mir meine Hose und den Slip aus. Mein T-Shirt fällt mir locker bis zu den Knien. Und so stehen wir da. Voreinander. Heftig atmend. Er oben ohne, ich unten ohne. Die Leichtigkeit unseres Herumalberns wird abgelöst durch schwere Leidenschaft. Keine Ahnung, wer sich als Erstes in Bewegung setzt, wir stürzen uns ziemlich zeitgleich aufeinander, als hätten wir uns Jahre nicht berührt. Unsere Lippen treffen zielsicher aufeinander, während Ace meine Hüften umfasst und mich hochhebt. Instinktiv umschlinge ich ihn mit meinen Beinen. Hitze flutet mich und steuert meine nächsten Bewegungen. Er lehnt mich gegen das noch kleine Stückchen weiße Wand und stürzt sich hungrig auf mich. Für mich war das Malen sonst der Raum, in dem meine Gedanken verschwanden und ich einfach sein konnte. Aber das hier? Das ist so viel besser. Unsere Küsse verlieren an Geschwindigkeit, aber nicht an Intensität. Irgendwann wandert Ace mit mir von der Wand weg und legt mich vorsichtig auf den Boden. Sanft zieht er mir das Shirt vom Kopf und wird davon überrascht, dass ich keinen BH anhabe, diese Unterstützung ist bei meinen Brüsten überfällig. Ich liege nackt und zitternd auf dem dünnen Malervlies, Ace' Augen schweifen über mich. Es ist nicht so, dass ich mich verstecken will, aber ein Funke Unbehagen erwacht wieder. »Du bist wunderschön. Du schaffst nicht nur unglaubliche Kunst, du bist sie selbst. Aber nicht auf die Art, wie dein Vater denkt. Ich zeige es dir, okay?«

Schluckend nicke ich. Ace tunkt zwei seiner Finger in braune und einen Finger in weiße Farbe und zieht damit Spuren über meinen Rippenbogen. Spuren, die sich jedoch mit Wasser wieder abwaschen lassen. Spuren, die nicht wehtun. Spuren mit echter Farbe und nicht mit meinem Blut. In mir zittert alles, ich weiß nicht, ob ich weglaufen oder bleiben soll, was ich fühlen soll.

Doch ehe ich mich in meinen Gedanken verheddern kann, streicheln seine Hände weiterhin über meinen Körper, bemalen ihn und machen ihn zu etwas ... etwas ... Ich kann es gar nicht in Worte fassen. Ist das Kunst? Ich richte mich auf und rutsche rittlings auf seinen Schoß. Werde nun selber aktiv und lege eine mit frischer Farbe bedeckte Hand auf sein kräftig schlagendes Herz. Als ich diese wieder hebe, bleibt ein wunderschöner Abdruck zurück. Der Beweis, dass ich sein Herz wirklich berührt habe. Immer weiter verlieren wir uns in einem Strudel aus Farben, Liebkosungen und den tiefen Gefühlen füreinander. Kurz bevor er das erste Mal in mich eindringt, kommt die Angst zurück. Er sieht es sofort und hört auf, beginnt von vorne. Fängt an, meinen Körper zu verwöhnen, ihn auf sich vorzubereiten. Und allmählich entspanne ich mich. Sinke gelöster auf den Boden und lasse mich fallen. Dieses Spielchen spielen wir dreimal, sodass ich mir dumm vorkomme und kurz davor bin, alles abzubrechen. Ace rettet mich jedoch erneut. »Ich könnte das den ganzen Tag machen und wäre der glücklichste Mann der Welt.«

Diese Worte nehmen mir den letzten Zweifel. Zeigen mir, dass aus Fallen auch Fliegen werden kann, wenn ich nur meine Flügel ausbreite. Und dann sind wir eins.

Ein Köper.

Eine Einheit.

Ein Wir, ohne Anfang und Ende.

Ein Unteilbares.

Eine Liebe, die Raum für Heilung und Wachstum ermöglicht.

Ewigkeiten später liegen wir eng aneinander gekuschelt auf dem Vlies und blicken auf unseren ganz eigenen wunderschönen Wald. »Habe ich dir schon gesagt, dass ich es liebe? Dass du es geschafft hast, unsere Wohnung in eine unglaubliche Wohlfühloase zu verwandeln?«

Ich rücke, wenn möglich, noch näher an ihn heran, beschlagnahme ihn mit einem Bein, was ihn leise zum Lachen bringt. Sein Eukalyptus-Geruch steigt mir in die Nase. »Nicht nur ich habe uns ein Zuhause geschaffen. Sondern auch du. Und tatsächlich ist da irgendwie auch etwas ... Warmes und Kuscheliges in mir, wenn ich die Wand anschaue.«

Ace küsst mich auf die Stirn. »Das nennt sich Stolz.«

Er hat recht. Ich bin stolz auf mich, das war ich sehr lange Zeit nicht mehr. So lange, dass ich mich frage, ob ich es jemals wirklich war.

»Danke«, sage ich schließlich.

»Wofür?«

»Dafür, dass du mir hilfst, meinen eigenen Körper anzunehmen und vielleicht eines Tages auch lieben zu lernen.«

Als Ace in mein Leben trat, war ich der festen Überzeugung, dass nicht die Zeit wäre, geliebt zu werden. Mich in eine Beziehung zu stürzen. Nicht, wenn mein komplettes Leben einem Vergnügungspark ohne Vergnügen glich. Nicht, wenn ich so mit mir selber kämpfte. Nicht, wenn ich mich selber nicht lieben konnte. Dann war ich gezwungen zu fliehen und habe mir eingestanden, dass ich es nicht ohne Hilfe von außen schaffen werde, James loszuwerden. Aber immer noch verbot ich mir, geliebt zu werden. Ich dachte, Heilung bedeutet Isolation und Einsamkeit. Dass ich nur wachsen und gedeihen könnte, wenn ich allein bin.

Ace hat mich eines Besseren belehrt. Er hat mich mit seiner Liebe gestärkt. Mich motiviert, ein besserer Mensch zu werden. Heilung und Wachstum stehen niemals still. Ob ich mich nun in einer Beziehung befinde oder nicht. Und ich denke, ein erster Schritt in Richtung Selbstliebe ist, mich lieben zu lassen.

KAPITEL
Vierunddreißig

Ace

Die Tage ziehen ins Land, und wir erhalten die tolle Nachricht vom Jugendamt, dass wir das Sorgerecht für Bella übernehmen dürfen. Die Freude ist riesig. Joyce und ich können unser Glück kaum fassen.

Und heute ist es endlich so weit. Ich werde Joyce einen Antrag machen. Die Aufregung lässt meine Hand um die Ringschatulle in meiner Hosentasche krampfen. Ich weiß, dass ich wahnsinnig früh dran bin, und ich habe es auch nicht eilig mit der Heirat. Aber ich will Joyce nach allem, was wir durchgestanden haben, zeigen, dass es mir ernst ist.

Amira ist mit Tracy und Bella bei uns zu Hause im Penthouse und veranstaltet einen Filmabend mit den Mädels. Zwei von Devs Männern passen auf sie auf. Also habe ich Zeit, mit Joyce auszugehen. Uns folgen zwar ebenfalls einige Shadows, aber diese heißen nicht umsonst so – wir bekommen kaum was von ihnen mit, als wir in einem teuren Restaurant in der Nähe des Central Parks landen.

Nervös pult Joyce an ihren Fingernägeln, und ich beuge mich über den kleinen runden Tisch und umfasse ihre Hände.

»Was ist los?«

»Ich fühle mich hier wie ein Bauerntrampel am Königshof. Ich passe hier nicht her.« Sie schaut sich um, als rechne sie wirklich damit, dass sie jeden Moment rausgeschmissen wird.

Mein Herz zieht sich bei ihrer Unsicherheit zusammen. Sie hat sich wahnsinnig entwickelt, aber zwischendurch hat sie immer noch Zweifel. »Niemand ist hier mehr wert als du, denn soll ich dir was sagen? Es gibt gar keine unterschiedlichen Werte bei einem Menschen. Ganz gleich, wo wir herkommen, was wir für einen Beruf ausführen oder auch nicht und wie viel wir besitzen. Wir sind alle gleich viel wert. Du hast jedes Recht, hier zu sein.« Auch wenn ich weiß, dass es Leute auf der Welt gibt, die diese Überzeugung nicht teilen, werde ich nicht damit aufhören, danach zu leben.

Ein Lächeln kämpft sich in ihre Miene. Das wäre der perfekte Einstieg gewesen, um mit meiner Rede zu beginnen, die ich extra vorbereitet habe.

Doch der Kellner unterbricht den Moment, als er kommt, um die Bestellung aufzunehmen. Joyce ist leicht überfordert, deswegen bestelle ich für uns beide. Dankbar lächelt sie mir zu. Ich drücke kurz ihre Hand.

Das Essen ist gut, was vielleicht auch an dem Gespräch liegt, das wir nebenbei führen. Wir springen von ernsten zu weniger ernsten Themen. Aber nie verstummen wir vollends.

Das ist für mich Liebe. Wenn man zusammenwohnt, sich jeden Tag sieht und sich trotzdem immer etwas zu erzählen hat. Als wir fertig gegessen haben, verlassen wir das Restaurant und ich biete ihr meinen Arm zum Einhaken an. »Hast du Lust, ein wenig durch den Central Park zu spazieren, bevor wir nach Hause gehen?«

Unsicher schaut sie sich um. Blickt hoch zu dem durch Regenwolken noch dunkleren Himmel. »Meinst du, das ist eine gute Idee?«

Ich lege beschützend einen Arm um ihre Schulter. »Wir sind nicht allein. Du weißt schon, die Shadows. Und wenn wir eine kurze Runde drehen, bleiben wir trocken.«

Obwohl sie weiterhin das Gesicht verzieht, gibt sie nach, und wir schlendern durch eine schöne Baumallee. Straßenlaternen beleuchten den Gehweg und hüllen uns in ein angenehmes Licht. »Ich kann es kaum erwarten, wenn hier wieder alles grün ist und wir mit Bella auf dem Rasen toben können«, teile ich ihr mit und werde daraufhin mit einem liebevollen Lächeln bedacht.

»Meine Schwester mag dich sehr.« Irgendwie klingt das nicht so, als wäre es das, was sie tatsächlich sagen möchte. Ihre Miene ist seltsam forschend.

»Ich mag sie auch«, antworte ich daher nur.

»Also stört es dich wirklich nicht?« Wir laufen eine Brücke hoch und bleiben oben stehen, um einen Blick auf das dunkle Gewässer unter uns zu werfen. Die Lichter der Stadt spiegeln sich in der Oberfläche.

»Was soll mich denn stören?«

»Dass wir eine Sechsjährige bei uns wohnen haben, die viel Aufmerksamkeit braucht und Verantwortung bedeutet. Wenn wir nicht wollen, dass das Jugendamt sie uns wegnimmt, müssen wir ...«

»Rojita«, unterbreche ich sie und umfasse ihr Gesicht. »Mir ist bewusst, was das heißt, und es schreckt mich nicht ab. Sie ist längst Teil meines Herzens. Natürlich wird es nicht einfach werden, doch ich bin nie den leichten Weg gegangen.«

Ihre Augen schimmern, wie flüssiges Silber, in der seichten Beleuchtung und mit rasendem Puls wird mir klar, dass der Moment nun gekommen ist. Ich lasse sie los, wühle in meiner Hosentasche nach der Schatulle und gehe vor ihr auf die Knie. Mit aufgerissenen Lidern schlägt sie sich eine Hand vor den Mund.

»Ich weiß gar nicht so recht, wo ich anfangen soll. Vielleicht mit unserer ersten Begegnung. Tut mir leid für das Klischee, aber ich würde sagen, es war Liebe auf den ersten Blick. Ich habe dich angeschaut und bekam dich nicht mehr aus meinem Kopf. Also habe ich Dev damit beauftragt, einen Weg zu finden, dich in mein Leben zu holen. Daher auch der Malauftrag.« Meine eigenen Worte dringen nur dumpf zu mir durch, so laut dröhnt mein Puls in meinen Ohren.

»Und ich dachte, du magst meine Kunst!«, wirft sie ein.

Ich zucke lässig mit den Schultern, obwohl alles in mir sich vor der Möglichkeit eines ›Nein‹ zusammenzieht. »Ehrlich gesagt habe ich mir dein Portfolio erst angeschaut, nachdem ich dich angefragt habe. Wegen mir hättest du auch Strichmännchen malen können. Zum Glück bist du einfach der Wahnsinn.«

Ersticktes Lachen ihrerseits, und ich fahre fort. »Meine Welt war geprägt von Leistung und Erfolg. So leer. So wenig lebenswert. Du hast mich wachgerüttelt. Ist dir eigentlich klar, was für ein Wunder unsere Beziehung ist? Du liebst mich so sehr, dass du jedes Mal, wenn ich wütend werde, gegen deine Angst – eins der stärksten Gefühle der Menschheit – ankämpfst. Joyce Mitchell, ich liebe dich, und weil ich dich liebe, knie ich heute vor dir und frage dich: Willst du mich heiraten?«

Stille. So laute Stille, und einzig das Flackern einer Straßenlaterne verrät mir, dass die Welt nicht stehen geblieben ist.

»Na, wen hab'n wir denn da?«, durchschneidet eine Stimme das Nichts. Ich kenne sie nicht, aber meine Nackenhaare stellen sich auf und in mir schüttelt sich alles.

Ich springe auf meine Füße und ziehe Joyce umgehend hinter mich. Verflogen ist die bittersüße Aufregung und wird abgelöst von einer so intensiven Anspannung, dass es mich nicht wundern würde, wenn ich mir was zerre.

Langsam, als wüsste der Großteil von mir bereits, dass ich mich dem Kommenden nicht stellen will, drehe ich mich um. Mir gegenüber, direkt unter der flackernden Lampe, ragt ein gealtertes Ebenbild von mir auf. Mein Erzeuger. Enrique. Das erste Mal seit siebzehn Jahren steht er vor mir. Sein Blick wird im Sekundentakt beleuchtet und dann wieder in Schatten gehüllt.

Er mustert mich ebenfalls abschätzig von Kopf bis Fuß. Keine Ahnung, ob er weiß, wer ich bin. Allerdings sollte ihm unsere Ähnlichkeit einen mehr als deutlichen Hinweis geben.

Klick. Dieses Mal geht die Laterne nicht an, und dennoch verhüllt die Dunkelheit nicht das schäbige Grinsen auf seinem Gesicht.

Meine Hand ballt sich brutal und meine Sehnen kreischen protestierend. Am liebsten hätte ich mich sofort auf ihn gestürzt und ihm meine Faust in seine verschissene Visage gerammt. Nur Joyce' Finger an meinem Unterarm halten mich davon ab, vollkommen die Kontrolle zu verlieren.

»Die kleine Joyce und mein Armutszeugnis von Sohn«, fährt Enrique fort und beantwortet mir somit auch die Frage von eben. Er kommt wenige Schritte näher, tritt erneut in den Lichtkegel einer Lampe.

Unser Gegenüber ist dunkel gekleidet, tiefe Augenringe zieren seine Züge, und seine Pupillen sind fast so groß wie seine Iriden. Der blanke Wahnsinn springt mir entgegen.

Obwohl ich weiß, dass Hilfe jeden Moment da sein muss, breitet sich eine Angst in mir aus, wie ich sie nie zuvor gespürt habe. Er darf Joyce nicht zu nahe kommen!

»Du kannst dir nicht vorstellen, wie überrascht ich war, als James mir von dir erzählt hat. Du hättest deinem Alten ja mal nen bissl Kohle abgeben können!«, meckert er und schwankt leicht.

Er scheint irgendwas eingeworfen zu haben. Und ja, vielleicht macht ihn die Abnahme seiner motorischen Leistungsfähigkeit weniger zielsicher, doch seine Unberechenbarkeit ist ein nicht zu unterschätzender gefährlicher Faktor.

Ich spüre Joyce' Zittern in meinem Rücken und versuche, mich noch breiter vor ihr zu machen. Mich in einen menschlichen Schutzschild zu verwandeln. Meine Umgebung verschwimmt, und ich sehe nur ihn, fokussiere mich auf ihn.

»Wie hast du uns gefunden?«, frage ich, um uns mehr Zeit zu verschaffen. Zeit, in der Dev die Sache in den Griff bekommen kann.

»Aah, James wusste die ganze Zeit, wo ihr seid, aber er musste warten.« Enrique zuckt unkoordiniert mit den Schultern. Madre mía, was hatte er nur intus?

»Worauf denn warten?«

»Um alles zu planen. Du bist ihm nun egal, kleine Joyce. Ich soll euch erledigen!« Er fuchtelt wild mit den Händen in der Luft. Joyce krallt ihre Finger in meinen Rücken.

»Wisst ihr, wie sauer er auf mich war, weil du entkommen bist? Hat mich dafür verantwortlich gemacht. Mich immer mehr hängen gelassen, mich nich mehr vor den Gangs beschützt. Wisst ihr, was passiert, wenn man bei denen Schulden hat?!«

Er stolpert auf uns zu. Zieht plötzlich eine Pistole aus seiner Hose und richtet den Lauf genau auf meinen Kopf.

Mierda!

Joyce

Der Himmel öffnet seine Schleusen. Regen prasselt auf uns nieder, sticht schmerzhaft auf der Haut. Innerhalb weniger Sekunden sind wir vollkommen durchnässt.

»Irgendwelche letzten Worte? Ich freu mich schon, James von eurem Tod zu erzählen. Danach wird er endlich wieder für mich da sein.« Wieso ist James nicht hier? Wieso will er mich umbringen? Das wollte er noch nie.

»Waffe runter!«, donnert es durch den dichten Niederschlag. Und mit einem Mal sind wir von den Shadows umringt.

»Spielverderber«, grunzt Enrique und versucht tatsächlich, wegzurennen. Devrons Männer verfolgen ihn, und wäre Dev nicht mit besorgtem Gesichtsausdruck auf uns zugestiefelt, wäre ich vielleicht erleichtert gewesen. Ich sehe sofort, dass etwas nicht stimmt. Meine Gedanken rasen, und ich weiß nicht, welchen ich als Erstes festhalten soll. Zitternd schiebe ich mich neben Ace.

»Isabella ist James' Ziel.«

Mit diesen Worten setzt ein ohrenbetäubendes Rauschen ein. Isabella? Bella? Sie ist in Gefahr?

»Joyce! Komm!« Ace zieht mich hinter sich her zu einem Auto am Rande des Parks. Wir springen in den Wagen und Dev gibt Gas. Mein Blick wird von der Uhrzeit auf dem Autodisplay angezogen. Die Uhr tickt, nicht laut, sondern unaufhörlich in meinem Kopf. Jede Sekunde, die vergeht, ist eine zu viel. Eine, die mir zwischen den Händen zerrinnt, ohne Möglichkeit darauf, meine Schwester in Sicherheit zu wissen. Zu schnell. Die Zeit ist zu schnell und ich bin zu langsam. Wer weiß, was sie gerade durchmacht. Ich muss helfen. Ich muss ... Ich schrecke auf.

»Wo fahren wir hin? Wir müssen Bella helfen!«, bricht es plötzlich aus mir heraus und ich schaue aus dem Fenster. Lichter. Panik. Menschen. Entsetzen. Bäume. Hilflosigkeit. Todesangst. Meine Kleidung klebt an mir wie eine zweite Haut, in der ich mich genauso unbehaglich fühle.

Ace drückt meine schweißnasse Hand. Seine rauen Finger reiben beinahe schmerzhaft über meine offen liegenden Nerven.

»Ich weiß. Und obwohl ich dich nicht mal in seiner Nähe wissen will, fahren wir zu mir. Dort werden Dev und die Polizei ihren Job machen und wir können sofort zu den anderen, okay? Es wird alles gut, Devs Männer sind doch bei ihnen.«

Ich nicke nur. Bin viel zu sehr damit beschäftigt, Sauerstoff durch meine zugeschnürte Kehle zu quetschen. Schwarze Punkte tanzen vor meinem Auge, aber eine Ohnmacht steht nun nicht zur Debatte.

Es klingelt schrill und ich zucke heftig. Blinzle. Komme überhaupt nicht mehr hinter den sich überschlagenden Ereignissen her. Nicht Bella. Bitte nicht meine Isabella.

Devron nimmt einen Anruf über die Freisprechanlage an.

»Statusbericht!«, befiehlt er knapp.

»Wir hatten Mr Díaz fast, Sir. Doch dann ist er vor ein Auto gelaufen und hat sich das Genick gebrochen«, kommt es aus der Leitung. Ich sinke erleichtert in mir zusammen, auch wenn ich nicht weiß, was es über mich aussagt, dass ich mich freue, wenn ein Mensch stirbt.

Enriques Tod stiehlt mir allerdings eine Sorge. Bleibt nur noch James, der aufgehalten werden muss. Kaum, dass der Wagen vor Ace' Wohngebäude im Halteverbot steht, springe ich aus dem Fahrzeug, bevor mich jemand aufhalten kann. Ich werde meine Schwester nicht unserem irren Vater überlassen. Nicht Bella. Nicht meine Schwester, mein Herz, mein Alles.

Fünfunddreißig

Ace

»Fuck!«

»Mierda!«

Devron und ich fluchen zeitgleich, als Joyce die Tür aufreißt und herausspringt. Auch wir beeilen uns, auszusteigen, und hetzen ihr hinterher. Regen klatscht mir ins Gesicht und bezeugt, dass ich nicht träume. Dass das hier die bittere wahre Realität ist.

Was denkt sie sich nur? Wie kann sie sich so in Gefahr begeben?

Sie denkt gar nicht, das ist ja das Problem.

Und ja, so ist es vermutlich. In einer solchen Situation übernehmen die Instinkte das Steuer, und ihr Beschützerinstinkt gegenüber ihrer Schwester ist größer als ihr Überlebensinstinkt.

Devron blafft Befehle in sein Handy. Joyce verschwindet gerade im Gebäude.

»Ich komme hintenherum durch die Tiefgarage rein. Tu, was du tun musst, aber bleib am Leben«, sagt mein Freund, und ich nicke bloß. Ich werde vorne reingehen, um James weiter abzulenken, damit Dev das hier beenden kann und die Kleine und die Frau, die ich liebe, in Sicherheit sind.

Ich betrete die Empfangshalle und brauche einen Moment, um einen Überblick zu bekommen. Peeta steht mit James vor dem Aufzug und bekommt eine Pistole an die Schläfe gedrückt. »Ich sage es nicht noch einmal, alter Mann. Wenn du mich nicht nach oben lässt, war das hier deine letzte Amtshandlung als Portier.«

»Lass ihn sofort los«, schreit Joyce mit einer Kraft, die ich bisher nur in ihren Augen gesehen habe. Natürlich habe ich gehofft, sie einmal in ihrer rohen Form zu sehen, aber doch nicht in einer solchen Situation.

James wirbelt herum und stößt Peeta dabei von sich. Der ältere Mann landet auf seinen Knien, und sein Stöhnen hallt durch die ganze Halle. Er schlägt mit dem Kopf so hart auf, dass seine Augen sich verdrehen und er bewusstlos liegen bliebt. Ich hoffe, dass er wieder in Ordnung kommt.

James' Gesicht verzerrt sich von dieser stoischen Maske in eine wutverzerrte Fratze. »Du lebst! Verdammt, ist denn auf niemanden Verlass? Enrique sollte dich umbringen! Ich brauch dich nicht mehr. Ich will dich dummes Balg nicht mehr, du bist verdorben und unrein. Ich nehme nun deine unschuldige Schwester.«

Mit vor Anspannung zitternden Muskeln trete ich neben Joyce und versuche, sie hinter mich zu ziehen. »Rede nicht so mit ihr!« Wahrscheinlich hätte ich ihn wegen der Pistole in seiner Hand eher beschwichtigen sollen. Wieder auf Zeit spielen, weil ich weiß, dass Dev nur nach einer geeigneten Schusslinie sucht.

»Ich rede mit ihr, wie ich will, und jetzt Schnauze!«, brüllt er.

Ich schaffe es, Joyce nun doch in meinem Rücken zu positionieren.

James kratzt sich mit der Waffe am Kinn. »Hm, weißt du was ... Ich bin großzügig, mein Kind. Du hast die Wahl: das Leben deiner Schwester oder das Leben *seiner* Schwester.« Er deutet auf mich. Seine Lippen zu einem sadistischen Lächeln verzogen.

Joyce ist still, schaut ihn nur aus aufgerissenen Augen an.

»Hm? Amira oder Isabella?«

Woher weiß er von meiner Schwester? Woher weiß er überhaupt, dass sie hier ist? Dann wird mir klar, dass James eine andere Nummer als mein Vater ist. James ist raffiniert. Er ist ein Manipulator, ein geduldiger Planer.

»Eine Schwester muss heute sterben, wer soll es sein, wenn ich euch endlich erledigt hab?« James' Gesicht ist so genussvoll verzogen, als würde er ein Fünf-Sterne-Koch-Essen verkosten. Ihn scheint Joyce' Leid wirklich zu befriedigen. Übelkeit vertreibt für einen Moment jeden anderen Gedanken in mir. Mein Magen verknotet sich, dreht sich um und erstarrt erst wieder, als James einen Schritt näher kommt.

Mein Geist leert sich und ich dränge jegliche Körperempfindung zurück. »Es ist vorbei, das wissen Sie, oder? Die Polizei ist bereits auf dem Weg. Sie werden dieses Gebäude nicht ohne Handschellen verlassen. Es sei denn, Sie nehmen die Beine in die Hand und rennen«, versuche ich mein Glück, an sein Planer-Naturell zu appellieren.

»Vielleicht, vielleicht aber auch nicht. Aber wenn ich schon untergehe, kann ich euch allemal mitnehmen.«

Wild gestikuliert er mit der Waffe in der Luft herum. Dabei löst sich eine Kugel und saust haarscharf an mir vorbei.

Joyce

Ich schreie auf. Etwas in mir erwacht zum Leben und aktiviert meine Muskeln. Seit Maddies Tod habe ich es nicht mehr geschafft, mich gegen ihn zu wehren. Ich werde nicht zulassen, dass Ace was passiert!

Entschlossen springe ich aus seinem Schatten und schreie: »Gott, nein. Hör auf. Er hat nichts mit alldem zu tun. Du willst *mich*! Isabella, Amira und Ace können dir doch gar nicht das geben, was ich dir gebe. Nimm mich mit nach Hause, Dad. Beende dein Kunstwerk«, spreche ich ihn an, wie ich ihn seit Jahren nicht mehr angesprochen habe.

Ace versucht, nach mir zu greifen. Doch ich weiche seiner Berührung aus und tänzle von ihm fort, bringe ihn somit in Sicherheit. Mein Körper ist geflutet von Adrenalin und ich fühle mich unbesiegbar.

James scheint einen Moment zu überlegen. »Tja, ich will dich aber nicht mehr.« Schon drückt er erneut den

Abzug. Ein weiterer Schuss löst sich. Und der kommt nicht aus James' Waffe.

»Nein!«

Ich glaube, dieses Wort kommt aus mehreren Kehlen gleichzeitig. Erst steht alles still. Keiner rührt sich vom Fleck. Dann wird James plötzlich von hinten überwältigt. Die Polizei und Dev sind endlich hier! Ich hätte vor Erleichterung am liebsten aufgeschrien, wäre da nicht auf einmal dieser stechende Schmerz gewesen.

Meine Perspektive ändert sich. Ich liege auf dem Boden und schaue an die weiße Decke. Ace kniet wie aus dem Nichts neben mir und schreit mich flehentlich an. Meine Welt ist wie in Watte gepackt. Es treten nur gedämpfte Geräusche zu mir durch. »Wieso hast du das getan? Wieso hast du das nur getan?«, fragt Ace immer wieder.

Wieso ist er denn so aufgebracht?

Mit diesem Gedanken löst sich die dämpfende Watte ein wenig, und schlagartig dringt alles auf mich ein.

Schmerz. Ein Schrei. Schmerz. Schritte. Schmerz. Eine Krankenwagensirene.

Schmerz.

Die Kugel hat mich an der Seite erwischt. Ace drückt mittlerweile auf die Wunde, damit ich nicht zu viel Blut verliere. Doch ich weiß nicht, ob das reichen wird. »Ich liebe dich«, sage ich mit einem Lächeln.

»Oh nein. Sag das nicht, als wolltest du dich von mir verabschieden. Du hast noch genug Zeit, mir das tausendmal zu sagen.«

Da bin ich mir leider nicht so sicher.

Schmerz.

Entschuldigend lächle ich ihn an, oder ich versuche es zumindest.

»Wage es nicht, zu sterben.« Schmerz. Langsam

schließe ich die Augen. Allmählich wird die Welt blasser … stiller … und schwärzer.

Ich habe es geschafft. Ich habe gekämpft, gewonnen und Ace und Bella beschützt.

Ace

Weiße Wände, weiße Decke, weißer Boden und graue Stühle. Taub. Alles ist so schrecklich taub in mir. Ich habe keine Ahnung mehr, wie ich ins Krankenhaus gekommen bin. Nun sitze ich hier im Wartezimmer auf einem grauen Stuhl. Ich blicke auf meine Hände. Blut. Joyce' Blut.

Jemand hockt sich vor mich. Devron. Und als ich sein Gesicht ausmache, stürze ich mich auf ihn. »Wo warst du? Wieso hast du so lange gebraucht?« Ich schüttle ihn brutal und spüre gleich mehrere Hände auf mir, die mich zurückzerren.

Devron schaut mich ruhig an. »Es tut mir leid. Ich habe gebraucht, bis ich ein sauberes Schussfeld hatte, ohne jemand anderen zu gefährden.« Der untypisch große Schwall an Worten geht mir am Arsch vorbei. Ich will nur, dass die Frau, die ich liebe, weiteratmet. Heiße Wut steigt in mir auf, formt sich zu einer unbändigen Naturgewalt in mir, und gleich werde ich für nichts mehr garantieren können …

»Ace«, ertönt es, und ein kleines blondes Mädchen stürmt auf mich zu und wirft sich schluchzend in meine Arme. »Stirbt Jossie?«, will sie von mir wissen und vergräbt ihren Kopf an meiner Brust. Die Hitze in mir wird abgekühlt durch den Drang, wenigstens das winzige Wesen in meinen Armen zu beschützen.

»Nein, das wird sie nicht. Sie kann einfach nicht«, antworte ich ihr und drücke sie fester an mich. Verspreche mir selbst, dass ich sie behüten und mich um sie kümmern werde, ganz gleich, was mit Joyce passiert. Das hätte sie sich von mir gewünscht, das weiß ich. Immer mehr Menschen trudeln in den Wartebereich ein und die Dichte der Angst macht die Luft zum Atmen schwer. Auch wenn ich mit keinem aus meiner Familie rede und nur Bella – die von all dem Chaos, welches sich nur wenige Etagen unter ihr abgespielt hat, nichts mitbekommen hat – hin und wieder beruhigende Worte zumurmle, bin ich ihnen dankbar, dass sie hier sind.

Bitte, lass alles gut werden und sie leben.

Bitte, lass mich nicht die Frau verlieren, die mir gezeigt hat, was das Leben wirklich lebenswert macht.

Epilog

Ace

Einen Monat später

Joyce Mitchell ist Geschichte.

Die Frau, die ständig von ihrer Vergangenheit und der Angst vor wütenden Männern verfolgt wurde, liegt hier begraben. Schluckend blicke ich auf den grauen Grabstein herab und lege eine rote Rose darauf. Ich bin innerlich noch wie gelähmt von den Ereignissen der letzten Zeit und weiß nicht recht, was ich fühlen soll. »Irgendwie kam mir das in meiner Vorstellung nicht so makaber vor«, unterbricht die Stimme der Frau, die ich liebe, meine Gedanken, und ich blicke herab auf unsere ineinander verschränkten Hände. An ihrem Finger blitzt ein Ring, der beweist, dass sie zu mir gehört.

In Zukunft auch meinen Nachnamen tragen wird. Wir haben es zwar nicht eilig mit der Hochzeit, aber der Verlobungsring erinnert mich jeden Tag daran, dass wir den Rest unseres Lebens miteinander verbringen werden.

»Es stimmt schon. Auf gewisse Art bist du gestorben. Ich hoffe einfach, dass dieser Teil nun Frieden bei deiner Familie findet. Dennoch würde ich es vorziehen, dich mir nicht tot vorzustellen. Dafür war es einfach zu knapp.«

Sie blickt auf den Grabstein ihrer Zwillingsschwester hinab. Wir sind hierhergekommen, damit Joyce ihr Vergangenheits-Ich hierlassen kann. Nachdem sie angeschossen wurde und ich Stunden warten musste, bis mir jemand sagte, dass sie einen vergleichsweise harmlosen Streifschuss davongetragen hat, habe ich nicht lange gefackelt und meinen Antrag wiederholt. Sie hat Ja gesagt.

»Ich bin froh, dass es vorbei ist. Mich zieht nun nichts mehr in die Vergangenheit und ich kann endlich an unserer gemeinsamen Zukunft arbeiten«, sagt sie lächelnd. Und dann schlendern wir zusammen, Arm in Arm, vom Friedhof.

Joyce

Ich bin nicht geheilt. Das wird wohl noch ein Weilchen dauern, aber ich bin auf einem guten Weg dorthin. Die Flashbacks werden weniger, und gegenüber Ace und Bella habe ich keine Berührungsprobleme mehr.

James' Gerichtstermin wird erst in einigen Wochen sein. Es steht zwar fest, dass er verurteilt wird – die Beweise sind einfach zu eindeutig –, aber dennoch freue ich mich nicht gerade, ihn wiederzusehen. Ich habe mich eben nicht nur von meinem vergangenen Ich verabschiedet, sondern auch von dem Mann, der mich großgezogen hat. Weil er trotz allem ja irgendwie mein Vater war.

Doch nun würde mich nichts und niemand mehr davon abhalten, mein Leben in die Hand zu nehmen. Ab diesem Sommer werde ich auf der Evergreen Academy of Arts Kunst studieren. Und auf jeden Fall werde ich weiterhin zur Therapie gehen, Ace lieben und Bella die beste Schwester sein, die es gibt. Wir gehen zum Auto, steigen ein und fahren zur Schule, um Bella abzuholen. Sie liebt den Kontakt zu den anderen Kindern und saugt jegliches neue Wissen in sich auf wie ein Schwamm. Ich blicke aus dem Fenster, beobachte mit einem leichten Lächeln auf den Lippen die vorbeiziehende Stadt.

In dem Glas spiegelt sich mein Gesicht und mich durchschießt eine Erkenntnis. Ich hatte unrecht. Ich bin genau wie das hässliche Entlein. Stets dachte ich, dass ich anecke, nicht dazugehören werde und sich nie etwas daran ändern wird. Aber ich habe es geschafft, mein graues Gefieder abzustreifen und zu wachsen. Ja, meine Narben werden nie verschwinden – eine weitere ist durch den Streifschuss hinzugekommen –, doch sie sind kein Zeichen meiner Schwäche, sondern Urkunden für meine Stärke. Der Beweis, dass ich nicht nur etwas Schreckliches überlebt habe, sondern auch daran gewachsen bin. Liebe heilt. Auf so vielen Ebenen. Jahrelang hat mich die Liebe zu Bella und auch Maddie nicht aufgeben lassen. Durch die Liebe zu meinen Schwestern habe ich weitergekämpft. Ich habe Kraft aus ihr gezogen. Dann kam Ace, und durch seine Liebe habe ich mich sicher genug gefühlt, mich in mir selbst zu finden. Das zu finden, was mich mit ein wenig Zeit heilen wird – Selbstliebe.

ENDE

Nachwort

Joyce' Geschichte ist grausam und fiktiv, doch ihr Schicksal ist es nicht. Laut des Weißen Rings wird in Deutschland alle vier Minuten jemand Opfer von häuslicher Gewalt. Das ist unvorstellbar. Aufgrund ihrer traumatischen Erlebnisse erleidet Joyce Dissoziationen. Durch die Abspaltung von Gedanken, Gefühlen, Körperempfindungen oder Handlungen wird die menschliche Psyche geschützt und kann so überleben.

Jeder Mensch kennt leichte dissoziative Zustände, z.B. wenn wir uns nicht mehr erinnern können, welche Ampel auf unserem Weg zur Arbeit grün war. Diese Zustände sind jedoch nur von kurzer Dauer und nicht mit dem zu vergleichen, was Joyce durchmacht. Bei dissoziativen Störungen kommt es zu einem teilweisen oder vollständigen Verlust des Gedächtnisses, der Kontrolle über Körperbewegungen oder sogar der eigenen Identität.

Falls du selbst Hilfe brauchst – egal, weswegen –, möchte ich dich hier einmal ermutigen, sie dir zu suchen. Du schaffst das!

Deine Kacey

Danksagung

Dieses Buch zu schreiben und zu überarbeiten, war eine große Herausforderung, die ich ohne die richtigen Menschen an meiner Seite nicht gemeistert hätte. Und nun möchte ich ihnen gerne danken.

Danke an den Federherz Verlag, der an dieses Buch geglaubt und ihm eine zweite Chance gegeben hat.

Danke an Nikolina für das unglaubliche Cover und Eva für den tollen Klappentext.

Danke an meine Testleserinnen. Aaliyah, Mareike, Janin, Virginia, Franzi, Lara, Julia, Martina, Ronja, Kira und Sarah: Ihr wart großartig! Ihr habt mir oft eine neue Perspektive geschenkt, Sachen angemerkt, über die ich nie nachgedacht habe, und mich sehr motiviert.

Danke an Kristina für die tollen Anmerkungen und das kritische Auge.

Vielen Dank an Michelle für das Korrekturlesen und die restlichen Kommentare.

Danke an meine besten Freundinnen Carlotta und Leandra für die allgegenwärtige Unterstützung.

Und danke an dich! Dafür, dass du dieses Buch liest.

Weitere Bücher von Kacey Fierce

Fakt: Jako Coleman ist ein begnadeter Boxer und unglaublich heiß.
Problem: Er ist der Ex-Freund meiner toten besten Freundin – und Ex-Freunde sind nun mal tabu!
Dennoch: Meine Vergangenheit ist gefährlich und er ist der Einzige, der mich beschützen kann.

Mit meinem kranken Herzen hatte ich nicht mehr lange zu leben. Doch nachdem meine beste Freundin Sky bei einem Autounfall ums Leben kam, hat sie damit meines gerettet. Jetzt schlägt ihr Herz in meiner Brust. Als wäre das nicht dramatisch genug, ist da noch Jako – Skys Exfreund. Eigentlich sollte ich ihn nach dem Beste-Freundinnen-Kodex hassen, da er sie auf miese Weise abserviert hat. Tue ich aber nicht. Im Gegenteil:
Ich habe schon immer heimlich für ihn geschwärmt.

Als herauskommt, dass hinter Skys Unfall ein Mord steckt, wird mir klar, dass ich ihn brauche. Denn da ist dieses Gefühl, dass irgendjemand es nicht nur auf Sky abgesehen hatte, sondern auch auf mich ...

Und wenn ich nicht aufpasse, verliere ich mein Herz ein weiteres Mal.